GEHEIMNISSE DES WINTERREICHS

GEBUNDEN AN DIE FAE
BUCH FÜNF

EVA CHASE

Geheimnisse des Winterreichs

Gebunden an die Fae Buch 5

Erste Digitale Ausgabe, 2021

Copyright © 2023 Eva Chase

Übersetzung: Stephanie Kotz

Lektorat: Nadja Uebach

Umschlaggestaltung: Covers by Christian

Ebook ISBN: 978-1-998752-36-2

Paperback ISBN: 978-1-998582-66-2

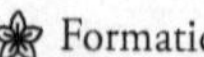 Formatiert mit Vellum

1

Talia

ch verlagere mein Gewicht auf dem Sessel in Sylas' Büro, da das weiche Polster momentan nicht besonders bequem ist. Die Aufmerksamkeit, die mir die vier Gestalten im Raum schenken, ist ausschließlich unterstützend gedacht. Dennoch setze ich mich selbst so sehr unter Druck, dass mir ein Kribbeln über den Rücken läuft. Vielleicht weil ich mein Ziel bereits mehrere Male verfehlt habe.

Ich blende die Anwesenheit des Seelie-Erzlords und seines Kaders so gut wie möglich aus und starre auf meine hohlen Hände. In meinem Hinterkopf beschwöre ich andere Eindrücke dieser Männer herauf, die ich vergöttere: Lächeln, sarkastische Bemerkungen und zärtliche Liebkosungen.

Die Freude dieser Erinnerungen erblüht in meinem Herzen. Ich lege so viele dieser Emotionen, wie ich kann, in meine Stimme. *„Sole-un-straw.“*

Ein glühendes, goldenes Licht erscheint flackernd über meinen Handflächen. Ich zwinge es mental dazu, sich auszudehnen und heller zu werden, doch wie bei meinen vorherigen Versuchen, flackert es kurz und verblasst anschließend. Ich kann mir ein frustriertes Schnauben nicht verkneifen.

August senkt sich auf die Armlehne meines Sessels, damit er seinen muskulösen Arm um meine Schultern legen kann. Zugleich lehnt er sich zu mir und drückt mir einen Kuss auf die Schläfe. „Es ist alles in Ordnung, Süße. Magie ist kein genauer Vorgang. Es ist einfacher, einhundert perfekte Brötchen zu backen, als mit einem wahren Namen zweimal hintereinander die gleiche Wirkung zu erzielen."

Ich vermute, ich sollte mich von seiner fehlenden Sorge trösten lassen. Der Anführer der Rudelkrieger ist derjenige, der mich inoffiziell im Umgang mit meiner aufkeimenden Fae-Magie unterrichtet hat. Wenn er der Meinung wäre, dass etwas nicht stimmt, würde er vermutlich sich selbst die Schuld gegeben, weil er seine Lektionen verpfuscht hat.

Astrid, die an der polierten Holzwand neben der Tür lehnt, räuspert sich. „Ich bin davon bereits stark beeindruckt. Wie lange arbeitest du schon mit wahren Namen?"

Dies ist das erste Mal, dass die runzelige Fae-Soldatin, die das neueste Mitglied von Sylas' Kader ist, Zeugin meiner Fähigkeiten wurde. Diese hielten wir vor dem restlichen Rudel geheim, da ein Mensch *eigentlich* nicht in der Lage sein sollte, wahre Namen zu wirken. Die Sommer-Fae hegen wegen meiner anderen unerwarteten Fähigkeiten bereits eine große Faszination für mich, die wir nicht noch verstärken wollten.

„Ich habe den wahren Namen für Bronze von Aerik gelernt", antworte ich und unterdrücke das Zusammenzucken wegen der kurzen Erwähnung des Fae-Lords, der mich jahrelang gefangen hielt und quälte. „Er hat ihn mir nicht bewusst beigebracht … Doch ich hörte ihn den Namen jedes Mal sagen, wenn er meinen Käfig öffnete. Ich wusste damals nicht, was es war, nur dass es der Schlüssel zur Flucht sein könnte …"

Selbst Monate, nachdem mich Sylas und sein Kader aus Aeriks Ländereien gerettet und mir ein echtes Zuhause geschenkt haben, kann ich die Erinnerungsblitze an diese Zeit oder das Erschaudern, das mit ihnen einhergeht, nicht komplett unterdrücken. Augusts Arm spannt sich um mich herum an. Ich konzentriere mich auf die stete Wärme, die real und aktuell gegenwärtig ist.

„Du bist ein ziemliches Rätsel, was?", fragt Astrid rasch, die eindeutig spürt, dass es besser ist, dieses spezielle Thema nicht weiter zu verfolgen. „Hast du die Male bekommen?"

Ich schüttle den Kopf und Whitt, der an Sylas' breitem Schreibtisch lehnt, meldet sich zu Wort. „Wir gehen davon aus, dass es anders ist, weil ein Mensch sie benutzt, oder vielleicht hat sie die Namen noch nicht gut genug gemeistert, obgleich es beeindruckend ist, dass sie sie überhaupt benutzen kann." Der Spionagechef schenkt mir ein liebevolles, leicht schiefes Lächeln.

Sylas, der hinter seinem Schreibtisch sitzt, stützt seine Ellenbogen auf dessen Oberfläche und verschränkt die Hände ineinander. Er betrachtet mich mit seinem ungleichen Blick – mit dem gesunden, dunklen Auge und dem geisterhaft weißen, das von einer fies aussehenden Narbe geteilt wird, die von der Stirn bis zum Wangenknochen über seine braune Haut verläuft. „Du bist mittlerweile durchgängig dazu in der Lage, zumindest eine gewisse Wirkung zu erzielen. Fällt dir irgendetwas ein, was dir dabei helfen könnte, eine stärkere Wirkung zu erzeugen, Talia?"

Ich schlucke schwer. Mir fällt etwas ein, doch es ist nichts, was sie mir geben können. Es zu erwähnen, wird nur die Anspannung vergrößern, die sich bereits trotz der abendlichen Sommerwärme und des beruhigenden Dufts von Zedern und Eiche im Raum ausgebreitet hat. Manches kann ich überhaupt nicht erwähnen.

Morgen kehre ich ins Winterreich zurück, um eine Woche mit dem Unseelie-Erzlord zu verbringen, der mein seelenverbundener Gefährte ist, obwohl Menschen *diese* eigentlich auch nicht haben sollten. Während der ersten zehn Tage, die ich bei Corwin verbrachte, und der regelmäßigen Gespräche, die wir seit meiner Rückkehr durch unser Band geführt haben, habe ich gelernt, ihm zu vertrauen und ihn sogar zu mögen … Es gibt jedoch nach wie vor so viel, dessen ich mir nicht sicher bin. Unter anderem besteht die Frage, wie ich mit meiner magischen Verbindung zu ihm umgehen soll, ohne die Bande der Liebe zu verlieren, die ich mit den drei Männern geschmiedet habe, die mich nun umgeben.

Meine Magie scheint an meine Gefühle gebunden zu sein. Ich kann den wahren Namen für Bronze nur effektiv nutzen, wenn ich Angst habe – oder mich an die Zeiten erinnere, in denen ich Angst hatte. Luft erfordert die Empfindung von schnellen, freien Bewegungen. Und Licht … Licht braucht Freude.

Es ist schwer, nichts als Freude zu verspüren, wenn ich mir nur allzu bewusst bin, dass mein Herz in zwei Richtungen gezerrt wird. In der letzten Woche verbrachte ich so viel Zeit, wie ich konnte, mit meinem Seelie-Rudel, dachte nur an die Gegenwart und genoss die Momente, die ich mit ihnen hatte, als könnte nichts diese Freude bedrohen. Ich will diese letzten Stunden mit meinen wölfischen Liebhabern genießen, doch am Vorabend meiner Abreise ist es viel schwieriger, die bohrenden Fragen bezüglich der Zukunft zu ignorieren.

Hinzu kommt noch … Kurz bevor Corwin und ich uns letzte Woche voneinander verabschiedeten, verriet er mir ein

Geheimnis, das ich zu hüten versprach. Genauso wie die Sommer-Fae werden die Unseelie scheinbar seit mehreren Jahrzehnten von einem Fluch geplagt, der so tödlich ist, dass er vielen Winter-Fae das Leben gekostet hat.

Mein Blut hilft als vorübergehendes Heilmittel gegen die Wildheit, die die Seelie bei Vollmond überkommt. Daher ergibt es Sinn, dass Corwin hofft, etwas in mir könnte seinem Volk genauso gut helfen. Ich kenne allerdings weder alle Einzelheiten ihres Fluchs, noch weiß ich, was ich gegen diesen unternehmen kann.

Er meinte, es wäre besser, mir den Rest zu zeigen, wenn ich wieder bei ihm bin, statt zu versuchen, es nur mit Worten zu erklären. Und er will nicht, dass die Seelie von der Schwäche des Winterreichs erfahren, bis er sich sicher ist, dass seine Kollegen mit Sylas und dessen Kollegen verhandeln werden, anstatt ihre Angriffe entlang der Grenze zwischen den Reichen fortzuführen.

Ich verdränge dieses Wissen und konzentriere mich wieder so gut wie möglich auf den Raum. „Nein", antworte ich Sylas. „Ich denke, meine Konzentration ist momentan einfach nicht gut genug."

Er nickt. „Das ergibt Sinn. Und du hast vermutlich ziemlich viel Energie in deine innere Mauer gesteckt."

Diesbezüglich hat er recht. Zu Beginn dieser Übung beschwor ich eine mentale Barriere aus Licht in mir herauf, um meine Verbindung zu Corwin zu blockieren. Ich habe ihm noch nicht erzählt, dass ich wahre Namen benutzen kann. Ich habe so viele Geheimnisse vor beiden Seiten.

Die gesamte Zeit, die ich von Corwin getrennt war, habe ich eine halbe Mauer aufrechterhalten, nur damit ich wusste, dass ich nicht *jeden* Gedanken und *jede* Emotion, die mir durch den Kopf gehen, an ihn weiterleite – und auch, damit ich schneller eine undurchdringliche Mauer errichten kann, wenn heiklere Themen angesprochen werden. Allerdings habe ich ihn nur selten komplett ausgeschlossen. Falls er es bemerkt hat, nimmt er vermutlich an, dass ich mit meinen Seelie-Liebhabern viel intimeren Aktivitäten nachgehe.

Dieser Gedanke versetzt meiner Brust einen unangenehmen Stich. Ich weigere mich, die Männer aufzugeben, die mein Herz gewonnen haben, bevor ich von Corwins Existenz wusste. Ich weiß jedoch, dass es nicht leicht für ihn sein kann, meine Zuneigung und mein Verlangen nach ihnen zu spüren. Das Seelenband macht *mir* ein schlechtes Gewissen, obwohl ich die Entscheidung selbst getroffen habe. Dessen Stiche werden auch schärfer, weil ich weiß, dass ich ihn morgen wiedersehen werde.

August reibt seine Nase an meinen Haaren. „Mach dir keine Sorgen. Du hast die wahren Namen so gut im Griff, dass du dich zumindest teilweise auf ihre Hilfe stützen kannst, solltest du sie brauchen."

Trotz seiner beruhigenden Worte liegt eine gewisse Anspannung in seiner Stimme. Er hat mich ermutigt, zu üben, wann ich kann, damit ich gegenüber den Winter-Fae jeden erdenklichen Vorteil habe. Ich bezweifle zwar, dass Corwin mir jemals absichtlich wehtun würde, bei seinen Kollegen sieht das allerdings ganz anders aus.

Vielleicht sind *alle* Unseelie eine mögliche Bedrohung. Abgesehen von meinem Gefährten habe ich nur wenig Zeit mit ihnen verbracht. Sie haben die Sommer-Fae beinahe drei Jahrzehnte lang grundlos angegriffen.

Ich halte das zusätzliche Training auch aus meinen eigenen Gründen für sinnvoll. Wer weiß, ob mir diese Fähigkeiten beim Fluch der Unseelie helfen werden? Ganz gleich, warum sie gegen die Seelie gekämpft haben, ich werde ihnen nicht tatenlos beim Sterben zusehen, wenn ich etwas tun kann, um das Ganze in Ordnung zu bringen.

„Ich schätze, ich muss Corwin früher oder später von meiner Magie erzählen", sage ich und sinke in Augusts

Umarmung. „Wegen des Bandes wird es wahrscheinlich irgendwann rauskommen, ob ich das nun möchte oder nicht … Es ist besser, wenn ich es ihm davor erkläre."

„Das wäre sicher klug", meint Whitt. „Ich würde das Geständnis jedoch nicht überstürzen, wenn es nicht notwendig ist."

Sylas' Miene nimmt ernste Züge an, als er erneut nickt. „Ich kann nicht anders, als mir Sorgen um deine Sicherheit zu machen, aber du kennst ihn am besten. Es ist deine Entscheidung, wann du diesen Teil von dir mit ihm teilen willst. Du solltest ihm allerdings so weit vertrauen, dass du dir seiner Reaktion sicher sein kannst."

Astrid richtet sich auf und beweist abermals ihre Aufmerksamkeit, die sie zu einer exzellenten Wachfrau machte. „Bist du dir sicher, dass du allein dorthin zurückgehen willst? Deine Freundin Harper schien unbeeindruckt von dem letzten Besuch zu sein. Sie würde dich sicherlich noch einmal begleiten, oder?"

Ich zögere. Es war beruhigend, meine beste Sommer-Fae-Freundin bei meinem ersten Besuch im Winterreich bei mir zu haben, als ich keine Ahnung hatte, was ich zu erwarten hatte. Harper hat hier jedoch ein Leben und hegt große Träume davon, mit ihren Schneiderkünsten Kunden in anderen Rudeln zu finden und Ländereien im gesamten Reich zu besuchen … Sie hatte noch nicht einmal Gelegenheit, sich in unserem neuen Zuhause am Herzen einzuleben jetzt, da Sylas zum Erzlord ernannt wurde.

„Ich kann niemanden bitten, seine Zeit zwischen den Reichen aufzuteilen, wie ich es tun muss", erwidere ich. „Vor allem wenn sich das ganze Rudel so kurz nach der Rückkehr nach Hearthshire einem weiteren Umzug stellen muss. Ich denke jetzt, da ich Corwin besser kenne, wird es okay sein. Ich sollte anfangen, mir anzuschauen, wie ein Leben dort drüben wirklich wäre, stimmt's? Sie würde mir ohnehin nicht für immer folgen."

Der Schatten, der über die Gesichter meiner Männer huscht, dreht mir den Magen um. Ich meinte diese Bemerkungen nicht so, als würde ich darüber nachdenken, dauerhaft ins Winterreich zu ziehen und sie zu verlassen, aber wir wissen alle, dass dies das Ergebnis ist, das die meisten von einem Seelenband erwarten würden.

Allerdings macht keiner von ihnen seinen Bedenken Luft. Sie haben sich sehr bemüht, mich zu nichts zu drängen, denn sie wissen, wie schwierig die Situation für mich ist.

August streichelt mit dem Daumen über meine Schulter und Sylas schenkt mir eines seiner distanzierten Lächeln, die trotzdem die Wärme vermitteln können, die er für mich empfindet. „Falls es dir bei der Entscheidungsfindung hilft, das Winterreich allein zu besuchen, werde ich nichts dagegen einwenden. Aber wenn du die Gesellschaft vermisst, können wir für deinen nächsten Besuch eine Begleitung deiner Wahl organisieren."

Für die vielen Reisen, die ich hin und her machen werde, bis ich weiß, was ich mit mir und meinem Herzen tun soll. Ich blicke auf meine Hände hinab und eine Woge aus Emotionen, die eine eigenartige Mischung aus Kummer und Hoffnung sind, schwappt über mich hinweg.

Astrid verbeugt sich knapp. Sie sieht sich noch nicht auf der gleichen Stufe wie die restlichen Mitglieder von Sylas' Kader. „Ich werde jetzt gehen, wenn das in Ordnung ist, mein Lord."

Vielleicht ist ihr bewusst, dass wir vor meiner Abreise etwas Zeit für uns wollen. Sie ist die Einzige abgesehen von den Männern in diesem Raum und Corwin, die vom Ausmaß unserer Beziehungen weiß. Das restliche Rudel und Sylas' Kollegen glauben, dass ich nur mit August zusammen bin.

Sylas schenkt ihr ein Lächeln. „Danke für deinen kompetenten Dienst heute. Ich bin nach wie vor froh, dass ich dich in meinen Kader aufgenommen habe."

Astrid lächelt ihn kurz an, zieht sich zurück und schließt die Tür hinter sich.

Ich kuschle mich in Augusts Umarmung, woraufhin er ermutigend brummt und mit den Fingern meinen Kiefer entlangfährt. In mir herrscht jedoch eine zu große Anspannung, als dass mein übliches Verlangen entflammen könnte. Ich nehme seine freie Hand und schaue zu meinen zwei anderen Liebhabern, die mich mit vorsichtigen, jedoch begehrlichen Blicken beobachten.

„Ich will … ich will heute Abend nicht allein sein", verkünde ich, „aber ich hätte euch einfach nur gerne bei mir, während wir schlafen. Wenn das okay ist."

Sylas steht mit einem Laut auf, der jegliche Ungewissheit hinwegfegt, die ich empfunden habe. „Ich bin mir sicher, wir werden alle immense Freude an deiner Anwesenheit haben, ohne dass wir weitere Forderungen stellen müssen."

Whitt gluckst. „Nicht alle Rendezvous müssen der sinnlichen Sorte angehören. Wir werden für dich da sein, ganz gleich, wie du uns brauchst, Allkräftige. Zweifle niemals daran."

Das tue ich nicht, nicht nach allem, was wir bereits durchgestanden haben. Ich zweifle nur daran, ob ich eine Entscheidung treffen kann, bei der kein Herz gebrochen wird, einschließlich meines.

2

Whitt

Man könnte sagen, dass es meine Aufgabe als Spionagechef ist, ständig wachsam zu sein. Ich habe meine Sinne darauf trainiert, jede kleinste Störung und jede Unruhe um mich herum wahrzunehmen, sogar wenn ich im Grunde genommen frei habe, tanze, feiere oder schlafe.

Daher reißt mich die Bewegung von Talias Körper neben meinem in den frühen Morgenstunden aus dem Schlaf, obwohl ich eigentlich ausschlafen wollte, bevor sie uns erneut verlässt. Nach einigem Hin und Her bezüglich unserer Schlafpositionen legte ich mich gestern Nacht ausgestreckt auf Talias rechte Seite und meinen Kopf neben ihre Schulter. Das Bett ist so breit, dass Sylas sich entlang des Kopfteils positionieren konnte, von wo er ihre Haare streichelte, bis sie einschlief. August liegt mir gegenüber, sein Arm befindet sich in ihrem Rücken und seine Brust hebt und senkt sich mit einem leisen Schnarchen.

Talia setzt sich behutsam in dem Ring aus unseren Körpern auf und streicht mit der Hand über ihre Haare. Ich habe meine Augen noch nicht geöffnet, kann jedoch ihre Anspannung spüren, ohne sie anzuschauen. Etwas belastet sie seit der letzten Nacht … vielleicht schon die ganze Woche, die sie hier verbracht hat, und spitzt sich jetzt zu, da sie bald ins Winterreich zurückkehren wird.

Was auch immer es ist, ich vermute, dass es sie zu dieser frühen Stunde aus dem Schlaf geholt hat. Das Licht der Morgendämmerung, das von oben hereinfällt, ist noch so dünn, dass es kaum meine Augenlider durchdringt.

Ich warte ab, was sie tut, und widerstehe dem Drang, meine Arme um sie zu schlingen und sie in eine Umarmung zu ziehen, als könnte ich jede Sorge wegkuscheln. Das kann ich ohnehin nicht und ich will sehen, was sie mit dem Raum tut, den ich ihr gebe.

Nach einer Minute beschließt sie anscheinend, dass es sinnlos ist, es weiterhin mit Schlaf zu versuchen. Sie krabbelt unter der Decke hervor und schafft es, sich über Augusts ausgestreckte Gestalt zu schieben, ohne dass der Welpe mehr tut, als leicht bebend auszuatmen. Ihre Füße tapsen leise in ihrem ungleichen Rhythmus über den Boden, der ohne die Hilfe ihrer Orthese stärker zu Tage tritt. Ihr Nachthemd raschelt und dann schlüpft sie durch die Tür.

Ich liege noch einige Minuten da und ringe mit mir, ob ich ihr Raum lassen oder ihr nachgehen und in Erfahrung bringen soll, was sie erzählt, wenn wir zwei allein sind. Meine Brüder werden bald aufwachen und keiner von ihnen wird während der letzten Stunden mit unserer Liebhaberin weit weg von ihr sein wollen.

Der Gedanke, dass sie erneut die Grenze überqueren und

sich so weit außerhalb unserer Reichweite befinden wird, sorgt dafür, dass sich meine Brust zusammenschnürt.

Ihr seelenverbundener Gefährte hat sich bisher als annehmbar ehrenhaft erwiesen, aber ich kann trotzdem nicht viel Vertrauen in ihn setzen, geschweige denn in sein Volk. Wer weiß, welche Pläne sie für unsere Lady der Burg haben? Wenn diese Ungewissheit nicht wäre, würde ich ihr meinen wahren Namen sofort nennen, damit sie weiß, dass sie mich von überall in der Welt rufen kann, solange sie sich nur stark genug konzentriert.

Doch ich kann den Lord und Bruder, dem zu dienen ich geschworen habe, nicht derartig in Gefahr bringen. Ihr so viel Zugang zu meinem Verstand zu gewähren, könnte die Sicherheit meines gesamten Volkes gefährden.

Was der Grund dafür ist, dass ich nach meinen Überlegungen ebenfalls vorsichtig aus dem Bett steige und ihr nachgehe. Falls sie etwas bezüglich ihrer Reise ins Winterreich belastet, muss ich es um unseres und ihres willen wissen.

Ich gehe kurz in mein Zimmer, um mir Kleider anzuziehen, die nicht vom Schlaf zerknautscht sind, und spritze mir etwas Wasser aus dem Waschbecken ins Gesicht. Nachdem ich mit feuchten Fingern durch meine wild abstehenden Haarbüschel gefahren bin, mache ich mich auf die Suche nach dem Krümel.

Sie ist nicht in ihrem Zimmer. Anhand der Geruchsspuren, die an dessen Tür haften, kann ich jedoch erkennen, dass sie hier kurz vorbeigekommen ist. Ich folge ihrem waldigen Duft die Treppe hinab zur Küche, was keine Überraschung ist. Dank Augusts Ermutigung scheint sie sich in diesem Raum so wohlzufühlen wie in dem, der allein für sie bestimmt ist.

Ich finde sie auf einem der Hocker an der größeren Kücheninsel. Sie trägt das maßgeschneiderte grüne Kleid, das ihr der Unseelie-Erzlord geschenkt hat, bevor sie zu uns zurückkehrte, sowie die Stiefel, die Harper ihr gemacht hat und die eine Orthese für ihren krummen Fuß umfassen. Dieses Bein schwingt lässig hin und her, ihre Ellenbogen sind jedoch steif auf die Arbeitsplatte gestützt, ihre Hände etwas zu fest vor ihr verschränkt und ihr hübsches Gesicht ist angespannt.

Wenn ich es könnte, würde ich so gut wie alles tun, um sicherzustellen, dass sie nie wieder einen Grund hat, so ernst auszusehen. In den vergangenen Monaten – in den vergangenen *Jahren*, um ehrlich zu sein – hat sie bereits viel zu viel belastet. Es war eine größere Last, als irgendein Wesen tragen sollte.

Als ich meine Schritte lauter setze und die Tür durchquere, hält ihr schwingendes Bein inne und ihr Kopf schnellt in die Höhe. Ich kann sehen, wie entschlossen sie das Lächeln formt, das sie mir schenkt, als wäre es ein Zeichen von Stärke. Meine Brust zieht sich noch fester zusammen.

Was plagt diese wunderbare Frau, die sich bereits so viel auf ihre Schultern geladen hat?

Ich nehme einen Dämmerapfel aus einem Korb auf der Arbeitsplatte und werfe ihn in meinen Händen hin und her, während ich zu ihr schlendere, um mich ihr gegenüber zu setzen. „Ruheloser Morgen?"

Sie zuckt mit den Schultern und lächelt noch immer ihr entschlossenes kleines Lächeln, das mir praktisch das Herz durchbohrt. Ich lasse meine Krallen aus den Fingerspitzen meiner rechten Hand sprießen und schneide sauber ein Stück von dem Apfel ab. Als ich den Vorgang halb beendet habe, kommt mir der Gedanke, dass diese Geste, die ich so automatisch gemacht habe, für sie verstörend sein könnte. Doch als ich aufschaue, beobachtet sie mich ohne ein Anzeichen von Bestürzung.

Nun, sie ist schon auf dem Rücken meiner Wolfgestalt

geritten. Falls sie irgendwelche Bedenken bezüglich der Bestie in mir hatte, sind sie mittlerweile verschwunden. Ich kann mir nicht vorstellen, dass ihre traumatischen Erinnerungen, in denen wölfische Fangzähne und Krallen vorkamen, etwas mit einem Morgensnack zu tun hatten.

Ich stecke mir das Apfelstück in den Mund, dessen saures Aroma mich erdet, und schneide noch ein Stück ab, um es Talia anzubieten. Sie nimmt es mit einem gemurmelten Dank entgegen, isst es allerdings nicht, sondern dreht es nur in den Händen. Dabei starrt sie es stirnrunzelnd an, als hätte ich ihr ein neues Problem und kein Obststück gereicht.

Ich schnalze mit der Zunge. „Komm schon, es nagt ganz offensichtlich etwas an dir. Was auch immer es ist, du kannst es rauslassen. Du magst zwar allkräftig sein, solltest mittlerweile jedoch wissen, dass stark zu sein, nicht bedeutet, dass man sich allein durch die Welt kämpfen muss."

Talia holt tief Luft und ein Beben durchläuft ihren Körper. Ich spanne mich an, beobachte sie und bin mir plötzlich sicher, dass das, was ihr durch den Kopf geht, viel schlimmer ist als alles, was ich vermutet habe.

Ich lege den Apfel beiseite. „Talia, falls im Winterreich etwas schiefgegangen ist, was du uns nicht erzählt hast … falls du aus irgendeinem Grund *Angst* davor hast, dorthin zurückzukehren …"

„Nein", unterbricht sie mich mit einer fast panischen Dringlichkeit, die nicht besonders überzeugend ist. „Ich … ich habe keine Angst, zurückzugehen. Es ist einfach so viel los und ich bin mir in Bezug auf vieles unsicher, was von größer Bedeutung ist …"

Ich mustere sie und noch mehr Skepsis durchströmt mich. Ich habe viel Zeit in der Gegenwart dieser Frau verbracht, seit sie in unser Leben getreten ist, und ihre Antwort wirkt auf mich nicht wie ihre übliche Nachdenklichkeit. „Du kannst zwar auf Arten lügen, zu denen wir Fae nicht in der Lage sind, doch es wäre mir lieber, wenn du es nicht tun würdest, selbst wenn du denkst, dass es uns Kummer ersparen wird. Dich beschäftigt etwas Spezielles, was über das allgemeine Chaos hinausgeht, in dem wir uns befinden, oder?"

Ich dachte, ich hätte ruhig und monoton gesprochen, doch Talia erbleicht und ihre Finger krümmen sich in ihre Handflächen. „Es tut mir leid", entschuldigt sie sich und ihre Stimme ist noch angespannter als zuvor. „Ich hätte nicht … ich gab ihm mein Versprechen … es ist nichts, was jemandem hier schaden kann. Oder mir."

Meine Nackenhaare sträuben sich instinktiv. Der Vogelhirn-Eindringling hat darauf bestanden, dass sie etwas vor uns geheim hält – etwas, was sie belastet. Vielleicht ist er doch nicht so ehrenhaft. Sie daran zu hindern, mit uns zu reden, während er in ihre Gedanken greifen kann …

Ich kämpfe darum, die Schärfe aus meiner Stimme rauszuhalten. „Wenn er dir Hilfe verwehren möchte, wenn du sie brauchst …"

Talia schüttelt den Kopf so heftig, dass ich verstumme. „Es ist nichts dergleichen. Wirklich. Und ich bin mir sicher, dass du bald davon erfahren wirst. Er muss nur seine Kollegen dazu bringen, einem richtigen Gespräch mit Sylas und den anderen Erzlords zuzustimmen." Sie atmet zitternd und leicht schluchzend ein. „Ich *mag* es nicht, Geheimnisse vor euch zu haben. Er hat es auch nur erwähnt, um mich zu beruhigen und damit ich nicht im Dunkeln tapse."

Mein Herz verkrampft sich vor Schuldgefühlen. Wie der Blitz springe ich von meinem Hocker und bin an ihrer Seite, ziehe sie in eine behutsame Umarmung und rüge mich, weil ich sie so stark bedrängt habe. „Hey, es ist alles gut. Ich bin nicht wütend. Ich wollte dich nicht aufregen. Wenn du dir sicher bist, dass dieses Geheimnis weder deine Sicherheit und Freude noch die unseres Rudels bedroht, ist es nichts, in das ich meine Nase stecken muss. Ich entschuldige mich. Ich hätte darauf vertrauen sollen, dass du weißt, was gesagt werden muss und was nicht, und ich hätte es dabei belassen sollen."

Sie lehnt ihren Kopf an meine Schulter, doch ihre schlanke Gestalt liegt nach wie vor steif in meinen Armen. „Es ist alles in Ordnung. Ich weiß, dass es deine Aufgabe ist, alles in Erfahrung zu bringen, was los ist, vor allem über jemanden, der ein Feind sein könnte."

„*Du* wirst niemals unser Feind sein", erwidere ich bestimmt. „Ganz gleich, an wie viele verfluchte Rabengestaltwandler du gebunden bist. Das kann ich dir versprechen."

Zu meiner Erleichterung schafft es mein Versprechen, ihr ein Lachen zu entlocken. „Lass uns hoffen, dass es nur einer ist. Ich denke, ich habe gegen genug Gesetze der Fae-Welt verstoßen, ohne dass ich eine Horde an seelenverbundenen Gefährten habe."

Ich erschaudere übertrieben und neige ihr Gesicht nach oben, sodass ich mir einen schnellen, jedoch süßen Kuss stehlen kann. „Ich wünsche mir, dass das Herz freundlicher zu dir sein wird."

Sie summt vor sich hin und kuschelt sich viel entspannter als zuvor an mich, was mich irrsinnig glücklich macht, als sei *ich* ein Welpe in den Fängen einer sinnlosen Schwärmerei.

Ich schätze, trotz all meiner Lebensjahre bin ich das in gewisser Weise. Ich habe noch nie zuvor eine Frau so geliebt wie Talia. Es gab noch nie ein Wesen, das ich aus ganzem Herzen mit allem verteidigen wollte, was ich habe. Nicht einmal meinen Lord. Abgesehen von … abgesehen von dem einen Fehltritt mit Isleen, dem ich in meinem Kopf lieber keinen Raum mehr geben möchte, habe ich Sylas stets treu gedient. Allerdings kann ich nicht leugnen, dass es

Augenblicke gab, in denen ich es hasste, meinen Pflichten nachzugehen.

„Ich frage mich, ob das Herz so etwas für großzügig halten würde", sinniert Talia, deren warmer Atem meinen Hals streift. „Ich meine, ich hatte bereits euch drei. Ich *brauchte* keinen seelenverbundenen Gefährten. Also warum sollte es nicht noch mehr hinzufügen, wenn es bereits einen Lauf hat?"

Ihr Ton ist sarkastisch, allerdings nicht vollkommen scherzhaft. Ich gluckse. „Die meisten Dinge an dir sind nur ungewöhnlich, weil du ein Mensch bist. Für Fae sind sie normal. Und ich habe noch nie von einem Fae gehört, der mehr als ein Seelenband hatte, nicht einmal der reinste aller reinblütigen Fae. Ich bin relativ zuversichtlich, dass du davor sicher bist."

„Sicher", brummt sie, als würde sie nicht viel Vertrauen in dieses Wort setzen. Ich kann nicht behaupten, dass ich ihr daraus einen Vorwurf mache.

„Sieh es mal so", schlage ich vor und ziehe sie enger an mich, um ihre Nähe so lange zu genießen, wie ich kann, bevor sie fort ist. „Du hast dir die Hingabe von nicht nur einem, sondern zwei Erzlords verdient. Eine höchst beeindruckende Leistung! Es ist bloß ein Jammer, dass sie sich auf gegensätzlichen Seiten der Grenze befinden."

Sie gibt einen ablehnenden Laut von sich. „Es sind nicht nur Sylas und Corwin, die ich berücksichtige."

„Ah, ich wäre nicht beleidigt, wenn du ihrem Teil in diesem Melodrama mehr Aufmerksamkeit schenkst als meinem oder Augusts", necke ich sie. Die Wahrheit ist jedoch, dass mich ein Stich durchfährt, als ich die Worte ausspreche.

Es könnte sehr wohl darauf hinauslaufen – auf eine Vereinbarung, die sie mit den zwei Männern treffen kann, die einen Anspruch auf sie haben und in dieser Welt echte

Autorität besitzen. August und ich können lediglich vom Seitenrand zuschauen.

Ich schiebe mein Unbehagen beiseite und stehle mir noch einen Kuss. Dieser ist lange und leidenschaftlich. Ich hätte gute Lust, sie um Erlaubnis zu bitten, ihr zum Abschied eine sehr potente Erinnerung an die Freuden schenken zu dürfen, die wir von Hearth-by-the-Heart anzubieten haben. Meine Ohren nehmen jedoch ein Poltern an der Eingangstür wahr, als einige der Diener kommen, um ihre Arbeit anzutreten. Daher weiche ich widerwillig zurück.

Ich kann nicht widerstehen, Talias Haare liebevoll zu zerzausen, bevor ich mich vollständig von ihr löse. „Du hast dich während deiner Zeit bei uns als schrecklich einfallsreich erwiesen, Allkräftige. Ich bin mir sicher, du wirst die beste Lösung innerhalb des Reichs der Möglichkeiten finden, wie auch immer die aussieht."

Und wenn es das Herz so will, wird es in ihrem Leben immer noch einen Platz für mich geben, nachdem sie ihre endgültige Entscheidung getroffen hat.

3

Talia

ie beim ersten Mal durchquert Corwin den funkelnden Dunst, der die Grenze markiert, damit er mich ins Winterreich bringen kann. Das letzte Mal, als er die Grenze überquerte, überfiel ihn Celia, eine der anderen Seelie-Erzlords, aus dem Hinterhalt mit ihren Männern und warf ihn in ihren Kerker, weshalb ich es ihm nicht übelnehmen würde, wenn er zögern würde. Doch obwohl er sich leicht skeptisch umsieht, ist die Freude, mich wieder zu sehen, mit Abstand die stärkste Emotion, die ich an ihm wahrnehme.

Es fühlt sich merkwürdig an, *ihn* zu sehen und dass er in Fleisch und Blut, hochgewachsen und schlank mit diesen dunklen Augen, die mich mit ihrer üblichen Intensität beobachten, sowie den blau-schwarzen Locken, die um sein markantes Gesicht herum fallen, vor mir steht. Wir waren in den wachen Stunden der letzten Woche beinahe ständig in

Kontakt, auch wenn es häufig nur ein Bewusstsein um die Präsenz des anderen und kein richtiges Gespräch war. Unser Band vibriert jedoch viel kraftvoller, wenn er tatsächlich in meiner Nähe ist.

In vielerlei Hinsicht ist er noch immer ein Fremder für mich, obwohl wir viel miteinander geteilt haben. Die Emotionen, die in meiner Brust aufsteigen, sind eine verwirrende Mischung aus Freude, Erleichterung und Angst. Wie kann ich mich ihm so nahe fühlen und dennoch zugleich so unsicher sein?

Seine Stimme dringt so kühl und ruhig durch unser Band, wie sie es normalerweise ist, wenn er spricht. *Es ist alles in Ordnung. Wir sind noch immer dabei eine gemeinsame Basis für unsere Beziehung aufzubauen. Ich bin einfach froh, dass ich eine weitere Gelegenheit erhalte, das zu tun. Musst du dich noch einmal verabschieden?*

Er hat vermutlich meine Abschiedsworte mitbekommen, die ich bereits mit meinen Seelie-Männern gewechselt habe, als ich jeden einzelnen fest umarmt und noch einige letzte Küsse genossen habe, bevor wir die Privatsphäre der Burg verlassen haben. Schuldgefühle darüber, was er dabei empfunden haben muss, plagen mich, doch er lässt sich keine Eifersucht anmerken. Während unserer ersten zehn gemeinsamen Tage habe ich *sehr* deutlich gemacht, dass er die anderen Bande akzeptieren muss, die mein Herz geschmiedet hat, wenn er möchte, dass ich ihm eine Chance gebe.

Ich vermute, diese Woche hat er viel Übung darin bekommen, seine Toleranz zu trainieren, obwohl ich meine inneren Mauern jedes Mal errichtet habe, wenn es besonders heiß herging.

Ich blicke zurück zu Sylas und seinem Kader – und Harper, die ebenfalls gekommen ist, um mich zu verabschieden. Sie hat heute Morgen drei neue Kleider mitgebracht, als hätte ich nicht bereits genügend hübsche Klamotten, die ich in Corwins Palast tragen kann. Ich versicherte ihr mehr als einmal, dass ich kein Problem damit habe, allein zu gehen, glaube jedoch, dass sie immer noch das Gefühl hat, sie wäre mir etwas schuldig.

Es gibt nichts mehr zu sagen. Ich hebe die Hand. „Ich bin in einer Woche kurz vor Mittag zurück."

„Wir werden auf dich warten", erwidert August mit einem warmen, wenn auch bittersüßen Lächeln.

Corwin nimmt den Koffer mit meinen Kleidern und anderen Habseligkeiten. Ich trete nach vorne, um mich ihm anzuschließen, und spreche den Schwur, den das Herz von jedem verlangt, der die Grenze in der Nähe seiner leuchtenden, pulsierenden Energie überquert. „Ich schwöre beim Herzen, den Fae hinter dieser Grenze kein Leid zuzufügen. Möge ich in Frieden und Freundschaft hinübergehen."

Wir treten in den Dunst. Es kommt mir komisch vor, neben Corwin herzulaufen, jedoch diese Distanz zwischen uns einzuhalten, als seien wir verlegene Bekannte. Ich zögere kurz, dann schiebe ich mich näher an ihn heran und lege meine Hand um seinen Ellenbogen.

Der Körperkontakt löst nicht das übliche elektrische Beben und die Vertiefung des Bandes aus, die ich fühlen würde, wenn ich seine bronzefarbene Haut anstelle des weichen Stoffs seiner Jacke berühren würde. Es breitet sich jedoch Zufriedenheit entlang unseres Bandes aus. *Es ist eine Freude, dich in diesem Kleid zu sehen*, bemerkt Corwin.

Ich streiche mit der anderen Hand über den hellgrünen Rock, eine Farbe, die er meines Wissens nach wegen meiner Augen ausgesucht hat. Er ließ das Kleid das letzte Mal kurz vor meiner Abreise für mich anfertigen. Es ist eine Kombination aus Unseelie-Design und Seelie-Lebhaftigkeit.

Es erschien mir passend. Und ich wusste, dass es bereits mit einem sehr guten Wärmezauber ausgestattet ist.

Das ist definitiv wichtig, stimmt er mit einem Hauch von Belustigung zu, aber es ist auch wahr. Mit jedem Schritt nimmt die Temperatur ab, bis Kälte in kurzen Schwaden über meine Haut kitzelt, bevor der Zauber in dem Kleid das Schlimmste abwehrt. Als wir auf der Winterseite das weitläufige eisige Flachland betreten, fegt die Brise über meinen Kopf hinweg.

Corwin blickt auf mich herab. „Mir gefällt deine neue Haarfarbe."

Ich berühre meine welligen Haare verlegen. Vor Monaten färbte August sie mir in einem kräftigen Pink. Es war eine Methode, um meine Identität und Selbstbeherrschung nach Jahren der Gefangenschaft wiederzuerlangen. In der letzten Woche begann die Farbe jedoch, sich ein wenig kindisch anzufühlen. Sie basierte immerhin auf meinem Geschmack als angehende Teenagerin. Und seit jenen ersten Tagen in Sylas' altem Bergfried habe ich es weit gebracht.

Ich bin jetzt eine Lady des Winters und Sommers. Als August die Farbe heute Morgen auffrischte, bat ich ihn daher, die pinken Strähnen mit einem dunklen, kühlen Lila zu durchziehen.

Corwin konnte womöglich einen Teil meiner Gründe für diese Entscheidung meinen Gedanken entnehmen, doch ich spreche sie trotzdem laut aus. „Das schien ebenfalls passend zu sein. Wie das Kleid – Sommer und Winter gemeinsam."

Ich bemerke ein gewisses Zögern in Corwins Gedanken, das er nicht sofort ausdrückt. Er hat zwar Frieden mit Sylas geschlossen und die Rolle akzeptiert, die der Seelie-Erzlord und seine zwei Kader-Gewählten in meinem Liebesleben spielen, es bestehen jedoch nach wie vor große Spannungen zwischen den Reichen.

Ein Kloß schwillt in meiner Kehle an. Ich will nicht, dass

wir so kurz nach meiner Ankunft streiten, allerdings kann ich nicht viel länger auf die Erklärung warten.

Wir nähern uns der glänzenden Diamantfestung, die Corwin sein Zuhause nennt. Eine natürliche Melodie, die von deren Kristallen vibriert, formt sich mit den Bewegungen des Windes. Meine Laune wird davon gehoben, während ich etwas von der Dreistigkeit heraufbeschwöre, die mir allmählich immer leichter fällt.

Ich will nicht laut über den Fluch sprechen, während wir den Ländereien der anderen Unseelie-Erzlords so nahe sind. Ich glaube nicht, dass sie glücklich wären, wenn sie herausfänden, dass Corwin mir ihr Geheimnis anvertraut hat, ganz gleich wie vage er es formuliert hat. Also verlagere ich unser Gespräch nach innen. *Der Fluch, den du erwähnt hast – hast du deine Kollegen überzeugt, mit den Seelie darüber zu sprechen?*

Ich erhalte den Eindruck eines innerlichen Seufzens. *Ich arbeite noch daran. Sie haben im Wesentlichen zugestimmt, dass es jetzt ein logischer Schritt wäre, da wir eine Verbindung zur anderen Seite der Grenze hergestellt haben. Allerdings ziehen sie die Entscheidung in die Länge, wie man das Thema am besten anschneiden soll. Vorsicht hat uns schon viele Male gute Dienste geleistet … Ich mache es ihnen nicht zum Vorwurf, dass sie auf der Hut sind, auch wenn ich darauf brenne, dass dieses Problem aus der Welt geschafft wird.*

Kurz fange ich eine seiner Erinnerungen auf: Das Halsband mit dem Eisenkern, das um Corwins Hals herum brannte, als Erzlord Celia ihn diesen entsetzlichen Tag lang gefangen hielt. Vielleicht können wir schon von Glück sprechen, dass Corwin verhandeln möchte, anstatt wieder in den Krieg zu ziehen.

Wenn du recht hast und mein Blut bei euch genauso als Heilmittel wirkt wie bei den Seelie, wage ich mich vor, *wäre die Situation dann weniger angespannt?*

Womöglich. Du solltest allerdings nicht das Gefühl haben, es sei deine Pflicht – ich hege zwar viele Hoffnungen, werde dich jedoch nicht zu deiner Mithilfe zwingen.

Ich drücke seinen Arm. *Das musst du nicht tun. Ich will helfen, wenn ich kann. Und sobald ich es kann. Wirst du mir mehr über den Fluch erzählen jetzt, da ich hier bin?*

In der Woge aus Emotionen, die durch unser Band schwappt, fließt ein wenig Reue mit, dass es bei unserem Wiedersehen um eine so ernste Angelegenheit geht, aber auch die Erkenntnis, wie sehr mich diese Sache während der letzten Woche belastet hat.

Es tut mir leid, entschuldigt sich Corwin, während er den Bediensteten anlächelt, der uns die Palasttür öffnet. *Ich dachte, es würde deine Sorgen ein wenig zerstreuen, zumindest einen Teil des Problems zu verstehen. Doch damit habe ich mich anscheinend geirrt. Ich wollte dir nicht noch mehr Sorgen aufbürden.*

Es ist okay. Ich hätte mir womöglich noch größere Sorgen gemacht, wenn ich keine Ahnung gehabt hätte, warum die Unseelie das Sommerreich angegriffen haben und ob sie es wieder tun werden. Ich will einfach nur wissen, womit ich es zu tun habe, jetzt, da ich es wissen darf. Du hast gesagt, wenn ich wieder hier bin, könntest du mir zeigen …?

Ja, natürlich. Es tut mir nur leid, dass ich deinen Besuch mit einer so schrecklichen Geschichte und einer derart gewaltigen Bitte beginnen muss.

Seit meiner Ankunft hat Corwin selbst eine halbe Mauer um seine Seite des Bandes errichtet, um den Strom seiner Emotionen einzudämmen. Ich weiß nicht, ob er will, dass ich die kurzen Bilder von angenehmeren Aktivitäten bemerke, denen er lieber mit mir nachgehen würde und die mich jetzt durch das Band erreichen: Er, wie er Harfe spielt, während ich zuhöre; wir, wie wir uns im Esszimmer bei einer der köstlichen Mahlzeiten seines Menschenkochs unterhalten. Leichte Schmerzen setzen in meinem Herzen ein.

Ich weiß, dass Corwin mich liebt. Er hat es Donovan, dem dritten Seelie-Erzlord, gestanden, als er zu beweisen versuchte, dass er einen Waffenstillstand zwischen den Reichen unterstützen würde, und ich spürte die Wahrheit seiner Worte. Mir hat er es allerdings nicht gesagt, vielleicht weil er mich nicht unter Druck setzen will. Er merkt bestimmt, dass ich noch nicht bereit bin, derartig intensive Erklärungen zu erwidern. Doch er hat lange Zeit darauf gewartet, seine seelenverbundene Gefährtin zu finden, und obwohl ich nicht das bin, was er erwartet hatte, hat er mich willkommen geheißen.

Ich empfinde zwar noch keine allumfassende Liebe für ihn, aber er ist mir wichtig, und zwar nicht nur wegen des Ziepens unseres Bandes. Ich bin nicht nur zurückgekommen, um dem Fluch auf den Grund zu gehen, und er sollte das auch nicht denken.

Nachdem wir mein Zimmer betreten haben – dasselbe Zimmer, das ich während meines ersten Aufenthalts bewohnte – stellt Corwin meinen Koffer an die Wand. Er dreht sich um, als wollte er mich gleich wieder nach draußen führen, doch ich halte ihn mit meiner Hand auf. Auf seinen fragenden Blick hin trete ich näher an ihn heran und schiebe meine Arme in einer zaghaften Umarmung um ihn.

Corwin stockt leicht der Atem und ein Ruck der Freude, den er nicht zurückhalten kann, durchfährt ihn, ehe er die Umarmung erwidert und sein Kinn auf meinen Kopf legt. Ich entspanne mich in seinen Armen und sein kühler, waldiger Duft hüllt mich ein, der mich an verschneite Waldnächte erinnert. Ich öffne meine Seite des Bandes komplett, damit er fühlen kann, wie sehr *ich* die Gelegenheit begrüße, unsere Verbindung zu erkunden.

Selbst wenn ich nicht gewillt bin, meine Seelie-Männer

aufzugeben, erkenne ich allmählich, dass das Band, das mir das Herz aufgezwungen hat, ein Geschenk sein kann.

„Ich habe dich vermisst", sagt er leise. „Es klingt vielleicht merkwürdig, da ich hunderte von Jahren ohne dich in diesen vier Wänden gelebt habe und nur zehn Tage mit dir hier verbracht habe, aber ich spürte deine Abwesenheit jeden Tag."

Der Schmerz in meinem Herzen dehnt sich aus. „Ich habe dich auch vermisst", gestehe ich. Genauso wie ich meine Männer des Sommers vermissen werde, während ich hier bin. Kurz droht mich das gewaltige Ausmaß meiner romantischen Zwickmühle zu überwältigen.

Als würde er beschließen, dass es am besten sei, mich mit einem Themenwechsel abzulenken, auch wenn das Thema ein unangenehmes ist, senkt Corwin die Arme und nimmt meine Hand. „Komm. Ich sollte dich nicht länger warten lassen. Ich habe die Nachricht erhalten, dass der Fluch eine Frau in einer Länderei ungefähr eine Stunde entfernt von hier getroffen hat. Ich werde dir alles, was ich darüber weiß, auf dem Weg erklären und dann kannst du dir die Wirkung mit eigenen Augen anschauen – und entscheiden, ob es etwas Offenkundiges gibt, was du für sie tun kannst."

Draußen wartet ein kleines Gefährt auf uns. Corwin muss davon ausgegangen sein, dass wir diese Reise bald, wenn nicht sogar sofort antreten würden.

Ich halte den Mund, bis ich mich auf der Holzbank niedergelassen habe und sich das Gefährt angetrieben von Magie in die Lüfte gehoben hat. „Ich schätze ... du könntest einfach mit dem Anfang beginnen? Was ist dieser Fluch? Wie hat er begonnen? Wann hat er angefangen?" Wenn er eine Frau heute befallen hat, dann ist er offensichtlich nicht an den Vollmond gebunden wie der Fluch der Seelie und wirkt sich nicht auf alle Winter-Fae auf einmal aus.

Corwin lehnt sich an den Bug des Gefährts neben der

Kristallscheibe, die den kalten Wind bis auf vereinzelte Böen abwehrt. Er fährt mit seinen schlanken Fingern durch seine Haare und sein Mund verzieht sich in einer seltenen, offenen Zurschaustellung seines Unbehagens. „Wir haben die ersten Anzeichen vor mehreren Jahrzehnten entdeckt, doch es dauerte eine Weile, bis die Krankheit wirklich ernst wurde. Mein Vater war einer der Ersten, der daran starb."

Das war seiner Erzählung nach vor ungefähr fünf Jahrzehnten. Seine Mutter wurde daraufhin so sehr von Kummer gebeutelt, dass sie es nicht einmal mehr ertragen konnte, zu leben. „Soweit ich weiß, gleicht dieser Zeitrahmen dem des Seelie-Fluchs. Aber … woher wisst ihr, dass es keine gewöhnliche Krankheit ist?"

„Niemand, der einer gesundheitsbezogenen Kunst nachtgeht, konnte die Ursache herausfinden", erklärt Corwin, „genauso wenig wie eine Möglichkeit, die Symptome zu lindern, geschweige denn sie zu heilen. Das Leiden kommt scheinbar aus dem Nichts und befällt die Fae wahllos. Wir konnten kein Muster erkennen, wer dem Fluch erliegt, und er breitet sich nicht so aus, wie es eine Krankheit normalerweise tut. In den meisten Fällen hatten die Opfer keinen Kontakt zu anderen Opfern und niemand, der ihnen nahesteht, wird zur gleichen Zeit von dem Fluch gepackt."

Während er spricht, stellen sich die Härchen auf meinen Armen auf. Es muss so schrecklich sein, keine Möglichkeit zu haben, sich zu schützen oder vorherzusagen, wo diese Krankheit als Nächstes zuschlagen könnte. Ich schlucke schwer. „Stirbt jeder, der die Krankheit bekommt?"

Er nickt. „Seit dem Tod meines Vaters, ja. Das letzte Opfer, von dessen Überleben ich weiß, wurde kurz nach meinem Vater von dem Fluch gepackt und war anschließend dauerhaft geschwächt. Und im Lauf der Zeit wurden immer mehr meiner Leute von dem Fluch erwischt. Damals waren es nur ein halbes Dutzend pro Jahr. Jetzt haben wir im gesamten Reich allein in diesem Monat beinahe fünf verloren.“

Für Wesen, die mehrere tausend Jahre zu leben erwarten, wenn alles gut geht, müssen so viele Tode eine Katastrophe sein.

„Der Seelie-Fluch wird auch schlimmer“, erwidere ich. „Es ist merkwürdig, dass die Flüche hinsichtlich ihres Zeitpunkts und ihrer Entwicklung miteinander in Verbindung stehen, die Wirkung jedoch unterschiedlich ist.“

„Vielleicht ist es derselbe Fluch, der sich gemäß unserem Wesen entfaltet.“ Corwins Mund verzieht sich zu einem grimmigen Strich. „Er macht die Sommer-Fae noch wilder, als sie bereits waren, sodass sie keinerlei Kontrolle mehr haben, und bringt ihre inneren Bestien hervor. Und bei uns …“ Er lässt den Satz in der Luft hängen.

„Was tut die Krankheit?“, hake ich nach.

Er atmet zittrig ein. „Es ist, als würden die Opfer erfrieren, doch keine einzige Wärmequelle kann sie wärmen. Ihre Haut wird blau und kalt, ihre Glieder werden zunehmend steif, bis sie gelähmt sind, und am Ende versagen ihre Organe. Das alles geschieht innerhalb weniger Tage. Als unsere Ärzte die Opfer untersuchten, um das Leiden zu verstehen, stellten sie fest, dass sogar das Essen in ihren Mägen zu Eis geworden war.“

Mein eigener Magen dreht sich bei dieser Vorstellung um. Das ist in der Tat ein winterlicher Fluch. Ich könnte etwas darüber sagen, dass auch die steife Art der Unseelie verstärkt wird, bin jedoch nicht sicher, ob Corwin diese Beobachtung jetzt zu schätzen wüsste.

„Du wirst es sehen, wenn du die Frau kennenlernst“, sagt Corwin. „In diesem frühen Stadium sollte sie sich noch bewegen können und in der Lage sein, zu sprechen. Womöglich wird sie ein wenig verstörend wirken.“ Er hält inne. „Die Seelie hast du aus ihrem Fluch gerissen, indem du ihnen erlaubt hast, dein Blut zu konsumieren, stimmt das?"

Instinktiv reibe ich über meinen Unterarm, wo mir Aeriks Männer früher Blut abgezapft haben. „Ja. Sie brauchen nur ein winziges bisschen – wir mischen es mit anderen Zutaten, damit man es leichter als eine Art Elixier verteilen kann. Aber – es verhindert den Fluch nur in dieser speziellen Nacht. Deswegen muss ich immer wieder zurückgehen, wenn ich ihnen helfen will. Ich weiß nicht … Selbst wenn mein Blut jemanden heilt, der im Moment unter eurem Fluch leidet, könnte die Wirkung nicht dauerhaft sein."

„Selbst eine Übergangslösung wäre besser als keine. Aber natürlich … ich möchte nicht, dass du dich übernimmst …"

Ich schenke ihm ein angespanntes Lächeln, ehe ich ihn unterbreche. „Ich weiß. Lass uns einfach schauen, ob ich überhaupt helfen kann, bevor wir uns darüber den Kopf zerbrechen."

Corwin starrt mich einen Moment lang an, dann erwidert er mein Lächeln mit mehr Wärme – und einem Glühen der Bewunderung, dass sich von innen heraus in mir ausbreitet. Und einfach so zieht mich unser Band zu ihm.

Obwohl die Bilder, die seine Worte zeichneten, noch durch meinen Kopf spuken, steigt in mir der Drang auf, ihnen in der Wonne zu entkommen, die mir sein Kuss schenken wird. Verlangen entflammt in meinem Unterleib.

Das Herz wird nicht zufrieden sein, bis wir das Band in jeder Hinsicht vollzogen haben.

Ich schließe kurz die Augen, als wollte ich die Emotionen wegsperren, mit denen ich mich momentan nicht auseinandersetzen möchte. Als ich sie wieder öffne, deutet Corwin auf die Landschaft hinter dem Gefährt und spricht in einem Tonfall, der mir verrät, dass er sein Bestes gibt, mich von dem Aufruhr in meinem Inneren abzulenken. „Ich kann die Gelegenheit nutzen, dir etwas mehr von unserem Reich zu zeigen. Dort kannst du in der Ferne den Frostfeuerwald sehen – das Eis, das sich an den Bäumen bildet, sieht wie Flammen aus, die kalt sind, bis man eine abbricht. Dann schmilzt die Mitte zu einem dampfenden Getränk, das ziemlich lecker ist."

Während der restlichen Reise redet er, beantwortet meine Fragen und macht mich auf andere Besonderheiten seiner Welt aufmerksam. Mein kurzes Aufflammen der Begierde nach ihm oder dass ich es erstickt habe, erwähnt er nicht. Ich kritisiere die Winter-Fae zwar dafür, dass sie steif sind, weiß ihre Geduld jedoch zu schätzen – oder zumindest seine.

Das Gefährt wird bei einem Burgfried und einem weitläufigen Dorf aus Holzgebäuden langsamer. Es ist nicht die gleiche Holzsorte, die Sylas und sein Rudel nutzen, um ihre Häuser heraufzubeschwören. Dieses ist so hell wie Birken und hat eine grobe Struktur wie Treibholz.

Die Fae-Frau, die anscheinend über diesen Schwarm herrscht, marschiert mit einigen Untergebenen auf den Fersen aus dem Bergfried. Sie neigt grüßend den Kopf. „Erzlord Corwin, ich fühle mich geehrt von Ihrem Besuch. Ich habe nicht erwartet ..." Sie verstummt und ihr Blick landet offenkundig verwirrt auf mir.

Corwin legt seine Hand auf meine Schulter. „Ich bin hergekommen, um das Mitglied deines Schwarms zu besuchen, das von dem Fluch getroffen wurde. Das hier ist Talia, ein Gast von mir. Sie kann womöglich helfen."

Diese Bemerkungen scheinen die Verwirrung der Fae-Lady nicht aufzulösen, denn Corwin zufolge hat bisher *nichts* gegen den Fluch geholfen. Sie diskutiert jedoch nicht mit ihrem Herrscher. „Sie ist im Haus des Heilers", erklärt sie mit leichter Hoffnungslosigkeit in der Stimme und bedeutet uns, ihr zu folgen.

Der Mann, der auf unser Klopfen an einem der Häuser

in der Nähe reagiert, sieht genauso niedergeschlagen aus. Er tritt mit einer noch tieferen Verbeugung vor Corwin zurück.

Das neueste Opfer des Fluchs zieht meinen Blick sofort auf sich. Sie sitzt gekrümmt in einem Polstersessel in der Nähe des knisternden Kamins des Heilers. Ihre Beine sind an die Brust gezogen und das Kinn auf die Knie gestützt. Ihre Haut, die zuvor dunkelbraun gewesen sein muss, hat eine bläuliche Färbung angenommen, wodurch sie beinahe lila wirkt. Dünne Eiszapfen hängen in ihren rötlichen Haaren. Sie zittert und umarmt ihre Beine fester.

„Ich werde allein mit ihr sprechen", verkündet Corwin mit einem Hauch absoluter Autorität, den ich noch nicht oft bei ihm erlebt habe. Die Lady und der Heiler gehen sofort. Ich schätze, er will ihnen keine Hoffnungen bezüglich meiner möglichen Heilkräfte machen.

Er bleibt vor der Frau stehen und geht in die Hocke, sodass ihre Gesichter auf einer Höhe sind. Ich hätte den Schmerz, der sich auf seiner Miene abzeichnet, auch erkannt, wenn er nicht durch unser Band in mich strömen würde. Er fühlt sich so wahnsinnig hilflos angesichts dieser unerklärlichen Bedrohung.

Sein Tonfall ist jetzt ausnahmslos sanft. „Ich habe einen Trank, den ich dir gerne geben würde, um zu schauen, ob er dich ein wenig wärmt. Wärst du gewillt, ihn zu schlucken?"

Die Frau nickt mit einer Steifheit, die andeutet, dass ihre Glieder bereits zu gefrieren beginnen. Übelkeit rumort in mir. Ich habe noch nie eine Leiche gesehen, die so lange tot war, dass sie abgekühlt war, doch meine Instinkte sagen mir, dass der Tod so aussieht. Sie ist beinahe ein Zombie.

Selbst wenn ich sie heilen *kann*, wie viel Schaden hat diese bizarre Krankheit bereits bei ihr angerichtet?

Das spielt erst mal keine Rolle, außer wir können sie tatsächlich von dem Fluch befreien. Corwin wendet sich von ihr ab und zieht eine kleine Flasche aus seiner Jacke. Er greift nach mir und da ich seine Absicht erkenne, reiche ich ihm meine Hand.

Mit einem gemurmelten Wort, das ein wahrer Name sein muss, fügt er meinem Zeigefinger einen kleinen Schnitt zu. Es brennt kaum. Er lässt einige Tropfen meines Blutes in die Flasche fallen, um es mit der Flüssigkeit zu mischen, die sie bereits enthält, und schließt meine Haut genauso schnell, wie er sie geöffnet hat.

Als er sich wieder zu der verfluchten Frau umdreht, habe ich Probleme, zu atmen. Er hebt die Flasche an ihre Lippen und sie schafft es, ihren Kopf weit genug nach hinten zu neigen, um die Flüssigkeit anzunehmen. Dann tritt er zurück und wir warten.

Ein Beben durchfährt den Körper der Frau. Mein Herz macht einen Satz, weil ich denke, dass sie womöglich die Wirkung des Fluchs abschüttelt – doch dann schlingt sie die Arme fester um ihre Beine und ich könnte schwören, ihre Haut nimmt eine noch kühlere Farbe an. Nach einigen Minuten hat sich mein Magen komplett verknotet und es ist kein Zeichen einer Veränderung zu sehen.

Es hat nicht funktioniert. Mein Blut kann den Fluch der Seelie heilen, allerdings nicht den des Winterreichs. Oder falls es das kann, dann nicht auf die gleiche Weise.

Wir haben es versucht, meint Corwin schweigend. *Es ist nicht deine Schuld. Es könnte sein, dass die Wirkung erst später einsetzt.* Sein Kummer über das wahrscheinliche Versagen schwingt jedoch in seiner inneren Stimme mit.

4

Talia

Das Abendessen in Heart's Cadence ist eine trostlose Angelegenheit. Das Essen ist wie immer köstlich, das zarte Fleisch schmilzt mit einem feinen, süßen Aroma auf meiner Zunge, Corwin macht jedoch nicht den Eindruck, als würde er es genießen. Er spricht wenig, die Verbindung zwischen uns ist beinahe komplett blockiert und was ich von ihm spüren kann, ist ein Tumult unbehaglicher Emotionen.

Wir blieben ein paar Stunden in der Stadt bei der verfluchten Frau nur für den Fall, dass sie sich mit der Zeit erholen würde. Corwin besprach Geschäftliches mit der Lady des Schwarms und ich hörte vom Seitenrand aus zu, da ich es für besser hielt, vorerst so viele Informationen wie möglich aufzusaugen, anstatt mich einzumischen. Ich habe die Erkenntnis gewonnen, dass dies nicht das erste Mal ist, dass der Fluch den Schwarm getroffen hat. Im Lauf der letzten

Jahrzehnte haben sie noch zwei andere Mitglieder an den Fluch verloren. Wie Corwin sagte, verbindet die aktuell betroffene Frau nichts mit ihnen.

Als wir schließlich gingen, hatte sich ihr Zustand verschlechtert. Der Arzt brachte sie in ein Bett, da ihre Glieder so steif geworden waren, dass er Angst hatte, sie würde in ihrer kauernden Pose erstarren.

Ich gehe davon aus, dass die Krankheit ein Fluch *ist*, wie Corwin und seine Kollegen annehmen, nicht nur wegen all der Aspekte, die nicht zu einer gewöhnlichen Krankheit passen, sondern auch aufgrund dessen, dass sie zusammen mit dem Fluch der Seelie aufgetreten und schlimmer geworden ist. Allerdings *weiß* ich nichts darüber, wie man Flüche bricht. Ich habe keine Ahnung, warum mein Blut die Sommer-Fae aus ihrer wölfischen Wildheit reißt.

Ich stochere in den letzten Scheiben des rübenähnlichen Gemüses herum und riskiere eine Frage. „Ist es normal für einen Fluch – irgendeinen Fluch, nicht einmal zwangsläufig einen so großen – dass er aus dem Nichts kommt? Oder bedeutet es, dass man von jemandem mit einem Fluch belegt wurde, wenn einer auftritt?" Erinnerungen an gruselige Halloween-Geschichten gehen mir durch den Kopf, obwohl das Menschengeschichten waren, die für Kinder erfunden wurden.

Corwin reißt sich aus seiner melancholischen Nachdenklichkeit. „Beides ist möglich. Du hast gesehen, wie viel Magie dieses Reich an sich besitzt. Diese Magie kann zu bösartigen Formen verdreht werden, auch wenn wir es nie mit etwas annähernd so Gewaltigem zu tun hatten. Und Fae können einander mit bösartiger Magie belegen, doch ein Zauber, der unser gesamtes Reich so lange im Griff hat … Das würde einen unglaublichen Kraftakt erfordern. Ich glaube nicht, dass einer oder einige der Mächtigsten unter uns das schaffen könnten."

Und warum sollte das einer von ihnen wollen? Ich kaue nachdenklich auf meiner Unterlippe herum. „Ich verstehe noch immer nicht, warum ich an den Seelie-Fluch gebunden bin, oder warum ich nur an diesen gebunden bin und nicht an euren. Außer es liegt daran, dass die Spuren des Fae-Erbes in meinem Blut den Seelie entspringen? Das würde allerdings auch für meinen Bruder und meine Mom gelten und deren Blut hatte keine Wirkung auf die Fae, die mich entführten."

„Es ist offensichtlich ein verworrenes Rätsel", stimmt Corwin zu. „Ich nehme an, dein Seelie-Erzlord hat viele Schritte unternommen, um Antworten zu finden."

Ich nicke. „Wir haben nichts sonderlich Spezifisches gefunden. Ich wünschte, ich wüsste mehr darüber, wie Fae-Magie im Allgemeinen funktioniert, damit ich eine größere Chance habe, dahinterzukommen."

Corwin senkt seine innere Mauer so weit, dass er mir ein wenig Zuneigung und Zuspruch schicken kann. „Wir können nicht von dir erwarten, die Gründe unseres Leidens zu ergründen, wenn es keiner von uns kann, obwohl wir so viel versierter im Umgang mit Magie sind. Doch ... es könnte sich herausstellen, dass du ebenfalls mit unserem Fluch in Verbindung stehst – selbst wenn es ein getrennter Fluch und nicht der gleiche mit einer anderen Wirkung ist. Vielleicht unterscheidet sich nicht nur die Wirkung des Fluches, sondern auch die Art und Weise, wie *du* ihn beeinflusst."

Meine Laune hebt sich bei der Vorstellung geringfügig, dass es doch etwas geben könnte, was ich tun kann. „Wie finden wir heraus, was das ist?"

„Ich weiß es nicht. Ich schätze, wir könnten so viele Möglichkeiten ausprobieren, wie uns einfallen – die weder dir noch den Fluchopfern Unbehagen bereiten ..." Corwin legt die Gabel auf seinen nun leeren Teller. „Das ist eine Sache, bei der ich es vorziehen würde, mich mit meinem

Zirkel zu besprechen, anstatt mich allein auf meinen – und deinen – Verstand zu verlassen. Ich vertraue darauf, dass nichts, was wir mit ihnen bereden, den Zirkel verlässt. Mir ist allerdings bewusst, dass mir die Entscheidung nicht zusteht, welche der Geheimnisse preisgegeben werden können."

Meine Brust verkrampft sich bei dem Gedanken daran, einem anderen Winter-Fae meine Rolle beim Fluch der Seelie zu offenbaren. Ich will jedoch schon seit geraumer Zeit die Männer und Frauen kennenlernen, mit denen Corwin am engsten zusammenarbeitet. Ich weiß, wie vorsichtig er ist. Wenn er ihnen zutraut, diskret zu sein, dann vermute ich, dass ich ihnen ebenfalls trauen kann. Und sie werden definitiv mehr Ideen haben als ich, da ich noch nicht einmal zwei Wochen im Reich der Unseelie verbracht habe.

„Wie stehen sie zu den Angriffen gegen die Seelie?", kann ich mir nicht verkneifen, zu fragen.

Corwin lächelt grimmig. „Ich würde sagen, ein paar von ihnen sind noch erpichter auf Frieden als ich. Keiner von ihnen hat sich gegen meinen Widerstand gegen die aggressive Herangehensweise meiner Kollegen ausgesprochen. Ich würde dich nicht bitten, mit ihnen zu sprechen, wenn ich glauben würde, du hättest etwas zu befürchten."

Natürlich würde er das nicht tun. Sein Vertrauen in sie fließt durch unser Band.

Ich atme tief ein. „In Ordnung. Ich würde sie gerne kennenlernen."

Corwin steht auf. „Du wirst nur drei von ihnen kennenlernen – zwei sind unterwegs und kümmern sich um Belange in abgelegeneren Gegenden – und von denen, die hier sind, kennst du bereits Olander und Zelpha. Mit ihnen hast du dich bei deinem letzten Besuch kurz unterhalten. Es sollte nicht allzu überwältigend sein. Falls dir Bedenken kommen, kannst du jederzeit entscheiden, dass du genug gesagt hast."

„Okay. Das ist fair." Die Zirkelmitglieder, die ich vor einigen Tagen kennenlernte, steckten nicht unbedingt voller Wärme und Sonnenschein. Das hier ist jedoch das Winterreich, weshalb Freundlichkeit womöglich dadurch ausgedrückt wird, dass man sich nicht die kalte Schulter zeigt.

„Ich werde sie jetzt kontaktieren und entscheiden, wo wir uns am besten treffen können. Ich komme zurück, wenn alles organisiert ist."

Als Corwin gehen will, eilt die Tochter des Kochs mit einer Platte voller Gebäck in den Raum, das eine gelierte Mitte hat. „Es gibt noch Nachtisch", verkündet sie, als sie seine Haltung bemerkt.

„Ich fürchte, den muss ich heute Abend auslassen", erwidert Corwin entschuldigend. „Falls meine Portion aufgehoben werden kann, werde ich ihn später essen."

Beth stellt die Platte auf den Tisch und stemmt die Hände in die Hüften. „Beim letzten Mal haben Sie es bereut, dass Sie das Gebäck alt werden ließen. Ich erinnere mich daran."

Ich habe noch keinen von Corwins Fae-Bediensteten so frech mit ihm sprechen hören, doch Corwin gluckst nur. „Weißt du, daran erinnere ich mich auch. Ich schätze, ich kann einen mitnehmen. Dankeschön."

Er nimmt ein Gebäck in die Hand und beißt hinein, während er das Zimmer verlässt. Beth schiebt die Platte näher zu mir, damit ich mir so viel nehmen kann, wie ich möchte. Ich hebe ein Gebäck hoch, das ein gelbes Gelee mit einem Zitrusduft enthält, und mustere das Mädchen eingehender.

Ich glaube nicht, dass sie älter als vierzehn oder fünfzehn Jahre ist. Ihr Körper ist jugendlich schlaksig, als wäre sie noch nicht ganz hineingewachsen. Für ihre Arbeit in der Küche hat sie ihre hellbraunen Haare in ihrem Nacken zu einem Dutt frisiert. Anhand der gekräuselten Strähnen auf ihrer Stirn kann ich allerdings erkennen, dass sie andernfalls ziemlich wild wären. Corwin hat einmal erwähnt, dass sie im Fae-Reich geboren wurde.

„Du hast keine Probleme damit, ihm Widerworte zu geben", stelle ich fest.

Sie legt den Kopf mit einem frechen Lächeln schief. „Sollte ich die haben?"

Ich stelle fest, dass ich das Lächeln erwidere. „Nein, ich denke nicht. Die meisten Fae behandeln Corwin sehr respektvoll. Ich meine, er ist ein Erzlord und das alles."

Beth zuckt die Achseln mit einer Lässigkeit, die in einem Einkaufszentrum oder einer Schulcafeteria in der Menschenwelt nicht ungewöhnlich wirken würde, obwohl sie keines von beidem jemals betreten hat. „Er behandelt uns nicht minderwertig. Auch wenn ihr alle möglichen Kräfte habt, die wir nicht besitzen, könnte ich es nicht ertragen, in ständiger Angst zu leben. Meine Mom sagt immer, wir können uns genauso gut so verhalten, wie wir wollen, und um das bitten, was wir brauchen. Denn was für einen Sinn macht es sonst, am Leben zu sein?"

Gegen diese Philosophie lässt sich nichts sagen – tatsächlich bewundere ich sie. Mir wird jedoch bewusst, dass ich eine Annahme korrigieren muss. „Ich bin keine von ihnen ... kein Fae." Ich berühre meine Haare. „Die sind gefärbt. Ich wurde ... aus der Menschenwelt entführt, als ich ein Kind war."

Trotz all ihrer angeblichen Lässigkeit versteift sich Beth bei dieser Enthüllung und blinzelt mich an. Ihre sommersprossigen Wangen werden rot. „Oh, ich ... ich kann das nicht richtig erkennen, weißt du. Ich hätte nicht gedacht ... Vergiss es." Die Röte vertieft sich und sie eilt aus dem Raum, als würde sie denken, sie hätte sich einen schrecklichen Fauxpas geleistet. Als wüsste ich nicht, wie merkwürdig es ist, dass ich hier mit einem Fae-Erzlord diniere.

Ich wünschte, sie wäre nicht gegangen. Es ist schöner, in Gesellschaft zu essen. Dennoch verputze ich das süß-saure Gebäck und lecke mir den Puderzucker von den Fingern, während ich mich frage, wie es wäre, hier Eltern zu haben und mir nicht ständig einer ganzen Welt bewusst zu sein, die einst meine war und ich verloren habe.

Eines Tages, wenn sich in der Fae-Welt alles beruhigt hat, würde ich gerne in die Menschenwelt zurückkehren, um zu schauen, wie die Realität im Vergleich zu meinen Erinnerungen abschneidet, auch wenn ich mir nicht vorstellen kann, mir dort ein neues Leben aufzubauen.

Gerade als ich ruhelos werde, kehrt Corwin zurück. Er bleibt im Türrahmen stehen. „Sie kommen zu uns in den Palast, wo ich mir am sichersten sein kann, dass unsere Privatsphäre gewährleistet ist. Kommst du mit mir in mein Büro?"

„Selbstverständlich." Ich stehe auf und nehme seinen Ellenbogen aus einem Impuls heraus, wie ich es tat, als wir vorhin zum Palast gelaufen sind. Während wir den Gang betreten, wandert eine zufriedene Wärme von Corwin in mich.

Eine Frage, die nichts mit dem Fluch zu tun hat, fällt mir ein. *Weiß dein Zirkel, wer ich für dich bin – dass ich deine seelenverbundene Gefährtin bin? Und dass ich ein Mensch bin?*

Ich habe alles erklärt, was sie über unser Band wissen müssen, als du im Sommerreich warst, antwortet er. *Sie hätten sich bei keinem Gast von mir abschätzig benommen, aber ich wollte sicherstellen, dass sie dich mit allem gebührenden Respekt behandeln.*

Ich bemerke einen Hauch von Stolz in dieser Aussage,

den ich nur schwer begreifen kann. Dass er *stolz* darauf ist, mich seine Gefährtin zu nennen, obwohl ich alles andere als die reinblütige Unseelie-Fae-Frau bin, die alle in dieser Rolle erwartet haben ...

Corwin nimmt diese Verwirrung anscheinend wahr. *Du besitzt zwar nicht das Blut, das ich erwartet habe, doch du bist in jeder Hinsicht, die eine Rolle spielt, alles, was ich mir von einer Gefährtin hätte wünschen können.*

Ich packe seinen Arm fester und wünsche mir in diesem Moment, dass ich das aus ganzem Herzen erwidern könnte – dass mein Herz nicht so zerrissen wäre. Dann führt er mich in sein Büro und die persönlicheren Sorgen verflüchtigen sich, als ich mich drei Mitgliedern des inneren Kreises des Erzlords gegenüberfinde.

Tatsächlich habe ich alle drei schon einmal gesehen, was Corwin allerdings nicht weiß. Der ältere Mann mit den grauen Strähnen in seinen dunklen Haaren, der in einem der Sessel sitzt, kam bei meinem ersten Besuch kurz nach meiner Ankunft vorbei, um mit Corwin zu sprechen. Ich schlich mich an sie heran in dem Versuch, ihr Gespräch zu belauschen, kam jedoch zu spät.

Die anderen zwei, die das Problem umherwandernder Bestien mit Corwin besprachen, während ich größtenteils zuhörte, sind stehen geblieben. Der korpulente, aber flinke Mann mit den eisig hellen Augen ist Olander und die muskulöse Frau, deren kastanienbraune Haare zu einem lockeren Zopf geflochten sind, ist Zelpha.

Jetzt, da mir die Einzelheiten unseres vorherigen Gesprächs wieder einfallen, wird mir bewusst, dass sie die ganze Zeit um den Fluch herum gesprochen haben. Das ist der Grund, aus dem die Unseelie Probleme haben, die wilden Wesen entlang der Ränder der Nebelwelt zurückzudrängen – sie haben so viele Leute an die Eiskrankheit verloren.

Alle drei Zirkelmitglieder mustern mich, als ich in den

Raum humple. Das ist das erste Mal, dass sie mich nicht nur als einen ungewöhnlichen Gast ihres Lords treffen, sondern als seine besonders ungewöhnliche seelenverbundene Gefährtin. Meine Haut zuckt wegen ihrer forschenden Blicke, doch ich drücke den Rücken durch und halte den Kopf hoch erhoben trotz meines heftigen Wunsches, mich zurückzuziehen.

Corwin geht zu dem Stuhl hinter seinem Schreibtisch und hält sich sogar in dieser Gesellschaft an die Formalitäten – allerdings bemerke ich, dass er einen zweiten Stuhl neben seinen gestellt hat. Er winkt mich zu sich und ich setze mich, wobei ich eine eigenartige Mischung aus Erleichterung darüber empfinde, den Tisch als Puffer zwischen mir und unserem Publikum zu haben, sowie Furcht darüber, eine Position einzunehmen, die mich beinahe als einem Erzlord ebenbürtig auszeichnet.

„Du kennst Olander und Zelpha", sagt Corwin. „Das ist Verik, das dienstälteste Mitglied des Zirkels in Heart's Cadence – einer der Ersten, der meinem Vater vor mir diente. Und jetzt kann ich dich ihnen als meine Gefährtin vorstellen."

Ich lege meine Hände auf die Armlehnen des Stuhls, obwohl ich lieber meine Arme um mich schlingen würde, und bringe ein zaghaftes Lächeln zustande. „Hallo."

Sie neigen alle ihre Köpfe, ihre Blicke bleiben jedoch genauso eindringlich. „Es ist eine Ehre, Sie bei uns zu haben", verkündet Zelpha in einem Tonfall, von dem ich nicht *glaube*, dass er spöttisch gemeint ist, aber ich kann auch nicht glauben, dass sie es vollkommen ernst meint.

Olander wendet sich an seinen Lord. „Sie haben gesagt, dass es womöglich eine neue Strategie zur Bekämpfung des Fluchs gibt. Wie ist das passiert – und wie schnell können wir damit beginnen?"

„Das Wie sollte in Kürze klar werden. Was die anderen

Einzelheiten betrifft … haben wir uns hier versammelt, um diese festzulegen." Corwin blickt zu mir. „Möchtest du die erste Erklärung liefern – so viel, wie du für den Zusammenhang für notwendig hältst?"

Er überlässt mir die Zügel, um sicherzustellen, dass ich mit allem einverstanden bin, was diese Unseelie über das Sommerreich erfahren. Ich nicke und weiß die Geste zu schätzen, auch wenn es mich nervös macht, bei diesem Treffen die Führung zu übernehmen. Seine Zirkelmitglieder betrachten mich jetzt noch bohrender.

„Sie wissen, dass die Seelie ebenfalls unter einem Fluch leiden", beginne ich, wobei ich meine Worte sorgfältig wähle. „Einer, der sie zwingt, in Vollmondnächten ihre Wolfgestalt anzunehmen, und sie wild macht? Wie sich herausstellt, bin ich auf irgendeine Weise mit diesem Fluch verbunden …"

So kurz und bündig wie möglich schildere ich die Geschichte meiner Gefangenschaft bei Aerik und meiner Rettung durch Sylas. Außerdem gehe ich darauf ein, wie die Seelie weiterhin von meinem Blut profitieren, um ihren Fluch abzuwehren. Beim Sprechen beruhigen sich meine Nerven allmählich.

Ihnen all das anzuvertrauen, birgt lediglich die Gefahr, dass mich einer von ihnen für zu wertvoll erachtet, um mir die Rückkehr ins Sommerreich zu erlauben. Der Schwur, den ich vor den Seelie-Erzlords abgelegt habe, würde jedoch ihrem eigenen Lord durch mich schaden, sollten sie versuchen, mich zurückzuhalten. Und ich kann sehen, dass zumindest in Zelphas Augen ein hoffnungsvolles Licht tritt, da sie vermutlich versteht, worauf wir mit dem Ganzen hinauswollen.

Ich beende meine Erklärung, indem ich unsere Hoffnungen in Worte fasse. „Da die zwei Flüche eine Verbindung zu haben scheinen, denken wir, dass ich womöglich auch in der Lage bin, bei eurem zu helfen. Wir wissen nur nicht wie."

Corwin spinnt den Gedankengang weiter, als ich innehalte. „Ich habe sie heute zu unserem jüngsten Opfer gebracht. Ein Trunk mit einigen Tropfen ihres Blutes hatte keine erkennbare Wirkung und der Zustand der Frau verschlechterte sich trotzdem. Was auch immer Talia beitragen kann, ist also eindeutig nicht das Gleiche, was sie den Seelie anbietet. Ich möchte, dass wir gemeinsam eine Liste an vernünftigen Möglichkeiten erstellen."

Verik hustet leise. „Diese ganze Situation ist … nun, ich würde sagen, sie ist absurd, wenn ich nicht wüsste, dass Sie all das niemals sagen würden, ohne eine eindeutige Bestätigung dafür zu haben, mein Lord. Doch dass ein Menschenmädchen, seelenverbundene Gefährtin hin oder her … Ich halte es für unklug, sich auf so eine Person zu *verlassen* …"

„Ach, lass dieses Getue", unterbricht ihn Zelpha trocken. „Ich sage, wir verlassen uns auf alles, was wir haben. Denn das ist immer noch besser als das große, fette Nichts, was wir aktuell haben. Außerdem hat Talia bewiesen, dass sie ein kluges Köpfchen hat, als wir das Problem mit den wandernden Bestien besprochen haben."

Verik schaut sie finster an, sagt jedoch nichts mehr. Corwin beobachtet ihren kleinen Streit mit einer Ruhe, die meine Nervosität lindert. Er scheint nichts Komisches an diesem Austausch zu finden. Für ihn gehört das zu der engen Dynamik, die es ihnen erlaubt, so gut zusammenzuarbeiten.

Er mag zwar nicht eng mit seinem Zirkel befreundet sein, doch die Bande des Vertrauens und der Kooperation vibrieren in der Luft zwischen ihnen.

Olander beginnt, hin und her zu tigern. Er ist anscheinend gewillt, die Geschichte über meine Kräfte zu akzeptieren und gleich mit der Arbeit zu beginnen. „Es könnte *alles* sein, oder? Es muss nicht zwangsläufig etwas von ihrem Körper sein, sondern könnte auch eine Tat sein oder Worte oder … die Möglichkeiten sind beinahe endlos."

„Vielleicht", erwidert Corwin. „Doch zu Beginn unserer Liste sollten wir uns darauf konzentrieren, was wir ausprobieren können, ohne Talia oder den Opfern erhebliches Unbehagen zu bereiten. Wir sollten auch nicht zu offensichtlich bei unseren Versuchen vorgehen. Ich möchte mir nicht ausmalen, welche Spannungen entstehen würden, wenn sich herumspräche, dass wir mit möglichen Heilmethoden experimentieren. Außer natürlich wir sind sofort erfolgreich, was unwahrscheinlich zu sein scheint."

Zelpha trommelt mit den Fingern auf ihrer Hüfte. „Etwas Blut scheint zum Seelie-Fluch zu passen, oder? Sie werden wild und sind darauf aus, andere zum Bluten zu bringen, und dieses spezielle Blut beruhigt diesen Drang. Was könnte etwas Vergleichbares bei unseren Problemen sein?"

Das ist eine gute Herangehensweise. Mein erster Gedanke ist, dass ich die Opfer irgendwie wärmen könnte – aber ich zähme die Seelie nicht, sondern gebe ihnen im Grunde genommen das, was sie wollen. Wozu treibt der Unseelie-Fluch sie?

Eigentlich zu nichts. Er lässt sie an Ort und Stelle erstarren und hindert sie daran, sich zu bewegen. Ich runzle die Stirn. „Vielleicht könnte ich etwas wie eine Umarmung ausprobieren, wenn sie das nicht aufregen würde? Ich schätze, das klingt albern, aber dadurch würden sie an einem Ort festgehalten werden, so wie es der Fluch tut … Ich glaube nicht, dass es einen Teil in mir gibt, der sie abkühlen würde."

„Ich denke, das wäre einen Versuch wert." Corwin

kritzelt etwas auf ein Blatt Papier, das er auf seinen Schreibtisch gelegt hat.

Verik meldet sich mit leicht steifer, jedoch klarer Stimme zu Wort. „Wir sollten andere Körpermaterialien in Erwägung ziehen, ganz gleich, wozu wir eine eindeutige Assoziation sehen können. Haut und Haare können relativ leicht getestet werden, vielleicht auch Muskeln und Knochen, die mit der richtigen Magie relativ schmerzlos gewonnen werden können." Er betrachtet mich, als würde er erwarten, dass ich Einwände erhebe.

„Ich werde es versuchen", sage ich. „Es gibt nicht viel, was ich nicht ausprobieren würde, wenn dadurch Leute vor dem Tod bewahrt werden können."

Olander bleibt stehen und dreht sich zum Schreibtisch um. „*Was* wir ausprobieren, ist nicht unsere einzige Sorge, oder? Mein Lord, wenn wir mit neuen Tränken und einem Menschenmädchen, das Umarmungen und anderes anbietet, zu jedem Fae gehen, der von dem Fluch getroffen wurde, wird sich schon bald herumsprechen, dass *etwas* Merkwürdiges vor sich geht. Das wird den anderen Erzlords nicht entgehen."

Corwin seufzt. „Ja, das habe ich bedacht. Wir müssen uns eine geeignete Geschichte überlegen, aber sie werden trotzdem eine Menge Fragen haben." Er wendet sich an mich. „Ich kann dich so viel wie möglich aus der Sache raushalten. Ich kann behaupten, dass es eine Lösung ist, die du aufgrund deiner Erlebnisse unter den Seelie vorgeschlagen hast, anstatt zuzugeben, dass sie direkt *von* dir kommt."

Seine Stimme dringt gleichzeitig durch unser Band. *Ich werde nicht zulassen, dass sie dir auch nur ein Haar krümmen. Darauf kannst du dich verlassen.*

Meine Finger krümmen sich zu meinen Handflächen, ich halte sie allerdings auf, kurz bevor sich meine Hände zu Fäusten ballen. Natürlich kann ich nicht erwarten, das größte

Problem der Unseelie zu lösen, ohne dass die anderen Erzlords etwas davon mitbekommen.

„In Ordnung", antworte ich. „Nur … erzähl ihnen so wenig wie möglich."

Denn wenn es um seine kriegstreibenden Kollegen geht, traue ich *allen* zu, dass ihnen vollkommen egal ist, was mir oder Corwin zustößt, wenn es ihren Zielen im Weg steht.

5

Corwin

utter ist nie wirklich ruhig. Selbst, wenn ich ihre Gemächer mit dem beruhigendsten Zauber belege, den ich kenne, finde ich sie beim Eintreten zusammengekauert in einer Ecke oder im Schutz des Tisches hockend vor. Meine umfassenden magischen Fähigkeiten können die Gewalt ihres Kummers lediglich lindern und das auch nur ungefähr eine Stunde lang.

Abgesehen von einigen schwerwiegenden Anfängerfehlern, glaube ich, dass ich gut in die Rolle des Erzlords gefunden habe vor allem angesichts dessen, wie plötzlich, unerwartet und chaotisch der Übergang war. Wenn ich meiner Mutter gegenüberstehe, fühle ich mich allerdings stets wie ein kompletter Versager.

Heute hat sie sich in die Nische zwischen den Bücherregalen und der Wand gequetscht. Ihre misstrauischen Augen verfolgen meine Bewegungen durch die Strähnen ihrer fettigen Haare hindurch. Ich bin mir nicht mehr sicher, ob sie mich überhaupt noch erkennt. Jahrzehnte der Verzweiflung scheinen ihren Verstand auf wenige grundlegende Impulse reduziert zu haben, von denen der Größte die Selbstzerstörung ist.

Bei dem Gedanken, der mir durch den Kopf geht, fühle ich mich wie ein noch größerer Versager: Vielleicht irrt sich das Herz hinsichtlich einer Sache. Vielleicht wäre es freundlicher, ihr zu erlauben, dieses Leben aufzugeben. Sie scheint ohnehin kaum Freude daran zu haben.

Doch jedes Fae-Leben wird so hart erkämpft und lässt so lange auf sich warten, dass es schwer ist, zu entscheiden, ob es die richtige Vorgehensweise ist, ein solches Opfer zu erbringen. Vielleicht werden wir den Fluch brechen. Soweit ich weiß, könnte er ihren Verstand vernebelt haben und sie könnte wieder genesen, wenn sie die Chance dazu erhält. Es wäre ein schwerwiegendes Verbrechen, ihr diese Gelegenheit zu rauben.

Ich stelle den Stuhl, den sie umgeworfen hat, wieder auf und setze mich. Dabei bewege ich mich langsam und geschmeidig, um sie nicht zu erschrecken. Ich zwinge auch meine Stimme dazu, vollkommen ruhig zu bleiben, und halte den Kummer zurück, der sich bei ihrem Anblick am Ansatz meiner Kehle gesammelt hat. „Meine seelenverbundene Gefährtin ist zurückgekehrt. Du bist ihr einmal begegnet. Ich denke, du würdest sie mögen, wenn es dir gut gehen würde.“

Mutter antwortet nicht, sondern blinzelt nur einmal. Ich spreche trotzdem weiter. „Es besteht die Chance, dass sie dem Fluch Einhalt gebieten kann. Eventuell können wir bald viele vor dem Kummer bewahren, den du erleiden musstest. Ich bereue nur, dass es so lange gedauert hat, diese Möglichkeit zu finden. Wenn ich Vater hätte retten können …“

Der Fluch schlug in jenen Tagen nicht so schnell zu.

Zuerst beschwerte sich mein Vater nur darüber, dass ihm ein wenig kalt war. Als seine Glieder steif zu werden begannen, legte er sich eine Woche lang ins Bett, bevor die beißende Kälte all seine Körperfunktionen lahmlegte.

Ich erinnere mich mit unangenehmer Deutlichkeit an seine Haltung unter den vielen Bettdecken – sein Gesicht war blau und steif, seine Arme und Beine waren unnatürlich gerade. Er konnte mir nicht mehr antworten und brachte bei den letzten Malen, als ich mit ihm sprach, kaum ein Krächzen heraus.

Mutter sieht nicht so aus, als würden sie meine Neuigkeiten interessieren, es lässt sich jedoch unmöglich sagen, was in ihrem Kopf vor sich geht. Eventuell spendet es ihr ein wenig Trost, auch wenn sie sich der Tatsache nicht richtig bewusst ist.

Ich hole die glasierten Schokoladentrüffel, die ich ihr mitgebracht habe, aus meiner Tasche und stelle sie auf den Tisch. „Ich dachte, du möchtest vielleicht eine kleine Nascherei. Charles hat sie heute Morgen gemacht. Ich würde welche zu meinem Treffen in der Halle mitnehmen, aber ich bezweifle, dass sich meine Kollegen von Süßigkeiten umstimmen lassen."

Ich lache humorlos. Meine Mutter bleibt reglos und misstrauisch. Womöglich bereite ich ihr mehr Unbehagen, indem ich hier bin, als dass ich sie mit meiner Gesellschaft tröste.

Nachdem ich aufgestanden bin, verneige ich den Kopf vor ihr. „Möge das Herz warm auf dich scheinen." Dann verlasse ich den Raum, wobei mein Herz schwerer ist als bei meiner Ankunft.

Vielleicht ist es zum Besten, dass ich die bevorstehende Diskussion mit einem düsteren Gewicht in mir angehe. Wenn ich dort einen falschen Schritt mache, könnte ich sowohl die Sicherheit meiner Gefährtin als auch unsere aufkeimende Allianz mit den Seelie gefährden.

Als ich den Palast verlasse und über die Ebene zur Halle fliege, bemerkt Talia, die mit Charles und Beth in der Küche arbeitet, anscheinend mein wachsendes Unbehagen. Sie schickt mir eine Woge der Zuneigung zusammen mit ihrer sanften Stimme. *Triffst du dich jetzt mit den anderen Erzlords?*

Ja. Es könnte eine Weile dauern, das Ganze zu besprechen. Ich suche dich auf, wenn es vorbei ist.

Gib mir Bescheid, wenn ich irgendwie helfen kann. Falls sie sich persönlich mit mir unterhalten möchten ... Ich kann lügen.

Meine Lippen zucken zu einem unerwarteten Lächeln. *Das ist keine Fähigkeit, von der ich jemals gedacht hätte, dass ich sie einmal schätzen würde, doch so ändern sich die Dinge. Ich werde dir ihre Kommentare vorerst ersparen, außer es scheint zwingend notwendig zu sein.* Damit ziehe ich meine innere Mauer aus mentalen Kristallen hoch und blockiere unsere Verbindung.

Ich bin der Erste, der im Versammlungssaal der Halle des Herzens ankommt, allerdings nur ganz knapp. Ich bin selten derjenige, der ein Treffen einberuft. Die Neugier meiner Kollegen wegen dieser Bitte nimmt zu, als sie nacheinander den Raum mit dem Marmortisch betreten, bis er vor unausgesprochenen Fragen sowie dem Pulsieren des Herzens förmlich vibriert.

Neve schlurft als Letzte herein und sogar ihre hellen Augen sind wachsam vor Interesse anstatt trüb von dem häufig vorhandenen Nebelschleier. Als die Älteste von uns ihren Platz am Tisch erreicht, räuspert sich Laoni, bevor ich anfangen kann, und fegt ihre türkisfarbenen Haare von ihren muskulösen Schultern. „Worum geht es hier, Corwin?"

Ich zügele meine Wut über ihr Beharren, immer das Sagen zu haben, obwohl wir theoretisch alle Ebenbürtige sind. „Ich habe noch keine definitiven Informationen, es gibt jedoch eine Angelegenheit, von der ich euch gerne erzählen würde, bevor ich sie in die Tat umsetze. Es gibt einige neue Strategien zur Eindämmung des Fluchs, die ich gerne ausprobieren möchte."

Ich habe keinen Sinn darin gesehen, um den heißen Brei herumzureden. Sofort starren mich meine vier Kollegen noch durchdringender an als zuvor.

Laonis Augenbrauen heben sich. „Was für Strategien sind das und wie hast du sie entwickelt?"

Uzziah schnaubt und die Züge seines teigigen Gesichts werden noch mürrischer als üblich. „Und warum hören wir erst jetzt davon?"

„Ich habe selbst erst vor kurzem die Gelegenheit erhalten, sie zu berücksichtigen", erkläre ich, wobei ich meine Worte mit Bedacht wähle, damit ich die Wahrheit sage, ohne zu viel zu offenbaren. *Vor kurzem* ist keine genaue Zeitangabe. „Wir wissen jetzt alle, dass die Seelie ebenfalls mit einem Fluch zu tun haben. Meine seelenverbundene Gefährtin wurde Zeugin der Anstrengungen, die sie unternommen und die dessen Wirkung vorübergehend geschwächt haben."

Terisse gibt einen spöttischen Laut von sich und verschränkt die kupferfarbenen Arme vor ihrer Brust. „Warum sollte irgendeine Lösung, die sich diese Wilden überlegt haben, für uns gelten?"

„Womöglich tut sie das nicht", erwidere ich rasch. „Da wir jedoch noch keine Methode gefunden haben, die funktioniert, schien es für mich nur vernünftig zu sein, unseren Stolz beiseitezuschieben und auszuprobieren, was wir können. Es stehen immerhin die Leben unserer Leute auf dem Spiel."

Gegen dieses Argument können sie wohl kaum etwas einwenden – wie Laoni sehr gut weiß, nach ihrem frustrierten Gesichtsausdruck zu urteilen. „Woher wissen wir, dass diese Versuche, die Situation nicht *verschlimmern* werden? Es sind nicht nur Strategien, die von den Sommer-Fae geborgt wurden, sondern du erhältst sie obendrein von deiner *menschlichen* Begleiterin, die womöglich gar nicht begreift, was sie gesehen hat."

Ich widerstehe dem Drang, mich um meiner Gefährtin willen zu empören, und bin froh darüber, dass ich unsere Verbindung blockiert habe, damit sie dieses Gespräch nicht mithören muss. Es wird wahrscheinlich nicht freundlicher werden.

„Wer auch immer ihre Vorfahren sind, sie *ist* meine seelenverbundene Gefährtin", erwidere ich ruhig. „Ich habe ihre Erinnerungen gesehen; ich kann ihre Beobachtungen bestätigen und ihre Interpretationen nach Bedarf neu überdenken. Wir wissen, dass die Seelie ein effektives Heilmittel haben, da sie den Fluch abschütteln konnten, um uns bei der Schlacht vor drei Monden zurückzuschlagen."

„Das lässt sich nicht leugnen", stimmt Uzziah zu. „Es ist einfach eine Vorsichtsmaßnahme, wenn wir es mit unseren Feinden zu tun haben."

Ich richte einen finsteren Blick auf ihn. „Sie waren nicht unsere Feinde, bis *wir* sie mit unseren Angriffen dazu gemacht haben. Und meine Gefährtin ist erpicht darauf, uns auf jede erdenkliche Weise zu helfen – ich kann durch unser Band erkennen, wie ehrlich ihre Absichten sind."

Laoni schnaubt. „Die Köter haben wahrscheinlich ihren Verstand verändert. Ich verstehe noch immer nicht, warum du mit einer so schwachen Gefährtin vorliebnimmst und …"

Ich unterbreche sie und lasse eine gewisse Schärfe in meiner Stimme mitschwingen. „Pass auf, was du über die Partnerin sagst, die das Herz für mich gewählt hat. Wenn du glaubst, dass sich die Quelle all unserer Macht geirrt haben könnte, bin nicht ich derjenige, mit dem du diese Bedenken besprechen solltest."

Ich deute in die Richtung des Herzens, gerade als eine

frische Energiewoge über uns hinwegschwappt. Laonis Mund wird schmal. Sie würde *mir* mit Vergnügen raten, mich der Wahl des Herzens zu widersetzen, aber sie würde nichts tun, was der Quelle unserer Magie zuwiderläuft.

Neve regt sich und meldet sich zum ersten Mal mit ihrer grellen Stimme zu Wort. „Falls dieser Neuankömmling in unserem Reich ein Heilmittel für unseren Fluch anbieten kann, würde ich sagen, dass das Herz außerordentlich gut gewählt hat."

Wenigstens erhalte ich ein wenig Unterstützung, auch wenn sie von dem Gebrechlichsten meiner Kollegen kommt. Ich sehe mich am Tisch um. „Ich informiere euch lediglich der Höflichkeit wegen über meine Pläne, damit ihr nicht überrascht werdet, wenn ihr in den kommenden Tagen Berichte von meinen Besuchen bei den nächsten Opfern hört. Ich brauche keine weitere Unterstützung, außer ich finde eine Strategie, die einen handfesten Nutzen hat."

Terisse legt den Kopf schief. „Meinst du damit, dass du losziehen und deine Experimente durchführen wirst, ohne uns zu erklären, was du vorhast?"

„Meine Gefährtin zieht es vor, ihr Wissen mit keinem anderen als mir und meinem Zirkel zu teilen, da sie berechtigten Grund zu der Sorge hat, dass andere Parteien unter den Unseelie das Wissen zum Nachteil der Seelie nutzen würden. Sie will uns zwar helfen, hat allerdings noch Freunde unter den Sommer-Fae."

Laonis Augen blitzen auf. „Dann würdest du auf das Wort eines dem Staub bestimmten Schwachkopfs vertrauen hinsichtlich …"

Ich schlage meine Hände so kraftvoll auf den Tisch, dass ich sie mit dem Geräusch zum Verstummen bringe. „Wir sind *alle* dem Staub bestimmt, wenn wir diesen Fluch nicht aufhalten. Ihr zögert alle weiterhin, direkten Kontakt zu den Seelie aufzunehmen und das Wissen oder die Ressourcen zu nutzen, die sie womöglich mit uns teilen würden, wenn wir uns erklären würden. Ich habe eine Herangehensweise gefunden, bei der ihre Beteiligung nicht erforderlich ist – ihr solltet froh darüber sein und euch nicht beschweren. Ich bin mittlerweile seit über fünfzig Jahren Erzlord; ich besitze die Autorität, in Umständen wie diesen allein zu handeln."

Einen Augenblick lang herrscht angespanntes Schweigen. Dann spricht Uzziah in einem widerwilligen Ton: „Ich schätze, damit hast du recht. Wenn wir Seelie-Strategien benutzen wollen, ist es vielleicht besser, wenn wir das tun, ohne dass sie es wissen."

Das ist nicht die Botschaft, die ich ihnen mit meinem Vorschlag vermitteln wollte, womöglich jedoch das Beste, was ich kriegen kann. Ich neige den Kopf. „Genau. Ich werde nichts versuchen, von dem ich denke, dass es den Opfern schaden könnte. Und um ehrlich zu sein, raubt sie uns der Fluch so schnell, dass es wenig gibt, womit wir ihren Zustand verschlimmern könnten, oder?"

Laoni spricht erneut mit angespannter, allerdings leiser Stimme: „Du kannst uns nicht vorwerfen, dass wir uns Sorgen machen, Corwin, angesichts der emotionalen Schwäche, die in deinem Familienzweig aufgetreten ist. Vielleicht hat es dieser Stinkling geschafft, dich durch die Kraft eures Bandes vom rechten Weg abzubringen."

Ich mahle mit dem Kiefer, obwohl ich hätte vorhersehen können, dass sie diese Taktik anwenden würde. Die Erinnerung an meine Mutter, wie ich sie vor einer Stunde zurückließ, geht mir durch den Kopf. Hoffentlich muss nie eine der Gestalten vor mir ihren Gefährten auf so schreckliche Weise verlieren wie sie.

Ich zwinge mich zur Ruhe, bevor ich antworte: „Hast du irgendwelche aktuellen Beweise, die andeuten, dass meine Vernunft unzulänglich ist?"

„Du warst schrecklich erpicht darauf, Frieden mit den

Wölfen zu schließen, sogar bevor deine Gefährtin erschien", wirft Terisse ein.

„Aus Gründen, die ich mit eindeutiger Logik dargelegt habe", entgegne ich. „Ich könnte sagen, dass *eure* Gründe dafür, sie anzugreifen, anstatt mit ihnen zu verhandeln, alles andere als logisch sind und von Misstrauen und Angst angetrieben werden anstelle von Vernunft."

Erneut macht sich Schweigen breit. Laoni rollt mit den Schultern und neigt den Kopf, so wie sie in Rabengestalt ihre Federn ausschütteln würde. „Dein Verhalten hat bisher keine bedeutsamen Bedenken hervorgerufen. Doch lass uns in einer Sache deutlich sein: Sollte es den Anschein machen, dass deine Loyalität beeinträchtigt wurde, werden wir nicht zögern, jeden notwendigen Schritt zu unternehmen, um diese Bedrohung zu beseitigen."

„Verstanden", erwidere ich und meine Kehle schnürt sich zu. „Ich würde nichts Geringeres erwarten."

Ich weiß, ohne dass es einer von ihnen sagen muss, dass es zu diesem Zeitpunkt nicht viel brauchen würde. Wenn sie nur einen winzigen Hinweis erhalten, den sie so verdrehen können, dass er beweist, dass ich mich nicht mehr für diese Position eigne, werden sie mir meinen Titel in Nullkommanichts absprechen.

Talia

Das nächste Fluchopfer, das ich kennenlerne, gehört zum Hauspersonal eines Unseelie-Lords. Der Lord hat ihn in einem Gästezimmer in einem der Türme seiner korallenähnlichen Burg am Rand eines grauen Meers untergebracht.

„Balem ist der beste Metallarbeiter unseres Schwarms", erzählt der Lord Corwin mit leiser Stimme, bevor wir reingehen. „Ihn zu verlieren … Er kennt wahre Namen, die niemand sonst hier gemeistert hat."

„Wir werden für ihn tun, was wir können", versichert Corwin ihm. „Und wenn Sie später Hilfe benötigen, müssen Sie mir nur eine Nachricht schicken und ich werde zusehen, dass sich jemand Fähiges um die Angelegenheit kümmert."

Der Lord nickt dankbar und drückt die Tür auf. Als Corwin, Zelpha und ich den Raum betreten, wirft er mir einen neugierigen, allerdings keinen feindseligen Blick zu.

Alle Fae können natürlich erkennen, dass ich ein Mensch bin, wenn sie mir nah genug kommen. Was auch immer er von meiner Präsenz hält, er geht anscheinend davon aus, dass der Erzlord weiß, was er tut, denn er fragt Corwin nicht nach mir.

Momentan kümmert sich niemand um Balem. Er sitzt auf dem Bett und hat seine dünnen Beine ausgestreckt, als würde es ihm Schmerzen verursachen, sie abzuwinkeln. Ein Buch liegt geöffnet auf seinem Schoß. Ein leuchtender, gelber Magieball schwebt neben ihm und verströmt wirkungslose Hitze.

Sein Kopf dreht sich ruckartig, um uns zu betrachten. Als er das Buch mit einer Hand schließt, bemerke ich, dass drei seiner Finger steif und gerade bleiben. Seine blasse Haut hat nur eine leicht bläuliche Färbung angenommen, die Lähmung hat jedoch bereits eingesetzt.

Seine Ohren zeigen eine Spitze, die fast so scharf wie Corwins ist – er muss beinahe reinblütig sein. Wie viel Fae in ihm steckt, scheint für den Fluch allerdings keine Rolle zu spielen. Er hat immerhin Corwins Vater getötet.

Seine Stimme klingt leicht krächzend. „Ich habe nicht … ich habe keine Besucher erwartet." Er blinzelt, als wäre das nötig, um uns richtig sehen zu können, und ich bemerke, einen frostähnlichen Schleier, der seine Augen trübt. Sein Rücken wird noch steifer als zuvor, als er Corwin erkennt. „Mein Lord. Ich … es ist mir eine Ehre."

„Wie ich höre, bist du ein sehr guter Metallarbeiter", erwidert Corwin mit einer ruhigen, jedoch freundlichen Stimme. Wenn ich nicht bereits wüsste, wie wichtig ihm das Wohlbefinden seiner Leute ist, würde der Trost, den er mit diesem freundlichen Lob anzubieten versucht, alles sagen.

Balems Gesicht hellt sich trotz seiner kühlen Blässe ein wenig auf. „Ich gebe mein Bestes. Gibt es … gibt es etwas, womit ich Ihnen helfen kann, mein Lord?"

„Tatsächlich gibt es das." Corwin tritt an die Seite des Bettes und winkt Zelpha und mich zu sich. „Ich bin mir sicher, du hast starke Beschwerden und ich würde gerne einige neue Methoden ausprobieren, die dein Leiden womöglich lindern können. Falls du uns das erlaubst? Manche der Methoden sind recht … ungewöhnlich, aber ich habe mich verpflichtet, jede Möglichkeit zu erkunden, ganz gleich, wie abwegig sie ist. Keine sollte dir weiteren Schaden zufügen."

Die Augen des Mannes weiten sich ein wenig. „Ja … ja natürlich. Ich übergebe mich Ihrer Fürsorge."

„Du musst mir lediglich bestätigen, dass unsere Versuche unter uns bleiben, bis ich sage, dass du andernorts darüber sprechen darfst. In einer so angespannten Situation möchte ich sichergehen, dass sich Informationen nicht unkontrolliert verbreiten."

Ohne zu zögern, spricht Balem in einer von Magie durchzogenen Stimme: „Ich schwöre, dass ich ohne Ihre ausdrückliche Erlaubnis nicht von dem sprechen werde, was Sie und Ihre Begleiter in diesem Zimmer tun, mein Lord."

Ich weiß nicht, ob er seinem Herrscher blind vertraut oder sich einfach so verzweifelt nach einer Heilung sehnt. Er wird jedenfalls sehr viel verwirrter sein, wenn wir hier fertig sind.

Doch falls irgendetwas, was wir ausprobieren, funktioniert, wird alles andere bedeutungslos sein.

Wir haben uns bereits darauf geeinigt, dass ich zuerst die Strategien ausprobieren werde, bei denen ich etwas tue, hauptsächlich weil mich Zelpha, sollte etwas davon funktionieren, schleunigst zu der Frau bringen muss, die ich gestern kennengelernt habe, damit ich schauen kann, ob ich ihr in ihrem bedrohlichen Zustand ebenfalls helfen kann. Verik und Olander sind zur ihr aufgebrochen, während wir zu Balem gegangen sind. Sie haben ihr die Tränke gebracht, die wir heute Morgen mit jedem Material hergestellt haben, das meinem Körper auf vernünftige Weise entnommen werden konnte.

Corwin nickt mir zu. „Talia wird sich als Erste um dich kümmern. Bitte entspann dich so gut wie möglich und akzeptiere einfach, was sie anbietet."

Das klingt unheilvoller, als hoffentlich dafür zutreffend ist. Ich denke an die Liste der Handlungen, auf die wir uns geeinigt haben, und humple nach vorne. Balem blinzelt mich an. „Es wird schnell gehen", versichere ich ihm verlegen. Dann schlinge ich meine Arme zunächst sachte um seinen kühlen Oberkörper, bevor ich ihn etwas fester umarme.

Die Wärme meines Körpers scheint direkt auf ihn überzugehen und zu verschwinden, sodass meine eigene Haut kalt zurückbleibt. Ich trete zurück und widerstehe dem Drang, meine Arme zu reiben, damit sie wieder warm werden.

„Erzähl mir von der Arbeit, auf die du am stolzesten bist", schlägt Corwin vor und lenkt so die Aufmerksamkeit des Mannes auf ein fröhlicheres Thema, während wir abwarten, ob eine verzögerte Wirkung eintritt. Falls wir mehr als eine Möglichkeit zu dicht hintereinander ausprobieren, wissen wir nicht, was funktioniert hat.

Der Erzlord unterhält sich mehrere Minuten lang mit Balem, ohne dass sich eine Veränderung bemerkbar macht. Ich wappne mich für die kalte Berührung des Mannes, nähere mich erneut dem Bett, greife nach seiner Hand und lege meine Finger um seine. Corwin spricht weiter und ermutigt Balem, zu antworten, als würde überhaupt nichts Merkwürdiges vor sich gehen.

Nach einer Minute löse ich meine Finger von ihm. Corwin sagte, dass der Fluch nicht wie eine typische Krankheit ansteckend ist, doch meine Gelenke schmerzen allein von der kurzen Berührung.

Ich bemerke noch immer keine Veränderung an dem Mann. Ich schlucke schwer und warte mehrere Minuten lang ab, bis mir Corwin erneut ein Zeichen gibt. Dann beginne ich, zu singen.

Ich bin keinesfalls ein Gesangstalent. Es ist bloß eine weitere Idee, die uns bei unserem Brainstorming eingefallen ist – ein Schlaflied zu singen, liebevoll und tröstend. Ob die Stimmung, die ein solches Lied erzeugt, oder die Vorstellung, schlafen zu gehen, zu dem allmählichen Erfrieren passt, wissen wir nicht.

Als meine Stimme bei den trällernden Worten zittert, die meine Mutter mir vorsang, als ich klein war, erinnere ich mich auch an einen Satz, den sie häufig benutzte. *Als würde man Spaghetti an die Wand werfen, um zu schauen, was kleben bleibt.* Mir fällt keine bessere Beschreibung für das ein, was wir hier tun.

Die nächste Stunde verbringen wir auf ähnliche Weise: Ich mache eine Geste, Corwin unterhält ein freundschaftliches Gespräch mit Balem und mein Herz sinkt immer mehr, als sich keinerlei Anzeichen dafür bemerkbar machen, dass wir den Fluch auch nur im Geringsten beeinflusst haben. Zelpha beobachtet die Vorgänge schweigend, aber ich kann mir vorstellen, dass die abgebrühte Frau allmählich ungeduldig wird. Ihrem Aussehen nach zu urteilen, ist sie vor allen Dingen eine Kriegerin, so wie es August für Sylas ist. Dass sie den Fluch auf keine eindeutige Art bekämpfen kann, muss sie frustrieren.

Schließlich erreiche ich das Ende unserer Liste. Corwin bedankt sich bei mir, ohne sich äußerlich Enttäuschung anmerken zu lassen. Ich kann seinen Kummer jedoch von innen heraus fühlen. Er zieht den ersten Trank aus seiner Tasche und reicht ihn Balem. „Jetzt habe ich einige Tränke, die ich dir gerne verabreichen würde. Es sollten nur ein oder zwei Schlucke sein."

Als der andere Mann den ersten trinkt, wendet sich Corwin an mich. „Es besteht kein Grund, aus dem du noch länger hierbleiben musst, während ich die restlichen Tränke durchgehe. Zelpha, du könntest Talia an die frische Luft bringen und ihr die hiesige Landschaft zeigen. Du hast das Meer noch nie zuvor besucht."

Ich öffne den Mund, um zu protestieren, dann zögere ich. Ein Teil von mir hat das Gefühl, als sollte ich die ganze Zeit dabei sein, dass ich es Balem irgendwie schulde. Doch meine Anwesenheit wird nichts daran ändern, ob die Tränke funktionieren – und vielleicht ist er entspannter, wenn er mit dem Erzlord allein ist und nicht noch zwei Fremde seine Reaktionen studieren.

Außerdem ist meine Laune so sehr gesunken, dass ich meine Enttäuschung wahrscheinlich nicht so gut verberge wie Corwin. Balem sollte nicht auch noch meine Bürde tragen müssen.

Zelpha packt meinen Ärmel und zieht mich zur Tür. „Dann komm mit. Es gibt nichts so Belebendes wie das Klima des Wintermeers."

Gib mir Bescheid, sobald etwas funktioniert, bitte ich Corwin schweigend.

Selbstverständlich. Du warst wundervoll – lass dich nicht von den fehlenden Fortschritten entmutigen.

Ich sehe nicht, wie ich wundervoll gewesen sein kann, wenn der Fluch kein bisschen lockergelassen hat. Doch ich folge Zelpha die Wendeltreppe hinab und durch einen Gang zu einer der Palasttüren.

Der Wind, der von dem schäumenden Wasser aufsteigt, ist belebend, kühl, salzig und eigenartigerweise nicht feucht auf meinen Wangen. Zelpha bedeutet mir, ihr die felsige

Küste entlang zu folgen, die sich mehrere Meter über dem Wasser erhebt.

„Wenn man genau hinschaut, kann man manchmal einen Sirenensculler in den Wellen entdecken", erklärt sie.

Ich spähe angestrengter ins graue Wasser. „Ein Sirenen… so was wie eine Meerjungfrau?"

„Ah, nein, es sind nur Fische, sonst nichts. Aber ihre Schuppen haben eine fesselnde, funkelnde Farbe … man sagt, dass sie Matrosen anlocken können, genauso wie es die angeblichen Sirenen mit ihren Stimmen tun."

„Also gibt es *keine* echten Sirenen?"

Zelpha legt den Kopf schief, während wir einen Pfad entlanglaufen, der die Klippe hinab und näher zum Wasser führt. „Ich schätze, es könnte sie geben, allerdings nicht in dieser Welt. Nicht *all* eure Menschengeschichten sind wahr, weißt du."

Ich stelle fest, dass ich bei ihrem neckenden Ton meine Augenbrauen hochziehe. „Es ist ein wenig schwer, sich diesbezüglich sicher zu sein, wenn ich herausgefunden habe, dass Fae und Werwölfe und alle möglichen anderen angeblich imaginären Wesen real sind."

Sie lacht. „Das stimmt. Nun, selbst wenn wir keinen Sirenensculler entdecken, bin ich mir sicher, dass ich noch weiß … Hier sind wir! Ich wusste, dass es *etwas* gab, was mir an diesem trostlosen Ort gefiel."

Wir bleiben an einem breiten Felsvorsprung stehen und Meerwasser spritzt mir ins Gesicht. Als ich neben die Zirkelfrau trete, erschlafft mein Kiefer.

Am Ende des Pfades fallen die Klippen steil zu einer flachen Mulde ab. Der graue Stein dort wurde von den Wellen so stark poliert, dass er wie Silber glänzt. Das ist jedoch nicht das Beeindruckendste an der Stelle. Der silberne Stein wurde so abgeschliffen, dass Rillen entstanden sind, zwischen denen hier und da Säulen emporragen. Das

Sonnenlicht hüpft zwischen diesen glänzenden Oberflächen hin und her, wodurch Bilder entstehen, die aus den Tiefen des Meeres stammen müssen.

Buntgefärbte Fische huschen vorbei. Leuchtendes Seegras schwankt hin und her. Glitzernde Strömungen schlängeln sich über die wogende Mauer. Als ich in die Mulde starre, ist es beinahe so, als wäre ich tief in den Ozean eingetaucht, wo ich andernfalls nie hätte hingehen können.

Meine Stimme klingt atemlos. „Wow. Ich habe noch nie so etwas gesehen."

„Nicht schlecht für so einen trostlosen Ort", erwidert Zelpha sarkastisch und lehnt sich an den im Vergleich dazu langweiligen Felsen neben uns.

Sie gibt mir eine Weile, um all die Wunder der spiegelnden Mulde zu bewundern, wobei sie diese nicht ganz so begeistert betrachtet wie ich. Nachdem ich mich daran sattgesehen habe, richte ich meine Aufmerksamkeit auf sie. Sie scheint das jüngste Zirkelmitglied zu sein, das ich bisher kennengelernt habe – nicht, dass einer der erwachsenen Fae ,jung' nach Menschenstandards ist – aber sie geht weniger förmlich mit Corwin um als die anderen zwei, als würde sie sich in seiner Präsenz wohlerfühlen als sie.

„Wie lange bist du schon in Corwins Zirkel?", erkundige ich mich.

„Oh, nicht besonders lange, aber ich habe beinahe seit dem Beginn seiner Herrschaft auf die ein oder andere Weise eng mit ihm zusammengearbeitet. Meine … Familie stand seiner recht nahe, wodurch wir einander kennenlernten. Ich tat alles in meiner Macht Stehende, um ihn in den Anfangsjahren zu unterstützen, als er, nun, eine Menge zu bewältigen hatte."

Gab es am Anfang noch mehr als den Tod seines Vaters und die Trauer seiner Mutter? Ich nehme an, der Zustand seiner Mutter hat sich im Lauf der Zeit verschlechtert. Und er hat angedeutet, dass die anderen Erzlords nie sonderlich begeistert davon waren, dass er sich ihren Reihen angeschlossen hat. Zelpha klingt jedoch so, als würde sie mehr meinen.

Ich weiß nicht, wie ich danach fragen soll, ohne außergewöhnlich neugierig zu klingen. Und dann erhalte ich keine Gelegenheit dazu, denn Zelpha reibt sich mit einer Hand über den Mund und wirft mir einen abschätzenden Blick zu. „Du zweifelst noch an ihm. An uns allen."

Mein Kopf schnellt in die Höhe und meine Nerven machen einen Satz, obwohl ihr Tonfall nicht anklagend war. „Das … das habe ich nie gesagt."

Sie zuckt mit den Achseln. „Das musst du nicht. Es ist offensichtlich aufgrund eurer Vereinbarung, dass du zu den Seelie zurückgehen wirst. Du musst nächste Woche nicht dort sein, wenn Neumond ist, willst es jedoch. Ich sage nicht, dass ich es nicht verstehe. Okay, ich verstehe nicht, wie das *alles* passiert ist, da du ein Mensch bist … es wäre bereits bizarr, wenn einer von uns plötzlich ein Heilmittel für den Fluch in sich trägt. Du hast natürlich nicht mit einem Seelenband gerechnet und bist bereits an die Wölfe gebunden. Und ich vermute, sie sprechen nicht allzu freundlich über uns."

„In letzter Zeit habt ihr ihnen nicht viel Grund dazu gegeben", kann ich mir nicht verkneifen.

„Ich habe an keinem der Angriffe teilgenommen." Sie seufzt. „Jedenfalls wollte ich nur sagen … er ist ein guter Kerl. Corwin. Ich bin mir sicher, er kommt ein wenig unbeholfen rüber. Er ist bezüglich der ganzen Romantiksache aus der Übung und nach der Nummer, die mit ihm abgezogen wurde … Ich kann allerdings erkennen, wie sehr er dich bereits mag. Und ich verstehe warum. Du hast dich wirklich sehr bemüht. Ich hege keinerlei Zweifel daran, dass er dir unglaublich ergeben sein wird, wenn du es ihm erlaubst. In diesem Reich wirst du keinen besseren Gefährten finden."

Vom Sommerreich kann sie nicht das Gleiche behaupten, doch ich halte den Mund. Die Zuneigung in ihrem Tonfall löst einen Anflug von Neugier in mir aus. Wenn sie ihn so gern hat …

Zelpha bemerkt meinen Blick und kichert. „Kein Grund für Spekulationen. Ich wollte diese Art von Anspruch nie selbst erheben. Meine Gefährtin hätte dazu sicherlich eine Menge zu sagen, möge das Herz auf sie scheinen."

Meine Wangen werden rot, weil sie meine Gedanken erraten hat, doch im selben Moment verstummt Zelphas Lachen und ihr Blick gleitet zu einem Punkt hinter mir.

Ich drehe mich um und sehe, wie Corwin näher kommt. Sein Mund ist zu einem schmalen Strich zusammengepresst. Er hat mich vor seinen Emotionen abgeschirmt, aber ich brauche unser Band nicht, um zu erkennen, wie niedergeschlagen er ist. Noch bevor er spricht, weiß ich, was er sagen wird.

Er atmet scharf ein. „Nichts hat funktioniert, zumindest noch nicht. Kommt, wir gehen am besten nach Hause."

7

Talia

Als wir die Nachricht erhalten, dass Balem gestorben ist, will ich mich einfach nur in meinem Bett verkriechen, als könnte ich dort der endgültigen Bestätigung unseres Versagens entkommen. Nachdem ich in meinem Zimmer ein paar Stunden Trübsal geblasen habe, kontaktiert mich Corwin durch unser Band.

Wir haben alles versucht, was uns eingefallen ist – und wir werden uns mehr überlegen. Nach all diesen Jahren wäre es überraschend, wenn wir die Antwort beim ersten oder zweiten Versuch finden würden.

Ich weiß, antworte ich, drehe mich auf dem Bett um und starre finster an die Decke. *Beim Seelie-Fluch scheint es so einfach zu sein. Es passt mir nicht, dass ich womöglich etwas tun kann, damit keine Fae sterben, und ich weiß nicht, was es ist.*

Vielleicht kommen wir auf eine Idee, wenn wir unserem Verstand eine Denkpause gönnen. Das Unterbewusstsein kann manchmal besser Probleme lösen, wenn wir es nicht mit unserer Konzentration stören. Corwin macht eine Pause und ich spüre, dass er im Gang vor meinem Zimmer stehen geblieben ist. *Wir hatten noch keine Gelegenheit, einfach nur die Gesellschaft des anderen zu genießen. Würdest du mit mir auf einen kleinen Ausflug inklusive Mittagessen gehen?*

Ich habe keinen besonders großen Hunger, aber er hat recht damit, dass wir eine Denkpause einlegen sollten. Und in einer Wolke der Trübsal auf dem Bett zu liegen, hilft niemandem. Ich schiebe die Decken beiseite und greife nach meinen Stiefeln. *In Ordnung. Ich weiß nur nicht, ob meine Gesellschaft momentan besonders erfreulich ist.*

Die Spur eines Lächelns reist durch unsere Verbindung. *Ich finde dich immer erfreulich.*

Ich könnte ihn darauf hinweisen, dass er mich ein paarmal überhaupt nicht erfreulich fand, als wir uns gerade erst kennengelernt hatten. Beispielsweise, als ich mit ihm schimpfte, weil er die Seelie kritisiert hatte und weil er an meinen Erinnerungen von meinen anderen Liebhabern herumgepfuscht hatte. Er hat sich diese Kritik jedoch mit mehr Anmut zu Herzen genommen, als ich erwartet hätte. Warum soll ich vergangene Probleme ansprechen, die keine Rolle mehr spielen, wenn wir gegenwärtig genügend haben, mit denen wir uns auseinandersetzen müssen?

Corwin steht vor meiner Tür und der Griff eines silbernen Korbs liegt über seinem sehnigen Unterarm. „Ich dachte, du würdest dir vielleicht gerne den Frostfeuerwald genauer anschauen", sagt er. „Es gibt dort eine Stelle, die ich ziemlich gernhabe. Da es nicht weit weg ist … könnten wir fliegen."

Ich will gerade antworten, dass wir das letzte Mal geflogen sind, als wir ihn passiert haben – in dem Gefährt – als ich den Teil eines Gedankens auffange, der mir verrät, dass er seine eigene Kraft und Flügel meint. Ein eigenartig fröstelndes Kribbeln rast über meine Haut. Er hat mich zuvor nur auf einen kurzen Flug hinab zum Schwarm-Dorf in den Klippen mitgenommen. Es war ein wenig furchterregend, aber auch berauschend.

Und das Band drängt mich sofort, zu ihm zu gehen und diese Nähe zu suchen.

Ich zügle diesen Drang, nicke jedoch. Ich *soll* schließlich meine Beziehung mit ihm erkunden und nicht nur versuchen, den Fluch zu heilen, während ich hier bin. „In Ordnung. Solange es dich nicht überanstrengt."

Er lächelt eines dieser seltenen breiten Lächeln, die mich bis in mein Innerstes wärmen. „Ich bin mir sicher, ich bin der Aufgabe gewachsen."

Er führt mich hinaus auf die breite Diamantterrasse an der Rückseite des Palasts, die die Klippe überblickt, wo sich das Dorf des Schwarms befindet, und die weitläufige Landschaft dahinter. Mit raschelnden Federn und dem Heulen des Windes erscheinen seine Flügel und schwarze Formen breiten sich zu beiden Seiten von ihm aus.

Ein begeistertes Kribbeln durchläuft mich bei diesem Anblick. Corwin sieht stets so aus, als wäre er vollkommen in seinem Element, wenn er seine Rabenseite zeigt.

Nachdem er den Korb bis zu seinem Ellenbogen geschoben hat, breitet er seine Arme für mich aus. Ich trete näher an ihn heran und lasse mich von ihm an seine Brust drücken. Meine Stirn ruht an der Seite seines Halses und der Hautkontakt vertieft unsere Verbindung mit einem plötzlichen Pulsieren von Emotionen – und Verlangen.

Ich gebe mein Bestes, die intimere Hitze zu ignorieren, die mich durchströmt, und wappne mich für den Abflug. Corwin schlägt mit den Flügeln und es gibt einen leichten Ruck, als wir den Boden zurücklassen. Dann segeln wir über den Rand der Klippe.

Ich drehe den Kopf, damit ich die Aussicht genießen und

beobachten kann, wie das Schnee-und-Eis-bedeckte Gelände um uns herum vorbeipeitscht. Corwin fliegt einen sachten Bogen, als sich die Brise verändert, und gleitet zu dem funkelnden Wald, auf den er mich vor einigen Tagen aufmerksam gemacht hat. Ich erlaube mir nicht, an die Reise zu denken, auf der wir damals waren oder wie diese endete.

Mir fällt ein, dass es andere Probleme gibt, auf die ich noch keine Antworten erhalten habe, während ich mit dem Versuch abgelenkt war, den Fluch zu brechen. Vielleicht ist es ein guter Zeitpunkt, diese Fragen zu stellen, während ich ganz allein mit Corwin bin.

Corwin sinkt über dem Wald tiefer und fliegt mit leichten Flügelschlägen in einer lockeren Spirale abwärts. Wir landen auf einer kleinen Lichtung zwischen den Bäumen, deren dunkle Äste beinahe die gleiche blau-schwarze Färbung haben wie seine Haare und die mit Dutzenden Eiszapfen besetzt sind. Diese hängen jedoch nicht nach unten, wie ich es erwartet hätte, sondern deuten nach oben. Sie schwanken hin und her, als wären sie kein hartes Eis, sondern kühle, blau-weiße Flammen.

„Ich kann sehen, woher dieser Ort seinen Namen hat“, bemerke ich, als mich Corwin absetzt.

Er sieht sich um. „Er kann gruselig wirken, aber ich finde ihn friedvoll. Diese Lichtung bietet die beste Aussicht, wenn die Sonne hereinfällt, und der Stein ist eine perfekte Sitzgelegenheit.“

Er deutet auf den großen Granitfelsen mitten auf der Lichtung, der mit Katzensilber durchzogen ist. Er ist mindestens drei Meter lang und beinahe genauso breit. Nachdem Corwin den Korb auf dessen Kante gestellt hat, zieht er einen dünnen hellen Stoff heraus. Als er ihn ausbreitet, wabert Wärme durch die Luft an mein Gesicht. Der Stoff ist mit dem gleichen Zauber belegt wie unsere Kleider.

Ich klettere auf den Felsen und setze mich auf die Decke. Als Corwin unser Mittagessen ausbreitet, das er sich vermutlich von Charles und Beth einpacken hat lassen, sehe ich mich noch ein wenig um. Das strahlende Sonnenlicht verstärkt tatsächlich die Wirkung und verleiht den Eiszapfen, auf die es fällt, den Anschein, als würden sie flackern. Die Brise wispert in einem schwach melodischen Summen zwischen ihnen hindurch, das Corwin vermutlich ebenfalls zu schätzen weiß.

„Ich habe in unseren Vorratskammern herumgewühlt, während du fort warst", erzählt der Erzlord, womit er meine Aufmerksamkeit wieder auf sich lenkt. Er hält ein Paar Bronzelöffel hoch. „Ich habe die hier gefunden … ich glaube, sie waren ein Geschenk oder stammen von einem Handel, als die Beziehungen zwischen dem Sommer- und Winterreich noch freundlicher waren. Du hast vielleicht bemerkt, dass wir hier Silber bevorzugen."

Ich hatte nicht darüber nachgedacht, bis er es erwähnt hat. Als ich ihm einen der Löffel abnehme, geht mir der wahre Name für Bronze durch den Kopf. Ich verdränge ihn rasch und mein Herz setzt einen Schlag aus. Ich habe mich noch nicht entschieden, wann oder wie ich Corwin von meinen anderen Fähigkeiten erzählen soll.

„Ich habe nichts gegen Silber", informiere ich ihn.

Er zuckt mit den Achseln und wirft mir ein kleines, jedoch entspanntes Lächeln zu. „Ich hielt es für passend, sie rauszuholen, während wir versuchen, Schritte für einen erneuten Frieden zu unternehmen."

Er schöpft Suppe aus einer kleinen versiegelten Schüssel in zwei Schalen und schiebt eine zusammen mit einer Platte zu mir, auf der sich Klöße türmen. Ich weiß auf einen Blick, dass sie mit gewürztem Fleisch und Gemüse gefüllt sind. Mir beginnt, das Wasser im Mund zusammenzulaufen, obwohl ich zuvor nicht hungrig war. Dann bricht er zwei der

Eiszapfen ab, dreht sie zu einer Art Becher um und bietet mir einen an.

So wie er es mir erzählt hat, als er mich auf den Wald aufmerksam machte, schmilzt die Mitte des Eises bereits und ein dünner Dampffaden steigt auf. Ich hebe den Becher an meine Lippen und nehme zaghaft einen Schluck. Die Flüssigkeit, die über meine Zunge gleitet, hat ein verblüffend scharfes, würziges Aroma, das mich an heißen Apfelsaft erinnert.

Ich wechsle zwischen dem eigenartigen Getränk und der Suppe hin und her. Die pfeffrige Brühe wärmt mich wunderbar von innen heraus auf. Corwin beobachtet mich, während er isst, und seine Freude darüber, meine Freude zu sehen, fließt in mich. Ich esse die Suppe schneller auf, als ich erwartet habe. Nachdem ich mir einen der Klöße genommen habe, beschließe ich, dass es besser ist, den möglicherweise unangenehmen Teil des Gesprächs hinter mich zu bringen.

„Corwin … du hast mir erzählt, dass der Fluch etwas damit zu tun hat, warum deine Leute die Seelie angegriffen haben. Aber ich habe nichts gesehen, was diese Angriffe erklärt. Warum sollte diese seltsame Eiskrankheit jemanden auf den Gedanken bringen, es sei eine gute Idee, im Sommerreich einzufallen?"

Corwin verzieht das Gesicht. „Es tut mir leid. Ich hätte daran denken sollen, dir sofort alles zu erklären. Ich hoffe immer noch, dass meine Kollegen zur Vernunft kommen …" Er reibt sich mit dem Handballen über die Stirn. „Es wird vermutlich lächerlich klingen, dass wir das Sommerreich so lange angegriffen haben. Ich glaube, nachdem sich die Idee erst einmal festgesetzt hatte und unsere Versuche, sie zu testen, vereitelt wurden, stellten viele der Erzlords und anderen Lords auf stur und wurden diesbezüglich zunehmend unnachgiebig."

„In Bezug auf *was*?", hake ich nach.

Er nimmt sich ebenfalls einen Kloß, hebt ihn allerdings nicht an seinen Mund. „Du darfst nicht vergessen, dass wir bis vor kurzem nicht wussten, dass die Seelie ebenfalls unter einem Fluch leiden. Viele Unseelie gingen davon aus, dass die Sommer-Fae für unser Leiden verantwortlich waren – dass es ein Versuch war, uns zu schwächen, damit sie uns später angreifen können. Also waren die Unseelie den Wölfen im Allgemeinen … nicht besonders freundlich gesinnt."

„Warum sollten euch die Seelie schaden wollen? Es ist nicht so, als hättet ihr irgendetwas, was sie brauchen, oder?"

Corwin spreizt seine Hände. „Ich weiß es nicht. Es hätte sein können, dass wir etwas besitzen, was sie wollen, ohne dass wir uns über dessen Wert im Klaren sind. Jedenfalls gärten Groll und Feindseligkeit eine Zeit lang und vor ungefähr drei Jahrzehnten kamen ein paar meiner Kollegen auf die Idee, dass im Sommerreich nicht nur die Ursache, sondern auch das Heilmittel für den Fluch zu finden wäre. Da bei dem Leiden extreme Kälte eine Rolle spielt, dachten sie, dass Opfer womöglich genesen könnten, wenn man sie ins Sommerreich brächte – oder dass ein Leben im Sommerreich verhindern würde, dass der Fluch zuschlägt."

Die Puzzleteile setzen sich in meinem Kopf zusammen. „Aber niemand wollte die Seelie *fragen*, ob ihr ihr Reich betreten dürft, weil ihr vermutet habt, dass sie darauf aus waren, euch zu schwächen."

„Genau. Also überquerte eine kleine Gruppe einschließlich eines Fluchopfers die Grenze und baute dort ein vorübergehendes Lager. Der Platz war so weit entfernt vom Herzen, dass der Schwur nicht notwendig war. So wie ich das verstehe, wurden sie früher als erwartet von Seelie-Wachen entdeckt, es wurden harsche Worte gewechselt und die Begegnung endete damit, dass auf beiden Seiten Blut vergossen wurde."

Was die Unseelie vermutlich als Beweis für die Feindseligkeit der Seelie sahen, wohingegen die Seelie einfach nur wussten, dass sie ihr Land gegen scheinbar aggressive Eindringlinge verteidigt hatten. Ich schüttle den Kopf. „Lass mich raten – danach beschlossen sie, dass sie die Grenze überqueren und gleich kämpfen sollten."

„Ja, so in etwa." Corwin tunkt den Kloß in die Reste seiner Suppe. „Der Plan wurde um die Idee erweitert, dass wir ein großes Stück des Sommerreichs für uns beanspruchen und die Seelie abwehren müssen, während wir erforschen, ob das Leben dort den Fluch außer Kraft setzt. Doch wir schafften es nie, irgendein Gebiet lang genug zu besetzen, um das beurteilen zu können. Mit jedem Fehlschlag nahm der Frust auf unserer Seite zu – und zweifellos auch auf der der Seelie."

„Ihr hättet einfach fragen können", sage ich leise. „Am Anfang, bevor irgendwelche Kämpfe stattfanden. Ich bin mir sicher, sie hätten eingewilligt, euch eine vorübergehende Siedlung bauen zu lassen."

„Damit hast du womöglich recht. Das wussten wir allerdings nicht und seitdem ist so viel passiert …" Er atmet scharf aus. „Doch jetzt haben wir uns wenigstens darauf geeinigt, dass die Kämpfe nur dazu führen, dass weitere Leben verloren werden, ohne dass wir irgendetwas gewinnen. Meine Kollegen zögern jedoch weiterhin, den Seelie unsere Schwäche zu gestehen, obwohl sie wissen, dass das Sommerreich ebenfalls unter einem Fluch leidet."

Sein Blick hat sich von mir abgewendet. Jetzt gleitet er wieder zu mir. Er betrachtet mich kurz, bevor er sagt: „Ich habe angefangen, mich zu fragen, ob das Herz uns womöglich mit diesem Fluch belegt hat – als Strafe dafür, dass wir zugelassen haben, dass sich unsere gegensätzlichen Seiten hinsichtlich ihres Temperaments und Verständnisses so sehr voneinander entfernen, und als eine Möglichkeit, uns alle erneut als Verbündete zu einen. Vielleicht hat es dich deswegen zu uns gebracht."

An dieser Idee ist eine Richtigkeit, die mich packt. „Glaubst du wirklich, das Herz wäre so grausam zu euch?"

„Vielleicht hatte es keine Kontrolle mehr, nachdem die Würfel gefallen waren, und unsere eigenen Fehler sind daran schuld, dass sich die Lage verschlimmerte. Das Herz ist die Macht der Natur und die Natur kann brutal sein. Fäulnis und tosende Stürme dienen genauso sehr einem Zweck wie schöne Dinge."

„Ich schätze, das stimmt." Ich beiße von meinem Kloß ab, kaue langsam und denke über diese Idee nach. Ich will nicht nur ein Stichpunkt bei irgendeiner Lektion sein, die das Herz den Fae beizubringen versucht, doch man kann einen schlimmeren Lebenszweck haben. Wenigstens kann ich hoffen, dass diese Möglichkeit bedeutet, dass sich die Lösung nicht allzu weit außerhalb unserer Reichweite befindet.

„Die anderen Erzlords *müssen* mit den Seelie über den Fluch reden", sage ich. „Je eher sie ihre Theorie bezüglich des Sommerreichs testen können, desto näher kommen wir dem Ende des Fluchs."

Corwin nickt. „Ich gebe mein Bestes. Misstrauen ist jedoch tief in unserem Wesen verankert. Ich glaube, es ist nur noch eine Frage der Zeit. Sie können dem nicht ewig aus dem Weg gehen angesichts dessen, dass es die einzige vernünftige Herangehensweise ist."

„Ich würde gerne mit der guten Nachricht zu Sylas zurückgehen, dass Friedensverhandlung angestrebt werden."

Corwins Lächeln kehrt zurück, dieses Mal ist es bittersüß. „Und ich würde dir diese gute Nachricht gerne mitteilen."

Wir beenden die Mahlzeit in nachdenklichem Schweigen. Dann greift Corwin zaghaft über die Decke, um seine Hand auf meine zu legen. Seine Berührung entzündet

Hitze in mir. „Abgesehen von all den Sorgen wegen des Fluchs, wie ergeht es dir bisher bei diesem Besuch, meine Gefährtin? Bist du einsam ohne deine Freundin?"

Es liegt so viel Zuneigung in seinen Worten und fließt durch unser Band, dass sich meine Kehle zuschnürt. „Nein, ich denke, ich komme jetzt ohne sie zurecht. Wir waren ohnehin sehr beschäftigt – und ich bin froh, dass ich Zeit allein mit dir verbringen kann, ohne mir Sorgen machen zu müssen, dass *sie* einsam ist."

„Falls es irgendetwas gibt, was du dir wünschst und ich dir bieten kann …"

„Ich weiß." Ich drehe meine Hand, um meine Finger mit seinen zu verschränken. „Ich habe genug." Wenn überhaupt besteht das Problem darin, dass ich zu *viel* habe, nicht zu wenig.

Aktuell, während unsere Hände ineinander verschränkt sind, kann ich den Drang jedoch nicht leugnen, ihm näher sein zu wollen. Ich rutsche über die Decke, drücke mich an ihn und kuschle mich noch stärker an ihn, als er seinen Arm um mich legt. Seine Ausstrahlung vollkommener Zufriedenheit und sein Waldgeruch hüllen mich ein.

Unsere Umarmung befriedigt das Zupfen in mir allerdings nicht komplett. Mit seinem Geruch kommt auch das Bewusstsein, wie nah die nackte Haut seines Halses meinen Lippen ist. Würde sie genauso schmecken, wie er riecht?

Die Frage und die Sehnsucht, die damit einhergehen, lösen Schuldgefühle in mir aus, als ich an meine anderen Liebhaber denke, jedoch nur kurz. Ich war mit meinen Seelie-Männern viel intimer, während Corwin auf der anderen Seite der Grenze auf mich wartete. Sylas, Whitt und August rechnen damit, dass ich ihm näherkomme.

Wenn ich dieser Sehnsucht ein wenig nachgebe, tue ich nichts Falsches. Ich muss nicht weiter gehen, als ich möchte.

Ich drehe mich in Corwins Armen und neige meinen Kopf so, dass mein Mund den Ansatz seiner Kehle streift. Eine Woge des Verlangens, sowohl meines als auch seines, schwappt durch mich hindurch.

Corwin hält vollkommen still und erlaubt mir, noch einen sanften Kuss und dann einen entschlosseneren auf die warme Säule seines Halses zu drücken. Der Rausch der körperlichen Verbindung, der im Einklang mit unserem emotionalen Band ist, sorgt dafür, dass mir schwindlig vor Glück ist.

Talia, sagt Corwin mit einem leichten Stöhnen, woraufhin Hitze tief in meinen Bauch schießt. Will ich wirklich aufhören?

Den nächsten Kuss setze ich etwas höher und streife sein Kinn. Sein Arm spannt sich um mich herum an – und ein wilder Schrei durchbricht den friedlichen Wald.

Ich schrecke rechtzeitig zurück, um ein graues, faltiges Wesen zu sehen, das wie eine Art Panther-Nashorn-Hybrid aussieht und durch die Bäume auf uns zuspringt. Es reißt sein Maul auf, um noch einen Schrei auszustoßen, und enthüllt eine Reihe scharfer Zähne, die wie Glas funkeln.

Corwin wirbelt herum und spuckt einen Zauber aus, der gegen das Biest kracht. Seine Magie wirft es nur wenige Schritte entfernt von unserem Granitplatz zur Seite. Das Wesen stolpert, wirbelt jedoch herum, als hätte ihn das Ganze kaum aus dem Gleichgewicht gebracht. Als Corwin ihm noch einen Zauber entgegenschleudert, weicht es diesem aus und stürzt sich stattdessen auf mich.

Mein Puls setzt einen Schlag aus und mein Körper reagiert instinktiv. Meine Hand schnellt nach vorne und packt einen der Bronzelöffel. Die Silben, die ich so lange geheim gehalten habe, stecken für den Bruchteil einer Sekunde in meinem Rachen fest, doch ich möchte lieber dieses Geheimnis offenbaren, als riskieren, dass einer von uns verletzt wird. Was vielleicht der einzige Grund ist, den ich brauche.

„Fee-doom-ace-own!", brülle ich und schwinge den Löffel. Der wahre Name jagt einen Machtblitz durch meine Finger hindurch, der Löffel zuckt und verlängert sich zu einem dünnen Bronzespeer. Ich ziele damit auf die Brust des Biestes, während ich mich mit der anderen Hand auf den Stein unter mir stütze.

Das Aufblitzen von Metall veranlasst das Wesen dazu, erneut zur Seite zu schwenken, gerade als Corwin ein weiteres magiegeladenes Wort blafft. Dieses Mal trifft der Zauber sein Ziel. Das Wesen wird allerdings nicht wie zuvor zur Seite geschleudert, sondern erstarrt mitten im Sprung.

Das Ding wackelt und kippt auf seine Flanke. Corwin atmet scharf ein und flucht leise. „Ein Searmaw so weit entfernt von den Rändern ..." Er verstummt, sein Blick fällt auf meinen Löffel, der nun ein Speer ist, und heftet sich auf meine Augen. Der Schock, als er verarbeitet, was ich getan habe, hallt in mich. „Du ... du hast einen wahren Namen benutzt."

Mein Gesicht läuft rot an. „Ich war nervös, dir davon zu erzählen. Ich besitze nicht viel Macht und ich konnte nur wenige Namen lernen. Ich habe keine Male oder dergleichen. Bisher haben wir nicht herausgefunden, warum ich es kann."

Unser Band ist geöffnet, weshalb er erkennen kann, dass ich die Wahrheit erzähle. Er starrt mich unverwandt an. Dann lacht er leise. „Und du überraschst mich immer wieder aufs Neue, Talia. Das Herz ist dir definitiv wohlgesinnt." Er zögert. „Ich will alles darüber hören, aber ... ich denke, es ist am besten, wenn wir dem Rest meiner Leute noch nicht von *dieser* Irregularität erzählen. Es wird nur ein weiteres Element sein, das meine Kollegen misstrauisch macht."

Ich nicke und bin hin und her gerissen zwischen der Erleichterung, dass er nur erschrocken und nicht aufgebracht ist, und einem sinkenden Gefühl wegen seiner letzten Bemerkung. Ich wusste bereits, dass meine ungewöhnlichen Kräfte weitere Auseinandersetzungen auslösen könnten. Jetzt komme ich nicht umhin, zu denken, dass ich den aufkeimenden Frieden genauso mühelos zerstören könnte, wie ich ihn stärken kann.

8

Talia

Corwins Finger tanzen über die schimmernden Saiten der Harfe. Die lebhafte Musik vibriert durch die Luft und scheint durch mein Fleisch in meine Knochen zu sinken. Ich kann nicht anders, als mich im Takt mit der Musik auf der Bank zu wiegen, von der aus ich ihm zuschaue. Ein Lächeln breitet sich auf meinen Lippen aus.

Das Instrument ist verzaubert, aber ich bin mir nicht sicher, ob ihm ein anderer Musiker so wundervolle Töne entlocken könnte. Der Unseelie-Erzlord versinkt vollkommen in seiner Musik und verändert seine Haltung, als würde er die Melodie mit seinem gesamten Körper heraufbeschwören. Musik ist eines der wenigen Dinge, die Corwin zu genießen scheint, ohne dass sie von einem bittersüßen oder geradezu tragischen Unterton belastet wird.

Deswegen habe ich vorgeschlagen, dass wir ins Musikzimmer gehen. Nachdem ich ihm alles über meine

Erfahrungen mit wahren Namen erklärt und gezeigt hatte, bat er mich, es vorzuführen – ich hatte jedoch Probleme, Licht erscheinen zu lassen. Meine Stimmung war noch zu angeschlagen von unserem Versagen bei dem Fluch. Gestern fragte er, was mir genügend Freude bereiten könnte, damit ich den Zauber schaffe, und wir sind hier gelandet.

Da funktionierte es und es klappt auch jetzt. Die Freude des Moments hat ein Leuchten in mir entzündet. Als Corwin die Arme senkt und die letzten Töne in der Luft verklingen, hebe ich die Hände und raune in den Raum zwischen ihnen: *„Sole-un-straw."*

Ein sanftes, goldenes Licht formt sich zwischen meinen Handflächen. Ich halte es ihm hin, als könnte ich es ihm wie ein Geschenk überreichen. Nach Corwins Miene und Befriedigung zu urteilen, die durch unser Band tröpfelt, ist es bereits ein Geschenk für ihn, mir dabei zuzuschauen – zu wissen, dass er mich so glücklich machen kann, dass ich diese Magie wirken kann.

„Vielleicht gibt es noch andere wahre Namen, die ich dir beibringen könnte, damit du deine Studien in den Wochen fortsetzen kannst, in denen du hier bist", meint er. „Ich weiß es zu schätzen, dass du eine zusätzliche Verteidigungsmöglichkeit in dieser Welt hast, die sogar für Fae gefährlich sein kann, geschweige denn für einen Menschen."

Bei diesem Angebot steigt noch mehr Freude in mir auf. Es hat mir schon gereicht, dass er nicht sauer war, dass ich mein kleines Talent vor ihm geheim gehalten habe, oder verstört darüber war, dass ich es besitze. Dass er meine aufkommenden Fähigkeiten auf jede erdenkliche Weise unterstützen möchte, ist mehr, als ich zu hoffen wagte.

„Das würde mir gefallen", erwidere ich. „Ich weiß, ich werde nie genauso gut wie ein echter Fae sein, aber es ist schön, zu wissen, dass ich eine Möglichkeit habe, mich zu schützen, die in diese Welt passt. Dankeschön."

Er strahlt mich an und eine andere Art von Freude flackert mit einem Hauch Verlangen durch mich hindurch. Corwin bemerkt das, erhebt sich und setzt sich neben mich auf die Bank. Als er mit seinen schlanken Fingern meinen Kiefer entlangfährt, neige ich den Kopf instinktiv nach oben, um seinen Kuss in Empfang zu nehmen.

Der fordernde Rausch aus Lust und Sehnsucht, der mich jedes Mal durchfährt, wenn sich unsere Münder treffen, ist immer noch überwältigend. Nach unserem kurzen intimen Intermezzo im Frostfeuerwald habe ich dem Drängen des Bandes – und meiner eigenen Anziehung für meinen seelenverbundenen Gefährten – ein paarmal nachgegeben, es ergründet und entschieden, wie weit ich gehen will. Ich hoffe, dass mein Verstand und Körper sich an die berauschenden Empfindungen gewöhnen, damit die Flut aus Hitze mich nicht mehr ganz so kraftvoll hinwegträgt. Allerdings kann ich nicht behaupten, dass sie mit der Übung weniger intensiv geworden ist.

Vielleicht wird sie das auch nicht tun, bis wir uns in jeder Hinsicht miteinander vereint haben.

Womöglich wird sie das *nie* tun. Das könnte ein weiterer Grund sein, aus dem die Fae ihre seelenverbundenen Gefährten so sehr wertschätzen.

Und es ist nicht überraschend, dass die Hitze zunimmt und mit jeder Bewegung meiner Lippen auf seinen sowie jeder bedächtigen Liebkosung heißer brennt, die er mir schenkt. Ich sauge nicht nur meine eigene Reaktion auf seine Intimität auf, sondern auch seine. Ich kann spüren, dass er die Weichheit meines Mundes sowie meiner Haut genießt, und dass es ihm Freude bereitet, mit den Fingerspitzen in meine Haare zu fahren und meinen Atem dadurch zum Stocken zu bringen.

Ohne dass er etwas sagt oder wir den Kuss unterbrechen, spüre ich sein Verlangen, zu erkunden, wie viel Wonne er mir bereiten kann. Ich lehne mich, ohne nachzudenken, in seine Berührung und suche das, was er anbietet.

Er zögert kurz, als würde er sich meiner Reaktion vergewissern, dann wandern seine Finger über die Seite meines Gesichts, über meinen Hals und meine Schulter und umfassen meinen Busen. Als sein Daumen über dessen Spitze gleitet und mich daraufhin ein lustvoller Ruck durchfährt, entwischt mir ein gieriger Laut. Noch mehr Hitze durchströmt mich und sammelt sich zwischen meinen Beinen mit einer Dringlichkeit, die mich immer noch verunsichert.

Corwin spürt das Ziehen des Bandes genauso stark wie ich. Ich kann fühlen, wie viel Leidenschaft er zurückhält, damit ich das Tempo bestimmen kann. Ich will alles, doch da denke ich an meine Seelie-Liebhaber und all die Ungewissheit bezüglich meines Platzes in den Reichen. Wird mir die Abreise zu schwerfallen, wenn ich erst einmal so viel in unsere Verbindung gegeben habe?

Da er meine widersprüchlichen Emotionen bemerkt, weicht Corwin zurück. Er presst einen sanfteren Kuss auf meine Schläfe und schnuppert an meiner Haut. „Wir müssen nicht weitergehen. Ich möchte jedoch anmerken, dass du vor zwei Tagen fruchtbar warst, es allerdings nicht mehr bist, weshalb es keine dauerhaften Konsequenzen nach sich ziehen würde. Dem Verlangen nachzugeben, wird dich nicht stärker an mich binden, als wir bereits miteinander verbunden sind. Erst die Bestätigungszeremonie festigt das Seelenband."

Ich lache zittrig. „Nun, es ist gut, das zu wissen." Ich weiß noch immer nicht, ob ich es emotional verkraften kann, diese Art der Nähe mit ihm zu erleben, bevor ich entschieden habe, ob ich mir unsere allgemeine Nähe für den Rest meines Lebens wünsche.

Corwin zeigt keinerlei Anzeichen von Ungeduld. Ich vermute, für einen beinahe unsterblichen Fae sind einige Wochen des Wartens so viel wie einige Stunden für einen Menschen. Ich neige den Kopf an seine Schulter, genieße seine Wärme und wie sich seine sehnigen Muskeln anfühlen.

Eine andere Art der Anspannung schlängelt sich durch meinen Magen hindurch. Er *wird* noch mindestens eine Woche lang warten müssen. Morgen sind meine sieben Tage hier vorbei und ich werde ins Sommerreich zurückkehren – mit einigen neuen Antworten, jedoch ohne etwas erreicht zu haben. Ich weiß nach wie vor nicht, wie ich mit meinen persönlichen Zuneigungen umgehen soll. Und wir haben zwar weitere Strategien für den Umgang mit dem Fluch besprochen, doch es gab keine neuen Opfer, an denen wir sie ausprobieren konnten.

„Wann triffst du dich wieder mit den anderen Erzlords?", kann ich mir nicht verkneifen, obwohl ich weiß, dass das Thema die zufriedene Stimmung des Moments zerstören wird.

„In ein paar Stunden, nach dem Abendessen. Wir müssen besprechen, dass immer mehr feindselige Bestien durch unsere Ländereien streifen. Allerdings werde ich erneut die Idee ansprechen, Verhandlungen mit den Seelie zu eröffnen. Leider habe ich bereits alle Argumente vorgetragen, die ich auf Lager habe. Ich vermute, zu diesem Zeitpunkt können wir lediglich abwarten, während ich sie mürbe mache."

Wir sollen eine unbestimmte Zeit lang warten, während die meisten meiner wölfischen Kameraden die Raben als ihren Feind betrachten und weitere Winter-Fae an dem Fluch sterben, was womöglich verhindert werden könnte? Es kribbelt mir in den Fingern vor Ungeduld. *Ich* habe alles getan, was ich als zerbrechliche Sterbliche tun kann, auf die so viele Fae gerne herabschauen, und was tragen die anderen

Erzlords zu einer Lösung des Problems bei, abgesehen davon, herumzustehen und bissige Kommentare zu Corwins Urteilsvermögen zu machen?

Ich halte inne und durchforste mein Gedächtnis. *Habe ich alles in meiner Macht Stehende getan?*

Corwin streichelt mit dem Daumen über meinen Schulterknochen. „Woran denkst du, meine Gefährtin? Ich kann spüren, dass die Rädchen in deinem Kopf rattern."

Mein Mund zuckt zu einem Lächeln. „Ich …" Ich zögere kurz und dann fallen mir wieder Beths Worte von neulich abends ein. *Wir können uns genauso gut so verhalten, wie wir wollen, und um das bitten, was wir brauchen. Denn was für einen Sinn macht es sonst, am Leben zu sein?*

Ich setze mich aufrechter hin und recke das Kinn. „Was, wenn … was, wenn ich dich begleite? Zu dem Treffen? Ich kann im Namen der Seelie sprechen. Ich kann mich dafür verbürgen, dass ihre Erzlords mit euch zusammenarbeiten würden, um eine Lösung für den Fluch zu finden, und es nicht ausnutzen würden."

Corwin versteift sich. „Ich … es wäre höchst ungewöhnlich, dich mitzubringen. Selbst unsere Zirkelmitglieder kommen nur selten zu den Treffen."

„Aber ihr würdet einen anderen Fae dazu holen, wenn er etwas Wichtiges beizutragen hätte, oder? Und es ist nicht so, als wären die Treffen vollkommen geheim vor seelenverbundenen Gefährten, selbst wenn ich nicht in einem Raum mit dir bin."

„Das stimmt zwar, aber ich kann mir nicht vorstellen, dass meine Kollegen das so vereinfacht betrachten würden."

Sein Arm schließt sich enger um mich herum, das ist allerdings nicht die einzige Emotion, die mich durch unser Band erreicht. Ich schmecke ein Beben der Furcht nicht nur davor, wie die anderen Erzlords auf mich reagieren werden, sondern auch davor, wie … wie *er* sich in meiner Anwesenheit verhalten wird.

Ich schaue ihn stirnrunzelnd an. „Was befürchtest du, wird passieren, wenn ich dort bin? Ich werde nichts tun, um dich zu beschämen. Ich habe mit genügend Fae verkehrt, um zu wissen, wie man sich höflich benimmt."

Corwins Mund öffnet und schließt sich, bevor er eine Antwort formuliert. „Es liegt nicht an dir. Es liegt daran, wie ich für dich empfinde. Ich kann vor den anderen Erzlords eine ruhige, kontrollierte Fassade bewahren, wenn wir beide voneinander getrennt sind. Wenn du jedoch neben mir stehst und ich zuschauen muss, wie sie dich beleidigen …"

Bilder und Satzfetzen fließen von seinen Erinnerungen zu mir: Seine Kollegen, die seine Verbindung mit mir kritisieren, die ihn beschuldigen, instabil zu sein, und ihm seine Familiengeschichte unter die Nase reiben. Ich werde um seinetwillen wütend. „Dass ich dir am Herzen liege, macht dich nicht *schwach*. Sind ihnen ihre Gefährten egal?"

Corwin fährt sich übers Gesicht. „Nein, sie sind ihnen nicht egal, aber keiner ihrer Gefährten ist ein Mensch, der prüfende Blicke auf sich zieht und weniger dafür gerüstet ist, sich zu wehren."

Ich schnaube und drücke seine Hand. „Ich kann mich prima wehren. Vielleicht ist das dein Problem. Du nimmst an, dass du dich um meinetwillen aufregen musst. Ich weiß, was viele Fae über mich denken. Ich habe schon Schlimmeres gehört, als die Erzlords vor dir aussprechen werden. Da bin ich mir sicher. Sie werden mir keine Magie entgegenschleudern oder mich zu einem Schwertkampf herausfordern, oder?"

„Nein", gesteht Corwin und seine Stimme wird trocken. „Auch wenn die Idee ein paar von ihnen gefallen würde."

„Dann komme ich damit klar und du musst mir die

Gelegenheit geben, das zu beweisen. Wenn ich es nicht überleben kann, dass mich vier Fae spöttisch anschauen, dann verdiene ich es ohnehin nicht, deine Gefährtin zu sein."

Corwin blinzelt mich an und lacht rau. Ich merke, dass er noch immer nervös ist, doch er neigt den Kopf. „In Ordnung. Wenn du bei ihnen so überzeugend sein kannst wie soeben bei mir, hast du womöglich eine echte Chance."

Als wir den Versammlungssaal in dem Gebäude betreten, das Corwin die Halle des Herzens nennt, brauche ich keine Seelenverbindung, um die Reaktion seiner Kollegen einzuschätzen. Die vier eindrucksvollen Gestalten, die um den großen Marmortisch herumstehen, werden alle stocksteif. Das Pulsieren des Herzens, das so nahe ist, sorgt dafür, dass sich die Härchen auf meinen Armen und in meinem Nacken aufrichten.

„Was hat das zu bedeuten?", blafft die stämmige Frau mit den türkisfarbenen Haaren und schaut uns so böse an, dass Corwin wie angewurzelt stehen bleibt und ich mit ihm. Ich erinnere mich an sie aus der Nacht, in der die Unseelie bei Sylas' Krönung auftauchten – die Nacht, in der ich mein Seelenband zu Corwin entdeckte. Sie benahm sich, als sei sie die Anführerin der Gruppe. Anscheinend verhält es sich auch so, wenn kein großes Publikum anwesend ist.

Corwin packt meine Schulter. Seine Stimme klingt ruhig, jedoch angespannt. „Meine Gefährtin möchte euch für unser Volk und das der Seelie einen Vorschlag unterbreiten. Ich glaube, er ist es wert, ihr zuzuhören."

Ein ernst aussehender Mann mit Ringen unter den Augen schüttelt den Kopf. „Wir haben uns bereits bei deinen Versuchen zur Behandlung des Fluchs nachsichtig gezeigt, die du auf ihre Anregung hin durchgeführt hast, Corwin, und es hat nicht viel genutzt. Unsere Großzügigkeit kann nicht unendlich ausgedehnt …"

Ich räuspere mich und unterbreche ihn. Corwins Griff spannt sich an, er macht jedoch keine Anstalten, mich am Sprechen zu hindern.

„Sie hatten ungefähr siebzig Jahre Zeit, um ein Gegenmittel für den Fluch zu finden, und bisher sind Sie dabei erfolglos geblieben", sage ich so ruhig, wie ich es mit einem Magen schaffe, der sich vor Nervosität zu einem Riesenknoten verdreht hat. „Ist es nicht ein bisschen voreilig, meine Bemühungen nach nur einer Woche als sinnlos abzutun?"

Der Blick der Frau verschärft sich zu einem finsteren Funkeln. „Das hier ist ein heiliger Ort, der nicht für deine Art bestimmt ist."

Ich erwidere ihren Blick und weigere mich, vor ihr zu katzbuckeln, wie sie es eindeutig gerne hätte. „Das Herz hat beschlossen, mir einen seelenverbundenen Gefährten aus der Reihe der höchsten Unseelie zu schenken, weshalb ich bezweifle, dass es Anstoß an mir nimmt. Was würde es schaden, mir zuzuhören? Sie haben noch tausende Jahre zu leben. Ich bitte lediglich darum, dass Sie mir einige Minuten schenken und dem zuhören, was ich zu sagen habe. Ich bin die einzige Person seit langer Zeit, die mit Fae auf beiden Seiten der Grenze vertraut ist."

Sie halten sich für so mächtig mit all ihrem Gerede von Logik und Vernunft – dann sollen sie mir bitte ein logisches Gegenargument liefern.

Der Mann tritt unbehaglich von einem Fuß auf den anderen. Eine zweite Frau, deren kupferbraunes Gesicht von dunkelgrünen Haaren gerahmt wird, mahlt mit dem Kiefer, aber ihr fällt anscheinend keine passende Antwort ein.

Und der fünfte Erzlord, eine dünne, blasse Frau, die aussieht, als könnte sie aus Pfirsichflaum und Pusteblumenschirmchen bestehen, klopft mit ihrer faltigen Hand auf den Tisch. Ihre Stimme ist kaum mehr als ein Hauch, jedoch kräftig. „Ich sage, wir lassen sie sprechen."

Der Kiefer der stämmigen Frau spannt sich an, doch ihr fällt anscheinend ebenfalls kein Grund ein, warum es ihr schaden könnte, mir zuzuhören. „In Ordnung. Dann bringen wir es hinter uns", verkündet sie und klingt, als würde sie sich ein Seufzen verkneifen.

Corwin lässt meine Schulter los und wir treten gemeinsam so langsam an den Tisch heran, dass mein Humpeln nicht allzu stark bemerkbar ist. Er neigt den Kopf. „Ich weiß eure Unvoreingenommenheit zu schätzen."

Ha. Ich schaffe es, die Augen nicht zu verdrehen, und lege meine Hände auf den kühlen Marmor. Nachdem ich mich so groß wie möglich gemacht habe, sehe ich mich am Tisch um und begegne ruhig den Blicken, die auf mich gerichtet sind, ganz gleich, wie feindselig sie sind. „Morgen werde ich für eine Woche ins Sommerreich zurückkehren. Ich würde den Seelie-Erzlords gerne die Nachricht überbringen, dass Sie auf die Eröffnung von Friedensverhandlungen hinarbeiten – damit Sie prüfen können, ob ein Aufenthalt im Sommerreich den Fluch heilt oder daran hindert, ein Opfer zu befallen."

Die Miene der stämmigen Frau verfinstert sich. „Natürlich rätst du uns, ihnen unsere größte Schwäche zu offenbaren. Alles, was deinen Aufsehern hilft."

Ich konzentriere mich auf sie. „Wie könnte das Wissen um Ihren Fluch den Seelie nutzen? Sie wissen bereits, dass Sie aufgrund der Kämpfe, die *Sie* begonnen haben, einen Teil Ihrer Bevölkerung verloren haben. Sie können genauso wenig wie Sie vorhersagen, wo der Fluch als Nächstes zuschlagen und wen er treffen wird. Zudem sollte Ihnen mittlerweile klar sein, dass sie nicht hinter dem Fluch stecken, da sie mit ihrem eigenen zu kämpfen haben. Und wenn sie den Fluch verursacht hätten, würden sie bereits von ihm wissen. Sie sind nur zu Ihren Feinden geworden, weil Sie sie dementsprechend behandelt haben, anstatt gleich zu Beginn ein Gespräch mit ihnen zu führen."

Der ernste Mann verlagert erneut sein Gewicht. „Du kannst unmöglich wissen, wie die anderen Fae die Information ausnutzen könnten."

Mein Herz hämmert wie wild, aber ich verschränke die Arme vor der Brust. „Nein, womöglich kann ich das nicht. Doch wenn Sie mir kein vernünftiges Negativbeispiel nennen können, werde ich weiterhin behaupten, dass Sie viel mehr riskieren, indem Sie es vermeiden, mit ihnen in Kontakt zu treten, als wenn Sie es endlich tun würden. Allein in dieser Woche, die ich hier verbracht habe, sind zwei Ihrer Leute *gestorben*. Hätten Sie bereits mit den Seelie gesprochen, würden diese zwei Leute jetzt vielleicht noch leben. Wie viele der Unseelie, denen Sie angeblich dienen, werden Sie mit dieser Paranoia noch im Stich lassen?"

Dass ich ihre Vorsicht als unvernünftig bezeichne, sorgt dafür, dass sich die drei Hauptfiguren am Tisch empören. Die ältere Frau starrt ins Leere, als würde sie einem Lied lauschen, das nur sie hören kann. Das ist mir lieber als weitere Skepsis.

„Diese Unverschämtheit", schimpft der Mann.

„Bist du hergekommen, um das Thema zu besprechen oder uns zu beleidigen?", will die stämmige Frau wissen.

Ich erwidere ihren Blick und spanne die Muskeln an, damit ich nicht vor der Macht erzittere, die sie ausstrahlt. „Ich habe es nicht als Beleidigung gemeint. Ich benutze das Wort aufgrund seiner Definition und der Informationen, die ich habe. Sie machen sich Sorgen, dass die Seelie Sie angreifen werden. Warum sollten sie das jetzt tun, wenn sie sich trotz all der Jahre, in denen *Sie* sie angegriffen haben, geweigert haben, in die Offensive zu gehen?"

Die kupferhäutige Frau runzelt die Stirn. „Warum sollten sie sich *nicht* rächen wollen?"

Ich widerstehe dem Drang, vor Frust mit den Zähnen zu knirschen. „Sie haben das vermieden, um vor dem Herzen die moralische Überlegenheit zu wahren. Sie wollen nichts, was Sie haben – sie wollen nur, dass die Gewalt endet, die Sie ausüben. Das Wissen um Ihren Fluch wird daran nichts ändern."

Wenn sie doch nur sehen könnten, wie sehr sie den Seelie ähneln trotz all der Grenzen, die sie zwischen den Reichen zu ziehen versuchen. Celia und Donovan handelten aus einer ähnlichen Motivation heraus, als sie Corwin gefangen nahmen. Mir gelang es jedoch, Donovan davon zu überzeugen, dass ein Friede noch immer möglich ist. Was wird nötig sein, damit diese Fae das Gleiche erkennen?

Nach dem Gesichtsausdruck zu urteilen, mit dem mich die stämmige Frau betrachtet, wird mehr nötig sein, als ich anbieten kann. Der Hohn, den ich erwartet habe, färbt ihre Stimme. „Wir werden dir sicherlich nicht unsere Vermutungen und Strategien anvertrauen, kurz bevor du zu den wilden Wölfen zurückkehrst."

Ich atme langsam ein. Ich weiß nicht, ob es noch etwas gibt, was ich sagen kann, doch ich kann nicht gehen, ohne ein letztes Mal an die Vernunft zu appellieren, die sie angeblich so sehr schätzen.

„Na schön. Das müssen Sie nicht tun. Aufgrund meiner Beobachtungen und Gespräche mit den Seelie, von denen ich viele hatte, da ich zum Rudel eines Erzlords gehöre und er meine Meinung respektiert, kann ich sagen, dass die Sommer-Fae keinerlei Interesse daran haben, Ihnen zu schaden oder etwas zu rauben. Ich habe jeden Grund zu der Annahme, dass sie Ihnen erlauben würden, eine kleine

Gemeinde im Sommerreich zu errichten, um Ihre Theorie zu testen. Corwin kann bezeugen, dass alles, was ich gesagt habe, der Wahrheit entspricht."

Neben mir nickt mein Gefährte. „Ich habe es durch das Band gespürt und bei Gesprächen mit ihrem Erzlord mit eigenen Augen gesehen." Ich bemerke seine Anspannung, weil er während des restlichen Gesprächs schweigen muss, doch er gibt mir den Raum, weiterzusprechen.

Ich schicke ihm meine Dankbarkeit durch unser Band und erhebe erneut die Stimme. „Ich habe Ihnen alles erzählt, was Sie wissen müssen, um zu erkennen, dass Sie diese Gelegenheit ergreifen können, um Ihren Leuten zu helfen. Sie können entweder beschließen, nicht auf mich zu hören, weil ich ein Mensch und Ihrer Meinung nach unwürdig bin, oder Sie können erkennen, wie viel Sinn meine Ausführungen ergeben, und sich wie die besonnenen Herrscher benehmen, die Sie angeblich sind. Ganz wie Sie wollen."

Ich trete vom Tisch zurück und meine Brust zieht sich zusammen, obwohl ich hier fertig bin. Die Unseelie-Erzlords starren mich wieder an, dieses Mal sogar die ältere Frau. Sie spricht als Erste mit leicht erhobener Stimme. „Trotz ihres Erbes klingen die Worte des Mädchens glaubhaft. Außerdem hat das Herz sie für einen der Unseren ausgewählt."

Der Mund der stämmigen Frau verzieht sich und sie öffnet ihn, als wollte sie protestieren. Die kupferhäutige Frau zuckt jedoch nervös mit den Schultern und kommt ihr zuvor. „Ich denke, wir sollten den Waffenstillstand aushandeln. So bald wie möglich. Wir dürfen nicht zulassen, dass unsere Leute weiterhin aufgrund von vagen, nicht erwiesenen Ängsten sterben."

„Terisse", zischt die stämmige Frau, doch sogar der Mann beginnt, zu nicken. Ich weiß nicht, ob alle zustimmen müssen, damit eine endgültige Entscheidung getroffen werden kann, aber mir wird leichter ums Herz.

Corwin streichelt mit seinen Fingerknöcheln über meinen Handrücken. *Es werden womöglich noch weitere Diskussionen nötig sein, doch ich glaube, dass du sie überzeugt hast, meine Gefährtin.*

9

August

Nichts geht über den Moment, in dem Talia aus dem Dunst der Grenze tritt, um sich mit uns zu treffen. Ich finde sie immer hübsch, doch etwas daran, ihre Anwesenheit mehrere Tage zu vermissen, verstärkt die Freude, sie wiederzusehen, derartig, dass mein Herz beinahe bis zum Platzen anschwillt.

Sie humpelt mit einem strahlenden Lächeln zu uns und erwidert meine Umarmung fest. Ihre Freude ist allerdings nicht ganz so hemmungslos wie beim ersten Mal, als sie zu uns zurückkehrte. Eine Sorgenfalte hat sich auf ihre Stirn gegraben. Als sie sich an mich kuschelt, dreht sie sich in meinen Armen, um dorthin zurückzuschauen, wo sie herkam.

Corwin ist ihr mit dem Koffer in der Hand aus dem Dunst gefolgt. Als Whitt zu ihm marschiert, um ihm diesen abzunehmen, fängt der Unseelie-Erzlord Sylas' Blick auf.

„Erzlord Sylas, wenn ich kurz mit dir und deinen Kollegen sprechen könnte … Ich würde gerne Vorkehrungen treffen, damit zwischen euch und den Erzlords des Winters ein Waffenstillstand ausgehandelt werden kann."

Die Herrscher der Unseelie sind zu einem Treffen mit unseren bereit? Sylas' Augenbrauen heben sich, er schreitet jedoch zu ihm und neigt den Kopf. „Selbstverständlich. Astrid, würdest du bitte die Erzlords Donovan und Celia zur Bastion des Herzens rufen? Ich treffe mich dort mit ihnen." Er wendet sich an Corwin. „Vielleicht sollten du und ich das Wesentliche der Situation unter uns besprechen, bevor wir es einem größeren Publikum präsentieren."

Corwin lächelt grimmig. „Ich kann nachvollziehen, warum das ratsam wäre." Sein Blick gleitet an Sylas vorbei zu Talia, die noch in meinen Armen steht. Instinktiv spanne ich mich an und wappne mich für Feindseligkeiten von ihrem seelenverbundenen Gefährten, weil er sie so nah bei einem anderen Mann sieht, er schenkt ihr jedoch bloß ein sanftes Lächeln. Sie nickt ihm zu. Ich habe das Gefühl, dass sie stillschweigend miteinander kommunizieren, ehe er sich abwendet, um mit Sylas zu gehen.

Ich weiß, was für ein Glück ich habe, diese Frau überhaupt in meinen Armen halten zu dürfen, obwohl das Herz sie an einen anderen gebunden hat, aber das Wissen, dass ich ihr nie so nahe sein werde wie *er*, nagt dennoch an mir.

Whitt deutet mit dem Kopf auf sie. „Hast du es geschafft, sie zu einem zivilisierten Treffen zu überreden?"

Talia entzieht sich meiner Umarmung, nimmt allerdings meine Hand, als wir in Richtung Burg laufen. „Corwin musste ich nicht überzeugen. Er will schon seit Jahren einen derartigen Waffenstillstand, schon seit vor meiner Zeit. Doch … ich glaube, ich habe womöglich eine große Rolle dabei gespielt, die anderen zu überzeugen."

Mein Bruder gluckst. „Ich habe nichts Geringeres von unserer Allkräftigen erwartet. Wehe dem, der dich unterschätzt."

Ich kann dieser Situation nicht so viel Humor abgewinnen wie er, andererseits kann Whitt praktisch in allem Humor finden.

Die Unseelie werden mit uns sprechen – gut. Doch was werden sie sagen? Was, wenn sie nur Forderungen stellen und Drohungen aussprechen, die uns wünschen lassen, sie hätten sich an ihre Gefechte entlang der Grenze gehalten?

Whitt tritt an Talia heran, als wir den Burgeingang erreichen, und stupst sie mit seinem Ellenbogen. „Ich schätze, du kennst keine Einzelheiten bezüglich der Bedingungen des Waffenstillstands?"

Sie stößt ihn liebevoll an. „Die kenne ich tatsächlich, ich hielt es jedoch für besser, sie an einem Ort zu besprechen, wo wir nicht überhört werden können."

„Hmm. Dann lass uns dieses Gespräch in mein Büro verlegen."

Wir schauen bei Talias Schlafzimmer vorbei, um ihren Koffer abzuladen, und gehen anschließend zu Whitts neuem Büro. Er hat mittlerweile all seine Habseligkeiten von der alten Burg in Hearthshire hierhergebracht und es geschafft, den größeren Raum hier voll aussehen zu lassen. Ich frage mich, ob er all die Bücher, die seine Einbauregale säumen, tatsächlich liest und ob er irgendeine Ahnung hat, was die Hälfte der Kuriositäten, die zwischen ihnen verteilt sind, tun sollen.

In seinem Büro in Oakmeet hing stets der Geruch von Alkohol. Ich stelle erleichtert fest, dass dieser neue Raum nur nach Ledereinbänden und Holz riecht. In den letzten Wochen habe ich ihn außer bei seinen regelmäßigen Feiern kaum aus seinem Flachmann trinken sehen. Talias Position hier ist zwar ungewisser geworden, aber meine Brüder haben auf eine Weise wieder zueinander – und vielleicht auch zu sich selbst – gefunden, die mir sehr gefällt.

Talia lässt sich sofort in einen der Sessel fallen, zieht die Beine an und lehnt sich nach hinten, als bräuchte sie die Stütze. Whitt lehnt sich wie erwartet an die Schreibtischkante und ich bleibe neben der Tür stehen, die ich gerade geschlossen habe.

Talia reibt sich über den Mund und die Falte auf ihrer Stirn vertieft sich. „Ich schätze, ich sollte gleich auf den Punkt kommen. Corwin hat gesagt, dass es okay ist, wenn ich es euch erzähle, da er es Sylas ohnehin verraten wird. Es ist jedoch besser, wenn seine Kollegen den anderen Erzlords davon berichten."

„Verstanden", erwidert Whitt. „Unsere Lippen sind versiegelt."

Er blickt zu mir und ich nicke. Warum sollte ich es weitererzählen?

„In Ordnung." Talias Hände verschränken sich ineinander und dann löst sie sie voneinander, als sie nach Worten sucht. „Das Wesentliche ist, dass die Unseelie ebenfalls mit einem Fluch zu kämpfen haben – einer, der zur gleichen Zeit angefangen hat wie eurer und ebenfalls immer schlimmer wird."

„Was?", bricht es aus mir hervor. Von all den Neuigkeiten, die sie uns hätte verraten können, hätte ich nie damit gerechnet, obwohl es sich nicht so merkwürdig anhört, nachdem ich kurz darüber nachgedacht habe.

Talias Mundwinkel biegt sich schief nach oben. „Ich hatte auch keine Ahnung, bis mir Corwin davon erzählt hat. Sie haben es gut verborgen. Und es ist nicht so, als hätten viele grenzübergreifende Gespräche stattgefunden, stimmt's?"

Whitt richtet sich mit gesteigerter Wachsamkeit auf. „Und hat sich herausgestellt, dass du auch an diesen zweiten Fluch gebunden bist?"

Mein Magen macht einen Satz, als ich diesem Gedankengang folge. Womöglich ist es gar kein anderer Fluch, sondern der gleiche. Falls die Unseelie diese Art von Anspruch auf Talia haben sowie die Gefährtenbindung, werden sie vielleicht darauf bestehen, sie noch länger in ihrem Reich zu behalten.

Talia kuschelt sich tiefer in den Sessel, als würde eine schwere Bürde auf ihr lasten. „Das haben wir noch nicht herausgefunden, es scheint wahrscheinlich zu sein. Lasst mich alles erklären, was wir bisher wissen."

Als sie uns von der Eiskrankheit erzählt, die die Unseelie befallen hat, und von den Versuchen berichtet, die sie mit Corwin und seinem Zirkel unternommen hat, um die Krankheit zu heilen, spannen sich ihre Schultern an und Anspannung kriecht in ihre Stimme. Sie trägt eine schwere Bürde – den Gedanken an all die Tode, die sie nicht verhindern konnte, die Unsicherheit, ob sie zukünftig weitere Tode aufhalten kann. Das hat ihrem üblichen hoffnungsvollen Licht einen Dämpfer verpasst.

Obwohl ich es Corwin nicht zum Vorwurf machen kann, dass er ihre Hilfe angenommen hat, wenn so viel auf dem Spiel steht – obwohl ich weiß, dass Talia darauf bestanden hätte, wenn er versucht hätte, ihr Einhalt zu gebieten, was er womöglich sogar getan hat – will ich ihm den Hals umdrehen. Allerdings würde *sie* sich dadurch nicht besser fühlen. Ich gebe mich damit zufrieden, lediglich meine Hände an den Seiten anzuspannen.

Whitt stellt ihr einige Fragen, die eindeutig auf irgendeinem historischen oder kulturellen Verständnis beruhen, das er vermutlich aus all den Büchern um uns herum gewonnen hat, und Talia antwortet so gut, wie sie kann. Sie streicht eine Haarsträhne hinter ihr Ohr und schenkt uns noch ein angespanntes Lächeln. „Ich bin mir sicher, ich weiß nicht alles darüber, was die Unseelie unternommen haben, um den Fluch zu untersuchen, aber ihr konntet auch nicht viel über euren herausfinden, weshalb es keine Überraschung ist, dass sie ebenfalls Probleme damit haben."

Das stimmt. Ich trete nach vorne und will ihr gerade versichern, dass sie eindeutig ihr Bestes gegeben hat, um den verflixten Raben zu helfen, als die Tür aufschwingt. Sylas marschiert herein und sieht noch majestätischer aus als üblich. „Aha, hier seid ihr alle." Sein Blick heftet sich auf Talia. „Ich nehme an, du hast meinen Kader auf den neuesten Stand gebracht? Astrid hat während unseres kurzen Treffens in der Bastion mit Corwin von den neuen Entwicklungen erfahren."

Talia springt mit wirbelnden Haaren und aufgerissenen Augen nervös auf. „Haben Donovan und Celia den Verhandlungen zugestimmt? Wann werden sie stattfinden?"

Sylas geht zu ihr, wie ich es tun wollte, und legt sachte eine Hand auf ihre Schulter. „Alles wurde arrangiert. Wir werden uns auf der Lichtung am Herzen treffen, wo ich meine Krönungsfeier abhielt. Wir drei werden zudem einen Eid ablegen, dass wir ihnen weder selbst ein Leid zufügen noch anordnen werden, dass ihnen jemand schadet, so wie es die Unseelie verlangt haben. Sie sollten morgen ankommen."

„In Ordnung." Talia beißt sich auf die Lippe. „Vielleicht sollte ich mit euch dreien sprechen und schauen, ob ich euch etwas erzählen kann, was Corwin womöglich nicht angesprochen hat. Ich bin mir sicher, dass er die Wahrheit gesagt hat, allerdings wollte er seine Kollegen bestimmt nicht in einem schlechten Licht darstellen …"

Aus ihrem Ton höre ich heraus, dass es eindeutig schlechte Dinge gibt, die *sie* über sie sagen könnte. Erneut empöre ich mich innerlich.

Ich merke, dass Sylas sie ebenfalls gerne aus dem Konflikt raushalten würde. Es gibt jedoch nicht viel, was einer von uns tun kann, wenn sie bereits so stark mit allem verbunden ist. Er muss daran denken, was für uns alle am besten ist.

„Das könnte eine kluge Idee sein", erwidert er. „Dann komm mit mir mit. Wir haben bereits geplant, für ein längeres Treffen zusammenzukommen, nachdem wir uns mit unseren Kadern beratschlagt haben."

Whitt macht sich zum Gehen bereit, da seine Informationen als der Stratege unter uns offensichtlich nützlich sein werden. Ich trete von einem Fuß auf den anderen. „Was soll ich tun, mein Lord?" Der Sinn dieser Verhandlung ist, weitere Kriegsgeschehnisse zu *vermeiden*, was nicht mein Spezialgebiet ist.

„Sprich mit unseren Kriegern", antwortet Sylas. „Wir möchten, dass sie beim Besuch der Unseelie sowohl auf Gewalt von deren Seite als auch auf Feindseligkeiten von unseren Leuten achten."

„Wir sollten allerdings nicht zu offensichtlich zeigen, dass wir zum Kampf bereit sind", wirft Talia rasch ein. „Wenn die Unseelie-Erzlords den Eindruck von Gefahr erhalten ... Sie machen sich ohnehin schon genug Sorgen darüber, hierherzukommen. Ich glaube nicht, dass es viel braucht, um sie zu verschrecken." Sie verzieht das Gesicht.

„Ist notiert. Sieh zu, dass unsere Leute diese Sorge berücksichtigen." Sylas hebt eine Hand zum Abschied und die drei gehen gemeinsam.

Also soll ich unsere Wachen darauf vorbereiten, uns zu verteidigen, ohne dabei einschüchternd zu sein. Das ist keine Aufgabe, für die ich mich freiwillig gemeldet hätte, es ist jedoch die, die mir übertragen wurde.

Ich versammle die Krieger unseres Rudels und Astrid schließt sich mir kurz darauf an. Wir bekommen einige Proteste zu hören, als wir erklären, dass auch die Sicherheit der Winter-Fae gewährleistet werden muss. Allerdings glaube ich, dass ich es schaffe, zu betonen, wie wichtig es ist, dass sich die Unseelie in unserem Reich wohlfühlen. „Wir sind die Gastgeber", erinnere ich sie. „Wir müssen sie einfach mit unserer gewaltigen Gastfreundschaft beeindrucken."

Darüber hinaus gibt es nicht viel zu diskutieren. Unsere Leute sind gut ausgebildet und sie werden trotz ihrer persönlichen Bedenken tun, was ihr Lord verlangt.

Nachdem ich zur Burg zurückgekehrt bin, schicken Talia, Sylas und Whitt die Nachricht, dass sie während des Treffens in der Bastion essen werden. Ich tigere durch die Küche und wünsche mir, ich könnte wenigstens eine Mahlzeit zubereiten, um irgendetwas Nützliches beizutragen. Schließlich mache ich einen schnellen Nachtisch, den Talia normalerweise liebt. Doch als sie schließlich mit den anderen hereintrottet, sieht sie so erschöpft aus, dass mir klar ist, dass sie nicht in der Stimmung für Süßigkeiten ist.

„Ich bin mir nach wie vor nicht sicher, wie sie auf dieses Arrangement reagieren werden", sagt sie zu Sylas.

„Wir werden es vorsichtig angehen", versichert er ihr.

Sie bleibt stehen und ihr scheint in dem Moment keine andere Erwiderung einzufallen. Ich nutze das, um mich einzumischen und sie hochzuheben.

„Hey!", protestiert sie belustigt, wenn auch erschöpft.

Ich verstrubbele ihre Haare. „Du hast den ganzen Tag gearbeitet. Ich gebe hiermit bekannt, dass nun Zeit zum Ausruhen ist. Du kommst mit mir."

Sie seufzt und lässt sich von mir zu ihrem Zimmer tragen, wo ich mich auf die Bettdecke setze und sie sachte an mich lehne. Bei dem Beben, das ihren Körper durchläuft, als sie sich näher an mich kuschelt, formt sich ein Kloß in meiner Kehle.

„Sie sind nicht deine Verantwortung, weißt du", kann ich mir nicht verkneifen. „Du *musstest* uns nicht mit dem Fluch helfen und es gibt auch keinen Grund, aus dem du den Raben helfen musst."

Sie lehnt den Kopf an meine Brust. „Ich weiß. Aber falls es etwas gibt, was ich tun *kann* … Ich kann nicht einfach Leute sterben lassen.“

Natürlich kann sie das nicht. Ich suche nach einem Argument, das sie akzeptieren wird. „Ich schlage lediglich vor, dass es besser wäre, wenn du dich dabei nicht komplett verausgabst. Wir haben uns Jahrzehnte lang mit diesen Problemen rumgeschlagen. Es ist nicht deine Schuld, wenn du nicht alle in wenigen Tagen – oder Monaten, oder sonst einer Zeitspanne – lösen kannst.“

Talia schweigt eine Weile. Ihre Stimme klingt erstickt vor Emotionen. „Das Herz hat mich aus einem bestimmten Grund ausgewählt, stimmt’s? Es hat mir Kräfte verliehen, die kein Mensch haben sollte. Es hat mich an Corwin gebunden. Ich habe womöglich eine Chance, alle Kämpfe zu beenden und die Schäden zu beheben, die der Fluch angerichtet hat … Ich muss mein Bestes geben.“

Ich würde nichts anderes von der Frau, die ich liebe, erwarten, dennoch schmerzt es mich. Ich umarme sie fester und versuche, den Schmerz in meinem Herzen zu vertreiben.

Was, wenn es sie zu sehr erschöpft, alles zu heilen, was in dieser Welt kaputt ist? Es könnte sein, dass ich sie nicht an den Unseelie verliere, sondern an das Herz selbst.

Und mir fällt keine einzige Möglichkeit ein, wie ich das verhindern könnte.

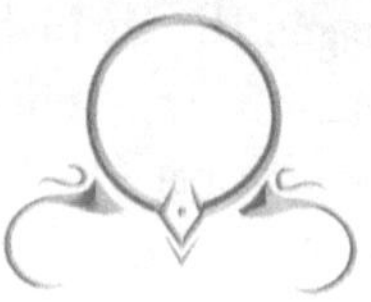

10

Talia

Ich vermute, dass es in der Weltgeschichte einen Moment gab, in dem eine Gruppe von Leuten *noch* unbehaglicher aussah als die Erzlords des Sommer- und Winterreichs, die versuchen, einen Waffenstillstand auszuhandeln. Allerdings fällt es mir schwer, mir vorzustellen, welcher das hätte sein können.

Die Unseelie-Erzlords haben sich mit dem Rücken zu der Wand aus funkelndem Dunst in einem angedeuteten Halbkreis nur wenige Schritte von der Grenze entfernt aufgestellt. Alle bis auf Corwin haben eine Haltung eingenommen, als wären sie bereit, in dem Moment zurück ins Winterreich zu springen, in dem einer auf der Sommerseite auch nur komisch blinzelt.

Die drei Seelie-Erzlords sind ihnen zugewandt und mehrere Schritte von ihnen entfernt – denn die Winter-Fae wollten nicht, dass sie näher kamen. Celia steht steif, gerade und mit säuerlicher Miene da. Donovan hat die Arme fest vor der Brust verschränkt. Sogar Sylas umgibt eine besorgte Aura.

Ich versuchte, einen Tisch und Stühle, vielleicht einige Erfrischungen, vorzuschlagen, um das Treffen angenehmer und freundlicher zu gestalten. Doch keine der Seiten wollte etwas davon wissen. Ich habe Glück, dass sie *mich* in der Nähe dulden. Die stämmige Frau, die sich gerne als das Oberhaupt der Unseelie-Seite sieht – Laoni ist ihr Name – hat ein großes Theater wegen meiner Anwesenheit veranstaltet.

Sylas wies sie darauf hin, dass ich aufgrund meiner Erfahrungen zu beiden Seiten der Grenze womöglich etwas beitragen kann, zu dem der Rest von ihnen nicht imstande ist, und Corwin nahm seine Kollegen für eine kurze Besprechung beiseite. Letzten Endes blieb ich, allerdings nicht, ohne mehrere finstere Blicke zu kassieren – hauptsächlich von Laoni, ab und zu auch einige von dem ernsten Mann, dessen Name Uzziah ist, und der kupferhäutigen Frau, die Terisse heißt. Die ältere Frau, die sich zu meinen Gunsten ausgesprochen hat – Neve – blickt größtenteils nur in die Ferne. Ich bin mir nicht sicher, ob sie eine großartige Verbündete sein wird.

„Und warum genau sollen wir euch jetzt *helfen*, nachdem ihr so lange versucht habt, euch mit Gewalt zu nehmen, was ihr von uns wollt?", fragt Celia mit so scharfer Stimme, dass ich innerlich zusammenzucke. Nach ein paar Stunden sind die Unseelie endlich mit der Sprache herausgerückt und haben erklärt, was los ist und was sie von den Seelie zu erhalten hoffen. Celia ist jedoch eindeutig nicht in großzügiger Stimmung. „Habt ihr irgendeine Ahnung, wie viele Sommer-Fae während eurer Angriffe gestorben sind?"

Laoni stellt sich aufrechter und steifer hin, als befände sie sich in einem Wettbewerb mit dem ältesten Seelie-Erzlord darum, wer am besten einen Laternenpfahl imitieren kann. „Auf unserer Seite sind ebenfalls viele gestorben. Wir haben für unsere Angriffe bezahlt."

Celia schnaubt. „Ich glaube nicht, dass ihr das getan habt. Bevor wir irgendetwas *anbieten*, möchte ich sehen, dass unser Volk eine echte Wiedergutmachung erhält."

Das ist keine unverschämte Forderung, denke ich an Corwin gewandt. Donovan nickt und ich weiß nicht, ob Sylas Einwände erheben würde. *Denkst du, sie werden jemals einwilligen?*

Seine innere Stimme reist mit einer grimmigen Note zu mir. *Wir werden sehen, wie viel die Seelie verlangen.*

Ich habe Sylas und seinen Kollegen gesagt, je weniger sie verlangen, desto wahrscheinlicher ist es, dass die Unseelie einen vernünftigen Friedensvertrag aushandeln. Allerdings kann ich es Celia nicht zum Vorwurf machen, dass sie dem Frieden nicht sofort zustimmt nach allem, was ihre Leute durchgemacht haben. Trotzdem wünsche ich mir, dass ihre Bemerkungen *etwas* weniger beißend wären.

Uzziahs Mund verzieht sich. „Das ist etwas, was wir besprechen können. Wir können zugeben … wir tragen zumindest eine Teilschuld, weil wir in die Offensive gegangen sind …"

„Teilschuld?", unterbricht ihn Donovan mit einem kurzen, ungläubigen Lachen.

Terisse reckt das Kinn. „Die Gruppe, die wir ursprünglich in euer Gebiet schickten, störte niemanden, bis eure Krieger auf sie losgingen."

„Wir haben nur die Erzählungen von den beteiligten Parteien darüber, wie die Begegnung eskalierte", erwidert Celia trocken, jedoch nach wie vor scharf. „Mir fällt allerdings nichts ein, was unsere Krieger getan haben könnten, das so schrecklich war, dass es beinahe dreißig weitere Jahre an Angriffen rechtfertigte."

Die Unseelie treten unruhig von einem Fuß auf den anderen. Laoni setzt eine finstere Miene auf. „Wir befanden uns wegen unseres Fluchs in einer Notlage und handelten, unserer Meinung nach, im Interesse unseres Volkes. Eine Wiedergutmachung ist jedoch möglich – *falls* ihr gewillt seid, in Erwägung zu ziehen, eine kleine Siedlung der Unseelie so lange in eurem Reich leben zu lassen, dass wir sehen können, wie sich das auf den Fluch auswirkt.“

Celia wechselt einen Blick mit den anderen zwei Sommer-Erzlords. „Unsere Bereitschaft wird von vielen Faktoren abhängen, einschließlich des genauen Standorts, der Größe der Siedlung, wie lange sie dort zu bleiben gedenken und wie wir ihre Aktivitäten einschränken dürfen. Allerdings ist es ‚möglich‘. Ich möchte die Möglichkeit einer Wiedergutmachung besprechen, bevor wir in dieser Angelegenheit irgendetwas versprechen.“

„Na schön.“ Laoni wendet sich ab. „Wir werden dieses Thema untereinander diskutieren und euch in wenigen Stunden einen Vorschlag unterbreiten. Ihr könnt mit unserer Rückkehr rechnen, wenn die Sonne ihren höchsten Punkt erreicht hat.“

Ich werde mein Bestes geben, sicherzustellen, dass sie ein großzügiges Angebot machen, verspricht Corwin, als die fünf zurück zu ihrem Reich marschieren.

Sowie sie im Dunst verschwunden sind, atmet Celia harsch aus. „Verflixte Federhirne.“

Ich schlucke schwer. Corwin wird zwar sein Bestes geben, doch ich vermute, dass Celias Auffassung von Großzügigkeit nicht der Einschätzung der Unseelie entspricht. Das heißt, falls ihre anklagende Einstellung die Unseelie nicht komplett verjagt hat. Wenn *ich* mit ihr rede, wird das allerdings nichts nutzen, da sie sich wenig von dem, was ich zuvor gesagt habe, zu Herzen genommen hat.

Als ich aufstehe, um mir die Beine zu vertreten, verlässt

Sylas seine Kollegen und schließt sich mir an. Nach einem Blick zur Grenze, als wollte er sich vergewissern, dass die Unseelie noch nicht zurückgekehrt sind, begleitet er mich, als ich mit meinen unrunden Schritten zum nächsten Wäldchen spaziere.

„Was hältst du von ihrem bisherigen Verhalten?", fragt er. „Hat Corwin irgendetwas durchblicken lassen?"

Mein seelenverbundener Gefährte hat unsere Verbindung gedämpft – momentan kann ich von ihm lediglich einen vagen Eindruck des Frusts spüren, der nicht vielversprechend wirkt. „Er meinte, er würde versuchen, sie zu Großzügigkeit zu ermutigen, was die Wiedergutmachung angeht. Ich weiß nicht, wie erfolgreich er sein wird."

Sylas nickt. Als wir im Schatten des nächsten Baumes stehen bleiben, berührt er meinen Arm und dreht mich zu sich um. Sein dunkles Auge mustert mich eindringlich. „Und was hältst du von dem Ganzen? Gibt es etwas, was wir an unserer Herangehensweise ändern sollten, um besser zu ihnen durchzudringen?"

Wärme schwappt wegen der Frage durch mich hindurch und wegen der Aufmerksamkeit, mit der er auf meine Antwort wartet. Während meiner Zeit in Sylas' Rudel habe ich meine Meinung zu verschiedenen politischen Angelegenheiten einige Male geäußert, dass er sich jedoch freiwillig als Erzlord an mich wendet ... dass er meinen Rat so sehr schätzt ... Das löst ein Leuchten der Freude in mir aus, das an Magie heranreicht, ohne dass wahre Namen notwendig sind.

Ich halte inne und denke darüber nach, wie ich meinen Rat am effektivsten formulieren kann. „Ich denke, ihr dürft nicht vergessen, wie sehr sich die Unseelie auf Logik und Sachlichkeit konzentrieren", erwidere ich vorsichtig, wobei ich hauptsächlich Celia meine, wenn ich *ihr* sage. „Zu sehen, dass ihr wütend über die Angriffe seid oder dafür brennt, dass Wiedergutmachung für euer Volk geleistet wird, wird sie nicht überzeugen – wenn überhaupt werden sie jede Zurschaustellung von intensiven Emotionen nutzen, um euch als ‚wilde Wölfe‘ abzustempeln. Wenn ihr die Wiedergutmachung, die ihr wollt, absolut vernünftig klingen lassen könnt …“

„Natürlich ist sie vernünftig“, unterbricht mich Celia, die neben Sylas stehen bleibt, während Donovan hinter ihr hervortritt. „Die Raben haben uns ohne Provokation immer wieder angegriffen und jetzt denken sie, sie können sich vor dieser Verantwortung drücken?“ Sie schaut Sylas anstatt mich finster an. „Warum besprichst du diese Situation lieber mit dem Menschen anstelle von uns? Wir haben gehört, was sie zu sagen hat, doch diese Angelegenheit übersteigt ihre Kompetenzen bei weitem.“

Sylas spricht mit ruhiger Stimme. „Ich würde behaupten, dass sie sehr wohl im Bereich ihrer Kompetenzen liegt angesichts dessen, dass sie im vergangenen Monat viel mehr Erfahrungen mit den Raben gesammelt hat als einer von uns in seinem gesamten Leben.“

Donovan räuspert sich. Er wirkt etwas zaghaft, setzt sich allerdings trotzdem für mich ein. „Ich fand Talias Beiträge vernünftig und gut durchdacht. Welchen Grund haben wir, sie zu ignorieren?“

Celia starrt sie beide böse an. Es ist beinahe witzig, zu sehen, dass sie sich trotz ihrer Abneigung für die Unseelie-Erzlords ähnlich wie Laoni verhält und versucht, Macht über ihre Kollegen auszuüben, die ihr eigentlich ebenbürtig sein sollten. Wenigstens hat Celia einen fairen Anspruch auf eine größere Autorität, da sie ihre Stellung Jahrhunderte länger innehat als Donovan und Sylas. Das bedeutet jedoch nicht, dass sie immer recht hat.

„Welchen *Grund*?“, wiederholt sie. „Wie wäre es mit der Tatsache, dass sie an einen unserer gefiederten Feinde gebunden ist und ihnen jetzt mehr Loyalität schuldet als uns?"

Bei dieser Andeutung werde ich sauer. Sylas setzt zum Sprechen an, doch ich unterbreche ihn mit erhobener Hand. Ich kann meine Kämpfe selbst austragen. „Ich betrachte mich nach wie vor als Mitglied des Hearth-by-the-Heart-Rudels und sehe das Revier als mein Zuhause. Und ich werde Sie gerne daran erinnern, dass ich *Ihnen* und allen Seelie eine Menge Leid erspart habe, indem ich mein Blut angeboten habe, was ich nicht hätte tun müssen – das letzte Mal war erst vor ein paar Wochen."

Celia starrt hochmütig auf mich herab. „Das beweist sehr wenig."

„Was ist mit der Tatsache, dass es mir gelungen ist, meine Verwicklung in Ihren Fluch vor allen Unseelie abgesehen von meinem Gefährten geheim zu halten? Sie haben gemerkt, dass sie es nicht wissen, oder? Ansonsten würden sie nämlich versuchen, die Kontrolle über *mich* zu verhandeln, nicht nur über Ihre Ländereien."

Ihr Kiefer spannt sich an. Dagegen hat sie kein Argument.

„Ich sage, wir befolgen Talias Ratschläge, die sie uns vorhin gegeben hat, und jetzt wiederholt, nachdem sie Zeugin der Verhandlung wurde", verkündet Sylas. „Wir müssen *alle* den Anschein von Besonnenheit und Vernunft vermitteln und unsere Bedingungen aus dieser Sicht formulieren. Wenn wir mit dem Ergebnis dieser Herangehensweise nicht zufrieden sind, können wir es mit einer anderen Taktik versuchen."

Celia klingt, als würde sie sich ein Knurren verkneifen. „Wenn du erwartest, dass ich die Raben einfach mit ihren Verbrechen davonkommen lasse, anstatt sie zur Rede zu stellen ..."

„Das bedeutet es nicht", fällt ihr Donovan ins Wort und

sieht selbst ein wenig schockiert aus, dass er es gewagt hat, sie zu unterbrechen. „Ich stimme Sylas zu. Wir haben jetzt eine Gelegenheit, zu entscheiden, was wir erwarten und wie wir auf die Unseelie reagieren, wenn sie mit ihrem Angebot zurückkehren, ganz zu schweigen von den Einschränkungen, die wir der von ihnen geforderten Siedlung auferlegen wollen. Wir sollten es auf die logischste Art und Weise darstellen und uns während des nächsten Teils der Verhandlungen an diese Herangehensweise halten. Wir können nach wie vor darauf bestehen, dass sie für den Schaden aufkommen, den sie angerichtet haben.“

Celia verzieht das Gesicht. „Sie verdienen es, von dem Schmerz zu wissen, den sie verursacht haben.“

„Das wird sie nicht interessieren“, werfe ich leise ein. „Wenn es Ihnen gelingt, einen Waffenstillstand mit ihnen auszuhandeln, sie zu Verbündeten werden und den Unseelie-Erzlords Ihr Wohlergehen wichtiger wird, werden sie sich eventuell dafür interessieren, doch momentan … Es wird sie nicht davon überzeugen, Ihnen zu geben, was Sie wollen.“

Sylas schenkt der anderen Frau ein bestimmtes, jedoch mitfühlendes Lächeln. „Ich verstehe deinen Zorn. Ich verspüre ihn selbst. Aber was ist wichtiger? Dass wir die Raben für die Vergangenheit rügen oder dass wir eine friedliche Zukunft für unsere Leute sichern?“

„Nicht nur das“, ergänzt Donovan. „Sylas und ich sind einer Meinung. Wir haben die Mehrheit. Wenn du entgegen dieses Beschlusses handelst, wird das genauso sehr ein Verrat sein wie Ambrose, der hinter unseren Rücken einen Krieg plante. Ich weiß, du würdest nicht so tief sinken, Celia.“

Obwohl sie die älteste unter den Seelie-Erzlords ist, schließt Celia kurz die Augen und seufzt. „In Ordnung. Ich habe euch verstanden. Solange wir uns einig sind, dass wir *heute* Fortschritte sehen müssen. Andernfalls werden wir unsere Strategie überdenken.“

Sylas neigt den Kopf. „Wir können uns heute Abend erneut treffen und besprechen, was auch immer dann nötig ist."

Celia hat mich nicht mehr angesehen, seit sie meine Loyalität infrage gestellt hat, doch ich mische mich trotzdem ein. „Dankeschön. *Ich* will ebenfalls Frieden für die Seelie."

Sie nimmt meine Worte lediglich mit einem leichten Achselzucken hin und wendet ihre Aufmerksamkeit nicht von ihren Kollegen ab. „Die restliche Diskussion möchte ich nur unter uns dreien führen."

Ihre Zurückweisung tut weh, aber die Erleichterung, dass sie zugehört hat, hält mich zumindest davon ab, daran Anstoß zu nehmen. Ich hoffe nur, dass Corwin mindestens genauso viel Glück bei seinen Unseelie-Kollegen hat.

11

Talia

„Was ist mit Proviantlieferungen?", fragt Terisse. „Unsere Leute sind womöglich nicht zufrieden mit den Früchten und dem Wild auf eurer Seite der Grenze. Ihnen kann sich doch sicherlich noch jemand anschließen, um ihnen Vorräte aus dem Winterreich zu bringen?"

„Das lässt sich leicht regeln", erwidert Celia mit einstudierter Gelassenheit. „Vereinbart einen bestimmten Zeitraum, in dem Lieferungen gebracht werden. Mitglieder eurer Siedlung können sie an der Grenze in Empfang nehmen, ohne dass diejenigen, die sie bringen, bleiben müssen."

Sie mustern einander über den Holztisch hinweg, an dem sich die Erzlords gestern Morgen endlich zusammengesetzt haben – nachdem ihn Sylas und seine Kollegen heraufbeschworen hatten. Von meinem Platz am Rand der

Versammlung beobachte ich die Unseelie-Seite aufmerksam und wappne mich für ein weiteres Gegenargument. Diese wurden in den zwei Tagen, über die sich diese Verhandlungen hingezogen haben, jedoch immer weniger. Nach einem Augenblick neigen Terisse und Laoni die Köpfe.

„Das ist vernünftig", erwidert Laoni und schafft es, einen wichtigtuerischen Tonfall zu wahren, obwohl sie nachgibt.

Corwin spricht mit einem Hauch von Belustigung durch unser Band. *Wunder gibt es immer wieder!*

Meine Mundwinkel zucken nach oben. *Hey, ich bin einfach nur froh, dass ihr zu einer Vereinbarung gelangt seid, anstatt zurück ins Winterreich zu stürmen.*

Es sieht vielversprechend aus, aber ich mache mir keine großen Hoffnungen, dass sie zu einem schnellen Ende kommen. Ich bin mir sicher, meine Kollegen haben noch ungefähr eintausend weitere Einzelheiten, die sie bis ins kleinste Detail auseinandernehmen wollen, bevor sie zufrieden sind.

Die abschließenden Verhandlungen sind nicht das aufregendste Spektakel aller Zeiten. Ich lehne mich auf dem baumstumpfähnlichen Stuhl zurück, genieße die Nachmittagssonne und höre Schritte hinter mir im Gras.

„Da ist unser Krümel." Whitt tritt neben mich und zerzaust mir liebevoll die Haare. „Gefällt dir die Show noch? Sylas meinte, dass es nicht mehr viel zu besprechen gäbe."

Ich unterdrücke ein Gähnen. „Es macht den Anschein, als gäbe es eine Menge zu besprechen, allerdings nur noch Kleinigkeiten." Alles, worauf wir gehofft haben, wird tatsächlich in die Tat umgesetzt: die Siedlung, das Experiment, um herauszufinden, ob der Winterfluch geheilt werden kann, indem die zwei Reiche ihre Ressourcen teilen. Freude durchströmt mich bei diesem Gedanken.

Dann knurrt mein Magen. Whitt gluckst. „Und deswegen bin ich hergekommen, um dich zu holen. Celias Leute bereiten eine Mahlzeit für die Erzlords vor, aber August wollte, dass ich dich zurück zur Burg bringe, damit du eine Pause von all der Politik bekommst. Deine Belohnung wird das ausgefallene Festmahl sein, das er gerade für uns drei kocht."

Ich würde den Einwand erheben, dass ich vorhatte, die Verhandlungen bis zum Ende zu beobachten, doch beim Gedanken an Augusts Essen läuft mir sofort das Wasser im Mund zusammen – und es ist nicht so, als hätte ich heute irgendetwas beizutragen gehabt.

Wir haben uns leise unterhalten, Corwin braucht seine Ohren allerdings nicht, um unser Gespräch zu bemerken. Er gibt mir einen mentalen Schubs. *Geh schon. Ich gebe dir Bescheid, falls irgendein Desaster droht, bei dem du benötigt wirst.*

Das wahrscheinlichste Desaster, mit dem du dich auseinandersetzen musst, scheint ein Anfall von Langweile zu sein, erwidere ich und er reibt mit einer Hand über seinen Mund, um ein Grinsen zu verbergen.

Ich stemme mich von dem Baumstumpf und schüttle meine Beine aus, bevor ich hinter Whitt zu Sylas' Burg humple. Süße Blumendüfte durchziehen die warme Sommerbrise und einige Vögel zwitschern in den Bäumen – die Atmosphäre könnte nicht friedlicher sein. Ich werde das als ein gutes Zeichen auffassen.

Wir betreten die Burg und uns schlagen noch reizvollere Gerüche entgegen: frisch gebackenes Brot und irgendein gewürztes Fleisch, bei dem Nelken im Spiel sind. Als wir in die Küche laufen, schneidet August gerade eine Melone als fruchtige Beilage auf. Er hat bereits drei Teller auf dünne Holztablette gestellt.

Bei meinem Anblick strahlt er. „Gut, Whitt konnte dich loseisen."

„Ich glaube nicht, dass ich viel verpasse. Sie haben sich auf die großen Themen geeinigt." Ich gehe auf die

Zehenspitzen, um ihn kurz zu umarmen, und mir wird plötzlich bewusst, wie normal sich dieser Moment anfühlt – so wie mein Leben in den kurzen friedlichen Zeitspannen war, bevor es mit den Unseelie verknüpft wurde. Momentan gibt es noch eine Menge ungelöster Probleme, aber es ist nichts verkehrt daran, eine Weile lang so zu tun, als sei es ein gewöhnlicher, gemütlicher Tag mit zwei der Männer, die ich liebe, oder?

Whitt deutet mit dem Kopf zur Theke. „Was sollen die Tablette? Gehen wir irgendwo hin?"

Augusts Grinsen wird breiter. „Ich dachte, da sich diese Lady hier vollkommen verausgabt hat", er bückt sich und gibt mir einen Kuss auf die Schläfe, „sollten wir ihr so viel Entspannung wie möglich bieten, während wir sie hier haben. Wir können das Essen runter zum Unterhaltungsraum bringen. Sylas' gesamte Sammlung wurde mittlerweile hergebracht. Du kannst dir einen Film aussuchen, den du sehen möchtest, Süße."

Plötzlich klingt nichts besser, als mit leckerem Essen vor dem Fernseher zu lümmeln. Ein Lächeln breitet sich auf meinen Lippen aus. „Perfekt."

Ich brauche einige Minuten, um die Filme aus der Menschenwelt durchzugehen, die Sylas gesammelt hat, bevor ich mich für einen entscheide. Er hat zu seiner Entspannung hauptsächlich Komödien erstanden, ich vermute jedoch, dass zumindest Whitt von Slapstick-Komödien oder Fäkalhumor nicht sonderlich beeindruckt sein wird. Ich will, dass sie unsere gemeinsame Zeit ebenfalls genießen. Letztendlich entscheide ich mich für einen britischen Film, der eher gewitzt als albern wirkt.

Wir setzen uns zum Essen aufs Sofa. Zu sehen, wie meine zwei Männer über die ersten Witze lachen, wärmt mich genauso sehr wie mein eigenes Lachen.

Als wir unser Mittagessen beendet haben, stapelt August

die Tabletts an der Seite des Sofas und rutscht näher zu mir. Am Ende bin ich zwischen ihn und Whitt gekuschelt. Meine Beine liegen auf Augusts Schoß und mein Kopf ist an Whitts Schulter gelehnt. Whitt streichelt mit dem Daumen über meinen Handrücken, während August meine nackte Wade mit sanftem Druck massiert.

Seit meiner Rückkehr hatten wir keine Zeit, uns auf intimere Weise miteinander zu vergnügen, da ich so damit beschäftigt war, entweder über die Verhandlungen nachzudenken oder sie zu überwachen. Eine tiefere Wärme erblüht in mir und sammelt sich zwischen meinen Beinen. Als der Film vorbei ist, kribbelt jeder Zentimeter meiner Haut erwartungsvoll.

„Man stelle sich einmal vor, dass man wegen eines Serviertellers in so viele Schwierigkeiten gerät", sagt August lachend und verwuschelt meine Haare. „Es hat mich allerdings zum Nachdenken gebracht. Du bist ziemlich gut im Umgang mit Bronze geworden. Vielleicht sollte ich dir als Nächstes den wahren Namen für Silber beibringen. Du hast erwähnt, dass es auf der Winterseite geläufiger ist, nicht wahr?"

„Das ist es." Ich halte inne und denke nach. „Corwin meinte, er würde anfangen, mir so gut wie möglich wahre Namen beizubringen, während ich dort bin. Vielleicht wäre es besser, wenn er sich der Dinge annimmt, die eine Spezialität der Winter-Fae sind."

„Ah." August klingt ein wenig verwundert und seine Muskeln spannen sich kurz an, was ich merke, weil ich an ihm lehne. „Das wäre sinnvoll. Und ein Erzlord hat ohnehin ein besseres Verständnis von Magie."

„Du hast mich prima unterrichtet", erwidere ich und stupse ihn mit meiner Ferse an, sein Lächeln sieht allerdings nicht ganz so strahlend aus wie zuvor. Ich erinnere mich an die Bemerkung, die Whitt vor meiner letzten Reise ins

Winterreich gemacht hat – etwas darüber, dass er nicht beleidigt wäre, wenn mir mehr an Sylas und Corwin liegen würde als an ihm und August, nur weil die anderen zwei Erzlords sind. Whitt und August denken doch nicht wirklich, dass mir die anderen zwei Männer wichtiger sind als sie, oder?

Zum ersten Mal wünsche ich mir, ich hätte *mehr* Seelenbande anstatt weniger. Es ist so viel einfacher, Corwin zu zeigen, wie ich für ihn empfinde, wenn ich ihm lediglich meine Zuneigung durch unser Band schicken muss. Ich kann alle möglichen Dinge sagen und tun in dem Versuch, meinen Seelie-Männern meine Zuneigung zu zeigen, aber ich werde sie nie ganz so deutlich und unbestreitbar ausdrücken können, wie ich es dem Unseelie-Erzlord gegenüber tun kann.

Und vielleicht ist es nicht überraschend, dass sie sich ein wenig verdrängt fühlen, da ich mich nach meiner Rückkehr ins Sommerreich hauptsächlich mit den Verhandlungen der Erzlords beschäftigt habe.

Schmerz entsteht um mein Herz herum und weiteres Verlangen flackert in meinem Unterleib auf. Ich liebe sie – und will sie – genauso sehr, wie ich es immer getan habe. Ich kann ihnen zwar keine direkte Leitung in meinen Verstand anbieten, doch es gibt andere Möglichkeiten, wie wir uns miteinander verbinden können und die mein Interesse *sehr* deutlich machen sollten.

Ein unbehagliches Stechen reist durch mein bestehendes Band zu mir. Bevor mich jedoch mehr als ein kurzes Kribbeln von Schuldgefühlen überkommen kann, folgt Corwins Stimme. *Es ist alles in Ordnung. Sie haben sich ihren Platz in deinem Herz verdient – ich werde das nicht abstreiten. Ich werde einfach meine Mauern errichten, bis du mich wieder brauchst, damit ich nicht von den Verhandlungen abgelenkt werde.*

Ich schicke ihm einen Schwall Dankbarkeit, bevor ich meine eigene innere Lichtbarriere heraufbeschwöre. Dann konzentriere ich mich auf August und kralle meine Finger in den Stoff seines Shirts. „Danke für das Mittagessen und den Film. Ich habe die Pause definitiv gebraucht. Aber ich brauche noch etwas anderes." Ich blicke über meine Schulter zu Whitt. „Von euch beiden."

Whitt summt und beugt sich näher zu mir. „Und was ist das, Allkräftige?", fragt er in einem anzüglichen Ton, bei dem mich Hitze durchströmt.

Ich greife nach oben, um mit den Fingern seinen Kiefer entlangzufahren, und schaue wieder zu August. „Ihr beide müsst mir erlauben, euch zu zeigen, wie wichtig ihr mir seid. Wie sehr ich es genieße, auf jede mögliche Art und Weise mit euch zusammen zu sein."

Eifriges Begehren erhellt Augusts Augen. Seine Stimme kommt heiser heraus. „Ich denke, das können wir schaffen. Möchtest du, dass wir nach oben zum Rendezvousraum gehen?"

Ich schüttle den Kopf. „Ich will nicht einmal so lange warten. Es ist bereits zu lange her."

Ich zerre ihn an mich und er erobert meinen Mund, ohne zu zögern. Whitt streicht meine Haare zur Seite und küsst meinen Nacken. Und einfach so kommen wir in einer Masse aus geteilter Liebe zusammen.

Wie kann das Herz von mir verlangen, das hier aufzugeben, wenn ich das starke Gefühl habe, dass ich hierhergehöre?

Doch vielleicht ist das gar nicht das, was das Herz will. Vielleicht soll ich Sommer und Winter in meinem Herzen und bei politischen Verhandlungen einen. Vielleicht soll ich die Liebe von beiden Seiten akzeptieren und eine andere Art von Frieden schaffen.

Wenn mir doch nur einfallen würde, wie ich diesen persönlichen Frieden in die Tat umsetzen kann.

Allerdings will ich jetzt nicht darüber nachdenken. Ich will feiern, was ich habe: diese wundervollen Männer, die mich genauso sehr lieben wie ich sie. Wir sind so weit gekommen und ich habe so viel bewältigt. Ich muss einfach daran glauben, dass ich auch einen Weg aus diesem Dilemma finden kann.

Während ich August leidenschaftlich küsse, drehe ich mich und setze mich rittlings auf seinen Schoß. Whitt schiebt sich näher und hinterlässt mit seinem geschickten Mund und heißem Atem eine Spur auf meinem Hals und meiner Schulter.

Als Augusts Zunge meine Lippen teilt, umfasst er meinen Busen und entlockt mir ein begieriges Wimmern. Whitt greift zur anderen Seite meiner Brust und stimuliert meinen Nippel zu einer steifen Spitze, indem er mit dem Fingernagel darüberstreicht. Ein Ruck der Lust durchfährt mich und weckt einen unerwarteten Impuls.

Ich weiche ein Stück von August zurück, berühre sein Gesicht und dann Whitts, während ich in ihre Augen schaue. „Ich liebe jeden Teil von euch, auch die wölfischen Teile. Ich will … ich will diese Teile von euch ebenfalls genießen. Was mir in der Vergangenheit zugestoßen ist, sollte mich nicht daran hindern, eure Wildheit wertzuschätzen. Ich bin stärker als das."

Whitts Miene wird so zärtlich, dass sich meine Kehle zusammenschnürt. Er streichelt mit dem Daumen über meine Wange. „Dass dich die schrecklichen Ereignisse deiner Vergangenheit belasten, macht dich nicht schwach, Allkräftige. Nicht im Geringsten. Wir tragen alle Narben."

Ich erstarrte einmal, als er bloß mit seinen gewöhnlichen Zähnen an mir knabberte. Doch ich weiß, wie berauschend es ist, von der gesamten Macht eines Fae-Mannes hinweggefegt zu werden. An jenem Tag, als Sylas mich mit der wilden Leidenschaft eines Liebhabers nahm, der sich weigerte, zu akzeptieren, dass es unser letztes Mal sein könnte … Ich will diese Intensität immer wieder erleben, so oft ich kann.

„Bei einer Seelie-Frau würdet ihr eure Fangzähne und Krallen nicht zurückhalten, oder?", frage ich. „Ich habe keine Angst vor ihnen. Ich habe vor nichts an euch Angst."

August senkt den Kopf, um seine Lippen auf meinen Hals zu drücken. Elektrische Funken durchzucken die Haut dort, als er mit der Zunge darüber leckt und heiß flüstert: „Ich werde dir alles geben, worum du bittest, Süße. Gib einfach Bescheid, wenn es zu viel ist."

Seine Zähne streifen die empfindliche Haut mit den scharfen Spitzen, von denen ich weiß, dass sie wölfische Fangzähne sind. Er zieht sie so sachte über meine Haut, dass die Panik nicht aufsteigt, von der ich dachte, ich würde sie bewältigen müssen. Mich durchläuft lediglich ein freudiger Schauder.

Ich weiß, dass mir diese Männer niemals wehtun würden. Was meine ehemaligen Peiniger zu Monstern gemacht hat, war nicht der Wolf in ihrem Wesen.

Die Spitzen von Krallen gleiten über meinen Rücken. Whitt knabbert hauchzart an meiner Schulter und zieht seine Krallen anschließend tiefer. Sie durchtrennen sauber den Stoff meines schlichten Kleides. Das Ratschen des zerrissenen Stoffs und das Gefühl, wie er über meine Haut rutscht, sendet ein Beben direkt in meine Mitte.

Mit zunehmender Dringlichkeit suche ich Augusts Mund mit meinem. Er erwidert den Kuss genauso leidenschaftlich und seine Fangzähne piken leicht in meine Lippen. Whitt hingegen tritt hinter mich und neckt meine Nippel zwischen den kühlen Kanten seiner Krallen. Ein Stöhnen entfährt mir.

Der Spionagechef stimuliert mich, bis ich nicht anders

kann, als mich an der Beule zu reiben, die sich in Augusts Hose formt. Dann, während er seine Zähne testend in meine Schulter gräbt, schlitzt Whitt auch mein Höschen auf.

Ich wölbe mich nach oben, damit der Stoff zu Boden fallen kann, und Whitt zieht seine Krallen zurück, um seine Finger zwischen meine Beine zu tauchen. Als sie über meinen Kitzler gleiten, keuche ich.

August nutzt die Gelegenheit, um meinen Nippel zwischen die Lippen zu nehmen. Er saugt daran und lässt abwechselnd seine Zunge und Fangzähne über ihn gleiten. Whitt neigt meinen Kopf so, dass er meinen Mund erobern kann, während er mich nach wie vor fingert. Ein besitzergreifendes Knurren vibriert in seiner Kehle, aber ich weiß, dass es nicht an August gerichtet ist, sondern dem Gedanken an irgendwelche Eindringlinge entspringt, die unsere Liebe stören könnten.

Ich schaukle zwischen ihnen hin und her, Wonne baut sich in meiner Mitte auf und entflammt meine Haut. Gerade als ich denke, ich würde vor Frust sterben, zerrt August seine Hose nach unten und befreit seine Erektion. Er zieht mich auf sich herab und füllt mich mit dem ekstatischen Brennen, das ich mittlerweile so sehr zu schätzen weiß.

Er packt meine Schenkel und seine Krallen bilden kleine, stechende Schmerzpunkte. Als ich wimmere, reißt er die Hände zurück, doch ich packe seine Handgelenke und führe sie wieder an meinen Körper.

„Nein", murmle ich zwischen zwei Küssen. „Es war gut." Wie ein Hauch von Säuerlichkeit, der aus einer Süßigkeit eine tiefere Süße hervorholt.

Whitt lässt seine Krallen über meinen Rücken wandern und hinterlässt einen Pfad lustvoller Schauder. Als er meinen Hintern erreicht, hören die Berührungen auf und die Krallen verschwinden erneut. Seine Lippen bewegen sich über meine Schulter, seine Stimme ist leise und verführerisch. „Wenn du in der Stimmung für Experimente bist, meine Liebste, gibt es eine Möglichkeit, wie du uns beide gleichzeitig aufnehmen kannst."

Mir stockt der Atem wegen des neuen, liebevollen Spitznamens und der Andeutung seiner Worte. „Welche ist das?", frage ich, obwohl ich es bereits vermute, bevor er mit den Fingerspitzen über mein Hinterteil zu der Öffnung dort gleitet.

In Bezug auf Sex habe ich diesem Körperteil nie viel Beachtung geschenkt, doch Whitts zarte Berührung an dieser Stelle löst ein Aufflackern von Lust aus und entlockt meinen Lippen ein weiteres Wimmern. „Ich würde vorsichtig vorgehen", verspricht er und wiederholt die Geste. „Ich würde gerne sehen, zu welchen Gipfeln wir dich bringen können, wenn wir zusammenarbeiten."

August gibt ein raues, ermutigendes Geräusch von sich. Ich sehe keinen Grund, einem von uns dieses Erlebnis zu verwehren. Ich nicke. „Ja, bitte."

Whitt gluckst. Während ich mich auf August bewege und ihn tiefer aufnehme, fährt der Spionagechef damit fort, meine andere Öffnung zu massieren, wobei er allmählich den Druck verstärkt. Dabei hilft ihm ein Gleitmittel, das er mit einem geflüsterten Wort der Magie heraufbeschworen hat.

Es fühlt sich eigenartig, jedoch so gut an, dass ich nicht anders kann, als meine Position zu verändern, damit ich weiter für ihn geöffnet bin. Dann führt er dort einen Finger in mich ein, woraufhin mir sämtliche Luft entweicht und Wonne durch mich hindurch pulsiert.

„Gut?", erkundigt er sich und pumpt seinen Finger mit etwas mehr Druck rein und raus, um die Muskeln aufzuwärmen. „Hättest du dort gerne mehr von mir, Allkräftige?"

Ich bringe einen undeutlichen Laut der Zustimmung

zustande. In mir schwillt jetzt so viel Ekstase an, dass ich kaum denken, geschweige denn sprechen kann.

Er fügt einen zweiten, dann einen dritten Finger hinzu und Wonne schwillt so heftig in mir an, dass ich aufschreie. „Oh, ich glaube, du bist bereit", schnurrt Whitt, der jetzt eher wie eine Katze als wie ein Wolf klingt.

Seine Hose raschelt, als er sie fallen lässt und auf die Knie geht, bevor mich seine Härte streift. Ich erstarre über August, als der andere Mann vorsichtig in mich dringt.

Es ist eine andere Art von Brennen, es ist enger, jedoch berauschender, weil es so neu ist. Ich stelle fest, dass ich keuche und überwältigt von der Empfindung bin, doppelt gefüllt zu werden.

Ich bin Talia McCarty, ein Mensch, der die Fae überlebt hat und nun an der Seite einiger der Mächtigsten im Reich steht, und ich werde jede Freude annehmen, die mir meine Männer bieten können.

Ich beginne, mich erneut zu bewegen, zunächst langsam und dann schneller, bis wir drei unseren gemeinsamen Rhythmus finden. August führt meinen Mund wieder zu seinem und unsere Küsse fallen aufgrund unseres abgehackten Atems zittrig aus. Whitt stöhnt und umarmt mich von hinten. Ihre steifen Längen stoßen gleichzeitig in mich und die unglaubliche Empfindung breitet sich in meinem gesamten Körper aus. Ich packe Augusts Schulter sowie Whitts Arm, der um meinen Oberkörper liegt, und mein Atem steigert sich zu einem begeisterten Keuchen.

Bei so viel Stimulation dauert es nicht lange, bis die Welle in mir ihren Gipfel erreicht und bricht. Ich erschaudere, verkrampfe mich und komme mit einer Wonne, die so gewaltig und intensiv ist, dass mein Gehirn aussetzt.

Augusts Griff um meine Schenkel spannt sich an, als er nach oben bockt und mir über die Klippe folgt. Whitt rammt sich etwas länger in mich und bringt mich mit dem erneuten Aufflammen von Lust zu einem weiteren Höhepunkt, bevor er sich mit einem erstickten Laut an mir versteift, den er an meinem Rücken dämpft.

Einige Minuten lang verharren wir in unserer gemeinsamen Umarmung und unsere Körper kommen von dem Hoch der Begegnung runter. Dann lösen wir uns langsam voneinander. Whitt setzt sich zurück aufs Sofa, damit ich zusammenbrechen und mit meinen beiden Liebhabern kuscheln kann. Ich schlinge jeweils einen Arm um einen von ihren.

„Ihr gehört mir", verkünde ich mit meiner eigenen wölfischen Leidenschaft in der Stimme. „Und ihr bleibt die meinen."

August küsst meine schweißnasse Stirn und sein Lächeln ist wieder so strahlend wie üblich. „Dagegen hat keiner von uns etwas einzuwenden, Süße."

Ein Jammer, dass nicht alle Probleme der Fae so einfach gelöst werden können.

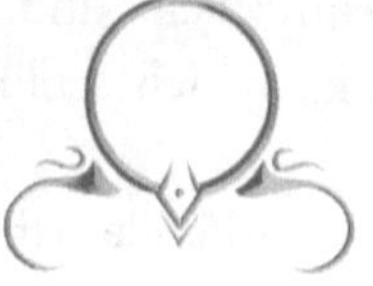

12

Talia

„Also was ist dein Lieblingsort?", fragt mich Harper leicht atemlos, während sie auf ihrem Schneidertisch sitzt und ihre Beine baumeln lässt. Ich habe sie in ihrem neuen Haus hier beim Herz besucht – wo sie allein anstatt mit ihren Eltern lebt – und ihr von den Orten erzählt, die ich bei meinem zweiten Besuch im Winterreich gesehen habe.

Ich lege den Kopf zur Seite und denke nach. Es fällt mir schwer, mich zu konzentrieren, da ich mir bewusst bin, dass nicht weit von hier die Verhandlungen zwischen den Erzlords endlich zu einem Ende kommen. Corwin hat mich darüber informiert, dass er damit rechnet, dass sie innerhalb einer Stunde fertig sein werden. Nach drei Tagen, in denen alles besprochen wurde, haben sich die Unseelie-Erzlords endlich so weit entspannt, dass sie sich von den Seelie in der Bastion bewirten lassen, wo beide Seiten Eide ablegen werden, wenn die Vereinbarung steht.

„Ich denke, der bemalte Wald ist nach wie vor der beeindruckendste aller Orte", antworte ich. „Daher bin ich froh, dass du ihn sehen konntest."

„Die Frostfeuerbäume klingen auch ziemlich genial. Und diese Mulde am Meer!" Harper erschaudert begeistert. „Es war schön, dass ich genügend Zeit hatte, um mich hier einzuleben, aber irgendwann musst du mich auf eine Führung mitnehmen."

Meine Mundwinkel zucken nach oben. „Ich schätze, wenn ich die besten Orte gesehen habe, kann ich sicherstellen, dass ich dir nur die Highlights zeige." Angenommen ich habe zu diesem Zeitpunkt noch einen Platz im Winterreich … angenommen ein Sommer-Fae wäre als Besucher willkommen …

Aufgrund all der Ungewissheiten und Geheimnisse, die mich umgeben, kann ich mich nicht komplett auf das Gespräch einlassen. Ich bin mir nicht sicher, ob ich heute Morgen eine tolle Freundin gewesen bin. Die Dinge, die aktuell in Harpers Leben passieren, sind so weit von dem entfernt, was ich durchmache. Außerdem kennt sie nicht einmal die Hälfte meiner Probleme, um auch nur den Versuch zu unternehmen, diese zu verstehen.

Ich erhebe mich aus dem Sessel, in dem ich saß. „Ich denke, ich werde nachschauen, ob sie mit den Verhandlungen fertig sind." Das entspricht nicht ganz der Wahrheit – ich weiß, dass sie das nicht sind, denn Corwin hätte mir sonst Bescheid gegeben – aber es ist eine vernünftige Ausrede, um gehen zu können, die Harpers Gefühle nicht verletzen wird.

Sie nickt mit einem Lächeln, das zeigt, dass sie nicht beleidigt ist. „Du bist noch ein paar Tage hier, stimmt's? Ich werde dir für deine nächste Reise über die Grenze noch ein Kleid machen.“

Schuldgefühle übermannen mich. „Das musst du wirklich nicht tun. Deine Arbeit ist absolut umwerfend, aber die Winter-Fae scheinen sich fast nur für Praktisches zu interessieren ... Ganz gleich, wie sehr sich die Reiche einander am Ende annähern, ich weiß nicht, ob du dort viele neue Kunden finden wirst.“

Harper zuckt mit den Achseln. „Es ist nicht für mich. Ich mag die Vorstellung, dass du dort drüben bist und wie eine echte Lady aussiehst. Weise jeden in seine Schranken, der dich für minderwertig hält.“

Gegen diese Motivation werde ich keine Einwände erheben. „Nun, Dankeschön“, erwidere ich und wünsche mir, ich könnte ihr im Gegenzug mehr Reisegeschichten erzählen. Ich sollte Corwin fragen, ob es irgendwelche speziellen Stoffe oder Verzierungen gibt, die im Winterreich benutzt werden und die ich ihr zum Experimentieren mitbringen könnte.

Draußen fühlt sich die Luft kälter an als gestern und es liegt eine leichte Kälte in der Sommerwärme, die darauf hinweist, dass es heute Nacht regnen könnte. Untertags scheint es in der Nähe des Herzens nie zu regnen.

Ich stapfe zwischen den vereinzelten Bäumen hindurch, die das Rudeldorf umgeben, angezogen von dem rhythmischen Pulsieren dieser leuchtenden Stelle, die so viel von dem bestimmt, was in der gesamten Fae-Welt vor sich geht. Die Energie des Herzens kitzelt spürbar über meinen Körper, als ich zwischen den Bäumen hervortrete und die ausgedehnte Wiese zum Herzen überquere. Der Tisch von den vorherigen Verhandlungen wurde entfernt. Nichts deutet darauf hin, dass er jemals zwischen den hellrosa und blauen Blumen existierte, die in der Brise schwanken.

Ich humple zu dem enormen, leuchtenden Gebiet auf

der Grenze, dessen Macht sich zu einem Trommelschlag verstärkt. Als ich nur noch wenige Schritte entfernt bin, ist die Masse des Herzens mindestens doppelt so groß wie ich und viel breiter als ich meine Arme jemals ausstrecken könnte. Sein Licht pulsiert im Takt mit seiner Energie. Als ich in seine goldenen Tiefen starre, muss ich einmal durchatmen.

Was willst du von mir?, denke ich an das Herz gewandt. *Was soll ich hier tun?* Das sind Fragen, die ich nicht laut zu stellen wage für den Fall, dass mich ein vorbeikommender Fae hört. Und auch: *Warum ich?*

Falls es mich zu einem bestimmten Zweck ausgewählt hat, sollte es mir dann nicht eine Erklärung geben? Ich habe keine Ahnung, welche Rolle ich seiner Meinung nach spielen soll – ob ich mich komplett darauf konzentrieren soll, die Sommer- und Winter-Fae zu einen, oder ob ich dem Fluch an sich mehr Aufmerksamkeit schenken soll. Ob es mich überhaupt für irgendetwas vorgesehen hat, oder ob seine Wirkung auf mich tatsächlich nur ein Zufall ist.

Obwohl ich in der Fae-Welt so viele gute Dinge entdeckt habe, würde ich zögern, diesen Zufall ‚Glück‘ zu nennen.

Das Herz lässt sich nicht anmerken, ob es mich gehört hat. Es pulsiert nur stetig und von dem Pochen beginnen meine Knochen, zu schmerzen, da ich so nahe bei ihm stehe. Es überwältigt meine Sinne so sehr, dass ich die Schritte nicht höre, die sich nähern, bis Astrid neben mir stehen bleibt.

„Du siehst wie eine Frau aus, die tief in Gedanken versunken ist", bemerkt die alte Kriegerin leicht sarkastisch.

Ich stoße den Atem aus. „Ich … ich verstehe einfach nicht, warum ich so stark mit diesem Ort verbunden bin. Es macht den Anschein, als hätte das Herz etwas damit zu tun." Doch ich habe bessere Antworten von dem Weisen erhalten, der mit einem Baum verbunden ist, und das trotz seines vagen Gebrabbels.

Astrids Mund verzieht sich zu einem schiefen Lächeln. „Die Wege des Herzens sind häufig sogar für diejenigen von uns unergründlich, die seit über tausend Jahren auf seine Magie zugreifen. Ich sehe es eher als etwas wie die Sonne anstelle eines Wesens mit einem Bewusstsein. Seine Macht verleiht uns Leben und Kraft, doch es *ist* einfach nur. Jegliche Muster, die sich ergeben, sind bloß die natürliche Ordnung der Dinge.“

Ich kann mir ein Schnauben nicht verkneifen. „Ich glaube nicht, dass irgendetwas an einem Menschen mit fluchheilendem Blut und einem seelenverbundenen Gefährten natürlich ist.“

Astrid zieht eine Augenbraue hoch. „Vielleicht ist es nur eine natürliche Ordnung, die so komplex ist, dass wir geringeren Wesen sie nicht vollständig begreifen können.“ Sie dreht sich zum Herzen um und neigt den Kopf nach hinten, um sein Leuchten aufzusaugen, was die faltigen Flächen ihres gealterten Gesichts zu glätten scheint. „Ich finde es am einfachsten, mir keine Gedanken darüber zu machen, wie diese Muster aussehen könnten. Ich vertraue darauf, dass meine Absichten von der gleichen Macht geformt wurden, weshalb das, was ich mit mir anzufangen gedenke, auf die ein oder andere Art in jeden großen Plan passen sollte.“

Ich wünschte, ich besäße das gleiche Vertrauen. Andererseits gibt es nicht viel, was ich tun *kann*, abgesehen davon, auf dem Weg weiterzugehen, der auf mich am besten wirkt, oder?

„Dankeschön“, sage ich, denn es ist ein kleiner Trost, zu wissen, dass sogar eine Fae-Frau, die bereits seit Jahrhunderten lebt, das Herz so rätselhaft findet wie ich.

Corwin senkt seine innere Mauer etwas weiter und

gewährt mir einen deutlicheren Blick auf den kreisrunden Versammlungssaal in der Mitte der Bastion und die Stimmen, die ihn umgeben – erfüllt von Erleichterung und Zufriedenheit. Anscheinend wurden die Schwüre abgelegt. Der Waffenstillstand und die Vereinbarung für die Unseelie-Siedlung wurden bestätigt. Wenigstens ging diese eine Sache glatt über die Bühne.

Lächelnd laufe ich zur Bastion und Astrid schlendert neben mir her. Ich habe die Wiese zur Hälfte überquert, als Corwin und seine Kollegen erscheinen.

Ich spüre es in dem Moment, in dem mich Laoni sieht. Ihr Blick jagt ein kühles Kribbeln über meinen Rücken, doch sie senkt die Stimme so weit, dass ich sie nur durch Corwins Ohren höre. „Ich bin immer noch der Meinung, dass deine Gefährtin diesem einen Seelie-Rudel unangenehm nahesteht."

„Sie scheint viel Zeit mit ihnen zu verbringen und sich ratsuchend an sie zu wenden", stimmt Terisse zu.

Laonis Blick wandert an mir vorbei zu Sylas' Burg, obwohl sie sie aus diesem Winkel nicht sehen kann. „Vor allem an diese *Männer*. Bist du dir ihrer Loyalität wirklich sicher?"

Ich empöre mich und erschaudere zugleich innerlich. Habe ich mehr über meine Beziehung zu Sylas und seine zwei Kader-Gewählten preisgegeben, als ich wollte?

Von Corwin kann ich allerdings bloß Zorn und Trotz spüren. „Ihre Verbindung zu Erzlord Sylas hat eine große Rolle am Erfolg dieser Verhandlungen gespielt. Das ist mir lieber als eine Frau, die ihre Loyalität denen gegenüber, die sie sich verdient haben, in dem Moment aufgibt, in dem der Wind seine Richtung wechselt."

Ohne die Antwort seiner Kollegen abzuwarten, entfernt er sich von ihnen und kommt mir entgegen. *Achte nicht auf sie. Die Seelie-Erzlords hätten uns die Hälfte des Sommerreichs anbieten können und sie hätten immer noch einen Grund zum Meckern gefunden.*

Astrid macht eine Abschiedsgeste und lässt mich mit meinem Gefährten allein. Die anderen Unseelie-Erzlords eilen an uns vorbei zur Grenze, da sie anscheinend erpicht darauf sind, nach Hause zurückzukehren und dieses Mal dortzubleiben. Ich kann nicht behaupten, dass ich sie vermissen werde.

Corwin andererseits ... „Ich schätze, du musst zurück zu Heart's Cadence gehen", sage ich, als er mich erreicht.

„Ich habe meine Pflichten dort in den letzten Tagen vernachlässigt." Er nimmt meine Hand in seine. „Ich wollte allerdings nicht gehen, ohne mich richtig zu verabschieden, auch wenn du dich mir in einer Weile wieder anschließen wirst."

In diesen Worten liegt genauso wenig ein Urteil wie in der Antwort, die er Laoni gegeben hat, doch ich kann den bittersüßen Unterton heraushören. Er kann nicht anders, als sich zu wünschen, ich würde jetzt mit ihm zurückkehren.

Der Wind peitscht über die Wiese und schickt eine Spirale aus hellen Blütenblättern in die Luft. Plötzlich kommt es mir absurd vor, dass er all diese Zeit in dem Reich verbracht hat, das mein erstes Zuhause unter den Fae war, und nichts davon gesehen hat.

Ich drücke seine Finger. „Können deine Pflichten noch ein oder zwei Stunden warten? Du hast mir einige deiner Lieblingsorte im Winterreich gezeigt – ich könnte dir ein wenig von der Magie des Sommerreichs zeigen."

Instinktiv wappne ich mich dafür, dass er den Vorschlag ablehnen wird, doch stattdessen breitet sich eines der seltenen strahlenden Lächeln auf seinen Lippen aus. „Das würde mir sehr gefallen."

Ich blicke hinab auf meine Stiefel. „Es wird schneller

gehen, wenn du uns fliegst. Von hier ist es eine kleine Wanderung. Das heißt, falls du nichts dagegen hast, deine Flügel in Gegenwart der Seelie hervorzuholen."

„Ich sollte dich fragen, ob du nicht gemieden werden wirst, wenn du mit einem von uns Raben gesehen wirst", erwidert er mit trockenem Humor.

„Es wird okay sein. Schwinge einfach keine Schwerter und alles wird gut."

Er entfaltet seine Flügel und streckt sie zu ihrer ganzen Spannbreite aus, bevor er sie wieder an seinen Körper faltet. Im Licht der Sommersonne schimmern die schwarzen Federn schillernd, was ich noch nie zuvor bemerkt habe. Ich lasse mich von ihm hochheben und nenne ihm die Wegbeschreibung, die uns über Donovans Ländereien führen wird.

Wie auf der Winterseite ist das Gebiet um das Herz herum ein langes Plateau. Der Anstieg zum breiten Gipfel dieses Hügels ist größtenteils relativ flach – ich würde jedoch trotzdem keinen Spaß daran haben, den Hügel mit meinem krummen Fuß zu erklimmen. An einer Stelle in Donovans Revier, von der mir Whitt in Oakmeet erzählte und die er mir vor ein paar Wochen zeigte, fällt das Land an einem schmalen Felsvorsprung plötzlich ab, über den ein ebenso schmaler Wasserfall strömt.

Ich weise Corwin an, auf dem grasigen Ufer in der Nähe des Wasserfalls zu landen, wo sich der schmale Fluss in den Wald schlängelt. Er blickt an dem Wasserfall hinauf. Er ist nicht so ausladend oder wild wie der in seinem Revier, doch das herabfallende Wasser funkelt und glitzert so stark, dass es sogar seinen Diamantpalast in den Schatten stellt. Ich schwöre, man kann in der schimmernden Strömung jede Farbe sehen, die existiert, einschließlich einiger, von deren Existenz ich nie wusste.

„Sie nennen sie die Schimmerfälle", erzähle ich Corwin,

setze mich und fahre mit den Fingern durch das seidige Gras. Es erstrahlt in einem Grün, das so intensiv wie Smaragde ist. Die gesamte Pflanzenwelt, die den Wasserfall umgibt, hat einen Teil seiner Lebendigkeit absorbiert. Die Blumen und Farne leuchten in einer strahlenden Masse aus Farben, die überwältigend wären, wenn sie sich nicht zugleich harmonisch anfühlen würden.

Nun, so fühlt es sich jedenfalls für mich an. Corwin blinzelt heftig. Die Landschaft ist so intensiv und unterscheidet sich so stark von dem, was er gewohnt ist, dass ich spüre, dass seine Augen kurz brennen. Doch als er sich daran gewöhnt, verdrängt Staunen jegliches Unbehagen. „Es ist spektakulär.“

„Ich will schließlich nicht, dass du denkst, das Winterreich hätte die besten Sehenswürdigkeiten“, necke ich ihn und lege mich auf den Rücken. Das Gras streichelt meine Arme, die Sonne streift meine Haut und ich fühle mich, als wäre ich in einen Kokon aus Zufriedenheit gehüllt. Es ist sogar noch besser, diesen wunderschönen Ort mit jemandem zu teilen, der noch nie hier war.

Ich vermute, so haben sich meine Fae-Männer gefühlt, als sie mir so viele bemerkenswerte Orte zum ersten Mal gezeigt haben. Jetzt verstehe ich, warum sie so großen Spaß daran haben, Reiseführer für mich zu spielen.

Corwin sinkt neben mir zu Boden und streichelt sachte mit den Fingern über meine Haare. Der Zuneigung, die von ihm zu mir fliest, haftet ein Hauch Traurigkeit an. Ich schaue zu ihm auf und will ihn gerade fragen, was los ist, als er mir zuvorkommt.

„Du liebst diesen Ort sehr“, stellt er fest.

Ich zucke so gut, wie ich es in meiner aktuellen Position kann, mit den Achseln. „Wie du bereits gesagt hast, ist es spektakulär. Es gibt mir das Gefühl, als … als würde ich auf einer Art Lied aus Farben treiben.“

Ich weiß nicht, ob diese Beschreibung Sinn ergibt, doch Corwin lächelt. „Ja." Er hält inne. „Das meinte ich allerdings nicht. Ich meine diesen *gesamten* Ort – das Sommerreich selbst."

„Oh." Ein Kloß steigt in meiner Kehle auf. „Ja. Ich meine, ich habe nie so getan, als wäre das nicht der Fall."

„Ich weiß. Es ist einfach anders, es selbst und zugleich durch dich zu erleben, dich zu sehen und deine Eindrücke zu spüren ..." Er atmet langsam aus und die Traurigkeit dehnt sich aus. „Ich kann dich von dem nicht wegholen. Ich könnte nie ... niemals erwarten, dass du dich dem Winterreich komplett verschreibst ..."

Ich setze mich abrupt auf und greife nach seiner Hand. „Wir haben zumindest für den Moment eine Möglichkeit gefunden, das zu umgehen. Ich habe nichts dagegen, hin und her zu reisen."

„Es kann nicht ewig so weitergehen. Ich weiß, dass du dir dessen genauso stark bewusst bist wie ich." Die gleiche nachdenkliche Unsicherheit, die ich die letzten Wochen gemieden habe, hallt von ihm durch unser Band. „Wenn ich zurückgehe, werde ich ein wenig Zeit haben, bevor du wieder bei mir bist. Und in dieser Zeit muss ich über vieles nachdenken."

Ich packe seine Hand fest und mein Herz zieht sich zusammen. „Triff keine Entscheidungen *für* mich. Ich will keinen von euch verlieren – und der Rest des Winterreichs wächst mir allmählich ans Herz."

Corwin zieht mich fester an sich und legt einen Arm um mich. „Ich verspreche, ich werde nichts unternehmen, ohne mich vorher mit dir zu besprechen. Zerbrechen wir uns jetzt nicht den Kopf darüber. Fürs Erste möchte ich einfach nur diese Freude genießen, die du mit mir teilst."

Ich kuschle mich in seine Umarmung, meine Freude hat nun allerdings eine bittersüße Färbung angenommen. Trotz all der Schönheit und Magie, die die Fae-Welt anzubieten hat, fühlt es sich so an, als entziehe sich diese eine Sache, die ich mir so sehr wünsche, stärker denn je meiner Reichweite.

Sylas

Es ist nicht schwer, herauszufinden, wohin Erzlord Corwin gegangen ist. Die Unseelie sind ein so seltener Anblick im Sommerreich, insbesondere in dieser Nähe des Herzens, dass ich von meinen Wachen mehrere Berichte über einen geflügelten Mann erhielt, der Talia zu den Schimmerfällen trug, bevor ich auch nur anfing, nach ihm zu suchen.

Ich muss nicht weit gehen, um sie zu finden. Wie ich es erwartet habe, bringt er Talia in die Nähe meiner Burg und umarmt sie kurz fester, bevor er sie auf die Füße stellt. Ich bleibe in den Baumschatten entlang der Wiese stehen, wo ich auf sie gewartet habe. Als er sich bückt, um ihr einen kurzen Kuss zu geben, brüllt mein Wolf in mir und sehnt sich danach, ihn anzuspringen und von ihr wegzureißen.

Er hat jedoch einen viel legitimeren Anspruch auf ihre Zuneigung als ich. Ich kann mein Interesse an ihr nicht einmal jemandem gestehen, der kein Mitglied meines Kaders ist.

Dieser Gedanke – und die Erinnerung daran, dass ich kurz davor war, sie als meine Gefährtin zu beanspruchen, bevor ihr Seelenband ins Spiel kam – sorgt dafür, dass ich auf andere Art wütend werde. Ich presse meinen Kiefer zusammen, um das Knurren zurückzuhalten, das an niemand Bestimmten gerichtet ist, sondern an die Situation im Allgemeinen.

Dieser Unseelie-Erzlord *ist* der Gefährte, den ihr das Herz geschenkt hat, und ich muss das respektieren, wenn ich irgendeine Beziehung zu ihr wahren will. Ich wünschte nur, es wäre einfacher, sich darüber zu freuen, dass er sich als würdig erwiesen und sie ihm nicht den Rücken gekehrt hat. Wenn er ein Schurke wäre, hätten wir so viel mehr Probleme.

Talia verlässt Corwin, um zurück zur Burg zu gehen. Ihre Schritte sind typisch unrund doch ihre windzerzausten Haare und geröteten Wangen verleihen ihr eine wilde Schönheit, die einen Anflug von Verlangen durch mich hindurch jagt. Ich zügele diese Dränge und konzentriere mich auf den Winter-Erzlord, der sich jetzt der Grenze zuwendet.

Da ich über das Gras stapfe, errege ich seine Aufmerksamkeit, bevor ich spreche. Er blickt zu mir und bleibt wenige Schritte entfernt von der Wand aus Dunst stehen. Er hat seine Flügel eingezogen, doch ich kann die rabenhafte Sorge daran erkennen, wie er seinen dunklen Kopf neigt.

„Erzlord Corwin", sage ich ruhig. „Ich hatte gehofft, dass wir uns unter vier Augen unterhalten können, bevor du nach Hause gehst."

„Selbstverständlich." Er sieht sich um, vielleicht weil er sich fragt, ob das Thema, welches ich ansprechen möchte, in der Nähe potenzieller Ohren besprochen werden kann.

Ich intoniere schnell einen Zauber, um einen Eindruck

von den Fae in unserer Nähe zu erhalten, und bedeute ihm, mir zu den Bäumen zu folgen, wo unser Gespräch nicht unterbrochen werden sollte. Als er neben mir herläuft, liegt in seinen Bewegungen ein unübersehbarer Widerwille.

Er hat sich zuvor schon mit mir beraten, allerdings nur, wenn es seiner Sache gedient hat. Ich habe keine Ahnung, ob er unglücklich über meine Anwesenheit ist oder ihm unbehaglich zumute ist, da er nicht weiß, wie ich auf seine reagieren werde.

Im Schutz der Bäume wende ich mich ihm zu. „Bevor Talia erneut die Grenze überquert, wollte ich mich lediglich davon überzeugen, dass sie sich gut an ihre Zeit im Winterreich sowie das ständige Hin und Her gewöhnt hat."

Corwins Augenbrauen heben sich leicht. „Ist das nicht eine Frage, die du ihr stellen solltest?"

Ich muss seine Antwort respektieren, auch wenn es mich ärgert, dass er denkt, ich würde ihre eigene Einschätzung nicht achten. „Ich vermute, du hast sie mittlerweile gut genug kennengelernt, um zu realisieren, dass sie nur widerwillig Sorgen oder Schwächen zugibt, wenn sie denkt, sie kann sie allein bewältigen. Sie möchte nicht als Bürde wahrgenommen werden, obwohl ich sie nie als eine betrachtet habe. Es erschien mir klug, eine objektive Meinung einzuholen. Oder zumindest jemanden zu fragen, der weniger dazu neigt, ihre unverwüstliche Front aufrechtzuerhalten."

Corwins Gesicht bleibt unnachgiebig ruhig und er strahlt weiterhin diese kühle, distanzierte Aura aus, die alle Unseelie zu besitzen scheinen. „Und wenn ich erzähle, dass sie Schwierigkeiten mit dem aktuellen Arrangement hat, würdest du das als Rechtfertigung für den Vorschlag nutzen, dass sie ihre Besuche nicht fortsetzen soll?"

Meine Fangzähne jucken bei dieser Unterstellung in meinem Zahnfleisch, doch ich zwinge sie zurück. „Ich hatte gehofft, dass du mittlerweile weißt, dass ich mich nicht zu solch hinterhältigen Taktiken herablassen würde. Ich habe dich stets fair behandelt, oder nicht?"

Corwin schenkt mir ein Lächeln – klein und angespannt, jedoch so unerwartet, dass es meinen Zorn zerstreut. "Ich entschuldige mich. Das hast du getan. Vielleicht habe ich in den letzten Tagen zu viel Zeit in der Gesellschaft meiner Kollegen verbracht und das hat mich zu sehr in die Defensive gehen lassen."

Interessant, dass er *seinen* Kollegen die Schuld dafür gibt anstatt meinen, auch wenn ich aufgrund seiner und Talias Kommentare vermutet habe, dass er bei vielen Themen nicht einer Meinung mit den anderen Unseelie-Erzlords ist.

"Ich mache mir lediglich um ihr Wohlbefinden Sorgen", erwidere ich. "Falls es irgendetwas *gibt*, mit dem sie zu kämpfen hat, möchte ich alles in meiner Macht Stehende tun, um ihr damit zu helfen, während sie bei uns ist. Und da sie das Seelenband weiterhin erkunden möchte, gehört dazu, ihr dabei zu helfen, dass sie sich in deinem Reich wohlfühlt."

Corwin neigt den Kopf. "Ich denke, sie hat sich gut eingelebt. Sie ist eindeutig sehr anpassungsfähig, da sie so schnell einen Platz in deinem Rudel gefunden hat. Die größere Schwierigkeit besteht vermutlich darin, alle *anderen* dazu zu ermutigen, sich daran zu gewöhnen, eine Menschenfrau an der Seite eines Erzlords zu sehen. Aber wenn sie sehen, dass ihre Hilfe entscheidend bei der Bekämpfung unseres Fluches ist ... sollte dieses Zögern ohne allzu große Schwierigkeiten aus der Welt geschafft werden."

Ich betrachte ihn. "Sie hat erzählt, dass ihr Blut keine Wirkung auf die Opfer eures Fluches hatte, genauso wenig wie eure anderen Versuche. Ich nehme an, dass ihr euch deswegen stattdessen auf die Errichtung der Siedlung hier konzentriert. Hältst du es für wahrscheinlich, dass die

Atmosphäre des Sommerreichs das Heilmittel ist, das ihr braucht?"

Der Unseelie-Erzlord wendet kurz den Blick ab und sein Gesicht verdüstert sich. „Ich weiß es nicht. Ich würde gern mein Vertrauen in die Idee setzen, vor allem nach all dem Schmerz, den wir eurem Volk bereitet haben, um dieses Ziel zu erreichen, aber … für mich fühlt sich das zu einfach an. Talias Blut ist kein vollständiges Heilmittel für euren Fluch, sondern nur eine vorübergehende Lösung. Ich kann das Gefühl nicht abschütteln, dass hinter dieser Sache noch etwas anderes steckt und es ein fehlendes Teil gibt, das wir brauchen, um auf den Kern des Problems vorzudringen."

Seine Ansicht gibt meine so gut wieder, dass ich mich unerwartet beruhigt fühle, obwohl wir einer Antwort nicht näher sind. „In der Tat. Wenigstens wird die Siedlung gebaut werden, weshalb wir mehr wissen werden als zuvor. Und ich rechne damit, dass unsere Suche nach einem richtigen Heilmittel schneller vonstattengeht nun, da die beiden Reiche miteinander kooperieren."

Corwins Lächeln kehrt zurück und ist etwas breiter als das vorherige. „Ich bin froh, dass wir diesen Punkt erreichen konnten. Und Talia kann sich auf jeden Fall einen Großteil des Verdienstes anrechnen lassen." Er lacht leise. „Sie ist geschickt darin, das Beste in jeder Person und Situation zu sehen, der sie begegnet – und sie findet stets Möglichkeiten, diese ans Licht zu bringen."

Die warme Zuneigung in seinem Tonfall, die sich so stark von seinem üblichen kühlen Auftreten unterscheidet, beruhigt mich noch mehr. Vielleicht habe ich mir immer noch Sorgen darum gemacht, wie sehr sie ihr theoretischer Gefährte schätzt. Es könnte nicht deutlicher sein, dass er sie aus den gleichen Gründen zu schätzen weiß wie ich.

Jetzt ist es noch schwieriger, seine Anwesenheit in ihrem Leben zu hassen.

„Das ist sie", stimme ich zu. „Eine ihrer vielen beeindruckenden Eigenschaften. Ich würde jedem widersprechen, der erklärt, sie könne sich unter den Fae nicht behaupten, und ihn auf die Handvoll Leute unserer Art hinweisen, die so viel Stärke und Mitgefühl gezeigt haben."

Corwin zögert, dann zuckt er unbeholfen mit den Händen und sagt: „Ich bin froh, dass sie euch hat. Euch drei. Anfangs war es schwer – manchmal ist es das immer noch – aber mit jedem Tag, den ich mit ihr verbringe, wird es einfacher, zu verstehen, wie sie so viele Herzen für sich gewinnen und in ihrem genug Platz finden konnte, um so viel Liebe anzubieten. Ich weiß, wie viel ihr Talia bedeutet. Es ist nicht mein Wunsch, sie euch komplett zu entreißen. Mir ist einfach noch kein besseres Arrangement als das aktuelle eingefallen."

Ein Engegefühl windet sich durch meine Brust. Sowohl wegen der Großzügigkeit in seinen Worten, als auch wegen der unausgesprochenen Tatsache, dass wir uns trotz allem bewusst sind, dass unser aktuelles Arrangement *kein* endgültiges sein kann. Es eignet sich für eine kurze Zeit, wir können Talia jedoch nicht den Rest ihres Lebens wöchentlich zwischen den Reichen hin und her schieben.

Und mir ist auch noch keine bessere Idee eingefallen. Corwin und ich haben als Erzlord beide Pflichten, die wir für unser Volk erfüllen müssen. Wir sind genauso stark an unsere Seite der Grenze gebunden wie sie an ihn.

„Das weiß ich zu schätzen", erwidere ich und hoffe, dass er erkennen kann, wie ehrlich ich diese Worte meine. „Ich werde tun, was ich kann, um eine Lösung zu finden, die uns allen Glück erlaubt." Tief Luft holend, trete ich zurück. „Danke, dass du mit mir gesprochen hast. Ich werde dich nicht länger von deiner Heimreise abhalten."

Ich weiß nicht, ob ich mich nach dem Gespräch besser oder schlechter fühle, als wir getrennter Wege gehen. Ich fühle mich definitiv schlechter, als ich Celia über die Wiese auf mich zukommen sehe, nachdem ich zwischen den Bäumen hervorgetreten bin. Nach ihrem Gesichtsausdruck zu urteilen, ist sie zu dem Schluss gekommen, dass ich mit den Unseelie – oder zumindest mit einem von ihnen – allein gesprochen habe.

Sie hat ihre Feindseligkeit während der Verhandlungen zwar gezügelt, ist den Raben jedoch nach wie vor nicht freundlich gesinnt.

Sie blickt zu Corwins Gestalt, die im Dunst der Grenze verschwindet, und bleibt wie angewurzelt vor mir stehen. „Hast du zusätzliche Verhandlungen geführt?", will sie mit ihrer typischen, gebieterischen Art wissen.

Ich schlucke ein Seufzen. Celia hat meine Ernennung zum Erzlord abgesegnet, war jedoch nicht so begeistert von der Aussicht wie Donovan – und seit er und ich uns zusammengetan haben, um ihre Entscheidung zu kippen, Corwin gefangen zu halten, habe ich mehr von ihrem Temperament zu spüren bekommen als üblich.

„Wir haben weder über die Unseelie-Siedlung noch das Friedensabkommen gesprochen", antworte ich. „Ich habe mich lediglich nach der persönlichen Angelegenheit von Talias Besuchen in seinem Reich erkundigt, was eine Sache zu sein schien, die zwischen uns beiden besprochen werden sollte."

Die Haltung meiner Kollegin entspannt sich ein wenig, ihr Gesicht bleibt jedoch streng. Sie mustert mich mit einem stechenden Blick, der mir nicht gefällt. „Du hast großes Interesse daran, was mit dieser Frau passiert."

„Sie kommt einem Heilmittel gegen unseren Fluch am nächsten. Warum sollte ich kein Interesse daran haben?"

„Es ist nicht nur das. Die Eide schützen uns davor, die Vorzüge zu verlieren, die sie anbietet." Sie hält inne. „Dein Kader-Gewählter, der sich zu ihr hingezogen fühlte – ich sehe, dass sie einander immer noch Zuneigung schenken. Weiß ihr Unseelie-Gefährte davon?"

Ich kann mich gerade noch davon abhalten, mit den Zähnen zu knirschen. „Natürlich weiß er Bescheid. Es wäre schwierig für sie, etwas Derartiges zu verheimlichen, während sie ihr Band verstärken. Talia hat darauf bestanden, dass sie die anderen Bande nicht aufgibt, die sie geschmiedet hat, und bisher hat ihr Gefährte ihre Wünsche zu diesem Thema respektiert. Wir warten ab, wie sich alles fügt. Im Moment gibt es größere Probleme, auf die wir uns konzentrieren müssen."

Celia summt vor sich hin. „Und vielleicht bedeutet es dir auf persönlicher Ebene mehr, als es das sollte. Du kannst das Wesen *mögen*, aber vergiss nicht, dass die Sicherheit unseres Volkes vor deinen Sorgen für ein Individuum kommen muss – vor allem, wenn dieses Individuum eine Sterbliche ist, die wir bereits mindestens zweimal überlebt haben."

Ohne meine Antwort abzuwarten, macht sie auf dem Absatz kehrt und marschiert davon. Ich beobachte mit einem sinkenden Gefühl im Magen, wie sie geht.

Corwin hat davon gesprochen, dass seine Leute Talia als seine Gefährtin akzeptieren müssen. Ich habe darüber nachgedacht, wie ich sie in meinem Leben haben kann, während sie zugleich an ihn gebunden ist. Allerdings habe ich ebenfalls das Problem meiner Kollegen, nicht wahr? Selbst wenn der Unseelie-Erzlord und ich einen guten Kompromiss finden können, wie werde ich das meinen Kollegen auf eine Weise erklären, die *sie* verstehen?

Und welche Steine werden sie uns in den Weg legen, wenn ich es nicht tun kann?

Talia

Nach einer Woche im Sommerreich ist der erste Tag in der Kälte der Winterseite trotz des Wärmezaubers an meinen Kleidern stets etwas schwierig. Es half auch nicht, dass weniger als eine Stunde nach meiner Ankunft mein Mittagessen mit Corwin von der Nachricht unterbrochen wurde, dass der Fluch eine Frau in einer anderen Länderei erwischt hat. Corwin, Zelpha und ich sind bereits eine gefühlte Ewigkeit in einem der Unseelie-Gefährte unterwegs.

Aufgrund der Geschwindigkeit, zu der mein seelenverbundener Gefährte das Transportmittel angetrieben hat, peitscht ein Teil des eisigen Windes an dem Kristallschild vorbei, das uns eigentlich davor schützen soll. Ein dünner Dunstschleier hat den Himmel grau gefärbt und das Sonnenlicht gedämpft. Ich habe mich so nah wie möglich an die Windschutzscheibe gesetzt, die Knie angezogen und meine Arme um mich geschlungen in dem Versuch, mich nicht von meiner Nervosität überwältigen zu lassen.

Nach dem letzten missglückten Versuch haben wir uns Strategien zum Umgang mit dem Fluch überlegt, die wir allerdings noch nicht testen konnten – wir wollen hauptsächlich mehrere unserer vergangenen Ideen in Kombination miteinander ausprobieren. Dies ist zudem das erste Mal, dass ich versuchen werde, ein Opfer zu heilen so kurz, nachdem es von dem Fluch getroffen wurde. Doch ich kann den unangenehmen Knoten in meinem Bauch nicht abschütteln, der sich dort bei dem Gedanken gebildet hat, erneut zu versagen, und bei dem Wissen, dass unser Versagen den Tod dieser Frau bedeutet.

Corwin hat während der Fahrt seine ‚Tränke‘ gebraut und mir Partikel von meinem Blut, Haut und sogar meinen Knochen entnommen. Dabei ging er so vorsichtig vor, dass ich jedes Mal nur ein schwaches, kurzes Brennen spürte. Zelpha studiert die Landschaft hinter dem Gefährt und selbst ihre normalerweise entspannte Miene ist ernst geworden.

„Wenn das nicht funktioniert“, sage ich, „könnte sie sich immer noch der Siedlung im Sommerreich anschließen, oder? Ihr wolltet doch testen, ob ein Aufenthalt dort den Fluch heilen und verhindern kann.“

Corwin runzelt die Stirn. „Ich weiß nicht, ob die Vorbereitungen rechtzeitig fertig sein werden. Sie haben weder alle Gebäude errichtet noch sichergestellt, dass für den Anfang genügend Vorräte vorhanden sind. Wie du vermutlich bei den Verhandlungen sehen konntest, war keine der beiden Seiten besonders erpicht darauf, irgendetwas zu überstürzen.“

„Ich soll morgen dorthin reisen und unsere Fortschritte

begutachten", meint Zelpha. „Die Siedlung sollte innerhalb einer Woche fertig sein. Vielleicht kann ich die Sache ein wenig beschleunigen."

Es wird allerdings einfacher sein, wenn etwas funktioniert, was wir heute ausprobieren, und die Siedlung im Sommerreich überhaupt keine Rolle spielen muss. Ich atme scharf ein und wappne mich so gut wie möglich für den bevorstehenden Versuch.

Corwin sinkt neben mir auf die Bank und legt zaghaft seinen Arm um mich. Als ich mich in seine Umarmung lehne, drückt er mich fester an sich. Seine Wärme zu teilen, lindert meine Sorgen ein wenig.

Allein, dass du dich so sehr bemühst, ist unglaublich bewundernswert, bemerkt er. *Und wenn du nicht gewesen wärst, würde die Siedlung womöglich gar nicht erbaut werden.*

Ich weiß. Und ich will *helfen. Die Seelie kann ich auf vergleichsweise einfache Art von dem Fluch befreien. Ich verstehe nicht, warum es für euren Fluch keine einfachere Lösung gibt.*

Seine Hand gleitet meinen Arm hinauf und bleibt auf meiner vernarbten Schulter liegen. *Ich würde das, was dir zugestoßen ist, um diese Entdeckung zu machen, nicht ‚einfach' nennen.*

Damit hat er recht. Die Erinnerung an den Angriff durchfährt mich mit einem Beben, das ich nicht unterdrücken kann. Corwins Arm spannt sich um mich herum an und eine wortlose Entschuldigung reist durch unser Band.

Ich hoffe wirklich, dass ich nicht so viel verlieren muss wie in jener Nacht, um diese Seite des Fae-Fluchs zu enträtseln.

„Wir sind da", verkündet Zelpha und richtet sich auf.

Ich drehe mich auf meinem Platz um und spähe durch die kristallene Windschutzscheibe. Wir sind in ein Tal zwischen zwei steilen Felswänden getaucht. So wie Corwins Schwarmdorf wurde auch dieses in die Felsen gebaut – zu beiden Seiten. Die Häuser bestehen aus dem gleichen Stein wie die Talwände und die zerklüftete Burg, die sich in der Nähe der rechten Felswand gen Himmel neigt.

Ein Mann winkt uns von einer Terrasse auf halber Höhe der Felswand. Das Gefährt kann dort nicht landen, weshalb Corwin es an die Brüstung lenkt und dort in der Luft schweben lässt, während wir aussteigen.

„Ich bin froh, dass Sie so schnell kommen konnten", sagt der Mann, dessen Gesicht gerötet und abgehärmt ist. Er sieht selbst krank aus, allerdings nicht auf die Art und Weise des Fluchs. „Ich hoffe … falls es irgendetwas gibt, was Sie für sie tun können …"

„Wir werden unser Bestes geben", erwidert Corwin. „Wirst du uns den Raum geben, unsere Versuche allein durchzuführen? Wir sind uns nicht sicher, was für eine Wirkung externe Faktoren auf die Situation haben."

Wir haben keinen Grund zu der Annahme, dass die Anwesenheit einer anderen Person etwas ändern würde – es war nie ein Faktor, wenn es darum ging, beim Seelie-Fluch zu helfen – doch wir versuchen nach wie vor, geheim zu halten, wie stark ich in unsere ‚Versuche' involviert bin.

Anders als vergangene Angehörige zögert dieser Mann und zaudert kurz. Sein Mund verzieht sich, als wollte er protestieren. Dann senkt er den Kopf. „Was immer Sie für das Beste halten, mein Lord. Ich will nur, dass es ihnen gut geht."

Ihnen? Ich wundere mich über diese Bemerkung, als wir durch die Tür ins Haus des Mannes treten. Entweder aufgrund seiner Fae-Sinne oder einfach aus Instinkt durchquert Corwin einen Raum, der wie ein Wohnzimmer aussieht, und geht zu einer Tür, die davon abzweigt.

Sobald wir das Zimmer dahinter betreten, verstehe ich, was er gemeint hat, und mein Magen verkrampft sich.

Die Frau, die in einem Sessel an einem kleinen Kamin sitzt, hat die Arme um ihren gerundeten Bauch gelegt. Sie streichelt ihn zitternd und summt schwach eine Melodie.

Sie ist schwanger. Nach der Größe ihres Bauches zu urteilen, ist die Schwangerschaft bereits weit fortgeschritten, aber noch nicht so weit, dass es das Baby überleben könnte, jetzt geboren zu werden.

Doch wenn der Fluch sie tötet, wenn er sie komplett zum Gefrieren bringt … wird auch das Baby sterben.

Der Knoten in meinem Bauch vervielfacht sich. Ich schlucke schwer, als Corwin an die Seite der Frau tritt. „Wie geht es dir?", erkundigt er sich ruhig und sanft.

Sie wird erneut von einem Zittern geschüttelt. Sie blickt zu ihm auf und scheint kaum wahrzunehmen, wer er ist. Kummer hat sich bereits in ihr Gesicht gegraben.

Was für eine Qual muss es sein, zu wissen, dass nicht nur ihr Leben, sondern auch das ihres Kindes auf dem Spiel steht – eines Kindes, auf das sie womöglich hunderte von Jahren gewartet hat?

„Kalt", murmelt sie. „Mir ist kalt, es ist jedoch noch nicht allzu schlimm. Ich kann mich noch bewegen. Nun, so sehr ich das zuvor in diesem Zustand konnte." Ihr Arm legt sich schützend um ihren Bauch. Dann blinzelt sie und ein Teil der Leere weicht aus ihren Augen. „Mein Lord, Sie denken, dass es etwas gibt, was Sie tun können?"

Sie blickt an ihm vorbei zu Zelpha und mir und die Hoffnung, die über ihr Gesicht huscht, bringt mich beinahe um.

„Wir werden alles versuchen, was uns einfällt", versichert ihr Corwin, dessen Kummer mich durch unser Band erreicht. Er weiß viel besser als ich, wie sehr Kinder unter den Fae geschätzt werden, die nur so wenige gebären. „Ich habe ein paar meiner Leute mitgebracht, die mir helfen werden. Fühlst du dich hier wohl oder möchtest du dich lieber hinlegen?“

Die Frau schaut zum Bett, auf dem die Decke ordentlich über der Matratze liegt, und schüttelt den Kopf. „Ich werde hier beim Feuer bleiben, außer Sie brauchen mich anderswo.“

„Dieser Platz sollte prima sein.“ Er atmet langsam ein und ich kann spüren, dass er sich für die vorliegende Aufgabe wappnet, so wie ich es vorhin im Gefährt getan habe.

Ich habe keine Ahnung, wie ich meine Nervosität jetzt zügeln soll. Als Corwin seinen ersten Trank herausholt, einer, bei dem zwei Partikel meines Körpers kombiniert wurden, zerbreche ich mir das Gehirn nach einer anderen Taktik, die uns vielleicht entgangen ist und wir unseren heutigen Plänen anfügen können. Allerdings sind wir gemeinsam schon so viele Möglichkeiten durchgegangen. Das harte Klopfen meines Herzens erschwert es mir, mich zu konzentrieren.

Zelpha berührt zaghaft meinen Rücken. „Falls es eine Möglichkeit gibt, werden wir sie finden“, flüstert sie und mir wird bewusst, dass sie versucht, mich zu beruhigen. Meine Furcht muss sichtbar sein. Ich verdränge sie so gut wie möglich, weil ich den gewaltigen Stress, unter dem die verfluchte Frau bereits steht, nicht vergrößern will.

Da es schrecklich lange dauern würde, jede mögliche Kombination körperlicher Beiträge und Taten durchzugehen, kamen wir bei unserer letzten Besprechung darin überein, dass wir uns nicht so viele Gedanken über die Trennung der verschiedenen Dinge machen würden. Falls etwas funktioniert, können wir alle Faktoren in Augenschein nehmen, die in dem Moment eine Rolle spielten, in dem sich das Opfer von dem Fluch erholte, und sie später trennen.

Das Wichtigste ist, dem Opfer jede mögliche Chance auf ein Überleben zu bieten.

Daher trete ich an die Frau heran, sobald sie den ersten Trank geschluckt hat, und strecke meine Hand aus. Nach kurzem Zögern nimmt sie sie. Während ich ihre Hände in meine nehme, singe ich das gleiche Schlaflied, das ich für das Opfer vor ihr gesungen habe.

Ein Brennen kriecht in meine Augen. Ich lernte dieses Lied von meiner Mutter. Vielleicht hat sie es mir vorgesungen, noch bevor ich geboren wurde, so wie diese Frau etwas für ihr Kind gesungen hat.

Ihre Haut fühlt sich kalt an. Nichts, was ich tue, nicht einmal der Druck meiner Finger an ihren, scheint sie zu wärmen. Ihre andere Hand gleitet über ihren Bauch, als hätte sie gespürt, wie sich das Kind in ihr bewegt hat.

Corwin bietet ihr einen Trank nach dem anderen an. Meine Kehle wird heiser vom Singen des Liedes und den wenigen anderen, die ich zum Besten gebe, denn warum nicht? Ich schenke ihr kurze, jedoch mitfühlende Umarmungen, halte ihre Hand und massiere ihre Schultern sowie Füße. Sie lächelt mich dankbar an, obwohl ich erkennen kann, dass der Trost, den ich ihr spende, das größere Problem nicht löst.

Zelpha bringt uns einige Snacks, bei deren Zubereitung ich in Corwins Küche geholfen habe. Es sind kleine, zuckrige Gebäcke, die wir vor unserer Abreise schnell backen konnten. Die Frau richtet sich auf, um sie zu essen, und zuckt bei der Bewegung zusammen.

Sofort erkenne ich, dass ihr Rücken steif wird. Sie hält diese unbehagliche Haltung beim Kauen und aus ihrem bereits gräulichen Gesicht weicht noch mehr Farbe.

Nichts funktioniert. Ihr geht es nur schlechter.

Ich gehe erneut jede Geste durch, die mir einfällt, und trete schließlich mit schmerzendem Herzen zurück. Die Frau sackt wieder in ihren Sessel und verzieht das Gesicht. Der Winkel ihres Kiefers sieht jetzt ebenfalls starr aus.

Wie viel Zeit bleibt ihr noch, bis sie sich kaum noch bewegen kann?

Noch eine Mutter und ein Kind werden sterben, weil ich nicht genug tun konnte. Weil ich im entscheidenden Moment nicht das Richtige tun konnte.

Das Brennen füllt meine Augen und ich wende mich ab, bevor sie die Tränen sehen kann. Ein Schluchzen verstopft meine Kehle. Ich zwinge es hinunter und wische mir übers Gesicht, doch ich kann die Tränen nicht komplett zurückhalten. Sie strömen mir über die Wangen und meine Finger, mit denen ich sie hastig wegwische. Ich schaffe es, still zu bleiben, doch der Atem entweicht mir zittrig.

Talia?, fragt Corwin, dessen innere Stimme vor Sorge angespannt ist.

Konzentriere dich nur auf sie. Ich werde mich so schnell wie möglich zusammenreißen.

Ich habe noch nie vor ihm geweint, wird mir bewusst. Er hat mich schon aufgebracht gesehen, allerdings nicht so, nicht in der Realität, nur in meinen Erinnerungen. Ich kann anhand der Emotionen, die in ihm wirbeln, erkennen, dass es ein ungewöhnlicher Anblick im Winterreich ist. Das ist nicht überraschend, da die Unseelie emotionale Kontrolle so sehr wertschätzen.

Noch ein Grund mehr, mich in den Griff zu kriegen, bevor ich der Frau Angst mache, der ich eigentlich helfen soll.

Zelpha tritt mit zusammengezogenen Augenbrauen neben mich. „Gibt es etwas, was ich tun kann?", fragt sie leise.

Ich schüttle den Kopf und konzentriere mich darauf, langsam und gleichmäßig zu atmen. Nach ein oder zwei Minuten weicht das Brennen so weit zurück, dass ich die letzten Tränen wegblinzeln kann. Ich wische über meine Wangen, da ich weiß, dass sie fleckig und meine Augen rotgeädert sein müssen. Es gibt jedoch nicht viel, was ich dagegen tun kann. Vielleicht sollte ich einfach das Zimmer verlassen, bis Corwin mit den letzten Schritten fertig ist.

Bevor ich gehen kann, erreicht mich die sanfte Stimme der Frau. „Du hast geweint … um mich und mein Baby?"

Ich drehe mich zu ihr um, da ich ihr beim Sprechen nicht den Rücken zukehren möchte, zögere jedoch, ihr zu zeigen, wie sehr mich die Situation trifft. „Es tut mir leid … ich wollte dir so gerne helfen."

Sie starrt mich an, wirkt allerdings nicht beleidigt, sondern erstaunt. „Ich fühle mich geehrt, dass sich eine Begleiterin des Erzlords so sehr um mich sorgt."

Die Spannung in mir verdreht sich mit einem bittersüßen Stich. Aus einem Impuls heraus trete ich an sie heran und berühre ihre Wange, als könnte ich ihr mit dieser Berührung vermitteln, wie sehr sie mir am Herzen liegt. Durch Hautkontakt kann ich Corwin meine Emotionen nämlich ebenfalls leichter übermitteln.

Doch natürlich habe ich zu dieser Frau kein derartiges Band. Ich spüre keine innere Verbindung. Ich will gerade meine Hand zurückziehen, als sie mein Handgelenk packt und ein Keuchen über ihre Lippen kommt.

Und dann spüre ich es. Die schwache Wärme, die unter meinen Fingern auf ihrer Wange erblüht. Ihre Hand ist auch dort warm, wo sie meinen Arm gepackt hat. Ihre Augen weiten sich und die Unbehaglichkeit ihrer Haltung lockert sich.

Sie schnappt nach Luft. „Sie … sie verschwindet. Die Kälte. Ich kann es spüren … ich kann das Feuer wieder spüren. Und den Wärmezauber an meinen Kleidern."

Ich packe ihre Hand und werde von dem Rausch der Freude überrumpelt, der von Corwin in mich schießt. Meine eigene Freude wird jedoch von dem Wissen gedämpft, dass die Heilmittel, die ich anbiete, nie gereicht haben, um einen Fluch komplett zu verjagen.

Vielleicht haben wir die Lösung gefunden. Etwas, was ich gerade getan habe, hat die Waage zu unseren Gunsten geneigt. Doch wie viel Zeit bleibt dieser armen Frau, bis die Kälte sie erneut befällt?

Whitt

Ich kann nicht behaupten, dass ich mich darauf gefreut habe, den Tag in Gegenwart eines Haufens räudiger Raben zu verbringen, doch es ist interessant, zu sehen, wie ähnlich und dennoch anders die Unseelie sind. Sie haben sich zu Gruppen zusammengetan, um an den Gebäuden ihrer neuen Siedlung zu arbeiten. Dabei gehen sie mit ähnlichem Fokus vor und beschwören die gleichen Materialien, die auch unsere Art nutzt. Die Stimmen, die sich um mich herum zu einem Lob oder Vorschlag erheben, hätten auch den Seelie gehören können.

Andererseits haben ihre Gesten eine subtile, allerdings erkennbare vogelähnliche Eigenheit, die ich zuvor nie beobachten konnte. Nachdem ich ein paar Stunden lang an der Grenze der Siedlung entlanggeschlendert bin und die Fortschritte des Baus beobachtet habe, vermute ich, dass ich einen Winter-Fae in einer Menge aus Seelie erkennen könnte, ohne ihm so nah zu sein, dass ich ihn riechen kann.

Obwohl es kein Problem ist, sie hier zu riechen, wo sich so viele auf einem Fleck befinden. Die Stelle, die wir ihnen zwischen zwei Seelie-Ländereien in der Nähe der Grenze angeboten haben, stinkt nach Raben.

Als ich zurücktrete, um das gesamte Areal auf einmal zu betrachten, komme ich zu dem Schluss, dass es eine merkwürdig aussehende Stadt für beide Reiche ist. Da Gefährtenpaare aus verschiedenen Unseelie-Ländereien zusammengekommen sind und von keinem Lord angeleitet werden, haben sie ihre Häuser aus den Materialien erbaut, mit denen sie sich am wohlsten fühlen. Das Ergebnis ist eine Mischung aus Holz, Stein, Metall und jedem anderen Material, das zu Mauern hochgezogen oder gewebt werden kann.

Ich weiß nicht, wie groß ein typischer Unseelie-Schwarm ist, doch dieses Dorf ist ein Rudel von ordentlicher Größe. Sylas und seine Kollegen stimmten zu, dass sich hier einhundert Raben ein Haus bauen dürfen. Sie mussten alle einen Eid ablegen, dass sie uns kein Leid zufügen werden, solange wir sie nicht grundlos angreifen. Allerdings lässt sich nicht sagen, ob eine der Seiten versuchen wird, ein Schlupfloch zu finden.

Wie Sylas angemerkt hat, sollte es für sie eigentlich keinen Grund geben, unsere Regeln zu brechen, wenn die Raben die Wahrheit sagen und sie uns nur angegriffen haben, um einen Teil unseres Territoriums unter ihre Kontrolle zu bringen. Ich schätze, wir werden einfach abwarten müssen, ob unser Land tatsächlich den Fluch außer Kraft setzen kann. Falls das Leben hier sie vor einem eisigen Tod schützt, steht uns womöglich eine Invasion bevor. Es ist nicht so, als würden wir tauschen und im Gegenzug ihr gefrorenes Terrain übernehmen wollen.

Momentan streifen einige von uns Wölfen um den Rand der Siedlung herum und die Neuankömmlinge mustern uns mit einem Misstrauen, das zugegebenermaßen verständlich ist. Wir sind hier, um sowohl sicherzustellen, dass sie sich ohne Probleme niederlassen können, als auch um uns zu vergewissern, dass alle Bedingungen erfüllt werden, auf die wir bestanden haben.

Bisher haben sich jedoch alle vorbildlich benommen. Allerdings kann ich die zunehmende Unruhe nicht abschütteln, dass irgendetwas an dieser Situation nicht stimmt.

Es ist bloß ein unbestimmter Eindruck. Es könnte einfach an dem Unbehagen liegen, dass sich so viele unserer jüngsten Feinde direkt vor mir auf unserem Grund und Boden befinden. Meine Instinkte sind jedoch hervorragend ausgebildet und wenn mir etwas sagt, dass mir etwas Wichtiges entgangen ist, bin ich geneigt, diesem Gefühl zu vertrauen.

Ich drehe weiterhin meine Runden und beobachte, wie mehrere Fae Magie ausüben, um Rohre für Trink- und Waschwasser in ihren Häusern zu verlegen. Eine andere Gruppe legt einen Garten mit Gemüse an, das in unserem Klima vielleicht gedeihen wird, vielleicht auch nicht. August wird zweifellos alle möglichen Fragen und Tipps für sie haben, wenn er an der Reihe ist und die Siedlung überprüfen muss.

Als mein Blick über eine Frau gleitet, die ich als eine der Unseelie-Erzlords erkenne – nicht die Laute, Arrogante, allerdings auch nicht die Freundlichste aus ihrer Mitte – halte ich inne. Sie dreht sich inmitten mehrerer der halb errichteten Häuser im Kreis und legt nachdenklich den Kopf schief. Als ihre Augen meinen Blick auffangen, werden sie schmal. Es ist nur ein kurzer Moment, der jedoch reicht, um zu erkennen, dass es ihr nicht gefällt, dass wir sie im Auge behalten.

Kann ich ihr das verübeln? Vielleicht nicht. Das heißt allerdings nicht, dass ich die dezente Feindseligkeit ignorieren sollte. Sie sind unsere Gäste und nur dank unseres Wohlwollens hier.

Eine sarkastische Stimme meldet sich hinter mir zu Wort. „Beachte Erzlord Terisse nicht. Sie ist sauer, weil sie heute die Pflicht als Aufseherin übernehmen muss."

Ich drehe mich um und entdecke in der Nähe eine Frau, die beinahe so muskulös ist wie August und deren dunkelbraune Haare zu einem lockeren Zopf geflochten sind. Sie ist ein Rabe – kein Wolfgeruch durchdringt den Vogelgeruch, der diesem Ort anhaftet – aber sie benimmt sich mir gegenüber schrecklich ungezwungen. Ich hätte nicht einmal von einem meiner Seelie-Kollegen erwartet, dass er mit mir so locker über einen unserer Erzlords spricht, geschweige denn mit einem potenziellen Gegner.

Möglicherweise hofft sie, dass ich mich dadurch zu einer Beleidigung hinreißen lasse. Falls ja, hat sie den falschen Wolf gewählt. Ich erwidere ihr Lächeln so milde, wie ich es zustande bringe, und spreche in einem genauso unverfänglichen Ton. „Ich vermute, es ist verständlich, dass der Übergang ein wenig Stress verursacht."

Die Frau wippt auf den Fersen und beobachtet die anderen Unseelie einen Moment lang bei ihren Vorbereitungen. Warum hilft *sie* ihnen nicht? Wie viele Aufseher brauchen sie? Nach den gerundeten Spitzen ihrer Ohren zu urteilen, besitzt sie nicht die Autorität einer reinblütigen Lady.

„Nun, verschiedene Leute unter uns verspüren unterschiedlich starken Enthusiasmus für unsere Pflichten", erwidert sie und schenkt mir ein viel breiteres Lächeln als meines. „Ich bin übrigens Zelpha. Ich gehöre zu Lord

Corwins Zirkel. Er wollte über die Fortschritte, die hier erreicht wurden, informiert werden."

Das erklärt, warum sie hier ist, allerdings nicht, warum sie mit mir spricht. Ich studiere ihre Reaktionen aufmerksam. „Wolltest du etwas Bestimmtes von mir?"

Sie lacht schallend, was dafür sorgt, dass ich sie wider besseres Wissen mag. „Ich habe mich mit einem deiner Wolfbrüder unterhalten und er hat erwähnt, dass du ein Kader-Gewählter von Erzlord Sylas bist. Ich dachte, ich könnte genauso gut herkommen und mich vorstellen angesichts dessen, dass wir jetzt eine wichtige gemeinsame Freundin haben."

„Talia", erwidere ich, bin mir jedoch nach wie vor im Unklaren über ihre wahren Absichten.

„Genau die." Das Lächeln der Unseelie-Frau wird auf eine Weise sanft, die einen Teil meiner Verdachte aus der Welt räumt. „Ich glaube, sie ist so erpicht darauf wie mein Lord, zu erfahren, wie es hier vorangeht. Ich werde ihr auf jeden Fall erzählen, dass ich mit dir gesprochen habe und wir dich noch nicht zu Tode gepickt haben."

Ein belustigtes Schnauben entwischt mir, bevor ich es mir verkneifen kann. In Ordnung, ich gebe zu, ich mag sie. Und wenn sie die Art von Fae ist, die Corwin für seinen Zirkel ausgewählt hat, muss ich ihn womöglich ebenfalls ein wenig mehr mögen.

Der Gedanke an Talia sendet ein bittersüßes Stechen in meinen Magen. Es sind erst zwei Tage vergangen, seit ich sie zuletzt gesehen habe, und sie scheint sich mit jedem Besuch besser in die Unseelie-Gesellschaft zu integrieren – das ist allerdings kein Trost.

„Wie geht es ihr abgesehen von ihrem Wissensdurst?", muss ich fragen, wobei ich nach wie vor auf meinen Tonfall achte. Corwin weiß zwar genau, wie viel mir der Krümel bedeutet, Talia hat jedoch angedeutet, dass sie das vor allen anderen im Winterreich so geheim gehalten haben wie wir hier.

„Oh, sie rennt wie üblich herum und versucht, allein die ganze Welt zu retten", erwidert Zelpha lässig. Das klingt nach einer akkuraten Zusammenfassung von Talias typischer Herangehensweise an jedes Problem. Die Unseelie-Frau neigt den Kopf in die entgegengesetzte Richtung des Dorfs und senkt die Stimme. „Es gibt auch eine neue Entwicklung hinsichtlich des Fluchs, allerdings eine, die ich lieber an einem Ort besprechen möchte, wo die Wahrscheinlichkeit eines Publikums geringer ist."

Ihr Tonfall bleibt locker, die Worte selbst klingen jedoch unheilvoll. Ich kann mir nicht vorstellen, dass ich von einem von Corwins Gewählten etwas zu fürchten habe. Wenn ich ihr glauben kann, dass sie einer ist. Sie klingt, als wäre sie mit Talia vertraut. Ich werde trotzdem auf der Hut bleiben.

Ich nicke und wir schlendern weiter vom Dorf weg, bis wir in sicherer Entfernung von neugierigen Ohren sind. Es ist ein besonders heißer Tag und die Brise, die über uns hinwegfegt, fühlt sich wie die Wärme eines Ofens an. Ich freue mich darüber und strecke genüsslich den Hals, Zelpha hingegen erschaudert. „Ich weiß nicht, wie sie alle das nächste Jahr überstehen sollen, wenn es hier die ganze Zeit so verflixt *warm* ist."

Ich gluckse. „Ich schätze, dann müssen sie darauf hoffen, dass ihr die Antworten bezüglich eures Fluchs erhaltet, bevor ein ganzes Jahr vergeht, oder?"

Praktisch gesehen, könnte es viel länger dauern, die Effektivität dieser Taktik zu beurteilen. Winter-Fae, die bereits verflucht sind, zu der Siedlung zu bringen und zu schauen, ob sie sich hier erholen, wird einige neue Erkenntnisse liefern. Es könnte allerdings eine Weile dauern, bevor man sich sicher sein kann, dass der Fluch niemanden trifft, der bereits auf dieser Seite der Grenze lebt.

Falls das der Fall ist, werden sie stattdessen anfangen, bei Vollmond wild zu werden? Ein Teil von mir hätte nichts dagegen, dieses Chaos ein einziges Mal zu beobachten. Vielleicht würden sie mit ihren abfälligen Bemerkungen über unsere Wildheit aufhören, wenn sie diese einmal selbst durchleben mussten.

„Womöglich wird es schneller gehen", sagt Zelpha nach wie vor leise. Sie blickt zur Grenze und ihr Gesicht spannt sich leicht an. „Corwin, Talia und ich haben gestern ein Opfer des Fluchs besucht und wie es aussieht, konnte Talia die Wirkung des Fluchs zumindest vorübergehend abwenden."

Meine Augenbrauen schnellen in die Höhe. „Warum wird diese Siedlung dann trotzdem gebaut?"

Die Unseelie-Frau wirft mir einen bösen Blick zu. „Weil wir nicht wissen, wie lange sie den Fluch abwehren kann. Wie ihr herausgefunden habt, könnte es sein, dass er zurückkehrt – es ist möglich, dass das Sommerreich eine dauerhaftere Lösung darstellt. Und wir hatten auch noch keine Gelegenheit, den Prozess zu wiederholen. Wir sind uns nicht sicher, wie sie es getan hat. Wir haben Verschiedenes gleichzeitig gemacht und kurz vor der offensichtlichen Besserung hatten wir viele andere Dinge ausprobiert."

„Das ist nicht sehr wissenschaftlich von euch", bemerke ich.

„Nun, wir mussten eine lange Liste abarbeiten und es lässt sich nicht sagen, wie lange wir warten müssen, um sicherzugehen, dass etwas *nicht* funktioniert hat. Außerdem ist es hart für Talia, je länger wir dort sind und es versuchen." Sie atmet geräuschvoll aus und einer ihrer Mundwinkel biegt sich zu einem schiefen Lächeln nach oben. „Sie wächst einem ans Herz, nicht wahr? Ich habe mich zuvor kaum mit Menschen unterhalten. Vielleicht war das mein Fehler, nicht deren Fehler."

Ich summe leise, während ich ihr mental weitere Pluspunkte erteile. „Aufgrund meiner Erfahrungen würde ich sagen, dass Talia im Allgemeinen eine außergewöhnliche Person ist, selbst wenn man ihr Erbe nicht miteinbezieht."

„Ich vermute, dass sie das Herz deswegen ausgewählt hat für ... welche Rolle sie auch immer spielen soll. Nun, hoffentlich können wir das Element, das den Unterschied gemacht hat, bald bestimmen, damit es in Zukunft schneller geht. Jedenfalls dachte ich, dass du gerne wissen würdest, dass sie Erfolg hatte. Es hat sie definitiv ein wenig beruhigt, obgleich ich den Eindruck habe, dass sie nicht eher ruhen wird, bis sie uns alle geheilt hat."

„Sie lädt sich gerne viel auf." Ich halte inne und betrachte die Frau vor mir nachdenklich. Alles spricht dafür, dass sie Talia wirklich so gut kennt, wie sie behauptet, und dass sie sie ehrlich mag. Ich bezweifle, dass sie von vielen der Dinge wissen würde, die sie erwähnt hat, wenn sie nicht eng mit Corwin zusammenarbeiten würde. Eine hoffnungsvolle Wärme entzündet sich in meiner Brust.

Wenn das die Art von Fae ist, mit der wir es auf der Winterseite zu tun haben, kann ich womöglich daran glauben, dass wir einen dauerhaften Kompromiss zwischen unseren Reichen finden können, auch wenn ich mir noch nicht vorstellen kann, wie dieser aussehen würde.

Ich werde nicht frei von der Leber weg sprechen, ohne eine Bestätigung für die Stellung dieser Frau zu haben, aber ich kann ihr selbst ein wenig Vertrauen entgegenbringen. Ich deute zum Dorf. „Du kennst deine Leute besser als ich. Hast du während deines Aufenthalts hier irgendwelche Anzeichen für offene Unzufriedenheit bemerkt – mehr als das allgemeine Unbehagen darüber, sich an die veränderte Umgebung anpassen zu müssen?"

Zelpha runzelt nachdenklich die Stirn. „Nein, das hätte ich bemerkt. Das Letzte, was wir brauchen, sind weitere

Kämpfe. Warum? Hast du Grund zu der Annahme, dass sich ein größerer Konflikt zusammenbraut?"

„Nein. Nichts Konkretes." Ich betrachte die Siedlung erneut. „Es könnte sein, dass es sich einfach zu sehr nach der idealen Kulisse für mögliche Probleme anfühlt. Es muss nicht heißen, dass bereits etwas im Argen liegt. Kannst du bitte Erzlord Sylas eine Nachricht schicken, falls du irgendetwas bemerkst?"

„Das kann ich tun." Sie neigt zuversichtlich den Kopf, das nagende Gefühl in mir wird davon allerdings nicht beruhigt.

Was auch immer kommen wird, wir werden uns dem stellen müssen, wenn es da ist. Wenigstens hat Talia einen weiteren Fae auf ihrer Seite, der sie vor den Schlimmsten der bevorstehenden Stürme abschirmen wird.

Talia

„Ich würde sagen, dass es die Tränen waren." Verik, der in der Nähe eines der Bücherregale in Corwins Büro steht, reibt sich über den Mund. Das Licht, das durch die Diamantmauern fällt, hebt die grauen Strähnen in seinen dunklen Haaren hervor. „Wir haben ihre Verwendung ursprünglich nicht einmal in Erwägung gezogen … ich kann mich nicht an das letzte Mal erinnern, als ich jemanden von uns weinen sah …"

Er hält inne, wirft mir von der Seite einen Blick zu und sein Mund verzieht sich verlegen, als hätte er Sorge, ich würde daran Anstoß nehmen. Ich komme nicht umhin, zu bemerken, dass er mich etwas respektvoller behandelt, seit er herausgefunden hat, dass ich jemanden aus seinem Volk geheilt habe.

Ich schenke ihm ein angespanntes Lächeln. „Ich weiß, dass Unseelie nicht viel von Emotionen halten. Und *ich* habe auch nicht an sie gedacht. Es ist nicht so, als wären Tränen eine typische Körperflüssigkeit oder was auch immer sie sind."

„Du könntest allerdings dafür sorgen, dass du sie produzierst", sagt Corwin von seinem Platz neben mir hinter dem Schreibtisch. „Wenn du dazu bereit bist. Mir ist bewusst, dass du dich dafür an vergangenen Schmerz erinnern müsstest."

Du musst wirklich nicht noch mehr Kummer durchleiden, fügt er durch unser Band hinzu.

Ich rutsche auf dem Stuhl hin und her, den er wie zuvor für mich aufgestellt hat, beinahe so, jedoch nicht ganz, als würde ich Seite an Seite mit ihm herrschen. Es wird kein Zuckerschlecken werden, mich an meine Familie und die Qualen zu erinnern, die mir Aerik angetan hat, um diese Emotionen an die Oberfläche zu zwingen, doch … „Wenn die Alternative darin besteht, dass Fae sterben, denke ich, dass ich einige Minuten der Unbehaglichkeit ertragen kann."

Olander tigert auf seine typisch rastlose Art durch das Büro. „Wir dürfen die anderen Faktoren nicht außer Acht lassen. Die Frau *bemerkte,* dass du geweint hast, und das hat sie betroffen gemacht. Und du hast ihre Wange berührt, als die Wirkung einsetzte. Hattest du sie zuvor genauso berührt?"

Es fällt mir schwer, mich an jede einzelne Geste zu erinnern, die ich während unserer vorherigen Versuche ausprobiert habe. „Ich glaube nicht. Es war nichts, was wir speziell besprochen haben. Es könnte definitiv die Berührung gewesen sein."

Es klopft leise an der Tür. „Herein", ruft Corwin.

Beth stößt die Tür mit ihrer Schulter auf und trägt ein Tablett mit Gläsern mit einem dampfenden Getränk herein, das die Winter-Fae sehr gern trinken und wie warmes, cremiges Rootbeer und gebratene Knödel schmeckt. „Sie haben gesagt, dass ich Erfrischungen bringen soll", erklärt sie lächelnd.

Corwin bedeutet ihr, das Tablett auf seinen Schreibtisch zu stellen. „Ja, perfekt, wir werden hier womöglich noch eine Weile zugange sein und es ist bald Mittagszeit."

Verik wendet sich an mich und lässt sich von dem anderen Menschen, der sich jetzt in unserer Mitte befindet, nicht stören. „Ich würde vorschlagen, dass wir alles gleichzeitig ausprobieren. Alle Faktoren, die vorhanden waren, als sich diese Frau erholt hat, sollten erneut zum Tragen kommen, nur um sicherzugehen, dass du den Fluch noch einmal heilen *kannst*. Wenn wir diese Gewissheit haben, können wir uns Gedanken darüber machen, die Liste der notwendigen Faktoren einzuengen."

Ich öffne den Mund, um ihm zuzustimmen, erschrecke jedoch, als Beth die Augen aufreißt, sich umdreht und mich mit offenem Mund anstarrt. „*Du* heilst den Fluch? Das ist … ich weiß, dass er schon seit vor meiner Geburt ein Problem ist. Wie hast du das geschafft?"

Die Tatsache, dass ich direkt an der Heilung beteiligt bin, ist kein Geheimnis mehr. Es wäre nahezu unmöglich gewesen, das geheim zu halten nach dem, was mit der schwangeren Frau vor zwei Tagen geschehen ist. Dies ist allerdings das erste Mal, dass ich diesbezüglich etwas zu einem Einwohner des Winterreichs sagen muss, denn Corwin hat es bisher übernommen, die Nachricht zu verbreiten.

Meine Wangen werden rot. „Ich habe es nur einmal getan. Es ist schwer, zu erklären – ich verstehe es selbst nicht. Ich scheine irgendwie mit dem Fluch verbunden zu sein, auf magische Weise oder durch das Herz. Wir sind uns nicht sicher."

Sie starrt mich noch eine Weile an und schätzt mich vielleicht abermals neu ein, wie sie es getan hat, als sie herausfand, dass ich ein Mensch bin. Macht mich dieser komische magische Aspekt noch beunruhigender, als wenn ich ein Fae wäre?

Mein Magen verkrampft sich bei dem Gedanken, aber ich weiß nicht, was ich zu ihr sagen soll. Ich hatte gehofft, dass ich in ihr womöglich eine Freundin im Palast finden würde, wenn ich sie erst einmal besser kennengelernt habe – jemand, der die menschlichen Aspekte meines Lebens versteht. Bevor mir etwas einfällt, um die Spannung zu zerstreuen, neigt sie vor Corwin den Kopf und eilt mit einer Entschuldigung wegen der Störung aus dem Raum.

Mein Gefährte zeigt keinerlei Sorge über ihre Reaktion. Als er sein Glas in die Hand nimmt, nickt er Verik zu. „Ich stimme dem zu. Wir werden versuchen, die letzten Minuten vor der Genesung der Frau so genau wie möglich nachzuahmen. Zudem würde ich gerne einen Trank mit einigen Tränen ausprobieren, um zu schauen, ob dieser eine Wirkung hat. Dann müsste Talia nicht jedes Mal anwesend sein, wenn jemand erkrankt."

Was schrecklich umständlich wäre, wenn der Fluch zuschlägt, während ich auf der Sommerseite bin. Ich beiße mir auf die Lippe und eine andere Sorge überkommt mich. Was, wenn die Frau, die ich scheinbar gerettet habe, wieder krank wird, während ich fort bin, und wir sie und das Baby doch noch verlieren?

„Ihr geht es bisher gut, oder?", erkundige ich mich. „Der Frau, die ich bereits geheilt habe? Der Fluch ist nicht zurückgekehrt?"

Olander bleibt so lange stehen, dass er mir einen sanften beruhigenden Blick zuwerfen kann. „Alle Berichte klingen vielversprechend. Mir ist bewusst, dass die Seelie ihren Fluch trotz allem jeden Monat wieder erleben … Ich schätze, es lässt sich nicht sagen, welchem Zeitstrahl unserer folgt."

„Wir können lediglich abwarten", meint Verik. „Und

hoffen, dass wir neue Herausforderungen meistern können, wann immer sie sich präsentieren."

Er hat erst die Hälfte dieses Satzes ausgesprochen, als Zelpha in den Raum platzt. „Ich weiß nicht, worüber ihr sprecht, aber wir haben jetzt eine neue Herausforderung. Wenigstens eine in der Nähe. Jemanden aus Uzziahs Schwarm hat gerade die Eiskrankheit erwischt."

Corwin springt auf und sein Gesicht verdüstert sich. Ich glaube nicht, dass es nur an dem Wissen liegt, dass ein weiterer Fae aus seinem Volk von dem Fluch befallen wurde. Bisher mussten wir uns nicht direkt mit den Erzlords auseinandersetzen.

Ich erhebe mich und meine Brust schnürt sich zusammen. Uzziah hat zwar mittlerweile eine grobe Vorstellung davon, dass ich die Heilung bewirke, hat mich allerdings noch nie bei der Arbeit gesehen.

„Wir gehen sofort", verkündet Corwin und blickt zu den Erfrischungen, die wir noch nicht angerührt haben. „Möchtest du etwas, Talia ... um dich zu stärken ...?"

Bei dem Gedanken, irgendetwas zu essen, bevor ich versuche, meinen vorherigen Erfolg zu wiederholen, wird mir schlecht. „Nein", antworte ich hastig. „Mir geht's gut. Lasst uns sofort schauen, was wir tun können." Was würde der andere Erzlord von mir denken, wenn ich auftauche und an einem Snack knabbere, als würde ich auf eine Teeparty gehen?

„Wir werden fliegen." Corwin entfaltet seine Flügel, als er in den Gang tritt. „Zelpha, du kommst mit uns für den Fall, dass dir irgendein Faktor vom letzten Mal einfällt, den wir vergessen, und Verik, warum kommst du nicht ebenfalls zum Beobachten mit. Wo genau befindet sich der betroffene Mann?"

Die anderen zwei Fae entfalten ebenfalls ihre Flügel. Zelphas haben eine dunkle, bräunlich-schwarze Farbe und

Veriks sind grau gesprenkelt wie seine Haare. „Uzziah hat ihn bereits in seine Burg gebracht. Ich habe dem Boten gesagt, dass er in Kürze mit uns rechnen kann."

Mich in Position zu begeben, damit mich Corwin zum Fliegen in die Arme nehmen kann, ist zu einer einstudierten Bewegung geworden. Ich lehne mich an seine Brust und ziehe etwas Trost aus seiner soliden Wärme. Die drei Fae schreiten auf die Terrasse und springen, ohne zu zögern, in die Luft.

Zelpha und Verik verwandeln sich vollständig in Raben, da sie niemanden tragen müssen. Sie fliegen vor uns, dunkle, elegante Formen im Kontrast zum strahlend blauen Himmel. Corwin segelt hinter ihnen und lehnt seinen Kopf dicht an meinen.

Wir wissen jetzt, was wir tun. Wir wissen, dass wir das in Ordnung bringen können. Es gibt keinen Grund zur Sorge.

Er kann das sagen, aber ich weiß, dass er auch nicht vollkommen ruhig ist. Ich lehne mich an ihn. *Ich werde mein Bestes geben. Ich weiß, dass die Erzlords bereits skeptisch waren. Vielleicht haben sie nicht mehr so viel dagegen, mich hier zu haben, wenn sie sehen, dass es bei einem Mitglied ihres Schwarms funktioniert.*

Sie hätten erst gar nichts dagegen haben sollen, erwidert Corwin, obgleich eine ähnliche Hoffnung von ihm in mich fließt.

Uzziahs Ländereien liegen auf der anderen Seite des Herzens. Seine Burg ist eine breite, düstere Festung aus dunklem Metall, das mich stark an den ernsten Mann erinnert, dessen Familie sie vermutlich erbaut hat. Der Anblick bringt einen nicht auf fröhliche Gedanken.

Wir landen vor dem beeindruckenden Tor, wobei Zelpha und Verik noch im Flug ihre Menschengestalt annehmen. Ein Bediensteter öffnet sofort das Tor und führt uns hinein.

Wir finden Uzziah mit seiner typisch strengen Miene am

Ende eines schmalen Ganges im Herz der Burg. Der metallische Geruch, den die Wände absondern, erinnert mich unangenehm an rohes Fleisch. Als Corwin den Kopf vor seinem Kollegen neigt und ihm sein Beileid ausspricht, muss ich die erneut aufbrandende Übelkeit schlucken.

„Derjenige, der vom Fluch befallen wurde, ist hier drin?", erkundigt sich mein Gefährte und deutet zu der Tür, vor der Uzziah wartet.

Der andere Erzlord verschränkt die Arme vor der Brust. „Ja. Muss ich irgendwelche Vorkehrungen treffen, bevor ihr ihn besucht?"

„Nein, wir haben alles, was wir brauchen. Wir werden den Vorgang an Ort und Stelle durchführen. Da wir diese Wirkung bisher nur einmal erzielt haben, müssen wir vermutlich nach wie vor einiges ausprobieren." Corwin holt tief Luft. „Ich bin mir relativ sicher, dass wir dir innerhalb einer Stunde gute Neuigkeiten überbringen können."

Uzziahs Augenbrauen heben sich. „Überbringen? Ich werde bei euch sein. Ich lasse dich diese seltsame Seelie-Magie nicht an einem meiner Leute anwenden, ohne dass ich dabei anwesend bin." Als weiter weg Schritte erklingen, blickt er in den Gang. „Als Laoni davon hörte, sagte sie, sie würde ebenfalls kommen und zuschauen."

Oh, klasse, der einzige Winter-Fae, der mich *noch* nervöser macht als Uzziah.

Corwin richtet sich auf, als die einschüchternde Unseelie-Frau am Ende des Ganges in Sicht kommt. *Es tut mir leid,* entschuldigt er sich. *Wenn ich versuche, sie am Zuschauen zu hindern, werden sie nur noch misstrauischer auf unser Handeln reagieren. Ich habe keinen triftigen Grund, sie aus dem Zimmer zu verbannen.*

Ich nehme all meinen Mut zusammen. *Es ist alles in Ordnung. Es musste irgendwann passieren, schätze ich.*

Wenigstens habe ich jetzt eine halbwegs vernünftige Vorstellung davon, was ich tue.

Nachdem uns Laoni erreicht, Corwin aus schmalen Augen angesehen und knapp genickt hat, mich jedoch überhaupt nicht zur Kenntnis genommen hat, führt uns Uzziah in den Raum. „Wir haben Besucher, die dir womöglich helfen können", verkündet er.

Der Mann, der im Schneidersitz auf dem Boden in der Nähe des Kamins sitzt, schaut zu uns auf. Der Fluch scheint sich bei ihm schnell auszubreiten – seine Wangen sind bereits leicht bläulich. Er ist der Jüngste der Fae, denen ich bisher zu helfen versucht habe, und womöglich noch nicht einmal dem Fae-Äquivalent des Teenageralters entwachsen.

Das ist jedoch okay. Ich werde den Fluch daran hindern, seinem Körper noch mehr Lebenswärme zu stehlen.

„Lasst uns mit den Gesten anfangen, die wir sofort ausprobieren können, und dann zu den Möglichkeiten übergehen, die aufwendiger sind", sagt Corwin etwas steif. Ich kann anhand der Eindrücke, die mich durch unser Band erreichen, erkennen, dass er damit meint, dass wir mit dem Weinen warten werden, bis es absolut notwendig ist.

Uzziah und Laoni beziehen neben dem Kamin Position, von wo sie eine gute Sicht auf die Vorgänge haben. Ihre durchdringenden Blicke ignorierend, gehe ich neben dem jungen Mann in die Hocke und hebe meine Hand. „Ich werde dich berühren, nur ganz kurz."

Er erwidert meinen Blick und zittert. „In Ordnung."

Ich streichle zaghaft mit den Fingern über seine Wange und lege sie anschließend fester auf. Die Kälte in seinem Gesicht kriecht in meine Haut. An der Stelle, wo ich ihn berühre, breitet sich keine Wärme aus. Nun, es war vermutlich zu viel verlangt, dass die Lösung so einfach sein könnte.

Ich trete zurück und richte mich auf. „Jetzt …?", frage ich und blicke in Corwins Gesicht.

Er schaut zu Zelpha. „Ist kurz davor noch irgendetwas anderes passiert?"

Sie schüttelt den Kopf. „Wir hatten versucht, der Frau die Tränke zu verabreichen, die wir mitgebracht haben, aber das war mindestens zehn Minuten, bevor irgendeine Wirkung sichtbar wurde. Danach trat Talia beiseite. Sie haben sich ein wenig mit der Frau unterhalten. Ich weiß nicht, ob das einen Unterschied gemacht hat."

„Es kann nicht schaden, das miteinzubeziehen." Corwin wendet sich an mich. „Mach dich bereit und wenn du so weit bist, lass es ihn sehen."

„Okay." Ich atme tief ein und kehre dem jungen Mann den Rücken zu, wie ich es in dem Raum mit der schwangeren Frau tat. Vielleicht macht es auch einen Unterschied, dass er nicht sofort erkennt, was los ist.

Ich kann diesen jungen Fae nicht mit meiner Mutter vergleichen, doch was ist mit … er ist nach Fae-Rechnung ungefähr in dem Alter, in dem mein Bruder jetzt wäre, wenn er überlebt hätte, oder?

Wie wäre Jamies Leben verlaufen, wenn ihn Aerik und sein Kader nicht getötet hätten? Welche Dinge hätte er getan? Er hat so viel verpasst … es gibt so vieles, was er hätte haben sollen … Und wenn ich ihm nicht helfen kann, wird auch dieser Fae-Mann so viel Zeit verlieren, die er hätte haben sollen. Er hatte kaum Zeit, sich richtig zu entfalten.

Es dauert länger als beim letzten Mal, bis das Brennen hinter meinen Augen einsetzt, vielleicht wegen des Drucks, dass mehrere Augenpaare die Vorgänge beobachten. Ich blende die Anwesenheit meiner Zuschauer so gut wie möglich aus und konzentriere mich auf Jamies Schreie und die kurzen Blicke, die ich auf seinen zerfleischten Körper erhielt, auf jedes wichtige Lebensereignis, das ihm geraubt wurde, auf all die Freude, die er bereits im Alter von acht Jahren auszudrücken vermochte, und wie viel mehr er hätte erleben können …

Und es war meine Schuld. Vielleicht nicht komplett, vielleicht nicht einmal größtenteils, doch in mancherlei Hinsicht kann es nicht geleugnet werden. Ich habe ihn zu dieser Verfolgungsjagd im Wald angestiftet. Ich neckte ihn, damit er mir folgte.

Wenn ich keine Spielchen gespielt hätte, wäre er noch immer am Leben.

Wenn ich mich nicht zusammenreißen und dem Mann hier helfen kann, wird auch *sein* Tod auf meinen Schultern lasten.

Ein Kloß kriecht meine Kehle hinauf. Feuchtigkeit bildet sich in meinen Augenwinkeln. Die ersten Tränen fallen langsam, doch nachdem sie erst einmal damit begonnen haben, strömen immer mehr über mein Gesicht und schneller, als ich sie wegblinzeln kann.

Ich will sie jedoch nicht wegblinzeln oder wegwischen. Der Fae-Mann muss sie sehen – er muss sehen, dass ich um ihn weine.

Ich drehe mich wieder um. Corwin ist bereit, da er meine Emotionen gespürt hat. „Siehst du, wie sie für dich weint", sagt er zu dem jungen Mann und deutet auf mich. „Es schmerzt sie, zu wissen, dass du leidest. Sie weint bei dem Gedanken, dass dein Leben zu früh enden könnte."

„Was soll das?", mischt sich Laoni ein und ihre Stimme ist steif vor etwas, was wie Entsetzen klingt. „Wie soll es irgendetwas heilen, dass dein Mensch einen Nervenzusammenbruch erleidet?"

Ich verziehe das Gesicht, zwinge mich jedoch, trotzdem näher an den jungen Mann heranzutreten.

„Gib ihr eine Chance", beharrt Corwin. „So hat es beim letzten Mal funktioniert."

Uzziah grummelt unzufrieden. Die anderen Erzlords starren mich jetzt nicht nur an, sondern schauen auch noch finster drein. Besorgnis kribbelt über meinen Rücken. Ich kann an dem jungen Mann noch keine Veränderung feststellen.

Während Tränen nach wie vor über meine Haut rollen, berühre ich erneut seine Wange und versuche, den gleichen Winkel und die Bewegung nachzuahmen, die ich bei der Frau vor zwei Tagen nutzte.

Damals fühlte es sich so natürlich an. Jetzt komme ich mir einfach nur komisch vor. Ich zwinge die Wärme, die Kälte in seiner Haut zu vertreiben, doch nichts geschieht.

„Ich sehe keinen großen Effekt“, schimpft Uzziah.

Laoni tritt zu uns. „Das ist ein lächerliches Spektakel. Was auch immer ihr zu beweisen versucht, ist eindeutig Irrsinn.“

Corwins Panik erreicht mich durch unser Band. „Lasst mich wenigstens versuchen …“ Er wischt mit dem Zeigefinger über meinen Kiefer, um einige Tränen zu sammeln, und führt sie an die Lippen des jungen Mannes.

Laoni schnaubt empört und springt vor, um seinen Arm wegzureißen. Es ist zu spät. Ich kann erkennen, dass es Corwin gelungen ist, dem jungen Mann eine Kostprobe der Tränen zu geben. Ich halte die Luft an und flehe mit allem, was in mir steckt, dass das Blau unter einer gesunden Röte des Lebens verschwindet, dass es *irgendein* Anzeichen dafür gibt, dass das, was wir tun, einen Unterschied macht.

Doch nichts geschieht. Laoni drängt Corwin aus dem Raum und bedeutet Uzziah, dass er mich hinter ihnen hinausbegleiten soll. Zelpha und Verik folgen mit finsteren Mienen. Sie werden jedoch nichts zu den anderen Erzlords sagen, außer Corwin ermutigt sie dazu.

„Was sollte *das*?“, blafft Laoni, sowie wir im Gang stehen.

„Du machst ihn wahrscheinlich noch kränker, wenn er diese dem Staub bestimmte Sterbliche so hysterisch sieht.“

„Ich schwöre euch, wir wiederholen nur das, was beim vorherigen Fall funktioniert hat“, beteuert Corwin energisch. „Bitte, wenn ihr uns einfach weitermachen lasst ... es gibt vielleicht ein Muster, das wir nicht identifiziert haben ...“

„Vielleicht war es einer der Tränke, die wir zuvor verabreicht haben?“, wirft Zelpha ein.

Laoni ignoriert sie. „Was genau hast du sonst noch getan?“

Corwins Unsicherheit erreicht mich. Wir sind alles durchgegangen, was bei der anderen Frau funktioniert hat. „Vielleicht ... Vielleicht muss er zuerst mehr Zeit mit Talia verbringen, um sich in ihrer Gegenwart wohler zu fühlen ...“

„Also willst du dieses Mitglied meines Schwarms mit weiterer Hysterie belästigen, während er bereits leidet?“, fragt Uzziah.

„Er wird ohnehin leiden“, unterbreche ich sie, da ich nicht länger schweigen kann. „Wir *wissen*, dass zuvor etwas funktioniert hat. Gibt es wirklich etwas, was den Versuch nicht wert wäre, wenn es den Fluch beenden kann?“

Die Fae um mich herum verfallen in Schweigen. Dann wendet sich Laoni mit einem eisigen Blick an Corwin. „Du wirst alles zubereiten, was du der Frau angeboten hast, die du geheilt hast, und herbringen. Dann darfst du mit deiner ‚Gefährtin‘ zurückkehren und noch einen Versuch wagen. Doch wenn auch dieser versagt, denke ich, dass wir davon ausgehen müssen, dass die vorherige Genesung bloß ein milder Fall des Fluchs war, keine Heilung. Unsere Leute verdienen es nicht, in ihren letzten Momenten noch mehr Qualen zu erleben. Wir werden ihn ins Sommerreich schicken und dort auf mehr Glück hoffen.“

Corwin neigt akzeptierend den Kopf. „Es sollte nicht

lange dauern. Wir kehren zurück, sobald wir bereit sind. Kommt."

Er reicht mir seine Hand und winkt seinem Zirkel mit der anderen. Ich packe seine Finger, mich überkommt jedoch ein Gefühl der Hoffnungslosigkeit, das so groß ist, dass ich es nicht abschütteln kann.

Sie geben uns noch eine Chance, klar. Aber was, wenn wir es dann immer noch nicht richtig machen? Was, wenn dieser eine Moment zuvor ein komischer Zufallstreffer *war* oder irgendeine spezielle Synergie, die sich zwischen mir und der schwangeren Frau aus Gründen ereignet hat, die jetzt nicht mehr gelten?

Wenn wir diesen Mann nicht heilen können, werden die anderen Erzlords noch mehr Grund dazu haben, alles abzulehnen, was Corwin während seiner restlichen Herrschaft vorschlägt.

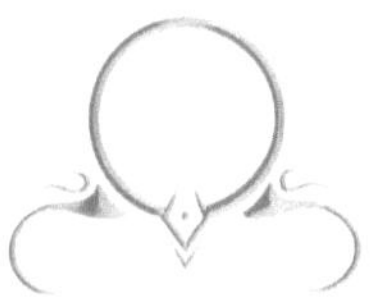

Talia

Es ist Spätabend, als wir zum zweiten Mal von Uzziahs Burg zum Palast zurückkehren. Sterne funkeln am gesamten Nachthimmel. Es sollte ein wunderschöner Anblick sein, doch ich kann ihn nicht wertschätzen. Meine Augen brennen und mein Herz hämmert schwer in meiner Brust.

Das war's, oder?, frage ich Corwin, weil ich unser Versagen – *mein* Versagen – nicht laut besprechen will, während seine Zirkelmitglieder ebenfalls anwesend sind. *Diese Chance war unsere letzte. Sie werden uns nicht mehr zu ihm lassen.*

Falls uns etwas einfällt, was uns entgangen ist, müssen sie uns die Gelegenheit geben, es auszuprobieren, erwidert Corwin, seine innere Stimme klingt jedoch so niedergeschlagen, wie ich mich fühle.

Laoni sagte, dass sie ihn sofort zur Siedlung im Sommerreich schicken werden.

Ich werde dich dorthin bringen, wenn ich denke, dass wir eine Chance haben.

Ich weiß nicht, warum die Chancen, die wir heute hatten, nichts erreicht haben. Vielleicht waren meine Tränen zu erzwungen oder ich habe nicht genug von ihnen produziert? Es ist nicht wie beim Bluten, bei dem meine Haut lediglich geritzt werden muss und die Flüssigkeit einfach austritt. Oder war es ein anderer Aspekt meiner Interaktionen mit der schwangeren Frau, den keiner von uns bemerkt hat und der den Fluch verjagte?

Mein Blut kann *alle* Seelie aus ihrer Wildheit reißen. Was ich für den Unseelie-Fluch tun kann, ist doch sicherlich nicht nur auf schwangere Frauen – oder Frauen – beschränkt oder Leute, die mich an meine Mutter erinnern – oder auf andere wahllose Kriterien?

Andererseits ergibt nichts von der Magie, die mich an die Fae bindet, Sinn, weshalb man das unmöglich sagen kann.

Sowie wir den Palast erreichen, wendet sich Corwin an Zelpha und Verik, die bei uns geblieben sind und während unseres zweiten Besuchs bei Uzziahs erkranktem Schwarmmitglied Vorschläge gemacht haben. Der Erzlord deutet mit dem Kopf zu Zelpha. „Falls du dich an irgendetwas von jenem Tag erinnerst, was uns helfen könnte …"

„Ich werde Ihnen sofort Bescheid geben, mein Lord", verspricht sie. Ihre normalerweise lebhafte Stimme klingt traurig. Sie bringt ein steifes, kleines Lächeln zustande und die zwei gehen.

„Hast du Hunger?", fragt mich Corwin.

Ich habe im Lauf des Nachmittags ab und zu eine Kleinigkeit gegessen – wir dachten, dass eine gemeinsame Mahlzeit mit dem verfluchten jungen Mann vielleicht irgendwie helfen würde – und mein Magen ist zu angespannt, als dass Essen irgendeinen Reiz auf mich ausüben würde. Ich schüttle den Kopf. „Ich bin nur müde." Und frustriert mit mir. Und entsetzt wegen des Fae-Mannes, den ich nicht retten konnte. Ein Eintopf aus unangenehmen Emotionen brodelt in mir.

Wenn ich an dem Ort wäre, den ich immer noch als mein Zuhause betrachte, wenn ich jetzt bei Sylas, Whitt und August wäre, würde ich zu einem von ihnen gehen und mich von ihm in den Arm nehmen lassen. Es würde nicht alle Dinge, die heute schiefgegangen sind, in Ordnung bringen, aber den Schmerz in mir ein wenig lindern. Doch keiner von ihnen ist anwesend.

Mein Gefährte ist allerdings hier. Ich schaue zu Corwin und nehme den Kummer wahr, der ihm ins Gesicht geschrieben steht, sowie die Sorgen um seine Leute, die alle anderen Emotionen überschatten, die ich von ihm spüre, und nichts in mir sträubt sich. Er *ist* mein Gefährte. Er ist mir wichtig und ich vertraue ihm. Vielleicht empfinde ich für ihn nicht genauso wie für meine Seelie-Liebhaber, doch seine Umarmung wäre ebenfalls ein Trost.

Ich fühle mich bloß schuldig, darum zu bitten, wenn ich diejenige bin, die uns beide enttäuscht hat.

Ich kann mich nicht dazu überwinden, die Bitte in Worte zu fassen, aber die Sehnsucht wallt so stark in mir auf, dass Corwin sie anscheinend trotzdem bemerkt. Er begegnet meinem Blick, als wollte er sich vergewissern, dann reicht er mir seine Hand.

Ob ich nun egoistisch bin oder nicht, ich kann nicht anders. Ich verschränke meine Finger mit seinen, lasse die Zuneigung, die er mir durch unser Band schickt, durch mich hindurch schwappen, und gehe mit ihm zu meinem Zimmer.

Auf der Türschwelle zögert er erneut, obwohl der Trost,

nach dem ich mich so verzweifelt sehne, nichts besonders Intimes ist. Ich will einfach nur gehalten werden. Ich drücke seine Hand und führe ihn ins Zimmer. Er folgt mir und Freude flammt in ihm auf, die er nicht unterdrücken kann – oder vielleicht will er es auch nicht tun.

An der Bettkante angekommen, hebt er mich so in die Arme, wie er es tut, wenn wir irgendwo hinfliegen, und platziert uns gemeinsam auf der Bettdecke. Mein Kopf liegt unter seinem Kinn, seine Arme umschließen mich und unsere Beine sind aneinander gefaltet.

Er streichelt meine Haare. Ich presse meinen Kopf an seine Brust und sein Winterwaldduft füllt meine Nase. Trotz all der Tränen, die ich in den letzten Stunden hervorgezwungen habe, brennen neue in meinen Augen.

Ich dachte, seine Umarmung würde mir Trost spenden, doch stattdessen fühle ich mich schuldiger. Er hat vermutlich andere, wichtigere Dinge zu tun, um den Schaden an seinem Ruf zu reparieren, den ich verursacht habe.

„Es tut mir leid", murmle ich und bin mir nicht sicher, für welches der vielen Versagen, die mir einfallen, ich mich entschuldige.

Corwins Arme spannen sich um mich herum an. Eine Flut des Mitgefühls und der Zärtlichkeit durchströmt unser Band so intensiv und unbestreitbar, dass es mir eine andere Art von Tränen in die Augen treibt.

„Du musst dich für nichts entschuldigen", sagt er. „Du gibst bereits so viel von dir. Niemand könnte mehr verlangen."

„Doch es hat nicht gereicht. Es muss etwas geben, was mir entgeht und wegen dem es bei der Frau funktioniert hat, aber heute nicht. Und jetzt geben die anderen Erzlords *dir* die Schuld an allem."

Corwin schnaubt leise. „Ich bin mir sicher, sie hätten etwas anderes gefunden, an dem sie mir die Schuld geben können, wenn das hier nicht wäre. Du weißt, dass sie mich nie besonders mochten, schon lange bevor du jemals einen Fuß in unser Reich gesetzt hast.“

„Sie haben gedroht, dich deines Amtes zu entheben, wenn sie denken, dass dein Urteilsvermögen getrübt ist“, merke ich an. „Wenn du Heart's Cadence wegen mir verlierst …“

„Nein“, unterbricht mich Corwin bestimmt. Er weicht so weit zurück, dass er mein Kinn nach oben neigen und meinem Blick begegnen kann. Im schwachen Zwielicht des Zimmers funkeln seine Augen wie schwarze Diamanten. „Sie können es versuchen, aber sie werden keinen Erfolg haben. Und nichts, was sie tun, geschieht *wegen* dir. Talia …“ Seine Stimme wird rau. „Ich könnte nicht beeindruckter von deiner Stärke und Großzügigkeit für mein Volk sein. Du kannst das spüren, oder? Du kennst uns kaum und hast trotzdem alle anderen Gedanken verdrängt, um alles in deiner Macht Stehende beizutragen, egal, wie sehr es dich anstrengt.“

Die Wahrheit seiner Worte hallt in mich. Ich schlucke schwer. „Ich will ihnen nur keinen Grund liefern, dich anzugreifen.“

„Darum musst du dir keine Sorgen machen. Es ist *meine* Aufgabe, dich vor meinen Kollegen zu verteidigen. Sie sind mein Problem.“

Er drückt mir einen zärtlichen Kuss auf die Stirn, bevor er mir wieder in die Augen sieht. „Sie denken, dass Liebe eine Person schwächer macht, dass man sie zügeln muss, weil sie einen ansonsten bricht wie meine Mutter. Ich hatte angefangen, das ebenfalls zu glauben. Doch du hast mir gezeigt, dass das Gegenteil der Fall ist. Dich in meinem Leben zu haben und dich zu lieben – das macht mich *stärker*. Jede Herausforderung kann einfacher gemeistert werden. Jeder Rückschritt ist leichter zu verkraften. Zweifle nie daran, dass du mein Leben auf jede erdenkliche Weise besser gemacht hast."

Ich starre ihn an und wage es kaum, ihm zu glauben – die Überzeugung, die in seinen Worten mitschwingt, lässt sich allerdings nicht leugnen, und singt durch unser Band. Das stärkt meine eigene Entschlossenheit.

Dieses Problem ist kompliziert und schwierig und ich hasse es, dass wir es noch nicht gelöst haben, aber wir haben den Kampf noch nicht aufgegeben. Und ich kämpfe nicht allein. Unter den Seelie habe ich meinen Platz gefunden, Corwin hilft mir jedoch, neue Entschlossenheit und Selbstvertrauen in mir zu finden. Ich weiß zwar noch nicht, warum uns das Herz aneinandergebunden hat, bin allerdings froh, dass es das getan hat.

Eine andere Sehnsucht schwillt in mir an, eine, die vermutlich ebenfalls unfair ist, weil ich im Gegenzug noch nicht das Gleiche anbieten kann. Ich bin mir jedoch nicht sicher, ob ich es vor meinem Gefährten verbergen könnte, wenn wir so eng miteinander verschlungen sind. Meine Stimme kommt als Flüstern heraus. „Du hast es nie zu mir gesagt."

Corwin blinzelt. „Was habe ich nie gesagt?"

„Dass …" Meine Wangen werden heiß, während ich nach den richtigen Worten suche. „Wie du für mich empfindest. Ich habe es gespürt und du hast es Donovan erzählt und du hast gerade darüber gesprochen, aber du hast nie …"

„Oh." Er streichelt erneut meine Haare und mustert mich. „Ich wollte nicht, dass du dich unter Druck gesetzt fühlst, es zu erwidern. Du sollst dich nicht gedrängt fühlen. Und ich schätze, ich bin nach wie vor nicht der Beste darin, meine Emotionen auszudrücken." Er holt tief Luft. „Ich liebe dich, Talia, und ich werde so lange warten, wie es dauert, um mir deine Liebe zu verdienen. Ich hätte mir unter den reinsten aller reinblütigen Fae keine bessere Gefährtin wünschen können."

Seine Liebe scheint wie das Leuchten der Sommersonne in mich, so hell und warm, dass es schwer zu glauben ist, dass es von einem Mann kommt, der normalerweise sehr viel mit dem kalten, undurchdringlichen Reich gemeinsam hat, in dem er aufgewachsen ist. Ich will das alles auf jede erdenkliche Weise in mir aufsaugen.

Ich will ihm im Gegenzug alles anbieten, was ich kann. Ich bin zwar noch nicht bereit, das Gleiche zu ihm zu sagen, kann allerdings nicht leugnen, dass ich mich in ihn verliebe.

Warum sollte ich mir irgendetwas davon verwehren?

Ich fahre mit den Fingern in seine dichten Locken und führe seinen Mund an meinen heran. Wie immer entzündet der Kuss eine schärfere Hitze in meiner Mitte. Dieses Mal versuche ich jedoch nicht, meine Reaktion zu dämpfen. Ich lasse die Flammen in mir lodern, während ich meine Lippen noch perfekter mit seinen verschmelze.

Ein leises Stöhnen entfährt Corwin. Er erwidert den Kuss hart und sein Verlangen erwacht brüllend zum Leben. Das Gefühl, wie sehr er mich will, stachelt meine eigene Begierde an und löst eine neue Woge in ihm aus. So geht es in einem flammenden Kreislauf zwischen uns immer weiter.

Zuvor hat sie mir Angst gemacht – die Intensität unserer Verbindung. Doch nun weiß ich, dass ich stark genug bin, es zu genießen, ohne mich darin zu verlieren. Ich muss wenigstens so viel Vertrauen in mich haben wie er.

Ich rolle mich auf den Rücken und ziehe ihn mit mir. Corwin folgt mir und seine Nerven erwachen zum Leben, als sein Körper auf meinem liegen bleibt, was ein kribbelndes Begehren in mir auslöst. Ich will – ich *brauche* – diesen Mann so sehr, dass es schwer ist, mir vorzustellen, dass ich jemals vor ihm zurückgewichen bin. Seine Sehnsucht brennt genauso heiß.

Er küsst mich erneut auf den Mund, bevor er einen sengenden Pfad über meinen Kiefer und meinen Hals zieht. Als er eine empfindliche Stelle an meiner Schulter findet, keuche ich. Meine Hände suchen nach dem Kragen seines Hemdes und dessen Knöpfen, damit ich sie öffnen kann.

Seine Finger tanzen die Seite meines Oberkörpers hinauf und brennen vor Begehren. *Talia?*, fragt er, ohne seinen Mund von meiner Haut zu heben. Es ist eine Frage und ein Flehen, in denen so viel Sehnsucht liegt, dass meine Haut erbebt.

Ja. Ich will … ich will alles von dir fühlen.

Er stöhnt erneut und seine Lippen bewegen sich über mein Schlüsselbein, während er die Verschlüsse meines Kleides sucht. *Ich hatte vor, langsam zu machen, wenn das hier passiert. Jeden Moment zu genießen. Sicherzustellen, dass du jede erdenkliche Wonne erlebst. Aber ich weiß nicht … ich habe dich so sehr gewollt. Ich bin mir nicht sicher, ob ich mich zurückhalten kann.*

Tu es nicht. Seine Finger tauchen unter das Mieder des Kleides und ich biege mich seiner Berührung entgegen. *Du musst dich nicht zurückhalten oder mir etwas vortäuschen. Ich sehe dich* gerne *so, wie du bist.*

Er macht ein ersticktes Geräusch in seiner Kehle und sein Mund kracht auf meinen. Ich schaffe es, sein Hemd zurückzuschälen, um die sehnigen Muskeln darunter nachzufahren. Sein Daumen wirbelt über die Spitze meines Busens und entzündet einen lustvollen Funkenregen.

Überall, wo wir uns berühren, lodern die Flammen des Verlangens heißer. Der Rausch der Wonne nimmt mit seiner Begeisterung über meine Reaktionen und dem freudigen Beben zu, das seine Haut unter meinen Händen durchläuft. Wir brennen nicht nur in unserer eigenen Lust, sondern auch in der des anderen, oder vielleicht ist alles das Gleiche –

eine gewaltige Woge der Glückseligkeit, die gleichzeitig durch uns beide schwappt.

Indem er mehrmals hastig zieht, wickelt mich Corwin aus meinem Kleid und wirft es beiseite. Sein Mund wandert sanft knabbernd und mit eifrigen Zungenschlägen über meinen Körper, als sei ich die köstlichste Delikatesse, die er jemals verzehrt hat.

Als er einen Nippel zwischen seine heißen Lippen saugt, neige ich den Kopf mit einem Wimmern nach hinten und grabe meine Finger in seine Haare. Daraufhin neckt er die Brustwarze zu einer steifen Spitze, indem er mit der Zunge um sie wirbelt und sie mit den Zähnen streift. Freude schimmert zwischen uns. Ich kann nicht sagen, wer den Moment mehr genießt, nur dass die Wonne mit jedem neuen Lustfunken wächst.

Ich zerre ihn wieder auf mich, erobere seinen Mund und erkunde seinen straffen, muskulösen Körper jetzt, da es mir gelungen ist, ihm sein Hemd komplett auszuziehen. Die Reaktionen, die von ihm in mich beben, verraten mir genau, welche Liebkosungen die größte Wirkung haben. Einige Minuten lang bin ich zufrieden damit, so viel begehrliche Glückseligkeit in ihm hervorzurufen, wie ich kann, nur indem ich mit den Händen über seine Brust streiche.

Schließlich lasse ich meine Finger tiefer zu seinem Hosenbund wandern. Der Lustblitz, der durch unsere Verbindung schießt, sorgt dafür, dass mein Höschen feucht wird, obwohl er mich dort noch nicht berührt hat.

Ein Versehen, das schnell nachgeholt werden kann, sagt Corwin mit leidenschaftlicher Belustigung. Während ich mit seiner Gürtelschnalle kämpfe, gleitet seine Hand abwärts, um mich zwischen den Schenkeln zu umfassen.

Ein elektrisches Kribbeln vibriert wegen seiner Berührung durch meine Adern und weil *er* sich so sehr freut, meine Erregung zu spüren. Ich kann nicht anders, als mich an seine Finger zu drücken und die Höhen zu jagen, die sie versprechen. Ein Knurren entwischt meinem Mund, das ihn ebenfalls erfreut.

Dann reiße ich seinen Gürtel weg, schiebe meine Hand in seine Hose und sämtliche Gedanken in seinem Kopf verpuffen, als ich seine bereits harte Erektion packe. Die berauschende Empfindung, die durch ihn hindurch brennt, strahlt in mich. Ich wiege mich auf seiner Hand, schmelze dahin und schwebe zugleich.

Zwischen sengenden Küssen tritt er seine Hose gefolgt von seiner Boxershorts beiseite. Als ich seine steife Länge hoch und runter streichle, erleidet mein Gehirn einen Kurzschluss, weil ich mit dieser Geste so viel Wonne erzeugen kann, wie ich es nie für möglich gehalten hätte. Corwin bleibt so weit bei Verstand, dass er mir mein Höschen ausziehen kann.

Ich hebe die Knie zu beiden Seiten seiner Hüften und heiße ihn willkommen. Reine Freude rast durch seinen Körper hindurch. Er bringt sich in Position und taucht mit einem schnellen Stoß in mich.

Oh! Es ist noch überwältigender als die vorherige Flut an Eindrücken – zu spüren, wie mich seine Härte dehnt und füllt; zu spüren, wie sich meine Feuchtigkeit begierig um ihn herum verkrampft. Ich habe noch nie so etwas erlebt und irgendwie fliege ich immer höher.

Ich japse nach Luft und presse mich ins Kissen. Corwin legt seinen Kopf neben meinen, woraufhin heißer Atem und zittrige Küsse meinen Hals markieren.

Meine Liebe, sagt er mit seiner inneren Stimme, wobei er jeden Stoß mit Worten betont, die vor Freude strahlen. *Mein Herz. Meine Seele.*

Mein Gefährte, antworte ich automatisch und packe seine Schultern.

Die Worte lösen irgendwie einen noch berauschenderen

Anflug von Verlangen aus. Wir bewegen uns wild miteinander, angetrieben von der lodernden Leidenschaft des anderen, während wir auf unseren Höhepunkt zurasen. Ich kann nicht mehr erkennen, wo sein Körper anfängt und meiner endet. Es gibt nur noch *uns*, ineinander verschlungen und zu einem Wesen der Glückseligkeit verschmolzen.

Der wundervolle Druck nimmt immer stärker zu und bricht schließlich in einem atemberaubenden Mahlstrom über uns zusammen. Ich zittere unter Corwin und er presst mich mit einem Stöhnen an sich. Oh, Gott, wenn es von Anfang an so hätte sein können, warum habe ich mich dem so lange widersetzt?

Wir kommen nach wie vor miteinander verschlungen zur Ruhe. Corwin küsst meine Schläfe, dann meine Wange und ich schmecke das Salz meines Schweißes auf seinen Lippen. Die glückliche Befriedigung, die ihn durchströmt, gibt meine eigene so gut wieder, dass es mir ein Lächeln aufs Gesicht zaubert.

Das war das Warten mehr als wert, informiert er mich, als hätte er meinen vorherigen Gedanken wahrgenommen.

Meine Muskeln sind so stark erschlafft, dass ich mich kaum bewegen kann. Corwin legt sich vorsichtig neben mich und zieht mich wie zuvor an sich. Mit einem glücklichen Seufzen sinke ich in seine Umarmung. Doch als ich mich in seiner Wärme entspanne, legen sich drei Wahrheiten mit einem Gewicht auf mich, das ich nicht abschütteln kann.

Ich verliebe mich in diesen Mann. Es wird womöglich nicht mehr lange dauern, bevor ich zu ihm *Ich liebe dich* sagen kann. Und ich habe noch immer keine Ahnung, wie ich diese wachsende Hingabe mit der Liebe unter einen Hut bringen kann, die ich für meine Liebhaber im Sommerreich empfinde.

18

Talia

Die Atmosphäre beim Frühstück ist eine eigenartige Mischung aus Zufriedenheit und Ernst. Nachdem ich die ganze Nacht neben Corwin geschlafen habe – und heute Morgen erneut erlebt habe, wie gut sich unsere Körper gemeinsam fühlen können – durchdringt unser Band ein glückliches Leuchten. Jedes Mal, wenn ich ihn anschaue, setzt ein Flattern in meiner Brust ein, das noch freudigere Züge annimmt, wenn er den Blick zufällig erwidert.

Zugleich hängt das Wissen über uns, dass der junge Mann aus Uzziahs Schwarm gestern Nacht zu der Siedlung im Sommerreich gebracht wurde. Vielleicht werden die Wärme und das vor Leben sprühende Umfeld die Wirkung des Fluchs schmelzen. Wenn sie das nicht tun, wird es nur noch ein paar Tage dauern, bis er stirbt.

Und wir haben keine Ahnung, warum wir ihm nicht helfen konnten.

Abgesehen von wortlosen Brisen der Zuneigung, die wir uns durch unsere Verbindung schicken, kommunizieren wir kaum miteinander. Ich vermute, dass keiner von uns den Zauber unserer jüngsten geteilten Leidenschaft brechen will, indem er eines der vielen Themen anspricht, die wir nun besprechen müssen. Wir bekommen allerdings ohnehin kaum Zeit, diesen Frieden lange zu genießen.

Gerade als wir unsere Mahlzeit beenden und mich eine berauschende Wärme erfüllt, weil Corwin mit der Zunge den Honig von meinem Daumen leckt, eilt ein Fae-Mann in den Raum, den ich als einen von Corwins Bediensteten erkenne. „Mein Lord", sagt er mit einer tiefen Verbeugung. „Ich entschuldige mich für die Störung. Domhnall hat eine Botin geschickt, die so bald wie möglich mit Ihnen zu sprechen wünscht."

Mein Gefährte stößt einen besorgten Laut aus, steht auf und sein Gesicht nimmt ernste Züge an. „Ich komme sofort." Er wendet sich an mich. „Domhnall ist ein anderes Mitglied meines Zirkels – er reist für mich durchs Reich. Wenn er mir etwas mitteilen will und der Ansicht ist, er könnte dazu nicht selbst zurückkehren, muss es sich um eine schwerwiegende Angelegenheit handeln."

Ich schiebe meinen Stuhl zurück. „Denkst du, dass es etwas mit dem Fluch zu tun hat?"

„Womöglich."

Als ich aufstehe, hält Corwin inne und ich spüre, dass er nicht erwartet hat, dass ich ihn begleite. Doch er erholt sich innerhalb von Sekunden und bedeutet mir, ihm zu folgen. *Als meine Gefährtin solltest du über die wichtigen Dinge Bescheid wissen, die im Reich vor sich gehen. Ich bin es nur noch nicht gewöhnt, Gesellschaft zu haben.*

Es ist alles in Ordnung, erwidere ich. *Ich weiß, dass es eine Umstellung ist.* Für ihn und für mich. Doch nach dem, was wir miteinander geteilt haben, sowohl zwischen uns als auch bei der Arbeit an dem Fluch, kann ich es nicht ertragen, zurückzubleiben, während er dieses neue Problem allein in Angriff nimmt.

Er schenkt mir ein Lächeln. Auf dem Weg zur Terrasse geht er in einem gemäßigten Tempo, um mein Humpeln zu berücksichtigen.

Die Botin steht neben der Terrassentür. Das schwache Sonnenlicht, das durch die breiten Fenster hereinfällt, lässt sie mit ihrer blassen Haut und den gleichermaßen hellen Kleidern wie eine Schneenymphe aussehen.

„Mein Lord", sagt sie und verbeugt sich so tief wie der Diener. „Domhnall wünscht eure Präsenz, so schnell Ihr ihn erreichen könnt. Er hat mir nicht alle Einzelheiten verraten, aber es geht um die Einfälle der Bestien in Gegenden, die weiter im Landesinneren liegen. Er wartet in Lakeshine auf Sie."

Unbehagen flackert in Corwin auf, allerdings so kurz, dass ich mir nicht sicher bin, ob ich es mir eingebildet habe. Ich schaue zu ihm, doch er hat seine undurchdringliche, lordhafte Maske aufgesetzt. Ich habe das Gefühl, als wären die Mauern um unser Band herum ein wenig höher geworden.

Äußerlich lässt er sich seine Unruhe nicht anmerken. „Danke für deine Eile. Ich werde sofort abreisen. Benötigst du ein Transportmittel für die Rückreise?"

Die Botin schüttelt den Kopf. „Ich muss in einer Länderei in der Nähe Geschäften nachgehen und kann selbst mühelos zurückkehren. Es war mir ein Vergnügen, meinen Erzlords zu dienen."

Sie schlüpft auf die Terrasse hinaus und spreizt im Gehen ihre Flügel. Als sie sich vollständig verwandelt, ist das Gefieder ihres Raben in einem gedeckten Grau gefärbt, das in dem Moment mit der verschneiten Landschaft verschmilzt, in dem sie über diese segelt.

Corwin beschwört ein Stück Rinde herauf, versieht es mit einigen Worten und schickt es fort, so wie ich es meine Seelie-Männer mit Blättern habe tun sehen, wenn sie Nachrichten verschicken wollten. „Ich werde Olander mitnehmen", informiert er mich. „Es ist besser, zu viel Unterstützung zu haben als zu wenig."

„Und mich", werfe ich ein. „Ich sollte wissen, was los ist, stimmt's?"

Abermals zögert mein Gefährte, dieses Mal durchfährt ihn ein tieferer Stich der Beklommenheit, der mich an sein vorheriges Unbehagen erinnert. „Ich möchte nicht … Falls es eine Angelegenheit ist, die mit den Bestien zu tun hat, hättest du Schwierigkeiten, dich zu verteidigen."

Mit einem Schaudern erinnere ich mich an den Searmaw, der uns im Frostfeuerwald angegriffen hat, doch ich lasse mich nicht unterkriegen. „Ich werde dich und zwei Mitglieder deines Zirkels an meiner Seite haben. Ich verspreche, dass ich nicht weglaufen oder irgendetwas derart Dämliches tun werde. Wenn es *so* schlimm ist, kann ich einfach in dem Gefährt bleiben, und du kannst es drei Meter über dem Boden schweben lassen. Oder können manche dieser Bestien fliegen?"

Corwins Lippen zucken leicht amüsiert. „Nein, die Wesen, mit denen wir es bisher zu tun hatten, bewegen sich nur auf Land."

„Ich will hier eine richtige Beteiligte sein", fahre ich fort. „Ich muss jeden Teil deiner Arbeit als Erzlord verstehen. Und vielleicht gibt es eine andere Möglichkeit, wie ich helfen kann."

Ich muss nicht aussprechen, dass ich das tun möchte, weil ich so große Schwierigkeiten habe, bei dem Fluch zu helfen. Ein Hauch des Mitgefühls legt sich um mich und Corwins Miene wird weicher. „In Ordnung. Ich weiß, dass ich dich nicht behandeln kann, als wärst du schrecklich zerbrechlich. Aber bleib in unserer Nähe, während wir dort sind."

„Natürlich. Ich will nicht zum Frühstück eines Searmaws werden."

Ich weiß nicht, ob Corwin und Olander selbst nach Lakeshine geflogen wären, wenn ich nicht mitgekommen wäre. Es ist jedoch so weit weg, dass er mich nicht tragen kann. Wir treten hinaus auf die eisige Ebene neben dem Palast und als sich Olander zu uns gesellt, hat der Erzlord bereits ein kleines Gefährt heraufbeschworen.

Olander nickt mir knapp zu, sagt aber nichts zu mir, was für mich in Ordnung ist. Hoffentlich wird ihm meine Teilnahme an Situationen wie dieser zeigen, dass ich einen rechtmäßigen Platz an der Seite seines Lords habe. Ich setze mich an meine Lieblingsstelle in der Nähe des Bugs und Corwin und sein Zirkelmitglied lehnen sich an gegenüberliegende Wände des Gefährts.

„Domhnall hat nicht gesagt, worum er sich momentan so große Sorgen macht?", erkundigt sich Olander. „Wir haben diese Probleme mit den Bestien mittlerweile seit Monaten."

Corwin schüttelt den Kopf. „Vielleicht war die Information zu heikel, um sie von einer Botin ausrichten zu lassen. Lakeshine liegt ziemlich weit entfernt von den Rändern … Vor Jahren wäre es ungewöhnlich gewesen, Bestien der feindseligsten Sorte in dieser Gegend zu sehen. Falls sie dort einen besonders großen Zustrom an Bestien erlebt haben, könnte ihn das in Sorge versetzt haben."

„Daraus muss man allerdings kein Geheimnis machen." Olander runzelt die Stirn. „Er ist ein kluger Kopf – nicht die Sorte Fae, die schnell in Panik gerät. Es muss schlimm sein. Mir gefällt das gar nicht."

„Mir auch nicht." Corwin seufzt. „Hast du weiter an dem wahren Namen für Chimären gearbeitet? Ich weiß, dass du bereits mit einem Searmaw umgehen kannst, und so gut wie allem anderen, dem wir begegnen könnten."

„Ich habe darüber meditiert, aber es ist schwierig, das ohne eine direkte Interaktion zu tun. Und ich denke, dass es im Allgemeinen schwierig sein wird, den wahren Namen der Chimären zu meistern. Wenn du mich erübrigen kannst, könnte ich ein wenig Zeit an den Rändern verbringen, wo ich mehr mit ihnen ‚kommunizieren‘ könnte. So würde ich den Namen schneller lernen."

Corwin summt vor sich hin. „Ich denke, unsere aktuelle Situation ist zu heikel, um dich so weit wegzuschicken. Aber wenn wir die Angelegenheiten in Bezug auf den Fluch besser im Griff haben, wäre es sicherlich sinnvoll."

Noch eine Sache, die von meiner Schwierigkeit mit dem Fluch hinausgezögert wird. Ich sauge meine Unterlippe zwischen die Zähne, schaffe es jedoch, nicht daran zu knabbern.

Gibt es einfachere wahre Namen, die gegen die Bestien helfen könnten? Vielleicht können wir an einem dieser Namen arbeiten, um meine magische Ausbildung hier zu beginnen, und ich könnte tatsächlich dabei helfen, sie abzuwehren …

Nein, unterbricht mich Corwin sanft, aber bestimmt. *Deine Seelie-Männer haben deine zusätzlichen Kräfte aus einem guten Grund vor ihrem Volk geheim gehalten. Ich weiß nicht, wie meine Kollegen oder der Rest meiner Leute reagieren werden, wenn du sie öffentlich zeigst. Allerdings vermute ich, dass es mehr Chaos als Freude stiften wird.*

Als meine Laune sinkt, fügt er in einem noch sanfteren Tonfall hinzu: *Das bedeutet allerdings nicht, dass wir nicht schauen können, wie weit wir mit diesen wahren Namen kommen können, wenn wir unter uns sind. Ich möchte vorerst nur nicht, dass du sie auf eine bedeutsame Weise in der Öffentlichkeit benutzt, bis deine Position hier sicherer ist.*

Selbstverständlich. Ich verstehe. Auch wenn es mir nicht gefällt.

Ich habe es satt, so viel von dem verstecken zu müssen, wer ich bin. Als ob es meine Schuld ist, dass die Magie des Herzens auf so viele unerwartete Arten in mir vorhanden ist. Als ob es ein Problem ist, wenn es eigentlich ein Geschenk sein sollte.

Andererseits, wie kann ich frustriert darüber sein, dass mich die Unseelie womöglich nicht komplett akzeptieren, wenn ich meinen seelenverbundenen Gefährten noch nicht vollständig akzeptiert habe? Ich habe mir nicht erlaubt, in jeder Hinsicht ein Teil dieser Welt zu werden, so wie es diese möchte.

Ich denke eine Weile darüber nach und mir gefällt keiner der Schlüsse, zu denen ich gelange. Als das Gefährt schließlich langsamer wird, schüttle ich meine Gedanken ab und stehe auf, um mir die Länderei anzuschauen, in der wir ankommen.

Wenig überraschend befinden sich Lakeshines Burg und Dorf neben einem großen, spiegelglatten See. Das Wasser liegt so reglos da, dass nur winzige Wellen, die von der Brise verursacht werden, enthüllen, dass die Oberfläche nicht gefroren ist. Die Burg und deren Gebäude wurden aus einem dunkelgrauen Stein geformt, in dem hier und da Katzengold funkelt.

Obwohl der See leblos wirkt, muss es Leben darin geben, denn in der Luft, die mir in die Nase steigt, als ich aus dem Gefährt klettere, liegt ein schwacher, jedoch unverkennbarer Fischgeruch. Die Brise ist nach den Standards des Winterreichs beinahe warm.

Ich halte mich an Corwin, als er zum Dorf marschiert. Bevor wir die ersten Häuser erreichen, kommt ein Mann herbeigeeilt: klein und spindeldürr mit Haaren, die so kurz sind, dass sie bloß ein dunkler Schimmer auf seinem braunen

Schädel sind. Er verneigt den Kopf vor Corwin und hebt an Olander gewandt grüßend eine Hand. Sein Blick bleibt mit einer flüchtigen Neugier kurz an mir hängen.

„Mein Lord, wenn Sie bitte mit mir kommen. Ich denke, wenn Sie die ganze Geschichte erfahren haben, werden Sie verstehen, warum ich Sie sofort gerufen habe.“

Er läuft in einem schnelleren Tempo um den Rand des Dorfes herum, als ich von jemandem so zart aussehendem erwartet hätte. Ich halte so gut Schritt, wie ich kann, und ignoriere das schmerzhafte Kribbeln in meinem krummen Fuß, als ich mich dazu antreibe, schneller zu gehen.

Auf der anderen Seite des Dorfes, von wo man den See nicht mehr sehen kann, liegen drei große Bestien in einer Blutlache. Eine Mischung aus Fell und Schuppen bedeckt ihre gewaltigen Körper. Ich trete noch näher an Corwin heran nur für den Fall, dass sie nicht ganz so tot sind, wie sie wirken.

Der Mann, der Domhnall sein muss, senkt die Stimme. „Es ist schon merkwürdig genug, dass sie so weit ins Landesinnere gekommen sind. Die Sache bei diesen dreien ist jedoch … Späher haben sie zwei Ländereien entfernt entdeckt. Sie kamen schnurstracks hierher und ignorierten die anderen Dörfer, die auf ihrem Weg günstiger für sie lagen.“

Corwins Stirn runzelt sich. „Hat niemand versucht, sie aufzuhalten?“

„Selbstverständlich. Doch es gab niemanden, der ihre wahren Namen gut genug beherrschte, um sie zurückzuhalten. Sie waren ziemlich entschlossen und ließen sich nicht von ihrem Weg abbringen. Die Nachricht sprach sich herum und ich kam hier gleichzeitig mit ihnen an. Es erforderte eine beachtliche Menge an Kraft, um sie hier aufzuhalten, da sie mich lieber ignoriert hätten und weiter in die Stadt marschiert wären.“

„Als wären sie von Magie angetrieben – oder herbeigerufen – worden", meint Olander und ich erinnere mich an die Reißkatze, die ein paar Mitglieder aus Ambrose' Rudel mir vor einigen Monaten auf den Hals gehetzt haben.

„Hinter wem waren sie her?", frage ich, ohne nachzudenken.

Domhnall wirft mir einen verwunderten Blick zu, auf Corwins Nicken hin antwortet er jedoch: „Ich weiß es nicht. Ich habe im Dorf herumgefragt – subtil, um nicht zu viel Angst auszulösen – und es klingt nicht so, als hätte es in letzter Zeit größere Konflikte zwischen jemandem aus diesem Schwarm und einem anderen gegeben. Ich bin mir nicht sicher, ob diese drei durch Magie gelenkt wurden. Ich habe sie untersucht und keinerlei Spuren von Magie gefunden, abgesehen von ihrer angeborenen. Ich dachte, mit Ihrem schärferen Bewusstsein könnten Sie den Zauber womöglich entschlüsseln, mein Lord."

Corwin tritt nach vorne und kniet sich neben das erste Wesen. Er intoniert leise einige Worte und streckt seine Hände über dem monströsen Körper aus. Sie schweben über jedem Teil der Bestie, bevor er sie zurückzieht und sich über den Mund reibt. „An diesem spüre ich rein gar nichts. Lasst es mich bei den anderen versuchen."

Während er arbeitet, versammelt sich eine kleine Gruppe Dorfbewohner unweit von uns. Olander und Domhnall hindern sie daran, zu nahe zu kommen, scheinen allerdings der Meinung zu sein, dass es schlimmer wäre, sie ganz zu verscheuchen. Die Dorfbewohner sind unruhig und sehen bereits ziemlich besorgt aus.

Als er alle drei untersucht hat, richtet sich Corwin mit finsterer Miene auf. „Falls sie mit Magie belegt waren, ist diese bereits verflogen. Das könnte der Fall sein, wenn sie an deren Lebensenergie gebunden war. Nichtsdestotrotz ist es eine eigenartige Taktik. Einen Streit auf diese Weise zu regeln … und so weit entfernt von den Rändern, wo die Anwesenheit der Bestien sofort Aufmerksamkeit erregen würde … Es ist höchst unwahrscheinlich, dass diese Vorgehensweise den erwünschten Ausgang nimmt.“

Olander summt. „Abgesehen von der Brutalität ist es nicht besonders klug, oder?“

„Diesen Anschein hat es. Aber vielleicht kann ich das Rätsel weiter entwirren.“ Er wendet sich an unser kleines Publikum. „Da ihr bereits hier seid, hoffe ich, dass ihr nichts dagegen habt, wenn ich euch einige Fragen stelle.“

Aus den hinteren Reihen der Gruppe erklingt ein Schnauben. Mein Blick landet auf einer korpulenten Frau im mittleren Alter, die ihre Arme vor der Brust verschränkt hat. Mehrere andere Blicke richten sich auf sie, einschließlich Corwins. Ein Beben des Unbehagens geht von ihm in mich über.

„Hast du etwas zu sagen, Pippa?“, erkundigt er sich in der vorsichtigsten Stimme, die ich jemals von ihm gehört habe.

Sie befeuchtet ihre Lippen. Etwas Feindseliges blitzt in ihren Augen auf und verglimmt. „Ich werde nur sagen, dass ich hoffe, dass du eine gerechte Strafe für das Verbrechen verhängen wirst, falls sich herausstellt, dass diese Viecher absichtlich zu uns geschickt wurden.“

Sie wendet sich ab und geht. Die anderen Schwarmmitglieder konzentrieren sich wieder auf Corwin. Er lächelt angespannt, doch hinter seiner gelassenen Fassade sind seine Emotionen in Aufruhr.

Worum ging es dabei?, frage ich.

Nichts, worum du dir Sorgen machen musst. Mehr wird sie nicht sagen.

Aber warum sollte sie das wollen? Es hat dich offensichtlich aufgeregt. Es hat dich gestört, sobald du gehört hast, dass wir hierherkommen müssen. Was …

Corwins innere Stimme durchbricht meine mit ungewöhnlicher Schärfe. *Lass es sein, Talia.*

Ich bin so erschrocken, dass ich einen Schritt zurückstolpere, als hätte er mich gestoßen. Corwins Blick zuckt zu mir und er reißt die Augen auf. *Es tut mir leid*, entschuldigt er sich rasch. *Ich ... es gibt Dinge, an die ich nicht zu denken versuche und die ich erst recht nicht diskutieren möchte. Doch ich nehme an, du verdienst es, Bescheid zu wissen.* Er holt tief Luft und dreht sich wieder zu dem Schwarm um. *Wir können nicht in der Gegenwart anderer darüber reden. Wenn wir wieder im Palast sind, werde ich es dir erklären. Versprochen.*

Seine Entschuldigung und Versprechen klingen ehrlich, dennoch füllt ein Kloß meine Kehle, als er näher an die Schwarmmitglieder herantritt, um seine Fragen zu stellen.

Was konnte mein Gefährte bisher vor mir verbergen, von dem er mir noch weniger gern erzählen möchte als von seiner Familientragödie?

19

Corwin

Talias Ungeduld tröpfelt während der gesamten Heimreise nach Heart's Cadence durch unser Band. Ich hasse es, dass ich sie so stark ausschließe wie seit Tagen nicht mehr, nachdem wir so weit gekommen sind – nachdem sie mich in ihrem Bett willkommen geheißen hat und wir die größtmögliche körperliche Intimität geteilt haben. Aber ich will auch nicht, dass sie zu viel von den aufgewühlten Emotionen in mir wahrnimmt.

Ich bin wütend auf mich selbst, weil ich Pippas Worte an mich herangelassen habe und mir das Unbehagen habe anmerken lassen, das der Besuch in Lakeshine bei mir ausgelöst hat. Außerdem bin ich frustriert, dass ich keine Antworten finden konnte, warum die Bestien dieses Dorf ins Visier genommen haben. Mir graut es vor dem bevorstehenden Gespräch und davor, wie Talia anschließend auf mich reagieren wird. Was, wenn dieser Bericht jegliches Vertrauen abkühlt, das ich bei ihr gewonnen habe?

Ich hätte das Thema nicht für immer gemieden. Irgendwann wäre dieser Teil meiner Vergangenheit ans Licht gekommen. Ich hatte bloß gehofft, dass es geschehen würde, wenn wir formell miteinander verbunden sind und unser Band stärker ist.

Vielleicht verdiene ich es, dass es jetzt angesprochen wird. Ich würde gerne denken, dass es nicht definiert, wer ich aktuell bin, und dass es ein Fehler war, der von der Anhäufung der Umstände begünstigt wurde, die sich nie mehr wiederholen werden. Das lindert die alten Schuldgefühle jedoch nicht, die bei meinem inneren Aufruhr aufgestiegen sind.

Wir können es noch nicht besprechen. Ich will das Gespräch nicht einmal in der relativen Privatsphäre des Gefährts beginnen, solange Olander anwesend ist. Die Worte, die wir durch unser Band wechseln, sind für Außenstehende zwar nicht wahrnehmbar, unsere Reaktionen auf die Themen, die wir besprechen, allerdings schon. Ich kann mich nicht komplett auf Talia konzentrieren, wenn ich bedenken muss, dass ein Mitglied meines Zirkels mein Verhalten ebenfalls bemerken wird.

Ich rechne Talia hoch an, dass sie mich nicht piesackt. Trotz ihrer inneren Unruhe hält sie den Mund und sagt nicht einmal durch unser Band etwas, bis das Gefährt vor dem Palast landet. Olander geht zu seinem Zuhause im Dorf und meine Gefährtin sieht mich mit einer Frage in den Augen an, die sie nicht mit Worten ausdrücken muss.

„Lass uns zu meinem Büro gehen", schlage ich vor und wünsche mir, meine Stimme hätte nicht heiser geklungen.

Sie nickt und nach kurzem Zögern streckt sie die Hand aus, um meine zu nehmen. Diese einfache Geste sorgt dafür, dass sich meine Kehle noch mehr zuschnürt. Ich habe ihr Vertrauen *noch nicht* verloren.

Was auch immer es ist, du musst mich entscheiden lassen, was ich daraus mache, sagt sie und verschränkt ihre Finger mit meinen. *Ich glaube nicht, dass es so schrecklich sein kann. Ich weiß vielleicht noch nicht alles über dich, aber ich kenne dich.*

Das Herz stehe mir bei, dass sie damit recht behält.

Wir erreichen mein Büro und ich schließe die Tür fest hinter uns. Dann realisiere ich, dass ich keine Ahnung habe, womit ich beginnen soll, obwohl ich Stunden hatte, um mir das zu überlegen.

Talia lässt sich in dem Sessel nieder, der anscheinend ihr Lieblingsplatz in diesem Raum geworden ist, schlüpft aus ihren Stiefeln und zieht die Beine an. Ich bleibe stehen. Es gelingt mir, nicht hin und her zu tigern, aber ich kann mich nicht genug entspannen, um mich hinzusetzen.

„Etwas ist mit dieser Frau in der Vergangenheit passiert", ermuntert mich Talia zum Sprechen.

„In gewisser Weise." Ich atme tief ein und drehe mich zu ihr um. „Ich möchte, dass du von Anfang an weißt, dass ich mich für die Entscheidungen schäme, die ich getroffen habe – sie entsprangen Wut und Schmerz anstatt Vernunft und Verstand. Und auch wenn diese Emotionen nicht ungerechtfertigt waren, glaube ich, dass ich den Beteiligten ein besseres Verhalten schuldete."

Talia mustert mich mit unerschütterlich ruhiger Miene. „Okay, ich werde das im Hinterkopf behalten."

Es ist doch komisch, reglos dazustehen. Ich suche nach etwas, woran ich mich festhalten kann, und sinke schließlich auf einen der anderen Sessel, allerdings nicht auf den hinter meinem Schreibtisch. Ich will sie nicht an meine Autorität erinnern, während ich es erkläre.

„Unter den Unseelie gibt es einen Brauch, dass die wenigen Fae, die mit mehreren Kindern gesegnet sind, ein

Kind an den Hof eines Erzlords schicken dürfen, damit es dort aufgezogen wird", beginne ich. „Wenn eine Familie bereits ein oder zwei Kinder hat, die ihr Vermächtnis fortführen können, verschafft dies dem zusätzlichen Kind eine besondere Gelegenheit. Im Allgemeinen integrieren sie sich in den Schwarm des Erzlords und bleiben als Erwachsene dort. Häufig stehen sie dem Erzlord mit der Zeit so nahe, dass sie zu Mitgliedern seines Zirkels werden."

„Das ergibt Sinn", meint Talia. „Wurde so jemand nach Heart's Cadence geschickt?"

„Ja. Als ich noch ein Kind war, nahmen meine Eltern einen Jungen als Pflegekind auf, der ein paar Jahrzehnte jünger war als ich. Lazlo."

Obwohl es mittlerweile mehr als zwei Jahrhunderte her ist, habe ich unser erstes zaghaftes Treffen noch lebhaft in Erinnerung: Diese junge Version von Lazlo, der schüchtern den Kopf senkte, während seine hellen Augen vor Neugier funkelten. „Er wohnte hier im Palast", erzähle ich weiter. „Wir wuchsen im Grunde genommen gemeinsam auf. Es dauerte nicht lange, bis wir beste Freunde wurden."

Talias Blick liegt schwer auf mir. Ich kann spüren, dass sie die Puzzlestücke zusammenfügt, bevor sie spricht. „Ich habe ihn nicht kennengelernt. Er ist nicht mehr hier?"

„Nein. Er … Ich …" Ich halte inne und reibe mir über die Stirn. Die Worte bleiben mir im Hals stecken.

Ich will alles so leidenschaftslos schildern, wie ich es vor meinen Kollegen tun müsste, als wäre es etwas, was vor Jahrtausenden jemandem passiert ist, den ich nie kennengelernt habe. Dadurch wird mich Talia allerdings nur als so kalt und grausam sehen, wie es Pippa zweifellos tut.

Ich bin mir bloß nicht sicher … ich habe mir nie richtig *erlaubt*, zu trauern. Ich weiß noch immer nicht, ob ich es verdiene.

„Die Welt ist nicht untergegangen, als du mir erzählt

hast, was mit deinen Eltern passiert ist", erinnert mich Talia sanft. „Ich denke nicht, dass sie es wegen dem hier tun wird."

„Ich weiß. Das hier ist allerdings anders. Das mit meinen Eltern war etwas, was um mich herum passiert ist – das hier ist etwas, was *wegen* mir passierte. Es handelt sich um ein Ereignis, bei dem ich mich von meiner schlechtesten Seite zeigte." Ich habe erst vor kurzem realisiert, wie sehr ich Lazlo im Stich gelassen habe, nachdem mir Talia gezeigt hat, dass ich meine Gefühle nicht immer wegsperren muss, um meine Rolle als Erzlord zu erfüllen. Wenn ich sie damals kennengelernt hätte … wenn sie damals existiert hätte …

Wenn ich meine seelenverbundene Gefährtin an meiner Seite gehabt hätte, wäre *alles* ganz anders gewesen.

Ich zwinge mich, weiterzusprechen. „Lazlo tat alles in seiner Macht Stehende, um mich zu unterstützen, als mein Vater starb. Ich übernahm Verik, Domhnall und Meriol, die du noch nicht kennengelernt hast, aus dem Zirkel meines Vaters, aber Lazlo war der Erste, den ich allein auswählte. Als es meiner Mutter immer schlechter ging, ich Probleme hatte, unter meinen Kollegen Fuß zu fassen, und sie begannen, mich aufgrund des Verhaltens meiner Mutter zu beurteilen … Du weißt, dass ich mich verschlossen habe."

„Du hast versucht, wie Eis zu werden", sagt Talia mit einem Hauch von Zuneigung. „Oder vielleicht wie ein Diamant. Hart und unerschütterlich."

„Und kalt. Sogar bei Lazlo. Ich wollte nicht voreingenommen wirken oder es riskieren, dass unsere Freundschaft mein Urteilsvermögen trübt … weshalb ich begann, ihn auf Abstand zu halten. Ich redete nur noch über die Angelegenheiten des Reichs mit ihm und zeigte keinerlei Interesse am Rest seines Lebens. Er versuchte, die enge Verbindung zu erhalten, die wir einst hatten, konnte es allein jedoch nicht tun. Rückblickend betrachtet, weiß ich, dass ich ihn sehr verletzt habe."

Ich lasse diese Erinnerungen durch mich hindurch schwappen in dem Wissen, dass Talia ebenfalls Eindrücke davon auffangen wird. Die Lächeln, die mit der Zeit abkühlten und verblassten, das Lachen, das zu Schweigen schrumpfte, die Annäherungsversuche, die er irgendwann einfach einstellte, weil er wusste, wie meine Antwort darauf ausfallen würde.

Ich redete mir ein, dass es zum Besten war. Dass der Verlust, den ich empfand, ein notwendiges Opfer war. Allerdings kann ich mir nicht vorstellen, dass meine Zielstrebigkeit *seinen* Verlust gelindert hat.

Talia schickt mir eine Woge des Mitgefühls, das ich bestimmt nicht erhalten würde, wenn ich die Geschichte bereits zu Ende erzählt hätte. „Ist er letztendlich gegangen?"

„Ja, aber nicht so, wie du denkst." Ich verschränke die Hände im Schoß. „Es gab auch … Nachdem ich mich an meine Pflichten gewöhnt und Möglichkeiten gefunden hatte, meine Mutter wenigstens zu … stabilisieren, bemerkte ich eine Fae-Frau im Schwarm, die keinen Gefährten hatte." Allein der Gedanke an sie durchbohrt mich mit schärferen Schuldgefühlen, als hätte ich Talia irgendwie verraten, bevor sie überhaupt geboren worden war.

„Es ist okay", beruhigt mich Talia, obwohl ich durch unser Band ein unbehagliches Beben auffange, das sie vermutlich genauso wenig kontrollieren kann. „Ich weiß, dass es normal ist, dass sich die reinblütigen Fae andere Liebhaber nehmen, wenn sie ihren seelenverbundenen Gefährten noch nicht gefunden haben – und sogar, wenn sie ihn gefunden haben."

Ich empöre mich instinktiv über ihre letzte Bemerkung. „*Darüber* musst du dir keine Sorgen machen." Ich zügle meine Emotionen und sammle mich. „Aber ja. Ich wollte diese Art der Gesellschaft, und ich mochte Ensley sehr und sie mochte mich ebenfalls, soweit ich das erkennen konnte.

Allerdings hielt ich sie stets aus den gleichen Gründen auf Abstand, aus denen ich mich bei Lazlo zurückhielt. Ich wollte mich emotional nicht zu stark auf sie einlassen, vor allem nachdem ich gesehen hatte, wie sehr ein gebrochenes Herz meiner Mutter zusetzte."

„Ich denke, das ist verständlich."

„Vielleicht. Das bedeutete jedoch, dass zwei Leute, die mir sehr nahestanden und deswegen viel Zeit in der Gesellschaft des anderen verbrachten, nicht das Gefühl hatten, dass sie sich auf mich verlassen konnten oder dass sie mir besonders wichtig waren." Ich verziehe das Gesicht mehr über mich selbst als über etwas anderes. „Lazlo und Ensley verliebten sich ineinander und begannen heimlich eine Beziehung. Ich weiß nicht, wie lange das so ging, aber – sie wurde schwanger. Mit seinem Kind, das wusste sie aufgrund des Zeitpunktes. Sie deutete jedoch an, sie hätte es früher entdeckt, als tatsächlich der Fall war, um den Eindruck zu erwecken, dass es meines wäre."

Talia versteift sich auf ihrem Stuhl. „Sie hat dich *diesbezüglich* angelogen? Oder … so nahe sie sich als Fae eben an eine Lüge heranwagen kann? Das ist schrecklich."

Ich spreize die Hände und bin nicht in der Lage, meinen Zorn von damals heraufzubeschwören. Dieser ist vor Jahrzehnten ausgebrannt und hat nichts als Asche zurückgelassen. „Sie beschlossen gemeinsam, mich zu falschen Schlüssen zu führen. Selbst wenn das Kind nicht reinblütig wäre, hätte es als angebliches Kind eines Erzlords ein besseres Leben gehabt. Außerdem hatten sie Angst davor, wie ich reagieren würde, wenn sie mir ihre Beziehung zu diesem Zeitpunkt offenbarten. Ich hatte keinem von beiden einen Grund geliefert, zu glauben, sie könnten Mitgefühl von mir erwarten."

Talias Stimme wird leise. „Aber du hast es offensichtlich irgendwie herausgefunden."

„Ja." Ich kann nicht länger stillsitzen. Daher stemme ich mich aus dem Sessel und erlaube mir, durch den Raum zu marschieren, als würde es die Bewegung erleichtern, den Rest zu erzählen. „Die Vorstellung, ein Kind zu bekommen, hat mich sehr aufgewühlt, obwohl ich versuchte, meine Emotionen zu zügeln. Ich begann, mich mehr um Ensley zu kümmern, und stolperte über die Wahrheit. Und dann ..."

Ich bleibe an meinem Schreibtisch stehen und senke kurz den Kopf, bevor ich ihn wieder hebe. „Die Täuschung und die Erkenntnis, dass das Kind nicht meines war, taten mir weh – so viel mehr, als ich darauf vorbereitet war. Ich denke, dass ich mich emotional unbewusst so stark darauf eingelassen hatte, entfachte meine Wut mehr als der Verrat selbst. Was ihnen gegenüber nicht fair war. Ich hätte sie einfach wegschicken sollen, damit sie sich ein Zuhause in einer anderen Länderei suchen können. Es hätte womöglich keinen großen Unterschied gemacht, aber wenigstens hätte ich ihnen etwas Leid erspart."

„Was hast du getan?", fragt Talia, die mich mit den Augen durch den Raum verfolgt.

Ich zwinge mich, ihrem Blick zu begegnen. „An den Rändern gibt es ein Gebiet, in das manchmal Verbrecher geschickt werden. Die Arbeit, die sie dort erledigen müssen, ist äußerst strapaziös. Ich habe beide dorthin verbannt. Und das könnte womöglich sogar der Grund sein ... er scheint in den äußeren Ländereien etwas häufiger zuzuschlagen ... der Fluch hat alle beide einige Jahre später umgebracht."

Das Bild, das in so vielen meiner Albträume zu sehen war, wabert aus den Tiefen meines Unterbewusstseins herauf: die starren, blau-weißen Gesichter meines ehemaligen besten Freundes und meiner ehemaligen Liebhaberin. Ich erfuhr erst davon, als sie bereits tot waren. Allerdings hätte ich sie zu diesem Zeitpunkt ohnehin nicht retten können.

„Es ist der einzige Fall, von dem ich weiß, bei dem zwei

Leute, die in engem Kontakt miteinander standen, gleichzeitig Opfer des Fluchs wurden", erzähle ich mit rauer Stimme. „Also kann ich nicht anders, als zu denken, dass meine Taten etwas damit zu tun hatten. Ich habe nie herausgefunden, was mit ihrem Kind passiert ist – sie haben ihn oder sie wahrscheinlich in eine andere Länderei geschickt, damit es ein besseres Leben führen kann als das, welches die Ränder geboten hätten. Ich beraubte sie auch ihrer Elternschaft für die kurze Zeit, die sie sie hätten erleben können."

Talias Stimme bleibt ruhig, aber ich kann das Entsetzen spüren, das sie durchläuft. „Und wie passt diese Frau aus Lakeshine ins Bild?"

„Sie ist Lazlos Mutter. Sie ist verständlicherweise der Meinung, dass ich ihn viel zu streng bestraft habe. Es ist nicht so, dass sie es wagen würde, mir das so deutlich ins Gesicht zu sagen."

Talia schweigt eine Weile. Ihre widersprüchlichen Emotionen erreichen mich durch unser Band und zeigen sich an ihrer angespannten Haltung.

Ich schlucke schwer. „Es ist viel auf einmal und es ist nicht … Ich wünsche mir, dass du mich nicht anhand dieser Geschichte beurteilst. Mir ist jedoch bewusst, dass du sie nicht einfach ignorieren kannst."

Sie wringt die Hände vor sich. „Hast du *mir* wirklich dafür vergeben, dass ich mit anderen Liebhabern zusammen bin?"

Ich bin so verblüfft von dieser Frage, dass ich hoffe, sie kann den Wahrheitsgehalt meiner Antwort erkennen. „Das war nichts, was ich vergeben musste. Du warst die ganze Zeit ehrlich zu mir. Du hast nie versucht, mich reinzulegen oder in die Irre zu führen. Selbst wenn du es getan *hättest*, ich würde nicht mehr zulassen, dass mein Temperament und meine Ängste noch einmal derart mit mir durchgehen."

„Okay", sagt sie, doch an ihrem Gesichtsausdruck ist definitiv etwas anders, als sie mich anschaut. Da ist eine Vorsicht, die ich seit ihren ersten Tagen hier nicht mehr gesehen habe. Das jagt mir einen Speer mitten durchs Herz.

Sie steht auf. „Es ist viel. Ich … ich brauche einfach etwas Zeit, um alles zu verarbeiten, in Ordnung? Ich bin froh, dass du es mir erzählt hast."

Ich bin es nicht. Ich hätte nichts anderes tun können, doch als ich zuschaue, wie sie den Raum verlässt, kann ich das Gefühl nicht abschütteln, dass ich gerade alles Gute, was wir miteinander hatten, verdorben habe.

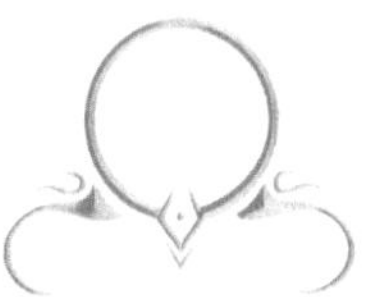

20

Talia

Bisher habe ich Corwins Palast nicht allein verlassen, obwohl er mir versichert hat, dass sein Revier vollkommen sicher ist. Nach einer unruhigen Nacht und einem unbehaglichen Frühstück schlüpfe ich jedoch aus der Tür, um am Flussufer entlang zur Felsenkante zu spazieren, wo das Wasser in einem breiten Strom hinabfällt.

Entlang der Klippe gibt es keine Mauer oder eine andere Barriere. Ich vermute, da sich die meisten Wesen in dieser Gegend im Nu in einen Vogel verwandeln können, hat niemand Höhenangst. Das Brüllen des Wasserfalls und das Wissen um die steile Felswand nur wenige Schritte entfernt von mir machen mich nervös. Doch nachdem ich dort mehrere Minuten lang gestanden bin und die spektakuläre, wenn auch kühle Aussicht betrachtet habe, beruhige ich mich. Dass ich trotz des chaotischen Naturphänomens neben mir, ruhig auf den Füßen stehen bleiben kann, hat etwas Beruhigendes an sich. Es erinnert mich daran, wie viel ich bereits durchgestanden habe.

Wenn ich bloß eine bessere Vorstellung davon hätte, was auf der anderen Seite all dieser Verwirrung auf mich wartet.

Wegen des Wasserrauschens höre ich die herannahenden Schritte erst, als Zelpha beinahe an meiner Schulter ist. Sie bleibt neben mir stehen und verschränkt die Arme vor der Brust. Einen Moment lang stehen wir beide schweigend da und mustern einfach nur die weitläufige Landschaft auf der anderen Seite der Klippe: verschneite Ebenen, dunkle Wälder, eisige Flüsse und ferne Berge.

„Er hat es dir also erzählt", stellt sie ohne Einleitung fest.

Mein Blick zuckt zu ihr. Hat Corwin etwas gesagt? Weiß sie mit Sicherheit, *was* er mir erzählt hat?

Ich weiß nicht, wie viel ich sagen will, obwohl sie vermutlich bereits die ganze Geschichte kennt. Sie war wahrscheinlich hier, als das alles passiert ist. „Ich ... was meinst du?", frage ich.

Sie wirft mir von der Seite einen Blick zu. „Es war nicht schwer, eins und eins zusammenzuzählen. Ich habe gehört, dass ihr gestern nach Lakeshine gereist seid und seit eurer Rückkehr hängt praktisch eine Wolke über dem gesamten Palast. Corwin denkt offensichtlich, dass du sauer auf ihn bist. Bist du das?"

Ich öffne den Mund und schließe ihn wieder, während ich nach einer Antwort suche. „Ich glaube nicht, dass ‚sauer' das richtige Wort ist." Es ist nur so, dass mich der Gedanke erschüttert hat, dass er so rachsüchtig war – und nach Fae-Maßstäben vor nicht allzu langer Zeit.

Momentan akzeptiert er die Seelie-Männer in meinem Leben. Momentan macht er mir keinen Vorwurf, weil ich nicht gewillt bin, mich ihm komplett zu verpflichten. Doch was, wenn er ungeduldig wird? Was passiert, wenn ich das

Band vollständig akzeptiere und er anfängt, mich komplett als die seine zu sehen?

Ich habe so viel von ihm gesehen und ihn von innen heraus kennengelernt, trotzdem hat er einen Teil seiner Vergangenheit vor mir geheim gehalten. Es könnte noch mehr geben, was ich nicht gesehen habe. Und es ist nicht so, als würde es mir an Erfahrungen mangeln, wie grausam die Fae sein können.

„Es passt nicht zu dem Bild, das ich mir von ihm gemacht habe", fahre ich schließlich fort. „Ich habe Schwierigkeiten, das Ganze zu verstehen." Das hört sich nach einer höflichen Formulierung an, wenn man mit einem Zirkelmitglied spricht, das offensichtlich auf seiner Seite ist.

Zelpha nickt. „Das ist fair. Ich dachte nur, du solltest wissen, dass der Bericht, den er dir gegeben hat, vollkommen von der Tatsache gefärbt ist, dass er sich seit über dreißig Jahren Vorwürfe wegen seiner Entscheidung macht. Ich könnte mir vorstellen, dass er in seiner Version *schlechter* davonkam, als er in Wahrheit war. Und das kommt von jemandem, der es nicht nur miterlebt hat, sondern selbst genügend Gründe hätte, sauer auf ihn zu sein, wenn seine Taten nicht nachvollziehbar gewesen wären."

Ich blinzle sie an. „Warum hättest du sauer sein sollen?"

Sie schenkt mir ein schiefes Lächeln. „Ensley war meine kleine Schwester."

„Oh." Meine Augen weiten sich. Sie hat einmal gesagt, dass ihre Familie Corwins nahestand. „Und du ... du dachtest, dass sie es verdiente, in dieses schreckliche Gebiet an den Rändern verbannt zu werden?"

„Ich denke, jeder hätte bessere Entscheidungen treffen können, aber dass Corwins Urteil angesichts seiner Situation das Vernünftigste von allen war. Du lebst hier vermutlich noch nicht lange genug, um zu verstehen, wie kostbar Kinder für uns sind, vor allem für die Reinblütigen wie ihn. Ihn glauben zu lassen, dass er ein Kind bekommen wird, um ihm diese Freude dann zu entreißen, obwohl er weniger als zwei Jahrzehnte zuvor seine gesamte Familie verloren hatte …"

Ich verstehe es womöglich nicht ganz, habe von den Fae jedoch genug über ihre Einstellung Kindern gegenüber gehört, um zu wissen, dass es eine unglaublich große Sache ist. „Warum hat sie es dann getan?"

Zelpha schüttelt den Kopf. „Sie war zwar meine Schwester, doch ich habe nicht immer verstanden, was in ihrem Kopf vor sich ging. Sie muss gewusst haben, dass die Wahrheit irgendwann ans Licht kommen und ihn dann schrecklich verletzen würde. Dennoch hat sie sich dazu entschieden, ihn in die Irre zu führen. Wenn sie ihm erzählt hätten, was los war, sobald sie realisierten, dass sie schwanger war – beim Herz, wenn sie die Beziehung zu Corwin beendet hätte, als sie ein Auge auf Lazlo warf – hätte allen eine ganze Menge Schmerz erspart werden können."

„Ich schätze, sie hatte Angst."

„Nicht vor Corwin, denke ich", erwidert Zelpha. „Er war nie ein Tyrann. Er war Ensley wichtig, aber sie mochte auch das Ansehen, das damit einherging, mit einem Erzlord in Verbindung gebracht zu werden. Ich vermute, sie hatte Bedenken, ihre Position aufzugeben für den Fall, dass es mit Lazlo nicht funktionierte. Sie rechtfertigte ihr Handeln vor sich selbst, indem sie sich einredete, dass Corwin ohnehin nicht so stark an ihrer Beziehung interessiert war und sie keine offizielle Verpflichtung eingegangen war. Natürlich waren all diese Argumente nichtig, sobald ein Baby im Spiel war."

Sie dreht sich, sodass sie mir komplett zugewandt ist. „Ich hätte sie nicht zum Arbeitslager geschickt, nein. Eine allgemeine Verbannung hätte gereicht. Sie hatten jedoch trotzdem Möglichkeiten. Das Lager hat ein Schuldsystem und wenn man hart arbeitet, kann man sich seine Entlassung verdienen. Sie waren zusammen – er hat nicht darauf bestanden, sie zu trennen. Sie hätten ihr Kind zu sich zurückholen können, nachdem sie sich die Freiheit verdient hatten. Niemand hätte vorhersehen können, dass der Fluch sie holen würde. Corwin hatte jedenfalls keine Kontrolle darüber."

Okay, das klingt nicht ganz so schrecklich, wie es Corwin dargestellt hat. Aber … „Lazlos Mutter scheint ihm die Schuld zu geben."

„Ja, nun." Zelpha zuckt mit den Achseln. „Eine Menge Leute hatten in diesen Tagen eine Menge Meinungen über Corwin. Er war sehr jung, um bereits die Rolle eines Erzlords zu übernehmen, und die Situation mit seiner Mutter hatte sich sichtlich auf ihn ausgewirkt, zudem war jedes dieser Ereignisse für sich ziemlich nervenaufreibend. Manche unserer Schwarmmitglieder tuschelten anschließend hinter vorgehaltener Hand über sein Urteil. Es hätte mich allerdings nicht überrascht, wenn sie ihn beschuldigt hätten, zu nachsichtig gewesen zu sein, wenn er eine sanftere Strafe gewählt hätte. Als sie sahen, dass ich mich als Ensleys Schwester für ihn einsetzte, beruhigte sich die Lage ziemlich schnell. So habe ich übrigens meine ersten Schritte zu einer Mitgliedschaft in seinem Zirkel gemacht."

Meine Augenbrauen heben sich. „Dann bist du noch nicht lange ein Mitglied seines Zirkels?"

„Nein, erst seit ungefähr fünfzehn Jahren. Es dauerte eine Weile, bis er realisierte, dass ich ihm immer den Rücken freihalten würde. Allerdings ist es schwer, es ihm übelzunehmen, dass er nervös war nach allem, was geschehen war. Manchmal ist es verdammt viel Arbeit, doch es ist Arbeit, die mir Spaß macht. Und … vielleicht habe ich das Gefühl, dass ich es ihm irgendwie schuldig bin, ihm dabei zu helfen, auf Spur zu bleiben, nachdem ihn die Täuschung meiner Schwester so aus der Bahn geworfen hat."

Sie dreht sich mit einem schiefen Grinsen zu mir um. „Willst du mit mir ins Dorf gehen und weitere Mitglieder des Schwarms kennenlernen? Vielleicht wird es dir helfen, dir ein neues Bild zu formen, wenn du Zeit mit ihnen verbringst und hörst, wie sie über ihn reden."

Ich zögere, doch was soll ich sonst tun? Hier oder in meinem Zimmer Trübsal blasen? So bekomme ich keinen klaren Kopf. Und bald wird dieser Schwarm womöglich beinahe genauso sehr meiner sein wie Corwins. „In Ordnung. Müssen … müssen wir fliegen?"

„Ah, nein, es gibt auch einen Fußweg, wenn dir das lieber ist. Es dauert nur etwas länger."

„Das ist okay. Ich würde gerne wissen, wie ich allein dorthin gelangen kann." Es fühlt sich immer noch ein wenig komisch an, mich von Corwin herumtragen zu lassen. Ich weiß nicht, ob ich es mir zur Gewohnheit machen will, seinen Zirkel das Gleiche tun zu lassen.

Zelpha führt mich ein kurzes Stück am Klippenrand entlang und zeigt mir etwas, was wie eine Nische im Felsen aussieht und sich als Treppe entpuppt, wenn man sie im richtigen Winkel sieht. Dieser Pfad *hat* eine Brüstung, vermutlich weil die Rabengestaltwandler, die ihn benutzen, kein Vertrauen in ihre Flugkünste haben. Ich packe sie fest und folge Zelpha den kühlen Weg zum Dorf hinab. Das Brüllen des Wasserfalls wird zu einem gedämpften Grollen.

Ich kann die ersten Terrassen vor uns sehen, als der Pfad flacher wird und sich nach innen wendet. Glühende Kristalle an der Decke beleuchten unseren Weg in den Felsen. Ich will Zelpha gerade fragen, wohin wir jetzt gehen, als wir eine Höhle betreten, die so riesig ist, dass die gesamte Burg von Hearth-by-the-Heart hineinpassen könnte.

Als ich mich umsehe, stockt mir der Atem. Obwohl wir so tief im Felsen sind, scheint strahlendes Licht auf uns herab, das scheinbar von den Diamantvorrichtungen an der

Decke reflektiert wird, die sich in der Nähe kleiner Öffnungen befinden, die vermutlich bis zur Oberfläche reichen. Ein belebender Mineralgeruch füllt meine Lunge.

Fae aus dem Dorf wuseln in dem gesamten Raum umher. An einem Ende pflegen einige eine Art Untergrundgarten. Eine andere Gruppe scheint gemeinsam ein großes Möbelstück zusammenzubauen. Ein paar jünger aussehende Fae schlendern einfach durch den Raum und unterhalten sich miteinander. Eine kleine Band beginnt, ein Lied zu spielen, und hört wieder auf, um zu besprechen, wie die Melodie von da an weitergehen soll.

„Der Dorfplatz", erklärt Zelpha. „Wir haben von unseren Häusern aus gerne Zugang zum freien Himmel, es ist jedoch schwer, sich an der Felswand zu versammeln und gemeinsam etwas zu erledigen, wie du dir vorstellen kannst."

„Natürlich." Ich beiße mir auf die Lippe. „Mit wem sollen wir sprechen? Alle sehen ziemlich beschäftigt aus."

„Oh, ich glaube nicht, dass das ein Problem sein wird." Zelpha kichert. „Es geht schon los."

Ein paar der Gartenarbeiter haben uns bemerkt und ihre Pflanzen verlassen, um zu uns zu schlendern. Zuerst glaube ich, sie nehmen an, dass Corwins Zirkelmitglied etwas Wichtiges zu sagen hat, doch dann erkenne ich, dass ihre Blicke mit verhaltener Neugier auf mich geheftet sind.

„Du bist die menschliche Begleitung des Erzlords", stellt die Frau fest, als sie uns erreichen, und ihre Hände schließen sich an ihren Seiten. „Die, die an einem Heilmittel für den Fluch gearbeitet hat?"

Die Nachricht hat sich anscheinend herumgesprochen. Ich verdränge mein Unbehagen. „Ja. Ich habe es versucht."

„Das ist fantastisch. Ich hätte nie gedacht ..." Sie unterbricht sich, womöglich weil sie etwas weniger Nettes über Menschen sagen wollte, und lacht verlegen. „Gibt es etwas, womit *wir* dir helfen können? Ich habe nicht gehört, dass du zuvor schon einmal hier heruntergekommen bist.“

„Ich … habe im Allgemeinen noch nicht viel Zeit im Winterreich verbracht“, erwidere ich schwach. Vielleicht hätte ich schon eher auf einen Besuch bestehen sollen.

Ich schaue mich um. Was kann ich sagen, was mir die Antworten liefern wird, die ich brauche? „Es muss frustrierend sein, so lange zu warten, ohne zu wissen, wie man den Fluch aufhalten kann.“

„Wir sind hart im Nehmen. Wir haben immer gewusst, dass unser Lord alles in seiner Macht Stehende tut, um für unsere Sicherheit zu sorgen.“

Das ist eine Öffnung, die ich nutzen kann. „Wie ich höre, war es für ihn ein wenig … schwierig, seit er die Position des Erzlords so plötzlich übernehmen musste.“

Der Mann versteift sich, als hätte ich eine schlimme Beleidigung ausgesprochen. „Erzlord Corwin hat zwar etwas Zeit gebraucht, um in seine Rolle hineinzuwachsen, aber er hat uns nie vernachlässigt. Ich bezweifle, dass sich einer der anderen Erzlords so oft unter die Leute mischt, um direkt mit seinem Schwarm zu sprechen.“

„Er kommt also oft hier runter?“

„Beinahe jeden Tag“, antwortet die Frau voller Stolz. „Es ist selten notwendig, zum Palast hochzugehen und ihn aufzusuchen. Man kann sich darauf verlassen, dass er schon bald vorbeikommen wird, um sich zu erkundigen, ob es Angelegenheiten gibt, die seiner Aufmerksamkeit bedürfen.“

Ich lächle auf eine Weise, von der ich hoffe, dass sie eventuell erregte Gemüter beruhigen wird. „Ich wusste nicht … er hat das nicht erwähnt und wie ich bereits sagte, bin ich noch nicht lange hier.“

Der Mann summt vor sich hin. „Er behält seine Meinung für sich, so wie man es tun sollte. Doch wenn irgendetwas von ihm verlangt wird, kümmert er sich darum. Zweifle niemals daran. Taten sind immer besser als leere Worte."

Als ich mich nach ihrem Garten erkundige, zeigen sie ihn mir begeistert, was weitere neugierige Kommentare von ihren Kollegen zur Folge hat. Nachdem Zelpha und ich eine Runde gedreht haben, habe ich mich mit mindestens einem Dutzend Schwarmmitgliedern unterhalten und bin überzeugt, dass alle hier Vertrauen in Corwins Fähigkeit haben, vernünftig und gewissenhaft zu herrschen.

„Danke", bedanke ich mich bei Zelpha, als wir wieder nach oben zur Klippenkante laufen. „Mit ihnen zu reden, hat dabei geholfen, die Dinge ins rechte Licht zu rücken."

„Hey", sagt sie lässig. „Du wirst fühlen, was du fühlst. Ich kann nachvollziehen, warum es dich aus der Bahn geworfen hat, urplötzlich diese Geschichte zu hören. Ich …" Sie zögert und ihr Tonfall wird ernster. „Ich habe bereits eine Gefährtin gefunden, mit der ich zusammen sein wollte, bevor Corwin Erzlord wurde. Ich möchte nicht, dass er die gleiche Form des Glücks versäumt, weil er sich selbst in einem schlechten Licht dargestellt hat, das ist alles. Es ist offensichtlich, wie viel du ihm bedeutest."

Als wollte er diesen Punkt unterstreichen, dringt Corwins Stimme in diesem Moment leicht panisch durch unser Band. *Talia, wo bist du?*

Trotz meiner verworrenen Emotionen reagiere ich automatisch mit Schuldgefühlen und Sorge. *Ich bin nur mit Zelpha runter zum Dorfplatz gegangen. Wir kommen jetzt hoch. Mir geht es gut – es tut mir leid, falls ich dir Angst gemacht habe.*

Sein Tonfall wird sofort sanfter. *Nein, das ist in Ordnung. Es ist gut, wenn du dir mehr vom Dorf anschaust. Ich … Wäre es in Ordnung, wenn ich rauskomme, um mich mit dir zu treffen?*

Er bittet mich um Erlaubnis, sich in seinem eigenen

Revier zu bewegen? *Selbstverständlich. Vielleicht ... vielleicht sollten wir uns noch ein wenig unterhalten.*

Ein Funke der Hoffnung berührt mich. *Ja, das würde mir gefallen.*

Als wir die Ebene oben an der Klippe erreichen, wartet Corwin dort bereits auf uns. Zelpha verbeugt sich vor ihm. „Ich habe sie nicht zu weit vom rechten Weg abgebracht, mein Lord."

Corwin bedenkt sie bei ihren neckenden Worten mit einem unheilvollen Blick und wendet sich an mich, als sie geht. „Was hältst du vom Dorfplatz?"

Das ist nicht das Thema, über das ich zu reden erwartet habe. „Er ist ... er ist reizend", antworte ich. „Es ist albern, aber mir ist nicht in den Sinn gekommen, dass es einen Ort geben muss, an dem sich der Schwarm versammeln kann. Alle waren sehr freundlich zu mir. Ich glaube, sie finden es nach wie vor ein wenig merkwürdig, dass ich hier bin."

„Sie werden sich daran gewöhnen. Ich werde zusehen, dass sie dich mit dem gebotenen Respekt behandeln." Er mustert mich eindringlich. „Gibt es noch etwas, was ich dir erzählen kann? Irgendetwas, was du wissen möchtest?"

Jetzt meint er eindeutig nicht mehr das Dorf. Ich zögere, doch vielleicht gibt es etwas.

Kannst du dich mir komplett öffnen?, frage ich stumm. *Überhaupt keine Mauern? Ich will nicht schnüffeln; ich will nur sicher sein, dass ich alles sehe.*

Corwins Haltung spannt sich an und entspannt sich wieder. Er schließt die Augen. *Ja, das kann ich tun. Ich wünsche mir eine Zeit, in der wir häufig komplett füreinander geöffnet sind.*

Er streckt seine Hand aus und ich ergreife sie. Als die letzten Bruchstücke seiner inneren Barriere wegfallen, schwappt der Fluss an Eindrücken noch kraftvoller über mich hinweg als zuvor.

Es sind so viele Emotionen in ihm, die äußerlich nicht sichtbar sind. Sie wirbeln und beben in diese und jene Richtung. Seine Sorgen wegen des Fluchs, sein Frust und seine Bedenken wegen seiner Kollegen, seine Hingabe für seinen Schwarm … und seine Liebe für mich. Sie waschen über mich hinweg, rein und ungehindert von Groll oder Eifersucht. Ich bemerke sogar einen Anflug von *Zuneigung* für Sylas und dafür, wie gut er mich beschützt.

Nicht alles ist positiv. Ich kann seine Reue spüren, dass meine Seelie-Liebhaber mehr Zeit mit mir hatten und mich vor ihm kennenlernten. Er hat Angst, dass ich sie ihm vorziehen und ihn komplett ausschließen werde. Die Emotionen, die an diese Reue gebunden sind, haben jedoch das Aroma von Verlust, nicht von Wut.

Meine Finger spannen sich um seine herum an. Plötzlich gibt es noch eine Sache, die ich sehen will. Er hat gezeigt, dass er *mir seine* verletzliche Seite zeigen wird, die er so angestrengt zu verbergen versucht, doch kann er einen Teil seines steifen Äußeren loslassen, wenn ich das brauche? Ich will nicht, dass er sich vor den anderen Erzlords blamiert, will jedoch auch keinen Gefährten, der seine Zuneigung für mich nie in der Öffentlichkeit zeigen kann.

Ich ziehe ihn näher an mich heran und gehe auf die Zehenspitzen. Es ist niemand in der Nähe, aber wir sind von mindestens einer anderen Burg aus zu sehen und für jeden, der in der Nähe des Herzens vorbeifliegt und zufällig herschaut.

Das Bewusstsein dieser Fakten und ein vorübergehendes Stocken durchfahren Corwin, bevor er den Kopf senkt, um meinem Kuss entgegenzukommen.

Er ist kurz, jedoch süß. Als ich zurückweiche, fühlt sich mein Herz leichter und schwerer an.

Wenn ich mir keine Sorgen wegen Corwin machen muss, wenn er aus seinen vergangenen Fehlern gelernt und über sie hinausgewachsen ist ... dann bin ich die einzige Person, die uns mit ihrer geteilten Loyalität an dem Band hindert, zu dem wir bestimmt sind.

Corwin neigt den Kopf, um meine Schläfe mit einer Zärtlichkeit zu küssen, die andeutet, dass er meinen unbehaglichen Gedanken bemerkt hat. „Komm mit mir", bittet er mich. „Es gibt etwas, was ich dir zeigen sollte."

Talia

Ich laufe mit Corwin an seinem Palast vorbei zur Grenze. Neugier kribbelt durch mich hindurch, aber ich schweige, weil ich weiß, dass er sie spüren und darauf reagieren wird, wenn er dazu bereit ist.

Wir bleiben mehrere Schritte entfernt von der dunstigen Barriere stehen, die das Winter- und Sommerreich trennt. Corwin sieht sich um und vergewissert sich, dass niemand in der Nähe ist, der uns überhören kann. Seine Nervosität dringt durch unser Band, ist jedoch durchzogen von Hoffnung. Er denkt, dass ich mich über das freuen werde, was er gleich sagen wird, will allerdings nicht mutmaßen.

Er nimmt eine meiner Hände, fährt mit dem Daumen über meine Fingerknöchel und schaut auf sie herab. Dann hebt er seine Augen und blickt in meine. „Ich habe darüber nachgedacht … nun, ich habe über Möglichkeiten nachgedacht, seit ich deine Bande zu den Seelie das erste Mal verstanden habe. Doch nachdem ich letzte Woche Zeit im Sommerreich verbracht, mich mit Sylas unterhalten und gesehen habe, dass unsere Leute einen Kompromiss finden können, wenn wir uns anstrengen, hat eine Idee in meinem Kopf klare Formen angenommen."

„Was für eine Idee?"

„Wie unsere Zukunft aussehen könnte – eine, in der du nicht ständig zwischen den Reichen hin und her reisen und ohne die Leute sein musst, die dir wichtig sind, ganz gleich, wo du bist. Zuerst wirkte es übertrieben ehrgeizig, doch ich habe über allen Berichten gebrütet, die ich finden konnte, meine Magie getestet und mit dem Herz meditiert und ich bin zu der Überzeugung gelangt, dass die Wahrscheinlichkeit groß ist, dass es funktioniert."

„*Was?*", frage ich, da Aufregung meine Ungeduld weckt. Hat er wirklich eine Lösung gefunden?

„Es hängt davon ab, ob Sylas einwilligt und zusammen mit mir daran arbeitet", warnt mich Corwin. „Die eine Sache, der ich mir sicher bin, ist, dass die Magie nur zusammenkommen kann, wenn beide Seiten miteinander kooperieren. Aber … ich weiß, wie viel du ihm und seinem Kader bedeutest … es scheint eine gute Chance zu bestehen …" Er unterbricht sich mit einem kleinen Frustlaut. „Lass mich dir zeigen, was mir vorschwebt. Das wird einfacher sein, als zu versuchen, es dir nur mit Worten zu erklären."

Er lässt meine Hand los, tritt von mir weg und macht Platz zwischen uns. Mit leiser, ruhiger Stimme spricht er die Silben eines wahren Namens – oder vielleicht von mehr als einem.

Die Laute bilden eine langsame Art von Melodie wie das Echo eines Liedes, das der Wind erzeugt, während er sich um Corwins Palast windet, und etwas schimmert in der Luft. Nach einem Moment erkenne ich, dass es Frost ist. Er beschwört eine Form aus zartem Eis herauf – und aus Partikeln von etwas, was wie Stein aussieht und so fein wie Sand ist.

Ich betrachte das Ganze, als sich die Elemente ausdehnen und multiplizieren. Es beginnt, auszusehen wie … wie ein Gebäude, mit einem gebogenen Tor und Eindrücken von Fenstern. Nein, wie eine Burg, die mit jedem Murmeln von ihm höher und breiter wird. Türmchen erheben sich in die Luft und Turmspitzen funkeln im Morgenlicht.

Es ähnelt jedoch keinem Fae-Palast, den ich bisher gesehen habe. Er mischt das Eis und die Steinstückchen miteinander, sodass sie auf eigenartige Weise miteinander verschmelzen. Zuerst denke ich, dass sie relativ gleichmäßig miteinander kombiniert sind, doch als sich das Gebäude verfestigt, wird deutlich, dass eine Seite hauptsächlich aus Eis besteht und die andere aus Stein, der eine bräunlich-graue Farbe und Textur aufweist, die an Rinde erinnert, als sich die Stücke zusammenfügen. Nur in der Mitte des Gebäudes verflechten sich die zwei Materialien und formen ein wirbelndes Muster auf der Mauer.

Als Corwins Stimme verstummt, ist das zarte Modell, das er erschaffen hat, beinahe so hoch wie ich und so breit wie meine ausgestreckten Arme. Ich trete etwas näher und betrachte jedes Detail, habe jedoch Angst, in seiner Nähe auch nur zu atmen für den Fall, dass ich die dünnen Mauern zerschlage.

„Ich bezweifle, dass wir etwas erbauen würden, was *genau* so aussieht", sagt Corwin. „Es ist nur ein Modell, um die grundlegende Idee darzustellen. Ich sehe allerdings keinen Grund, aus dem unsere Stärken nicht harmonisch miteinander arbeiten sollten. Der schwierigste Teil besteht darin, die Grenzmagie anzupassen."

Ich schaue zu ihm auf, denn ich kann seinem

Gedankengang noch immer nicht ganz folgen. „Die Grenzmagie?"

„Ja." Er dreht sich zu der Wand aus schimmerndem Dunst. „Sylas' Ländereien liegen genau gegenüber von Heart's Cadence. Ich glaube, mit unseren vereinten Kräften sollten wir in der Lage sein, eine Burg zu erschaffen, die auf der Grenze sitzt. Wir müssten lediglich den Zauber, der den Schwur auf Gewaltlosigkeit verlangt, dort auf ein etwas größeres Stück Land ausdehnen, wo jedes Ende der Burg über das typische Grenzgebiet hinausragt. Das bedeutet schlicht und ergreifend, dass jeder, der das Gebäude betritt, am Eingang schwören müsste, dass er niemandem ein Leid zufügen wird. Man könnte sich keinen besseren Schutz wünschen."

Ich brauche einige Sekunden, um alles zu verarbeiten, was er sagt. „Du willst eine neue Burg bauen, die direkt auf der Grenze steht? Du und Sylas gemeinsam? *Oh*."

Mein Blick ruckt zurück zu seinem Modell. Der felsige Teil hat aus einem Grund eine rindenähnliche Textur und Farbe. Corwin hat versucht, den Eindruck von Holz zu vermitteln, aus dem Sylas und sein Rudel ihre Burg und Häuser erbaut haben. Und der eisige Teil dient als Platzhalter für Corwins Diamant. Es ist eine Burg, die aus ihren Stärken geboren wurde, die in Harmonie miteinander arbeiten, um ein einziges Gebäude zu errichten.

Ein begeistertes Kribbeln durchfährt mich, auf das ich mich noch nicht konzentrieren will aus Angst, dass ich etwas falsch verstanden habe. „Es wäre eine *geteilte* Burg?", hake ich nach. „Eine, die du und Sylas benutzen?"

„Ja!" Begeisterung erhellt Corwins Augen, da er vermutlich meine eigene wachsende Aufregung spürt. „Ein Symbol der fortwährenden Kooperation zwischen den Seelie und Unseelie … Ein Raum, in dem wir uns regelmäßig miteinander in Verbindung setzen können, sodass wir darüber auf dem Laufenden sind, was in beiden Reichen vor sich geht. Wir könnten es den anderen Erzlords so verkaufen, dass Sylas und ich Botschafter für unser jeweiliges Volk sind."

Ich kann nicht anders, als zurück zu dem Diamantpalast zu schauen, der seit Generationen im Besitz seiner Familie ist. „Aber ... du willst dein ursprüngliches Zuhause sicherlich nicht ganz aufgeben."

„Oh, nein, ich denke nicht, dass wir dauerhaft in der Grenzburg leben würden. Wir könnten zwischen dieser und unseren üblichen Palästen hin und herreisen, wie es notwendig ist. Aber ..." Er hält inne und tritt um das Modell der Burg herum, um mein Gesicht zu berühren. „*Du* könntest dort leben. Du könntest jeden von uns so oft sehen, wie du willst, ohne dass du hin und her reisen musst. Und wann immer du in eines der Reiche gehen möchtest, müsstest du einfach nur durch eine Tür treten. Ich habe es mir bereits ausgemalt ... wir könnten für dich schöne Quartiere direkt in der Mitte der Burg einrichten, wo die zwei Seiten am stärksten miteinander verschmelzen ..."

Er lässt seine Finger an der Seite des Modells emporwandern. Ich kann es beinahe selbst vor meinem inneren Auge sehen: ein Zimmer, an dessen Wänden Diamant und Holz miteinander verschmelzen, warmes Licht, das durch die Kristallflächen fällt und wenigstens einen Teil der Zeit wären *all* meine Männer nur ein oder zwei Gänge von mir entfernt.

Ein Lächeln breitet sich auf meinem Gesicht aus. „Das wäre ... das wäre fantastisch. Es wäre *perfekt*."

Corwin erwidert mein Lächeln strahlend. „Ich bin so froh, dass du der Meinung bist. Natürlich wissen wir nicht, ob das Herz ein Gebäude auf der Grenze akzeptieren würde, bis wir es versuchen ... aber ich würde es sehr gerne ausprobieren."

Eine Woge der Zuneigung fegt durch mich hindurch, die

so gewaltig ist, dass ich sie nicht zurückhalten oder in Worte fassen kann. Ich werfe meine Arme um Corwin und umarme ihn fest. Er erwidert die Umarmung mit einem Gefühl von so großer Freude, dass ich an keinem seiner Worte zweifle.

Dennoch muss ich eine Frage stellen. Ich lehne meinen Kopf an seine Brust und spreche durch unser Band. *Bist du dir sicher, dass du so leben möchtest – dass deine seelenverbundene Gefährtin immer andere Männer in ihrem Umfeld hat? Werden die Leute nicht fragen, warum ich hier anstatt bei dir in Heart's Cadence wohne?*

Corwin drückt einen Kuss auf meinen Kopf. *Wie viel wir ihnen erzählen, ist deine Entscheidung. Du bist meine Gefährtin und das wird die Wahrheit sein, ganz gleich, wie viele andere Männer du liebst. Es wird mir eine Ehre als dein Gefährte sein, dir so viel Freude zu schenken, wie ich kann. Wenn du offen mit deiner Zuneigung umgehen möchtest, werde ich jedem, der fragt, genau das erzählen. Wenn es dir lieber ist, diesen Teil deines Lebens für dich zu behalten, können wir einfach sagen, dass du aus Respekt für deine Bande zu beiden Reichen dort draußen lebst – was den Fluch und den Rest anbelangt.*

Er klingt vollkommen ruhig und sicher. Und plötzlich bin ich das auch. Ich wusste zuvor nicht, was ich hören musste – ich hätte nicht vorhersagen können, dass das hier das letzte Zünglein an der Waage sein würde – doch jegliche Zweifel, die ich noch gehegt habe, verpuffen.

Wie kann ich mir Sorgen machen, dass dieser Mann auf mich oder meine Seelie-Liebhaber losgehen könnte, wenn er die letzten Tage damit verbracht hat, genau auszuarbeiten, wie ich mit ihnen und ihm zusammen sein kann?

Es ist jedoch mehr als das. Eine eigenartige, berauschende Empfindung breitet sich in meiner Brust aus, als wäre etwas in mir aufgebrochen, um eine Flut der Wärme auszustoßen.

Ich drücke Corwin fester und Freudentränen kribbeln in

meinen Augen. *Ich liebe dich. Ich … wann immer wir es arrangieren können … ich bin bereit, das Band zu bestätigen.*

Corwin atmet scharf aus und Überraschung flackert in ihm auf. Er hatte gehofft, mich bezüglich der Zukunft zu beruhigen, hatte allerdings offensichtlich nicht erwartet, dass es sich derart auf mich auswirken würde.

„Bist du dir sicher?", raunt er und neigt seinen Kopf dicht an meinen. „Es ist keine Bedingung, damit wir diesen Plan ins Rollen bringen. Wenn du warten und dich vergewissern willst, dass Sylas zustimmen wird, und wir es tatsächlich auf die Beine stellen können …"

„Nein. Es wird weniger Proteste von den Erzlords und allen anderen geben, wenn ich offiziell an dich gebunden bin, oder? Und …" Ich atme seinen waldigen Duft ein, während ich nach wie vor auf der Woge aus Emotionen treibe, die mich erfüllt. „Ich weiß, dass ich Teil deines Lebens sein will, ganz egal, was geschicht. Ich kann spüren, dass wir uns etwas überlegen werden, was funktioniert, falls dieser Plan nicht klappt. Du hast mir das hier angeboten und ich will dir die eindeutigste Demonstration *meiner* Liebe schenken, die ich dir geben kann."

Corwin beugt sich vor, um mich zu küssen, und seine Bewunderung rauscht nach vorne, um sich meiner für ihn anzuschließen. Der Kuss ist länger als der, den wir an der Klippe geteilt haben. Er ist mächtig und leidenschaftlich. Als er schließlich zurückweicht, bin ich praktisch an ihm dahingeschmolzen.

„Es dauert nicht lange, die Zeremonie vorzubereiten", sagt er. „Ein oder zwei Tage – wir könnten sie vor deiner nächsten Rückkehr ins Sommerreich organisieren. Wenn dir das nicht zu schnell ist."

Nach Wochen quälender Ungewissheit will ein Teil von mir es sofort erledigen. „Ich denke, das wäre prima."

„Dann werde ich sofort alles in die Wege leiten, meine

Seele." Er küsst mich noch einmal schnell, jedoch zärtlich. Dann wirft er seinem Modell der Grenzburg einen reumütigen Blick zu. „Auch wenn ich meine eigene Beschwörung bewundere, halte ich es für das Beste, wenn ich sie wieder dekonstruiere. Es wird zu viele Fragen aufwerfen, falls sie bemerkt wird."

„Es war ohnehin nur ein Probelauf für das echte Gebäude", tröste ich ihn.

Sein Lächeln kehrt zurück. „Ja. Das Echte wird viel spektakulärer sein."

Mit einer Handbewegung lösen sich der Frost und die Steinstücke auf. Er schlingt seine Finger um meine und wir kehren zum Palast zurück.

Wir haben erst wenige Schritte gemacht, als ein Gefährt ein Stückchen entfernt von uns an der Grenze in Sicht kommt. Es rast über das verschneite Gebiet und hält abrupt kurz vor uns an. Ein Unseelie-Mann beugt sich mit angespanntem Gesicht über den Rumpf.

„Erzlord Corwin", japst er mit harscher Stimme. „Ich bin so schnell wie möglich gekommen ... die Sommer-Siedlung wurde angegriffen!"

Talia

„In Ordnung", sagt Corwin. „Erzähl mir, was passiert ist und warum du glaubst, dass die Seelie verantwortlich sind."

Der junge Fae-Mann, der Alarm geschlagen hat und auf der gegenüberliegenden Seite des Gefährts auf der Bank sitzt, versteift sich. Er muss es hastig heraufbeschworen haben, denn die hellen Wände und Böden vibrieren wegen der Geschwindigkeit, mit der sich das Fahrzeug bewegt. Corwin hat nur lange genug innegehalten, um die wichtigsten Informationen zu erhalten. Dann hat er seine Zirkelmitglieder, die in der Nähe waren, sowie einige Krieger des Schwarms gerufen, bevor er das Gefährt in Richtung der Sommer-Siedlung der Unseelie gelenkt hat.

„Wir haben gerade die letzten Häuser fertiggestellt", berichtet der junge Mann. „Fast alle sind mittlerweile eingezogen ... Wir haben es sogar geschafft, einige der

Pflanzen, die wir wollten, dort anzubauen … Ich bin mir in Bezug auf diese Sommerpflanzen nicht sicher …" Er hält inne und schüttelt sich, als wolle er sich wieder auf Kurs bringen. „Dann erklang ein kreischendes Geräusch, als würde ein schrecklicher Eissturm über uns hereinbrechen."

Zelpha, die wenige Schritte entfernt von mir an der Seite des Gefährts lehnt, zieht die Augenbrauen hoch. „Ein Eissturm, der im Sommerreich zuschlägt?"

Der junge Mann verzieht das Gesicht. „Nein, es klang nur so. Ich weiß nicht, *was* es war. Aber ehe wir uns versahen, brach ein Haus nach dem anderen zusammen, als wären sie von einer Art Windstoß umgeweht worden. Sie standen alle in einer Reihe direkt am Rand des neuen Dorfs. In vielen von ihnen waren Leute … Sie konnten nicht rechtzeitig raus … der Mann, den Erzlord Uzziah geschickt hat und der sich wegen des Fluchs ohnehin kaum bewegen kann, war in einem der betroffenen Häuser."

Corwins Miene ist starr. „Du hast vorhin gesagt, dass unsere Leute verletzt wurden. Weißt du, wie viele … wie ernst die Verletzungen sind? Haben wir jemanden verloren?"

„Es tut mir leid, mein Lord … ich weiß es nicht." Der andere Mann blickt auf seine Hände hinab, die auf seinen Knien liegen und sich zu Fäusten geballt haben. „Ich verfüge kaum über Magie, die beim Heilen hilfreich ist. Die Leute, die diese Magie kennen, sind zu Hilfe geeilt … Ich hielt es für das Beste, zurück zum Herzen zu eilen und Hilfe zu holen. Sie haben gesagt, dass ich Ihnen mitteilen soll, wenn ich etwas Besorgniserregendes sehe. Es kann nicht viel besorgniserregender werden als *das*."

„Nein." Corwin reibt sich übers Gesicht. „Ich kann allerdings nicht nachvollziehen, warum die Seelie die Siedlung angreifen sollten, nachdem wir eine bindende Vereinbarung getroffen haben."

„Sie haben die Vereinbarung mit ihren Erzlords getroffen,

oder, mein Lord?", meldet sich eine Kriegerin zu Wort. „Ich bezweifle, dass viele der Wölfe erpicht darauf sind, uns in ihrem Reich zu haben, und sie sind nicht bekannt dafür, dass sie ihre Feindseligkeit für sich behalten."

Bei der Beleidigung spanne ich mich instinktiv an und Corwin bedenkt die Frau mit einem finsteren Blick. „Wir haben das einige Zeit lang genauso wenig getan und der Großteil *unserer* Feindseligkeit entsprang einem Missverständnis. Ich glaube nicht, dass wir damit anfangen sollten, Schuld zuzuweisen, bis wir eine Gelegenheit hatten, den Vorfall anständig zu untersuchen."

Seine Reaktion sorgt dafür, dass sich meine Empörung legt, doch meine Gedanken kehren zu etwas anderem zurück, was der Mann von der Siedlung erwähnt hat. „Der Mann aus Uzziahs Schwarm – derjenige, der verflucht war. Sein Zustand hat sich seit seiner Ankunft im Sommerreich nicht verbessert?"

Ein Schatten huscht über die Augen des jungen Mannes. „Nein", antwortet er. „Er konnte sich noch ein wenig bewegen, als er gebracht wurde, aber die Kälte hat ihn seitdem stärker gepackt. Meinen letzten Informationen zufolge kann er mittlerweile weder reden noch sich bewegen. Wenn sich nicht sehr bald etwas bessert, glaube ich nicht, dass er den Tag überleben wird." Er hält inne und seine Miene verdüstert sich noch mehr. „Falls er den Angriff überhaupt überlebt hat."

„Sind wir uns denn sicher, dass es ein Angriff war?", fragt Verik auf seine kühle, nachdenkliche Art. „Wir sind mit dem Wetter auf der Sommerseite nicht vertraut. Soweit wir wissen, könnte es ein Naturphänomen gewesen sein so wie einer unserer Stürme."

„Der unsere Siedlung zufälligerweise genau an der richtigen Stelle getroffen hat, um Dutzende Häuser zu zerstören?", entgegnet der junge Mann.

Mehrere Augenpaare richten sich auf mich, vermutlich weil sie mich als die Einzige im Gefährt sehen, die viel Erfahrung mit dem Seelie-Reich hat.

Ich spreize hilflos die Hände. „Ich habe noch nie einen solchen Sturm gesehen, war allerdings auch noch nicht so lange dem Wetter des Sommerreichs ausgesetzt. Ich denke nicht, dass ein Zufall ausgeschlossen werden kann."

Ich halte es auch nicht für besonders wahrscheinlich, es erscheint mir jedoch klüger, das in dieser Gesellschaft nicht auszusprechen.

Wir werden es klären, sagt Corwin durch unser Band. *Die Seelie haben unsere Siedlung ebenfalls von ihren Repräsentanten beobachten lassen. Ich bin mir sicher, sie sind sich des Vorfalls bereits bewusst und stellen ihre eigenen Ermittlungen an.* In seiner inneren Stimme schwingt jedoch leichte Sorge mit.

Ich kann es ihm nicht vorwerfen, dass ihm unbehaglich zumute ist. Nicht einmal *ich* vertraue vollkommen darauf, dass die Seelie nichts damit zu tun hatten. Erzlord Celia hat Corwin erst vor wenigen Wochen grundlos gefangen genommen. Es ist nicht so schwer, sich vorzustellen, dass sie ihre Meinung geändert hat und irgendeine Form der Sabotage in die Wege geleitet hat, welche die Bedingungen der Vereinbarung nicht verletzen würde. Oder es hätte ein anderer Fae sein können, der einfach etwas gegen die Vorstellung hatte, den Unseelie Zugang zum Sommerreich zu gewähren.

Die Spannungen zwischen den Reichen haben sich über lange Zeit verfestigt. Es wäre wahnsinnig, zu denken, dass sie nur mit wenigen Tagen an Gesprächen aus der Welt geschafft werden können.

Was wird es für Corwins Pläne einer Einigkeit bedeuten, wenn sich herausstellt, dass jemand von der Seelie-Seite hinter dieser Zerstörung steckt? Es könnte einen neuen Krieg auslösen.

Ich unterdrücke ein Zittern und lehne mich leicht an Corwin, weil ich vor so vielen Mitgliedern seines Schwarms keine große Show aus unserer Nähe machen will. Er drückt meine Hand und eine Woge der Zuneigung und Beruhigung fließt in mich.

Die Sommer-Erzlords wollten die Unseelie-Siedlung nicht in der Nähe ihrer eigenen Reviere haben, weshalb die Stelle, die sie am Ende wählten, auf halbem Weg zu den Rändern liegt. Sie ist so weit vom Herzen entfernt, dass kein Schwur notwendig ist, um die Grenze dort zu überqueren. Doch nachdem wir den dichten Dunst durchquert haben und die Luft mit jeder Sekunde wärmer geworden ist, entdecken wir auf der anderen Seite eine kleine Gruppe Seelie-Krieger.

Bei unserer rasanten Ankunft nehmen sie eine drohende Haltung ein und einige heben ihre Schwerter. „Anhalten. Was wollen Sie Im Seelie Reich?“

Corwin erhebt sich und ich rapple mich neben ihm auf die Füße. „Ich bin Erzlord Corwin von Heart's Cadence“, verkündet er ruhig, aber bestimmt. „Eines meiner Schwarmmitglieder hat mich über einen Vorfall der Zerstörung in unserer Siedlung hier informiert und ich bin gekommen, um die Ursache zu ermitteln und mich zu vergewissern, dass meine Leute in Sicherheit sind. Ist das ein Problem?“

Die Wachen unterhalten sich leise und unzufrieden miteinander, doch einer tritt vor die anderen. Ich erkenne ihn als ein Mitglied aus Donovans typischem Gefolge – ich glaube, er ist einer der Kader-Gewählten des Erzlords. „Erzlord Corwin ist unser Verbündeter“, informiert er die anderen. „Er ist derjenige, der zu dem Frieden gedrängt hat.“ Sein Blick richtet sich wieder auf das Gefährt. „Sie scheinen eine ziemlich große Gruppe mitgebracht zu haben.“

Ich spreche in der Hoffnung, dass sie auf meine Worte

mit etwas weniger Verdacht reagieren werden als auf die der Unseelie. „Falls irgendeine Gefahr vorliegt, müssen wir bereit sein, uns und die anderen Dorfbewohner zu verteidigen. Wir möchten nur zu der Siedlung gehen und in Erfahrung bringen, was los ist."

Sie zögern noch einen Augenblick und dann winkt uns Donovans Mann weiter. „Leute aus den angrenzenden Ländereien behalten das Gebiet im Auge. Wir würden es zu schätzen wissen, wenn Sie sich an die Siedlung halten und nicht weiter in unser Reich vordringen."

Corwin nickt. „Uns interessiert nur die Lage in der Siedlung."

„Sie versuchen, einen Erzlord daran zu hindern, seine eigenen Leute aufzusuchen", schimpft einer von Corwins Kriegern, als wir weitergleiten.

Corwin bedenkt ihn mit einem scharfen Blick. „Sie sind nur vorsichtig, so wie wir es an ihrer Stelle wären. Sie *haben* uns durchgelassen. Wenn wir möchten, dass sie annehmen, wir kämen in guten Absichten, müssen wir aufhören, das Schlimmste von ihnen anzunehmen."

Der Krieger schließt verärgert den Mund. Dann, als sich die spärliche Baumgruppe noch mehr lichtet, kommt die Siedlung vor uns in Sicht.

Ich brauche kein Band, um das blanke Entsetzen zu spüren, das durch unsere gesamte Gruppe schwappt. Es war eine Sache, die Geschichte des jungen Mannes zu hören. Es ist eine ganz andere, das Ergebnis zu sehen. Wir starren die Szene schweigend an, als wir näher kommen.

Eine breite Schneise der Zerstörung verläuft entlang des Dorfrandes. Holzstücke, Steine, Muscheln und andere Baumaterialien sind auf dem Gras verstreut. Fae haben sich daneben versammelt, von denen sich manche um andere kümmern: Sie raunen Worte über Wunden und untersuchen

Glieder. Ich kann bereits Blutflecken auf den Kleidern mancher Verletzten erkennen.

Das Herz stehe uns bei, murmelt Corwin, in dem sich Zorn mit Entsetzen vermischen. *Wenn wir herausfinden, wer das getan hat …*

Als ich die Zerstörung betrachte, wünsche ich mir, ich könnte sagen, ich sei mir sicher, dass keiner der Seelie den hart errungenen Waffenstillstand auf diese Weise zerstören würde. Doch ich weiß es nicht. Ich habe gesehen, wie die Seelie ihre eigenen Leute angegriffen haben; wie sie versuchten, Kollegen Verbrechen anzuhängen und sie zu ermorden … Ich hatte gehofft, dass sich die drei Erzlords an die Vereinbarung halten und alle anderen Fae die Entscheidung ihrer Herrscher respektieren würden.

„Verik, Frain", sagt Corwin, als er das Gefährt am Rand der Siedlung halten lässt. „Ihr seid die stärksten Heiler unter uns – schaut nach, ob es noch jemanden gibt, der geheilt werden muss. Der Rest von euch bleibt bei mir."

Er hilft mir aus dem Gefährt und dreht sich zu den Unseelie-Siedlern um. Mehrere von ihnen richten sich auf. Sie sehen noch immer abgekämpft und aufgebracht aus, sind jedoch eindeutig erleichtert über den Anblick eines ihrer Erzlords. Corwins Kollegen haben zwar nicht viel Vertrauen in seine Fähigkeiten, aber sein Volk erkennt und respektiert seine Autorität.

„Gibt es Todesopfer?", erkundigt er sich und marschiert nach vorne.

Eine der Frauen, die den Verletzten geholfen hat, tritt an ihn heran. „Noch nicht, aber wir haben einen, der einen so schlimmen Schlag abbekommen hat, dass sein Schädel gebrochen ist. Zum Glück war unser bester Heiler nicht von dem Angriff betroffen und tut sein Bestes, um den Schaden zu reparieren. Er denkt, dass er ihn heilen kann."

Corwin neigt den Kopf, um ihren Bericht zur Kenntnis

zu nehmen. „Eine kleine Gnade. Gab es weitere Angriffe seit dem ersten Windstoß?“

Ein Mann, der einen Bluterguss an seiner Schläfe massiert, meldet sich zu Wort. „Sonst ist nichts vorgefallen. Was sie getan haben, ist jedoch schlimm genug. Uns zu überzeugen, dass wir ihnen vertrauen und auf ihrem Gebiet in unserer Wachsamkeit nachlassen sollen, und dann greifen sie uns bei der erstbesten Gelegenheit an …“ Er gibt einen verdrossenen Laut von sich.

„Soweit ich das verstehe, wissen wir nicht, wer verantwortlich ist“, gibt Corwin zu bedenken. Sein Blick heftet sich auf die zwei Fae, die mit ihm gesprochen haben, sowie auf die anderen Versammelten. „Hat sich das geändert oder spekulieren wir nach wie vor?“

Die Frau macht ein finsteres Gesicht. „Es müssen die wilden Köter gewesen sein. Es war offensichtlich, dass sie nicht *so* glücklich darüber sind, dass wir hier sind.“

Ich sehe keinen Seelie in der Siedlung, doch eine kleine Gruppe scheint in kurzer Entfernung auf einem Feld stationiert zu sein, von wo sie alles im Auge behalten. Ich nicke zu ihnen. „Wann ist diese Gruppe aufgetaucht?“

„Ungefähr eine Stunde nach dem Angriff“, gibt die Frau zu. „Das heißt allerdings nicht, dass sie nicht davon wussten.“

„Hat sich irgendeiner der Seelie genähert, um mit euch zu sprechen?“, erkundigt sich Corwin.

„Nein. Sie haben Abstand gehalten.“ Die Frau hält inne. „Nun, einer kam nahe genug, um zu fragen, ob wir Heiler brauchen. Wir teilten ihm mit, dass wir uns selbst um unsere Leute kümmern können.“

„Man kann sich nicht sicher sein, ob sie uns heilen oder töten würden“, schimpft der Mann mit dem Bluterguss.

Corwin läuft an der Schneise der Zerstörung entlang, fragt jeden Verletzten nach seinem Wohlergehen und bietet

Worte des Mitgefühls und des Trosts an. Ich humple neben ihm her. Ich entdecke keine Beweise dafür, wie das passiert ist oder wer diese Verwüstung verursacht hat.

Wir sind den Großteil der Trümmer abgelaufen, als Corwin ruckartig stehenbleibt. Er hat einen Laut wahrgenommen, den meine Menschenohren nicht hören können.

Er sieht sich um und ich folge seinem Blick. Ein Gefährt im Stil der Seelie kommt in der Ferne in Sicht und fliegt in rasantem Tempo auf die Siedlung zu. Sorge verdreht mir den Magen.

Dann steht eine Gestalt am Bug des Fahrzeugs auf und sein Anblick fegt all meine neuen Sorgen hinfort. Es ist August.

Die Unseelie um mich herum reagieren jedoch anders. „Was wollen die Mistkerle jetzt?", fragt einer von ihnen mit leiser Stimme.

„Vermutlich werden sie so tun, als würden sie Hilfe anbieten, während sie sich über unsere Schwierigkeiten freuen", brummt ein anderer.

Ich schlucke schwer. Der Frieden, den wir schließen konnten, stand von Beginn an auf wackligen Beinen. Was auch immer hier passiert ist, hat womöglich gereicht, um ihn vollkommen zu zerstören. Werden wir wieder bei null anfangen?

Nun, sie können denken, was sie wollen, aber ich habe keine Angst, zu zeigen, wie viel Vertrauen ich in die Seelie habe – vor allem in diesen bestimmten Mann. „Er ist hier, um zu helfen", verkünde ich, wobei ich so laut spreche, dass meine Stimme weit zu hören ist. Dann marschiere ich in die Richtung des Gefährts, ohne auf weiteres Murren zu warten.

23

August

Ich weiß nicht, was dafür sorgt, dass mir noch schwerer ums Herz wird: die Ruinen mehrerer Gebäude, die entlang des Randes der Unseelie-Siedlung liegen, oder die unverkennbare Feindseligkeit in den meisten Blicken, die sich auf mich richten, sobald ich das Gefährt anhalten lasse. Der Bericht, den wir von der Unseelie-Siedlung erhielten, war nicht *gut*, ich hatte jedoch nicht mit so viel Zerstörung gerechnet.

Talia humpelt bereits über die Wiese auf mich zu. Sie muss mit Corwin hergekommen sein, den ich mit einigen Winter-Fae sprechen sehe, bevor er ihr nachgeht. Ich springe aus dem Gefährt und bedeute den zwei Kriegern, die ich mitgebracht habe, mir zu folgen, allerdings an meinen Flanken zu bleiben, während ich Talia entgegeneile.

„Ich habe nicht erwartet, dich hier zu sehen", sage ich

und widerstehe dem Drang, ihre leuchtenden Haare zu zerzausen oder, noch besser, sie in eine Umarmung zu ziehen. Ich weiß nicht, wie unser Unseelie-Publikum auf eine derartige Zurschaustellung von Zuneigung reagieren würde, wenn mittlerweile zumindest manche von ihnen wissen, was sie für ihren Erzlord ist. Ich entscheide mich dafür, ihre Schulter leicht zu drücken.

Talia schenkt mir ein angespanntes, jedoch erleichtertes Lächeln. „Wir sind hergekommen, sobald wir davon erfahren haben. Es ist schrecklich. Niemand scheint eine Ahnung zu haben, wie es passiert ist."

„Ich bin hergekommen, um das in Erfahrung zu bringen. Ich vermute, dass Donovan und Celia ebenfalls Leute hergeschickt haben, die ihre eigenen Ermittlungen anstellen."

Talia nickt. „Als wir die Grenze überquert haben, sind wir einigen von Donovans Rudelmitgliedern begegnet …" Ihre Stimme spannt sich an. „Sie schienen allerdings stärker darauf konzentriert zu sein, das Sommerreich vor den Unseelie zu schützen, als die Unseelie vor demjenigen, der sie hier angegriffen hat."

Ich bin nicht überrascht, es gibt jedoch kaum etwas, was ich diesbezüglich tun kann. Die einzigen Leute, über die ich momentan Autorität habe, sind die zwei Männer bei mir. Ich blicke an Talia vorbei zur Siedlung. „Ich vermute, ich sollte mir das Ganze genauer anschauen und sehen, was ich herausfinden kann."

„Du wirst womöglich nicht den freundlichsten Empfang erleben", meint Corwin, als er uns erreicht. „Meine Leute sind überzeugt, dass die Sommer-Fae hinter dem Angriff stecken."

Ich empöre mich instinktiv, obwohl er ohne Anschuldigung in seiner Stimme gesprochen hat und es eine Möglichkeit ist, die ich bereits ebenfalls in Erwägung gezogen habe. Ich zwinge meine eigene Stimme, ruhig zu bleiben. „Hat irgendjemand Beweise dafür gefunden?"

„Nein", antwortet Talia und reibt sich über die Arme. „Aber es ist verständlich, dass sie davon ausgehen, oder? Die Sommer- und Winter-Fae waren in letzter Zeit nicht unbedingt Busenfreunde."

Corwin blickt zurück zum Dorf, sein Mund ist zu einem schmalen Strich zusammengepresst. „Und wenn du nicht vorschlagen willst, dass meine Leute ihre eigenen Bemühungen sabotiert haben – und das Leben ihrer Kameraden gefährdet haben – wer hätte es sonst sein *können?*"

Ich überlege, wie ich vernünftig erklären kann, dass ich es seinen Kollegen durchaus zutrauen würde, etwas derart Bösartiges zu organisieren, nur damit sie uns den Angriff in die Schuhe schieben können, als Talia erstarrt. Ihr Blick zuckt zu mir und sie reißt die Augen weit auf. „Es gibt noch eine Option, oder? Ihr seid nicht die einzigen Fae auf der Welt. Haben die Murk vor einer Weile nicht Aeriks Revier angegriffen?"

Ich hätte jenen Vorfall nie mit diesem in Verbindung gebracht, doch Talia war nicht dabei und hat nicht gesehen, wie sehr sich die Vorfälle unterscheiden. Sie versteht nicht, wie schwach die Macht der Ratten im Allgemeinen ist, da sie das Herz verachten.

„Das war ein belangloser Streich", erwidere ich, „der nur in einem Mord endete, weil eine der Wachen sie dabei erwischt hat. Um mehrere Gebäude zu plätten … ich weiß nicht, wie viele von diesem Ungeziefer notwendig wären, damit sie *eines* zum Einsturz bringen könnten."

Talia reckt das Kinn. „Diese Art des Denkens hat Sylas seine Narbe eingebrockt. Zumindest einige Murk besitzen mächtige Magie. Und wenn sie hauptsächlich Unheil anrichten und Chaos stiften wollen, wäre die Sabotage des neuen Waffenstillstands nicht eine perfekte Art, um genau das zu erreichen?"

Das wäre es, wenn ich es mir so recht überlege. Ich wende mich an Corwin. „Hatten deine Leute in letzter Zeit Schwierigkeiten mit den Murk?"

Corwin denkt kurz nach. „Nicht, dass ich wüsste. Aber – der Fluch und unsere schwindenden Bevölkerungszahlen haben im Allgemeinen für eine recht chaotische Zeit gesorgt. Es ist möglich, dass sie ab und zu Ärger verursacht haben, ohne dass wir realisiert haben, dass sie dahintersteckten."

Talia packt seinen Arm. „Was ist mit diesen Bestien in Lakeshine? Niemand hat herausgefunden, warum sie diese Stadt angegriffen haben, oder?"

Er schenkt ihr ein schiefes Lächeln. „Ich weiß auch nicht, warum Rattengestaltwandler sie angreifen sollten. Doch ich vermute, dass sie keinen guten Grund dazu brauchen. Sie haben häufig Freude daran, einfach nur Verwirrung zu stiften."

„Es sollte recht einfach festzustellen sein", sage ich. „Der Angriff hat sich erst vor wenigen Stunden ereignet. Die Schuldigen werden mindestens eine Geruchsspur zurückgelassen haben. Falls Ratten in der Nähe waren, werden wir sie riechen." Ich deute zu meinen Männern. „Dreht einen großen Kreis um die Siedlung herum, die Nasen am Boden und achtet auf jeden Hinweis von Murk-Ratten."

Sie springen in Wolfgestalt in entgegengesetzte Richtungen davon. Talia schlingt ihre Arme um sich. „Was, wenn sie nichts finden? Was wenn es einige Seelie *waren*, die beschlossen haben, den Frieden zu brechen? Kannst du herausfinden, wer es getan hat?"

Ich verziehe das Gesicht. „Das wird schwierig sein. Es

sind eine Menge von uns hier und wir sind tagelang zwischen der Siedlung und unseren eigenen Revieren hin und her gereist, um den Bau zu überwachen. Es ist eine Sache, die Essenz eines Tieres zu erschnüffeln, aber eine andere, sie auf ein spezielles Individuum einzuengen. Doch es gibt andere Arten von Beweisen, die wir aufdecken können. Ich sollte mich den Ermittlungen anschließen und schauen, was ich finden kann.“

Ich trete von ihnen zurück, lasse die Verwandlung über mich hinwegschwappen, strecke meine Glieder und schärfe meine Sinne. Als ich davonspringe und die warme Brise an meinem Fell leckt, fallen all die Unsicherheiten von mir ab, die meinen Magen fest im Griff hatten. In Wolfgestalt fühlt sich alles einfacher an.

Die eine Sache, der ich mir nach wie vor sicher bin, ist, dass ich diesen Vorfall schnell aufklären muss. Der zerbrechliche Frieden hängt davon ab – unsere Chance, irgendeine Beziehung zu Talia zu unterhalten, während sie an den Unseelie gebunden ist, hängt davon ab. Ich werde sie nicht enttäuschen, selbst wenn das bedeutet, dass ich mir meine Sommer-Fae-Kollegen zur Brust nehmen muss.

Als ich die Siedlung umrunde, erkenne ich schnell, dass der Zauber, der durch die gesamte Gebäudereihe gefegt ist, aus dem Westen gekommen sein muss. Wer auch immer die Magie gewirkt hat, musste darauf achten, dass er nicht gesehen wird. Ich gehe zum nächsten Wald, der in dieser Richtung liegt und ungefähr einen Kilometer entfernt ist. Dabei schnuppere ich nur für den Fall am Gras. Nichts außer Seelie-Füßen ist über diese Wiese getrampelt.

Sobald ich die Bäume erreicht habe, werde ich langsamer, um sowohl tiefer und gründlicher einatmen zu können, als auch um auf Bewegungen zu lauschen. Ich vermute, dass der Täter bereits vom Tatort geflohen ist, damit er nicht entdeckt wird, es gibt jedoch keine Garantie dafür.

Ich schlängle mich zwischen den Bäumen hindurch und sauge die kräftigen, lebendigen Gerüche des Waldes in mich auf. Ab und zu fange ich einen Wolfsduft auf, doch nichts von dem schärferen Rattengestank, der mir in meinem Leben nur wenige Male unter die Nase gekommen ist. In dieser Gegend sind auch keine Raben zu riechen.

Waren es also meine eigenen Leute, die sich gegen den Entschluss ihrer Erzlords gewandt haben? Meine Lippen ziehen sich bei diesem Gedanken von meinen Fangzähnen zurück.

Bei der Bewegung kribbelt eine stärkere Geruchswolke durch meine Sinne – und mir fällt auf, dass die Waldgerüche an dieser Stelle etwas *zu* stark sind. Ich bleibe stehen, hole einmal langsam Luft und dann noch einmal. Meine Nerven kribbeln wachsam.

Die Gerüche, die ich wahrnehme, habe ich hier erwartet, allerdings sind sie unnatürlich stark, als wären sie verstärkt oder verschärft worden … um einen anderen Geruch zu übertünchen, den jemand vertuschen wollte?

Ich verwandle mich in meine menschliche Gestalt, damit ich meine Magie wirken kann. Sie prallt gegen den Zauber, den ich in der Luft vermutet habe. Mit ein paar weiteren Silben und einer Handbewegung schaffe ich es, den Zauber zu zerstören, mit dem der Wald belegt wurde. Dann lasse ich mich auf meine Wolfpfoten fallen, um erneut zu schnuppern.

Mir sträuben sich beinahe alle Haare. Da ist er. Schwach, jedoch unverkennbar jetzt, da die Bemühungen der Schurken, ihre Spuren zu verwischen, beseitigt wurden – der kribbelnde Gestank der Murk.

Dieses räudige Ungeziefer. Ich suche in immer größeren Kreisen, kann jedoch nicht erkennen, wie viele von ihnen beteiligt waren, oder wohin sie von hier gegangen sind. Es ist erst vor kurzem passiert und sie standen so lange an dieser

Stelle, dass sie nicht alle Spuren ihrer Anwesenheit löschen konnten. Allerdings ist nur ein leichter Hauch ihres Geruchs wahrnehmbar.

Verflucht sollen sie sein. Ich weiß nicht, ob die Nasen der Raben den Geruch überhaupt wahrnehmen können, damit sie ihn als Beweis akzeptieren. Er verfliegt schnell, noch während ich nach mehr suche.

Doch hätten uns die Murk wirklich diesen Streich gespielt und dann das Gebiet verlassen, ohne abzuwarten und das Chaos zu beobachten, das sie gestiftet haben? Sie genießen ihren Unfug so sehr wie Whitt das Tanzen und den Alkohol. Würden sie nicht wissen wollen, wie dieser besonders bösartige ‚Streich' endet?

Aber wie in aller Welt soll ich sie finden, wenn sie keine Spuren hinterlassen haben? Ich könnte noch mehr Magie ausschicken, um den Nagetiergeruch zu verfolgen. Wenn sie allerdings nicht in nächster Nähe sind, *werden* sie fliehen, sobald sie von der Magie berührt werden.

Eine Idee nimmt in meinem Kopf Gestalt an. Ich verwerfe sie beinahe wegen dem, was dazu nötig ist, überwinde mich jedoch, kehrtzumachen und zurück zur Siedlung zu rennen.

Wenn Talia in einem der Unseelie einen Gefährten finden kann, dann kann ich einige Minuten lang mit einem zusammenarbeiten. Und wenn der Erzlord nicht gerne um Gefallen gebeten wird, kann er das sagen.

Corwin hockt am Rand der Wiese und untersucht die Stelle, an der der Windstoß vermutlich das erste Haus getroffen hat. Er spannt sich leicht an, als ich in Wolfgestalt zu ihm sprinte, steht jedoch seinen Mann. Talia eilt bei meinem Anblick herbei und erreicht uns gerade, als ich mich verwandele.

„Es waren die Murk", erkläre ich mit leiser Stimme. „Ich habe ein winziges bisschen von ihrem Geruch im Wald im

Westen wahrgenommen. Ich würde gerne schauen, ob wir einen von denen erwischen können, die womöglich in der Gegend geblieben sind, um die Ergebnisse ihrer Mühen zu beobachten."

Überraschung blitzt in den Augen des Erzlords auf und sein Kiefer verhärtet sich. „Ich würde selbst sehr gerne einige Worte mit den Schuldigen wechseln. Wie sollen wir sie aufspüren?"

Ich deute zu der Landschaft um uns herum. „Ich kann einen Suchzauber aussenden, der sich im Radius von einigen Kilometern an die Präsenz jedes Murk heftet. Sie werden es allerdings spüren, wenn der Zauber sie erreicht. Ich würde vorschlagen, dass du dich am Himmel aufhältst, während ich den Zauber wirke, sodass du nach dem Ungeziefer Ausschau halten kannst, wenn es flieht. Ich denke, ich kann der Magie ein Element anfügen, das die Murk vorübergehend zum Leuchten bringt, wenn sie von dieser berührt werden, sodass du sie leichter entdecken kannst."

Corwin zögert nicht einmal. „Selbstverständlich", stimmt er zu. „Durchkämme alles von Norden nach Süden – auf diese Weise kann ich mich auf ein kleineres Gebiet auf einmal konzentrieren. Gib mir ein Signal, wenn du bereit bist."

Ich nicke, woraufhin er in die Luft springt und sich mit einem Schlag seiner kräftigen Flügel in einen großen, blauschwarzen Raben verwandelt. Ich habe zuvor nie viel von der gefiederten Gestalt gehalten, muss mir jetzt allerdings eingestehen, dass Fliegen eine ziemlich nützliche Fähigkeit ist.

„Ich will, dass du hier wartest", weise ich Talia an. „Die Murk werden bösartig, wenn sie in die Ecke getrieben werden."

Sie weicht in den Schutz des nächsten unversehrten Gebäudes zurück, schaut aber von dort aus zu. Ich warte, bis

Corwin am Himmel kreist, dann schließe ich die Augen und konzentriere mich auf den Zauber, den ich durchführen möchte.

Ich habe meine Kräfte noch nie so weit ausgesendet, wie ich es heute tun will, doch je mehr Boden ich abdecken kann, desto größer ist die Chance, dass ich die Ratten tatsächlich erwische.

Wie Corwin vorgeschlagen hat, schicke ich die Energie zuerst so weit wie möglich nach Norden. Mit den Worten, die ich leise raune, binde ich meine Erinnerungen des Rattengeruchs an meine Magie. *Finde sie. Bring sie zum Leuchten.*

Ich habe nur ein dumpfes Gespür für den Zauber, der über das Gebiet bebt. Als meine Brust von der Anstrengung zu schmerzen beginnt, weil meine Magie so weit ausgeschickt wird, ziehe ich sie nach links und so gleichmäßig wie möglich über das Land. Ich suche, suche und strecke mich noch weiter, als ich neuen Aufschwung bekomme …

Im gleichen Moment, in dem mich ein Ruck des Erfolgs trifft, stößt Corwin ein so lautes Krächzen aus, dass es uns unten auf der Wiese erreicht. Als ich die Augen öffne, stürzt er bereits herab – zu einer Stelle hinter dem Wald, in dem ich den Geruch wahrgenommen habe. Ich eile nach vorne und lasse meinen Wolf mitten im Sprung frei.

Meine Pfoten trommeln über die Erde. Vor meinem geistigen Auge sehe ich genau, wo der Rabe zum Sturzflug angesetzt hat. Ich kann ihn nicht allein mit dem Feind kämpfen lassen. Das hier ist das Reich meines Lords – das hier ist meine Verantwortung.

Ich überanstrenge meine Muskeln, so wie ich zuvor meine magischen Fähigkeiten überanstrengt habe. Ich lege noch mehr Kraft in meine Schritte, renne schneller und der Boden fliegt unter meinen Pfoten geradezu davon. Noch ein Rabenschrei erklingt vor mir.

Ich renne durch den Wald, unbedacht der Äste und Steine, die unter meinen Pfoten davonfliegen, und breche zwischen den Bäumen hervor. Auf der anderen Seite der Wiese steht eine Ansammlung schmaler Felsen. Zwischen ihnen bemerke ich das Aufblitzen dunkler Flügel.

Ich überwinde die restliche Entfernung gerade rechtzeitig, um Corwin in der Gestalt eines geflügelten Mannes zu sehen, der eine sehnige Frau mit Igelfrisur auf dem Boden fixiert. Sie zischt ihn durch ihre Zähne an. Der Rattengestank verstopft mir die Nase.

Ich springe an seine Seite, verwandle mich dabei und ziehe mein Schwert. Als ich es an die Kehle der Frau halte, zuckt sie nicht einmal zusammen, hört jedoch auf, sich gegen Corwin zu wehren.

„Hast du allein gehandelt oder hast du hier Komplizen?", frage ich. „Wo sind sie?"

Die Murk-Frau lacht gackernd. „Oh, es gibt so viel mehr von uns. Wartet nur ab."

„Das ist keine richtige Antwort. Sag mir, wer verantwortlich war für …"

Ich kann meine Forderung nicht einmal aussprechen. Corwin muss seinen Griff minimal gelockert haben, da mein Schwert an Ort und Stelle war, und die Murk-Frau scheint ihr Leben nicht zu schätzen. Sie schlägt ihre Finger an ihre Handfläche – und ein Energiestoß durchfährt ihren Körper, der daraufhin zuckt.

Ihre Augen werden stumpf und ihre Lippen teilen sich kraftlos. Innerhalb von Sekunden ist sie nichts als eine schlaffe Hülle.

Corwin starrt auf sie hinab. „Was … wie …"

Ich blecke die Zähne. „Sie war mit einem Selbstmordzauber belegt. Ich habe gehört, dass sie dem Herzen auch auf diese Weise trotzen – sie belegen einander mit diesem Zauber und einem Auslöser, den sie betätigen können, wenn sie lieber sterben würden, als gefangen genommen zu werden.“

Mit einigen fiesen Worten, die ich leise knurre, stoße ich mich von ihr ab. Wir wissen, wer die Unseelie-Siedlung angegriffen hat, die Täterin hat es jedoch trotzdem geschafft, uns zu ihren Bedingungen zu entkommen.

24

Talia

Normalerweise würde es mich trösten, zurück in Hearth-by-the-Heart zu sein. Doch obwohl ich von all meinen vier Männern und Astrid, meiner regelmäßigen Beschützerin, in der vertrauten, gemütlichen Atmosphäre von Sylas' Büro umgeben bin, bleibe ich angespannt.

Ich dachte, ich hätte eine ziemlich gute Vorstellung von allen Bedrohungen, mit denen wir es zu tun haben. Jetzt stellt sich heraus, dass es eine große Gefahr gibt, die ich nie richtig in Erwägung gezogen habe.

„Das gefällt mir nicht", sagt Whitt, der in seiner typischen Haltung an den Einbauregalen lehnt. „Die Siedlung ist gerade erst fertiggebaut worden. Wir haben diesbezüglich keine großen Ankündigungen gemacht. Wie aufmerksam haben uns die Murk beobachtet, dass sie von deren Existenz wussten, geschweige denn, dass es ein wichtiges Ziel ist?"

„Es ist möglich, dass es nur ein Zufall war", wirft Astrid ein, die in der Nähe der Tür von einem Fuß auf den anderen tritt. „Glück für sie und Pech für uns, dass einer von ihnen über das neue Dorf gestolpert ist und dachte, sie könnten einige Fae aufregen, indem sie es angreifen."

Ich kann nicht anders, als auf meiner Unterlippe zu knabbern. „Normalerweise spielen sie allerdings keine so großen ‚Streiche', oder? Es fühlt sich nicht wie eine Spontanentscheidung an."

„Dem stimme ich zu." Sylas, der hinter seinem Schreibtisch sitzt, legt die Fingerspitzen aneinander und sein Gesicht ist finster verzogen. Er blickt zu August, der neben meinem Stuhl steht, als würde er Wache halten, und anschließend zu Corwin, der in dem Sessel neben meinem sitzt. „Ihr habt keine nützlichen Informationen von der Ratte erhalten, die ihr gefangen habt?"

August schüttelt mit entschuldigender Miene den Kopf. „Sie hat den Tötungszauber zu schnell aktiviert. An ihr gab es keine Beweise. Ich weiß nicht, ob sie überhaupt für den Zauber verantwortlich war – sie hatte keine Wahre-Namen-Male an sich. Ich vermute allerdings, dass es eine andere Art von Magie gewesen sein könnte. Wer weiß, wie die Murk die kleinen Segen verdrehen, die sie vom Herz erhalten?"

„Das Einzige, was sie zu uns sagte, war ziemlich unheilvoll, wenn auch vage", erzählt Corwin, wobei er ein wenig zurückhaltend klingt, weil er seine Meinung äußert, während er der einzige Unseelie im Raum ist. „Vielleicht war es eine leere Drohung, die uns nur aus der Ruhe bringen sollte. Sie deutete an, dass sie noch mehr Dinge geplant haben, die uns nicht gefallen werden."

Astrid schnaubt ablehnend. „Ich würde keinem Wort trauen, das aus dem Mund dieses Ungeziefers kommt. Wenn sie die Gelegenheit sah, uns zu verwirren und abzulenken, hätte sie diese genutzt, ohne Rücksicht auf die Wahrheit."

„Die Murk können also lügen?", frage ich.

„Jeder von uns *kann* lügen, Krümel", antwortet Whitt. „Es ist nur so, dass die meisten von uns die Verbindung zum Herzen zu sehr schätzen, um es zu riskieren, sie durch Lügen zu beschädigen. Die Murk haben in dieser Hinsicht weniger Bedenken. Allerdings klingt es so, als hätte die Vagheit der Bemerkung dieser Ratte jegliche offene Falschheit vermieden."

Corwin nickt. „Sie war jedenfalls nicht annähernd spezifisch hinsichtlich dessen, *worauf* wir warten sollen."

Sogar nach Monaten in der Fae-Welt – Jahren, wenn man die Zeit mitzählt, in der mich Aerik gefangen hielt und ich nie mehr von diesem Ort sah als das eine Zimmer – weiß ich kaum etwas über die Fae, die sich in Ratten verwandeln können. Ich deute auf Astrid. „Wie ging noch einmal dieser Reim, den die Menschen früher über die verschiedenen Fae gesungen haben?"

Ihre Lippen verziehen sich zu einem schiefen Lächeln. Sie rezitiert die Worte in einem leicht sarkastischen Tonfall.

„Wölfe des Sommers, Winterraben,

Wo sie hausen, wirst du keine Ruhe haben.

Doch hüte dich vor den murkischen Ratten,

Die Zwietracht säen und lauern in Schatten."

Mein Magen verknotet sich. „Ich schätze, nichts sät mehr Zwietracht, als die Zerstörung des Friedens, den wir aufzubauen versuchen." Heißt das, dass die Murk weiterhin versuchen werden, unseren Waffenstillstand zu ruinieren?

Sylas reibt sich über den Kiefer. „Sie haben es im Allgemeinen vorgezogen, diese Zwietracht unter den Menschen zu säen, da die Sterblichen einfachere Ziele abgeben. Wir hatten in den letzten Wochen allerdings bedeutend mehr Vorfälle, an denen die Murk beteiligt waren, als in den Jahrzehnten davor. Vielleicht sind sie gelangweilt von ihren menschlichen Opfern und haben beschlossen, dass sie eine größere Herausforderung brauchen.“

„Ihr denkt nicht …“ Ich komme mir plötzlich lächerlich vor, weil ich das vorschlage, ohne dass es die viel erfahreneren Fae um mich herum angesprochen haben, aber ich kann nicht anders, als fortzufahren. „Sie mögen euch nicht und sie wollen euch erschüttern. Die Flüche …“

Whitt schnaubt und sogar Sylas, der die Feindseligkeit der Murk am eigenen Leib erlebt hat, schüttelt den Kopf. „Magie in diesem Ausmaß wäre sogar für eine große Gruppe Seelie oder Unseelie, die in der Nähe des Herzens leben, eine unglaubliche Leistung. Es ist tausendmal so schwierig wie die Zerstörung in diesem Dorf, die bereits eine größere Anstrengung war, als wir allgemeinhin von den Rattengestaltwandlern zu sehen bekommen. Allerdings …“ Seine Stirn legt sich in Falten. „Der Fluch hat uns zu beiden Seiten der Grenze getroffen. Es ist möglich, dass er sich auch auf die Murk ausgewirkt hat.“

Ich verstehe sofort, worauf er hinauswill, und Kälte legt sich um meinen Magen. „Es könnte der Grund sein, aus dem sie stärker angreifen als zuvor, so wie die Version des Unseelie-Fluchs diese dazu angetrieben hat, entlang der Grenze ins Sommerreich einzufallen.“

Ein Beben der Abscheu erreicht mich von Corwin bei dem Gedanken, dass sie von einem Fluch betroffen sind, der in Verbindung mit den Ratten steht. Der Gedanke sorgt auch dafür, dass ich Gänsehaut bekomme. Sollte das der Grund für ihr Handeln sein, werden sie dann auch versuchen, Kontakt mit mir aufzunehmen, wenn sie herausfinden, dass ich an dessen Heilung beteiligt bin?

Würde ich ihnen überhaupt helfen wollen? Die Winter-Fae haben die Seelie nur wenige Jahrzehnte lang angegriffen und davor herrschte Jahrtausende lang Frieden. Die Murk haben immer ,Zwietracht gesät'. Je mehr ich über sie erfahre, desto weniger will ich mit ihnen zu tun haben.

Whitt macht eine ablehnende Geste. „Irgendwie bezweifle ich, dass sie uns dieses Wissen verraten würden, selbst wenn es stimmt. Wir können nur mit dem arbeiten, was wir wissen."

„Was auch immer ihre Motive waren, sie werden die Unseelie-Siedlung nicht noch einmal stören", verkündet August und richtet sich ein wenig auf. „Wir lassen das Gebiet jetzt von Wachen patrouillieren, die nach Anzeichen von Ratten Ausschau halten."

„Und die Reparaturarbeiten an den zerstörten Gebäuden?", erkundigt sich Sylas.

„Meine Leute möchten sich selbst um diese kümmern", antwortet Corwin. „Ich weiß die Hilfe zu schätzen, die die Seelie angeboten haben, aber … die Nerven liegen noch ein wenig blank und obwohl sie gehört haben, dass die Murk die Schuldigen waren, ist es schwer für sie, ihren ursprünglichen Verdacht sofort aufzugeben. Ich bin mir sicher, die Spannungen werden sich wieder lockern, wenn der Rest unseres Plans ungehindert durchgeführt wird."

Sylas neigt den Kopf. „Ich hoffe, dass das stimmt, aber ich verstehe ihr Misstrauen. Danke, dass du so schnell gekommen bist und mit August zusammengearbeitet hast, um den Täter zu finden." Er schaut zum Fenster. Draußen verdunkelt sich der Himmel und der lila Schleier des Sonnenuntergangs verblasst. „Du hast den Großteil des Tages verloren, weil wir darin versagt haben, unser Reich gut genug zu bewachen. Ich denke, es ist nur fair, wenn ich dir erlaube, Talias Besuch um einen Tag zu verlängern, um den Verlust auszugleichen, vorausgesetzt, das ist für euch beide in Ordnung."

Durch unser Band spüre ich, dass sich Corwins Laune hebt. Mein eigenes Herz macht einen Sprung vor bittersüßer

Freude. Es wärmt mir das Herz, dass sich Sylas solche Mühe gibt, großzügig zu sein, und er Corwins Anspruch auf meine Gesellschaft ehrt. Zugleich möchte ich nicht, dass er denkt, ich sei lieber im Winterreich als bei ihm und meinen Liebhabern hier.

Warum kann die geteilte Burg, von der Corwin gesprochen hat, nicht schon existieren? Dann müsste nicht mehr verhandelt werden, wo ich sein werde – wir hätten einen Ort, der ein Zuhause für uns alle wäre.

„Das weiß ich zu schätzen", erwidert Corwin und neigt den Kopf. *Talia? In diesem Fall sollte noch Zeit sein, die Zeremonie zu organisieren.*

Ja. Ich will das wirklich, der Gedanke fühlt sich jedoch überwältigend an, während ich hier umgeben von meinen anderen Liebhabern sitze. Ich kann nicht einfach in einigen Tagen zurückkommen und verkünden, dass mein Band bereits vollzogen wurde. Sie müssen darauf vorbereitet werden – und sie müssen auch wissen, wie großzügig Corwins Absichten sind.

„Das ergibt Sinn", sage ich zu Sylas. „Danke. Aber ich freue mich nach wie vor darauf, wieder zurückzukommen." Schweigend sage ich zu Corwin: *Und bevor wir gehen, sollte ich ihnen vermutlich erzählen, dass ich das Band bestätigen werde ... Darf ich ihnen auch von deiner Idee einer gemeinsamen Burg erzählen oder möchtest du damit warten, bis du dir sicher bist, dass sie durchgeführt werden kann?*

Corwin zögert, ich spüre jedoch, dass dies hauptsächlich an seiner Nervosität liegt, ob Sylas die Idee gutheißen wird, und nicht an einem Widerwillen, die Idee in die Tat umzusetzen. *Ich denke nicht, dass wir wissen werden, was möglich ist, bis wir unsere Magie zusammentun. Vielleicht wäre es besser, wenn du meinen Vorschlag zuerst erwähnst, um ihre Reaktion einzuschätzen. Ich kann dir dafür etwas Privatsphäre geben.*

Er steht auf, streckt die Hand aus und streichelt meine Haare kurz. „Ich glaube, es gibt etwas, was meine Gefährtin vor unserer Abreise mit euch zu besprechen wünscht." Er blickt mir in die Augen. „Ich werde die Naturwunder dieser Ländereien bewundern. Gib mir Bescheid, wenn du zum Gehen bereit bist."

Als er nach draußen geht, sieht sich Astrid im Raum um. „Irgendwie habe ich das Gefühl, dass dies eine Diskussion werden wird, bei der nicht der gesamte Kader anwesend sein muss."

Meine Lippen zucken zu einem unerwarteten Lächeln. „Das stimmt."

„Vielleicht könntest du auf unseren Ehrengast aufpassen und sicherstellen, dass meine Kollegen keine spontanen feindseligen Neigungen ausleben", schlägt Sylas trocken vor.

Astrid verbeugt sich leicht vor ihm und verlässt den Raum. Meine drei Seelie-Männer richten hingegen ihre Aufmerksamkeit auf mich.

„Was ist los, Talia?", fragt Whitt, dessen blaue Augen eindringlich dreinblicken. Seine Stimme ist jedoch sanft. Plötzlich bin ich mir sicher, dass er es bereits erraten hat – zumindest den ersten Teil meiner Neuigkeiten.

Sie sind alle viel zu weit weg von mir. Ich stehe auf und winke sie zu mir, woraufhin sie ohne Fragen näher treten, um mich zu umschließen. Ich lehne mich in Augusts Berührung in meinem Kreuz, nehme Whitts Hand und schiebe meinen anderen Arm um Sylas', wodurch ich sie noch näher ziehen kann. Ihre Körperhitze und ihre vermischten, wilden Gerüche winden sich um mich.

Ich muss es einfach ausspucken. „Ich werde das Seelenband mit Corwin bestätigen."

Die Anspannung, die die Männer packt, die um mich herum versammelt sind, ist unverkennbar. Ich beeile mich, weiterzusprechen. „Das bedeutet nicht, dass ich euch alle nicht mehr will oder kein Teil des Sommerreichs mehr sein möchte, oder ... oder irgendetwas dergleichen. Ich denke nur nicht, dass diese Ungewissheit irgendjemandem hilft, und ich bin mir jetzt in Bezug auf Corwin sicher ... Ich will definitiv keinem von uns das antun, was auch immer für das *Brechen* des Bandes nötig wäre ... Und ich denke, wenn ich eine offizielle Position unter den Unseelie habe, wird dies das Finden eines Kompromisses erleichtern."

„Wie das, meine Liebe?", fragt Sylas, dessen Stimme nur etwas schroffer ist als üblich. Er streichelt mit den Fingern über meine Wange. In der Geste sind weder Groll noch Wut zu erkennen.

„Corwin denkt, dass wir es womöglich so einrichten können, dass ich praktisch immer mit euch vieren zusammen sein kann. Es hört sich so an, als sei die magische Seite seines Vorhabens etwas schwierig, aber er hat einige Nachforschungen angestellt ... Ich bin mir sicher, er kann die Einzelheiten besser erklären, wenn ihr zustimmt, dem Ganzen eine Chance zu geben." Ich hole tief Luft und erzähle ihnen alles, was mir mein Gefährte über seinen Plan für die geteilte Burg erklärt hat – wie und wo sie gebaut werden wird, wie sie es vor ihren jeweiligen Kollegen begründen könnten.

Meine Seelie-Männer hören schweigend und nachdenklich zu. Als ich mit meinem Bericht fertig bin, schweigen sie noch einige Sekunden lang. Nervöse Ungeduld kribbelt durch mich hindurch. „Was denkt ihr?", kann ich mir nicht verkneifen, nachzufragen.

August schaut über meinen Kopf zu Sylas. „Könnte das wirklich funktionieren?" Der hoffnungsvolle Unterton seiner Stimme schmilzt einen Teil meiner Furcht.

Sylas legt den Kopf schief, aber ein kleines Lächeln breitet sich auf seinen Lippen aus. „Ich habe diese Möglichkeit selbst noch nicht erforscht, doch Corwin scheint ein gewissenhafter Mann zu sein. Ich bezweifle, dass er es vorgeschlagen hätte, wenn nicht alle Informationen, die er gefunden hat, darauf hindeuten würden, dass es möglich ist. Mir fällt kein Grund ein, aus dem es definitiv *nicht* möglich sein sollte."

Freude blubbert in meiner Brust hoch. „Dann ... wärt ihr gewillt, es zu versuchen? Ich weiß, es ist viel verlangt ..."

Sylas packt meine Schulter. „Das ist es nicht, Talia. Nicht nach allem, was du für uns getan hast. Nicht, wenn du uns so viel bedeutest. Es *wäre* für unsere beiden Völker von Vorteil, regelmäßigen Kontakt zwischen den Reichen zu haben, weshalb es kaum egoistisch wäre. Es ist schwer, zu sagen, wie erfolgreich eine solche Vereinbarung auf lange Sicht wäre aufgrund der Spannungen, die zuletzt zwischen unseren Völkern geherrscht haben. Ich würde jedoch sagen, dass es den Versuch mehr als wert ist."

Er blickt zu den anderen beiden. Whitt senkt den Kopf und küsst meine Schläfe. „Wenn sich dein seelenverbundener Gefährte diesen Plan überlegt hat, dann überzeugt mich das, dass er deiner würdig ist – und er ist es würdig, dass wir ihm unser Vertrauen und unsere Kooperation schenken. Er hätte dieses Angebot nicht machen müssen."

„Du weißt, wenn es eine Möglichkeit gibt, an deiner Seite zu bleiben, werde ich sie ergreifen, Süße", raunt August. „Ich ..." Er unterbricht sich mit einem Kopfschütteln. „Wir werden dafür sorgen, dass es klappt. Wölfe und Raben waren zwar kurze Zeit zerstritten und wir waren womöglich nie beste Freunde, doch das kann sich ändern."

Er klingt, als würde er versuchen, sich selbst davon zu überzeugen, anstatt aus eigener Überzeugung zu sprechen, aber vielleicht ist das das Beste, worauf ich hoffen konnte. *Sie mögen deine Idee*, informiere ich Corwin, als ich jeden meiner anderen Männer nacheinander an mich ziehe und ihnen einen kurzen Abschiedskuss gebe. *Sie sind gewillt, es zu versuchen. Möchtest du jetzt mit ihnen darüber reden?*

Seine Antwort geht mit einem Schwall der Erleichterung und Dankbarkeit einher. *Ich denke, unser Verstand wurde heute genug ausgelastet, und es ist vielleicht am besten, wenn sie die Zusatzfaktoren überdenken, bevor wir Entscheidungen treffen. Du kannst ihnen jedoch mitteilen, dass wir die Idee besprechen werden, wenn ich dich am Ende deines Aufenthalts zurückbringe. Ich warte vor der Burg auf dich.*

Ich richte Sylas seine Worte aus, der meinen Kiefer ein letztes Mal streichelt, bevor er mir zum Abschied winkt. Ich gehe nach unten, getragen von mehr Leichtigkeit, als ich den ganzen Tag über verspürte, und stoße beinahe mit Harper zusammen, die aus der Küche hinter der Treppe tritt.

„Talia!", ruft sie, reißt ihre übergroßen Augen noch weiter auf als üblich und schlingt die Arme um mich, bevor ich antworten kann. „Dir geht es gut. Ich habe gehört, dass die Unseelie-Siedlung angegriffen wurde, und jemand hat erzählt, dass du mit Corwin dort warst und dass die Murk Ärger machten …"

Mit einem verblüfften Lachen erwidere ich ihre Umarmung. „Ich habe die Murk nicht einmal gesehen. Wir kamen ein paar Stunden nach dem Angriff dort an. Es war ziemlich schrecklich, doch es geht mir prima."

„Oh! Ich habe keine besonders eindeutigen Einzelheiten erhalten." Harper weicht mit einem verlegenen Lächeln zurück. „Nun, ich bin trotzdem froh, dass es dir gut geht. Bleibst du jetzt hier oder …?"

Sie sieht so glücklich aus, dass meine Antwort mit Schuldgefühlen einhergeht. „Nein, tatsächlich sind wir nur zu Besuch vorbeigekommen, um die Situation mit Sylas zu besprechen, und jetzt kehre ich ins Winterreich zurück. Corwin wartet auf mich." Eine Idee drängt weitere Worte aus meinem Mund. „Aber … ich werde das Band akzeptieren … in wenigen Tagen wird es eine Bestätigungszeremonie geben. Vielleicht möchtest du mit mir ins Winterreich zurückkehren und sie dir anschauen?"

Ich stupse Corwin durch unsere Verbindung an, während ich das frage, und hoffe, dass ich nicht irgendeine Regel breche, von der ich nicht wusste. Er reagiert mit Überraschung und liebevollem Enthusiasmus. *Es ist ein Moment zum Feiern. Jeder Gast, den du dabeihaben möchtest, ist willkommen.*

Harper klatscht in die Hände. „Wirklich? Ich … ja, natürlich. Du solltest jemanden aus unserem Rudel dort haben, oder? Und ich habe noch nie zuvor eine Bestätigungszeremonie gesehen, geschweige denn eine der Unseelie."

Sie ist so offenkundig begeistert von der Aussicht, dass ich sie anstrahle. „Großartig. Wenn ich weiß, wo und wann die Zeremonie stattfindet, schicke ich dir eine Nachricht." Vielleicht sollte ich auch meine Seelie-Männer einladen … oder wäre das komisch? Könnten sie das Sommerreich überhaupt für so einen Ausflug verlassen, wenn Sylas so viele Pflichten hat?

Ich schätze, es kann nicht schaden, sie zu fragen, wenn ich weiß, was dabei involviert sein wird. Ich verabschiede mich von Harper und eile nach draußen zu Corwin, damit er die Vorkehrungen treffen kann.

Während wir zur Grenze laufen, nimmt der Unseelie-Erzlord meine Hand, um seine Finger mit meinen zu verschränken. *Ich bin froh, dass dieser Vorfall deinem Verlangen nach unserer Vereinigung keinen Dämpfer versetzt hat.*

Überhaupt nicht, erwidere ich. *Zu sehen, wie du und August es gemeinsam mit den Murk aufgenommen habt, hat mich daran erinnert, wie sehr ich mich darauf freue, euch alle häufiger miteinander arbeiten zu sehen, wenn wir erst einmal die offiziellen Dinge geklärt haben.*

Er gluckst und lässt seinen Daumen auf eine Weise über meine Fingerknöchel wandern, die die Haut entlang meines gesamten Armes entzündet.

Ich darf das Gefühl jedoch nicht besonders lange genießen. Als wir die Grenze überqueren und die kühle Luft der Winterseite betreten, wartet dort eine Wache im Licht der funkelnden Sterne auf uns.

„Erzlord Corwin", sagt er, ohne mich auch nur anzuschauen. „Ihre Kollegen verlangen Ihre Präsenz in der Halle des Herzens bei einem dringenden Treffen bezüglich der Seelie-Katastrophe."

Corwin blinzelt ihn an. „Es gab keine ‚Seelie'-Katastrophe. Meine Leute sollten vor Stunden hierher zurückgekehrt sein. Haben sie nicht erklärt, dass die Murk hinter dem Angriff auf unsere Siedlung steckten?"

Die Wache gibt ihre starre Haltung nicht auf. „Das mag so sein, aber wir können uns nicht sicher sein, dass die Seelie sie nicht dazu angestiftet haben, um ihre Schwüre zu umgehen, mein Lord. Zumindest sind das die Spekulationen, die ich unter den Schwärmen vernommen habe, wenn ich das sagen darf."

Corwins Mund spannt sich an und mein Herz sinkt. *Ich* weiß, dass sich keiner der Wölfe jemals mit den Fae zusammentun würde, die sie als Ungeziefer betrachten. Werden die Unseelie, sogar die anderen Erzlords, wirklich den Sommer-Fae die Schuld an einem Verbrechen geben, mit dem sie nichts zu tun hatten?

25

Talia

„ $\mathcal{N}$ iemand beharrt offen darauf, dass die Seelie dahintersteckten", erzählt mir Corwin am nächsten Morgen beim Frühstück, wobei er müde aussieht. „Sie sind nur nicht gewillt, anzunehmen, dass sie definitiv *nicht* daran beteiligt waren. Ich bin alles durchgegangen, was wir gesehen und entdeckt haben, und habe erklärt, dass ich jeden Grund zu der Annahme habe, dass die Sommer-Fae niemals gemeinsame Sache mit den Murk machen würden, aber … du hast gesehen, wie stur meine Kollegen sein können."

Ich schiebe das Rührei auf meinem Teller halbherzig hin und her, da ich trotz des wundervollen Dufts, der mir in die Nase steigt, kaum Appetit habe. „Denkst du, dass es etwas nutzen würde, wenn ich mit ihnen spreche? Ich weiß, wie wenig die Seelie die Murk leiden können. Sie hatten ihre Probleme mit dem Winterreich, erkennen euch jedoch als

Ebenbürtige an. Die Murk betrachten sie kaum als Fae." Und angesichts dessen, wie sich die Murk verhalten, ist leicht nachzuvollziehen warum.

Corwin schüttelt den Kopf und schürzt entschuldigend die Lippen. „Ich habe bereits vorgeschlagen, dass sie mit dir sprechen. Doch sie haben dich aufgrund deiner Verbindungen zum Sommerreich aus der Halle verbannt. Ich habe ihnen erzählt, dass wir das Band bestätigen werden, sodass du offiziell die Lady von Heart's Cadence sein wirst … Vielleicht erkennen sie deine Loyalität an, wenn die Zeremonie vollzogen wurde."

Oder wenn ich endlich eine Möglichkeit finde, den Fluch zuverlässig zu heilen. Kein Wunder, dass mir die anderen Unseelie-Erzlords misstrauen, wenn ich alle Seelie einmal im Monat heile, aber nicht mehr als einen Winter-Fae von seiner eisigen Krankheit befreien konnte.

Ich reibe mir über die Stirn. „Hat der Fluch jemanden befallen, während wir uns mit dieser Angelegenheit beschäftigt haben? Wenn ich es schaffen könnte, noch jemanden zu heilen …"

„Nicht, dass ich gehört habe", antwortet Corwin. „Und ich bin mir sicher, dass ich sofort benachrichtigt worden wäre, wenn das der Fall gewesen wäre." Er seufzt. „Ich soll mich heute Morgen erneut mit meinen Kollegen beraten. Ich glaube, ich kann sie wenigstens davon abbringen, zu verlangen, dass eine Truppe unserer Krieger in der Siedlung stationiert wird. Ich könnte mir vorstellen, dass die Seelie angesichts der Umstände zumindest einige Wachen erlauben werden."

Sein Blick richtet sich nachdenklich in die Ferne. Er stochert in den Essensresten auf seinem Teller herum und blickt zu mir auf, wobei Wärme durch unser Band fließt, was sich wie eine innere Umarmung anfühlt. „Ich gebe dir Bescheid, sobald sich ihre Gemüter ein wenig beruhigt haben. Wir haben in Bezug auf die Zeremonie noch einiges zu besprechen ... und ich würde gerne *ein wenig* mehr unserer gemeinsamen Zeit mit Angelegenheiten verbringen, die nichts mit Politik zu tun haben."

Ich schenke ihm ein kleines Lächeln. „Den Frieden zu wahren und sich um dein Volk zu kümmern, muss an erster Stelle stehen. Wenn wir den Waffenstillstand zwischen den Reichen stärken können, werden wir viel mehr Zeit dafür haben, in Zukunft einfach nur Spaß miteinander zu haben, stimmt's? Ich wünschte, es gäbe mehr, was *ich* tun kann."

Corwin macht einen summenden Laut. „Du verlangst zu viel von dir. Es gibt *ein paar* Dinge, die nicht deine Verantwortung sind. Du solltest dir ein wenig Zeit nehmen, während ich fort bin, um über angenehmere Dinge nachzudenken – vielleicht fallen dir einige Sachen ein, die du gerne in unserer gemeinsamen Burg hättest, die ich immer noch bauen möchte, ob es dem Rest der Fae nun passt oder nicht."

Der Trotz in seiner Stimme sorgt dafür, dass mein Lächeln etwas breiter wird. Nachdem er gegangen ist, stelle ich jedoch fest, dass ich mich auf nichts konzentrieren kann, was in solch ferner Zukunft liegt. Wie kann ich mich darauf freuen, ein Zuhause mit meinen Männern aus beiden Reichen zu teilen, wenn ich mir nicht einmal sicher bin, ob ihre Völker in den nächsten Tagen keinen neuen Krieg beginnen werden?

Corwin hat unsere Verbindung blockiert, solange er sich mit den anderen Erzlords trifft, weshalb ich keine Ahnung habe, wie ihre Diskussion läuft. Ich wandere durch den Palast und suche in den Gängen und Zimmern, mit denen ich zunehmend vertraut werde, nach Inspiration. Nach einer Weile lande ich bei dem Alkoven, dessen abgesperrte Tür zum Zimmer von Corwins Mutter führt.

Dort bleibe ich stehen, mustere sie und ziehe in

Erwägung, den Schlüssel zu holen, der mich zum Eingang ihrer Gemächer bringen wird. Ich weiß nicht, wie man den Beruhigungszauber wirkt, mit dem Corwin sie belegte, damit er mit ihr reden konnte, ohne dass sie gewalttätig wurde. Doch ich könnte versuchen, durch die Tür hindurch mit ihr zu sprechen. Sie sollte mich hören können.

Ich weiß nur nicht, was ich zu ihr sagen soll. Ist sie noch so weit bei Verstand, dass sie sich dafür interessiert, was mit ihrem Sohn geschieht? Dass sie Freude aus dem Wissen ziehen würde, dass er seine seelenverbundene Gefährtin gefunden hat? Vielleicht würde es sie wegen ihres eigenen Verlusts nur noch trauriger machen, das zu hören.

Als wollte sie meine unausgesprochenen Fragen beantworten, erreichen mich ein Kratzgeräusch und ein leises Stöhnen aus der Richtung der Treppe. Obwohl ich weiß, wer diese Geräusche verursacht, klingen sie nach wie vor nervenaufreibend. Ich schlinge die Arme um mich, reibe über sie und drehe mich um, als leise Schritte erklingen.

Zelpha biegt um die Ecke. Sie legt den Kopf schief, als sie mich sieht. „Was machst du hier?", fragt sie sanft.

Ich weiß nicht, wie ich es auf eine Weise erklären kann, die für sie Sinn ergibt. Es ergibt nicht einmal für mich Sinn. Ich schaue zurück zur Tür. „Ich schätze, ich habe nur an all die Leute gedacht, die der Fluch verletzt hat … Ich frage mich, ob es irgendetwas gibt, was ich tun kann, um *irgendetwas* davon besser zu machen." Ich halte inne. „Vielleicht widerspricht das den Wünschen des Herzens, dies zu sagen, aber es kommt mir irgendwie falsch vor, dass sie weiterhin leben muss, wenn sie solche Schmerzen hat und es nicht möchte. Die Murk …"

Die Murk bieten einander einen Ausweg an, falls sie das Gefühl haben, dass es besser ist, ihr Leben zu beenden, als es fortzuführen. August hat mir erzählt, dass die Frau, die sie gefangen haben, so der Befragung entgehen konnte. Einen derartigen Zauber zu wirken, bedeutet zwar, dass sie im Allgemeinen auf weniger Magie zugreifen können wegen der Missbilligung des Herzens … doch ich stehe zu meiner Meinung, dass das eigene Leben etwas sein *sollte*, über das man Kontrolle hat.

Zelpha erschaudert. „Du willst dir von den Murk keine Ideen abschauen, wenn es um ihren Umgang mit Problemen geht. Wenn wir ihr einen Ausweg anbieten würden, gäbe es keine Möglichkeit mehr, ihr zu helfen, sollten wir später eine Gelegenheit dazu erhalten. Wenn wir den Fluch im Griff haben, wird es vielleicht auch einfacher sein, ihre Trauer zu heilen.“

„Ich weiß, dass es möglich sein könnte. Es ergibt Sinn. Ich …“ Ich erinnere mich an den Moment vor Monaten, als ich vor dem ehemaligen Erzlord Ambrose stand und ein Messer an meine Kehle hielt. „Es gab einmal eine Zeit, als ich lieber gestorben wäre, als mich in die Hände unserer Feinde zu begeben. Ich machte mir diese Tatsache zunutze, um mich zu retten. Ich würde nicht wollen, dass mir jemand *diese* Gelegenheit nimmt. Ich habe bereits genug durchlitten, um zu wissen, dass es Dinge gibt, die schlimmer sind als der Tod.“

Wenn ich jemals meinen Männern und Freunden entrissen werden sollte, wenn ich wüsste, dass sie für mich verloren wären und in meiner Zukunft nichts als Schmerz läge … oder dass meine Entführer mich benutzen würden, um anderen alle möglichen Arten von Schmerz zuzufügen … Ich hoffe zwar beim Herzen, dass ich mich nie in dieser Position wiederfinde, doch in diesem Fall würde ich nicht weiterleben wollen.

Die Unseelie sind jedoch zu starr in ihren Überzeugungen, um diese Sichtweise in Erwägung zu ziehen – so starr wie es ihre Körper werden, wenn sie sich in den Fängen des Fluchs befinden. Die Antwort muss etwas mit dieser Strenge zu tun haben. Ich verstehe jedoch nach wie vor nicht, wie ich in dieses Bild passe. Beim Seelie-Fluch stelle ich mich weder ihrer Wildheit noch verhindere ich sie. Stattdessen erlaube ich ihnen, dieser nachzugehen, und *das* ist der Moment, in dem sie ihren Zorn abschütteln.

Mein Kopf tut allein von den Versuchen weh, über das Problem nachzudenken.

Zelpha klopft mir leicht auf den Rücken. „Meiner Meinung nach stimmt es, dass manche Dinge nicht repariert werden können. Doch wenn das der Fall ist, müssen wir das Beste aus ihnen in ihrem gebrochenen Zustand machen. Sogar in dem, was beschädigt wurde, kann Schönheit gefunden werden."

Werden sie so die Beziehung zwischen dem Sommer- und Winterreich sehen, wenn sie ihre Konflikte und Verdachte nicht lösen können?

Mein Kinn reckt sich bei dem Gedanken. „Nun, ich denke, es gibt eine Menge Dinge, die wir noch in Ordnung bringen können." Die Erzlords wollen nicht von mir hören, doch was ist mit den anderen Unseelie? Was halten *sie* von dem Angriff auf die Siedlung? Dem Bericht der Wache zufolge, die Corwin gestern abholte, spekulieren alle über die Beteiligung der Seelie.

Ich wende mich an Zelpha. „Ich will noch einmal runter zum Dorfplatz gehen und mit dem Schwarm sprechen."

Zelpha zieht die Augenbrauen hoch. „Hat Corwin diesen Plan abgesegnet?"

„Ich hatte ihn mir noch nicht überlegt, als ich zuletzt mit ihm gesprochen habe, und jetzt ist er mit dem Treffen beschäftigt. Er hatte nichts dagegen, als du mich das letzte Mal runtergebracht hast, oder?"

Sie sieht unsicher aus, vielleicht weil sie mich damals aus ihren Gründen zum Schwarm gebracht hat und sich jetzt unsicher ist, was meine sind. „Sie wissen, dass du

Verbindungen zum Sommerreich hast. Sie werden heute womöglich nicht ganz so freundlich sein."

„Nun, das ist genau der Grund, aus dem ich sie besuchen sollte. Damit sie realisieren, dass die Sommer-Fae nichts mit dem zu tun hatten, was passiert ist, und dass es keinen Grund gibt, deswegen unfreundlich zu sein." Ich mustere sie. „Ich weiß jetzt, wo der Pfad ist. Ich kann allein runtergehen."

„Jetzt warte mal …"

Ich halte ihren Blick. „Würdest du mir vorschreiben, ob ich zum Dorf runtergehen kann oder nicht, wenn ich ein Fae wäre? Ich humple zwar, bin jedoch kein Invalide. In wenigen Tagen werde ich als seine bestätigte Gefährtin neben Corwin stehen. Ich hoffe, dass du mich dann nicht wie eine Dienerin behandelst, die herumkommandiert werden kann."

Zelpha verzieht das Gesicht. „Okay, okay, du weißt, wie man sich unmissverständlich klarmacht." Sie betrachtet mich nachdenklich von Kopf bis Fuß. „Bist du dir sicher, dass du wirklich keine beachtliche Portion Fae-Blut in dir hast?"

Ich verspüre den lächerlichen Drang, ihr die Zunge rauszustrecken. „Menschen haben auch ihren eigenen Kopf."

„Eindeutig." Sie lacht. „Ich denke allerdings, dass du mit einem Zirkelmitglied zur Rückendeckung besser dran wärst. Nur für den Fall."

„Dann komm mit."

Ich laufe durch den Palast und raus zur Klippe, die das Dorf überblickt. Jetzt ist es nicht schwer, den Pfad zu finden, da ich weiß, wonach ich suche. Ich marschiere diesen hinab, ohne mich zu vergewissern, ob Zelpha mir folgt, denn ich höre das Schlurfen ihrer Stiefel hinter mir. Mein Herz schlägt schneller bei dem Gedanken daran, was mich im Dorf erwarten wird, und wegen der Diskussion mit ihr. Allerdings dürfen mich die Mitglieder von Corwins Zirkel nicht nur als ein zerbrechliches Menschenmädchen sehen, das irgendwie in ihre Leben gestolpert ist und zufälligerweise eventuell ein Heilmittel für den Fluch in der Hinterhand hat.

Als ich den Dorfplatz erreiche, ist dort mehr los als beim letzten Mal. Viele der Winter-Fae stehen in Gruppen beieinander und unterhalten sich mit angespannten Stimmen. Diejenigen, die den Garten pflegen, machen finstere Mienen und scheinen kaum zu bemerken, was sie mit ihren Händen tun.

Mehrere Blicke wenden sich in meine Richtung, als ich in das gespiegelte Licht trete, das von den Diamanten an der Decke fällt. Ich baue mich in der Mitte des Raumes auf, stelle mich breitbeinig auf den glatten Steinboden und sehe mich um.

„Falls irgendjemand Fragen zu den Seelie hat oder darüber, was gestern im Sommerreich geschehen ist, könnt ihr mir diese stellen", verkünde ich, wozu ich meine Stimme ein wenig hebe. „Ich habe die Siedlung mit Erzlord Corwin besucht und lange Zeit unter den Seelie gelebt. Ich kenne sie."

Die Gespräche versiegen. Die meisten Unseelie kommen mit zaghaften Mienen auf mich zu. Die Vorsicht in ihrer Haltung beunruhigt mich. Hat der Angriff sie so misstrauisch gemacht, dass sie sogar mich als potenzielle Drohung sehen?

„Es muss uns niemand erklären, dass der Großteil der Wölfe uns gerne in Fetzen reißen würde", bemerkt einer von ihnen.

„Niemand sollte euch das sagen, denn es ist nicht wahr. Sie haben euch nie angegriffen, selbst als ihr immer wieder in ihr Reich eingefallen seid, oder? Sie wollten nur, dass *eure* Angriffe aufhören."

„Oder vielleicht hatten sie nur Angst, unser Reich zu betreten", wirft ein anderer Unseelie ein. „Sobald wir das Sommerreich in dem Versuch betreten, Frieden zu schließen, werden unsere Leute hinweggefegt und misshandelt. Das scheint kein Zufall zu sein."

„Euer eigener Erzlord hat einen der Murk gefangen, die verantwortlich dafür waren", erinnere ich sie. „Ihr denkt doch nicht, dass *er* diesbezüglich lügen würde, oder?"

Sie murmeln unzufrieden. „Die Seelie hätten ein Bündnis mit den Murk verbergen können", protestiert der erste Mann. „Vor Erzlord Corwin und dir. Wer weiß, wie viel sie noch geheim halten?"

Meinen Beobachtungen zufolge halten die Seelie nicht annähernd so viele Dinge geheim wie die Winter-Fae, ich bezweifle jedoch, dass es mir etwas nutzen wird, dies anzumerken. „Ich habe während meiner Zeit dort eine Menge unterschiedliche Seelie kennengelernt und ausnahmslos alle haben sich feindselig über die Murk geäußert", erzähle ich. „Ich verspreche euch, sie betrachten die Rattengestaltwandler als den Feind und sind genauso erpicht darauf wie ihr, sie zu erwischen und daran zu hindern, euch erneut zu schaden."

Eine Frau, die am hinteren Rand der Gruppe steht, tritt mit schmalen Augen nach vorne. „Vielleicht steckst *du* mit ihnen unter einer Decke. Du bist ein Mensch … du könntest für sie lügen, wenn sie es von dir verlangen."

Zelpha tritt näher an meine Seite. „Ich hoffe, du sprichst keine Anschuldigungen gegen den Ehrengast unseres Lords aus."

Die andere Fae versteift sich ein wenig bei ihrer Einmischung. Ich hebe meine Hand und bedeute Zelpha, sich zurückzuziehen. Ich muss zeigen, dass ich allein mit dieser Konfrontation fertig werden kann.

Ich wende mich wieder an die versammelten Fae. „Ich will auch nicht, dass einer von euch verletzt wird. Deswegen bin ich hier – deswegen habe ich alles in meiner Macht Stehende versucht, um euren Fluch zu heilen."

„Wie können wir darauf vertrauen?", will ein anderer Fae-Mann wissen. „All diese Hilfsangebote könnten nur eine Methode sein, um uns in eine größere Falle zu locken. Hast du wirklich jemanden geheilt?"

Eine Stimme erhebt sich an der Seite. „Ich habe gehört, dass du die Erzlords dazu gedrängt hast, der Siedlung zuzustimmen."

„Du bist aus dem Sommerreich gekommen", sagt eine Frau. „Du warst ein Mitglied eines ihrer Rudel. Du gehörst nicht einmal hierher."

Ich schlucke schwer, suche nach den richtigen Worten und da wird es mir bewusst. *Ich* habe ebenfalls Dinge geheim gehalten und vielleicht ist es an der Zeit, damit aufzuhören. Nicht in jeder Hinsicht – ich erinnere mich nur allzu gut an Corwins Warnungen, dass ich meine Magie nicht offenbaren soll – es kann jedoch nicht schaden, den Hauptgrund zu gestehen, aus dem ich hergekommen bin, oder? In ein paar Tagen werden wir es ohnehin allen verkünden.

Ich vermute, dass Corwin es vorgezogen hätte, hier zu sein und es seinem Schwarm selbst mitzuteilen, aber er ist nicht da. Und das hier ist genauso sehr meine Wahrheit wie seine. Ich habe sie akzeptiert – seine Leute müssen das auch tun.

Mein Herz hämmert noch stärker, doch ich drücke den Rücken durch und spreche so ruhig wie möglich. „Ich gehöre hierher. Ich gehöre in diese Länderei an Corwins Seite, weil ich seine seelenverbundene Gefährtin bin. Deswegen bin ich hierhergekommen – deswegen bin ich immer wieder zurückgekommen."

Die Fae um mich herum starren mich mit offenem Mund an. Jemand lacht. Zelphas Gesicht hat sich angespannt, sie legt jedoch eine Hand auf meine Schulter und funkelt die Menge finster an. „Ich kann das bestätigen. Ich habe es persönlich von unserem Lord erfahren."

„Warum wurde das Band dann nicht bestätigt?", will eine Frau wissen.

Ich kann auch diesbezüglich ehrlich sein. „Weil ich mir nicht sicher war, ob ich das tun möchte. Ich *habe* auch eine Bindung zu den Seelie – zu den Sommer-Fae, die mich unterstützt und auf mich aufgepasst haben. Dass ich an Erzlord Corwin gebunden bin, ändert nichts daran. Deswegen bedeutet es mir so viel, dass ihr und die Seelie Frieden schließen. Ich gehöre zu *beiden* Reichen und ich möchte sie vereint sehen, nicht dass sie gegeneinander kämpfen. Zumal es so aussieht, als hättet ihr es beide mit einem weiteren Feind zu tun, dem ihr euch gemeinsam besser erwehren könnt."

Unruhiges Gemurmel hallt durch die Höhle und vermischt sich zu einem Einheitsbrei an Stimmen, die ich nur schlecht voneinander unterscheiden kann. Zelphas Haltung ist nach wie vor wachsam. Niemand spricht jetzt mit mir, da sich alle miteinander unterhalten.

Mein Magen sinkt. Glauben sie mir nicht? Oder glauben sie mir und heißen es nicht gut?

Doch selbst wenn das der Fall ist, bereue ich es nicht, dass die Katze nun aus dem Sack ist.

Vielleicht sollte ich sie eine Weile über die Situation nachdenken lassen, anstatt zu erwarten, dass sie mich sofort als die Partnerin ihres Herrschers akzeptieren. Ich weiche zurück und hebe die Stimme, um noch ein Versprechen zu machen. „Wenn ich die Lady von Heart's Cadence bin, werde ich alles in meiner Macht Stehende für diesen Schwarm tun, so wie es Corwin tut. Dazu wird allerdings auch gehören, sicherzustellen, dass ihr die Seelie so sehen könnt, wie sie wirklich sind, so wie ich sie kenne. Ich verspreche euch, dass sie genauso wenig Schurken sind wie ihr."

„Ich schätze, das hängt davon ab, von welchen Fae wir

sprechen", brummt Zelpha, als wir den Pfad entlang zurückeilen.

Ich kann mir für ihren Versuch, witzig zu sein, kein Lächeln abringen. Wenn das Herz möchte, dass ich die Reiche eine, habe ich noch schrecklich viel Arbeit vor mir.

Wir überqueren die Ebene schweigend. Als wir die Mauer mit der Terrasse erreichen, kommt ein Bediensteter aus dem Palast geschnellt, um uns mit großen Augen entgegenzulaufen.

„Zelpha", sagt er, neigt den Kopf und seine Augen huschen auf eine Weise zu mir, die andeutet, dass er nicht weiß, ob er mich ansprechen soll und wie. „Ich wusste nicht, was ich tun soll … Erzlord Corwin ist noch nicht von der Halle des Herzens zurückgekehrt …"

„Was ist los?", fragt Zelpha ruhig und bleibt stehen.

„Nun …" Der Mann wringt die Hände. „Wir haben einen Besucher. Aus dem Sommerreich. Es ist einer ihrer Erzlords … er sagt, sein Name sei Sylas."

Talia

Obwohl ich mir viele Male gewünscht habe, dass die Männer, die ich liebe, nicht räumlich voneinander getrennt sind, habe ich mir nie vorgestellt, wie es sein würde, wenn Sylas in einem der Sessel in Corwins Büro sitzt. Es ist eigenartig aufregend und zugleich beunruhigend.

Corwin scheint genauso wenig zu wissen, wie er mit dem unerwarteten Besucher umgehen soll. Zuerst saß er hinter seinem Schreibtisch, als wäre es ein förmliches Treffen, doch jetzt hat er sich wieder erhoben und steht stattdessen daneben. Er mustert den Seelie-Erzlord, öffnet und schließt den Mund, bevor er schließlich zum ersten Mal spricht abgesehen von den wenigen Worten, mit denen er uns hierhergebracht hat.

„Ich könnte mein Küchenpersonal bitten, Erfrischungen zu bringen, falls du etwas möchtest. Ich will nicht, dass du mich für einen schlechten Gastgeber hältst."

„Danke, mir geht es gut", erwidert Sylas, obwohl der riesige Fae-Mann ebenfalls ein wenig unbeholfen aussieht umgeben von den Diamantwänden und hellen Möbelstücken. Als würde er sich Sorgen machen, dass er etwas zerbricht, wenn er sich zu schnell bewegt. „Ich habe bloß gehofft, dass wir uns unterhalten können, und hielt es für fair, dass ich dieses Mal zu dir komme, nachdem du die Reise ins Sommerreich bereits mehrere Male unternommen hast. Sollte dies jedoch ein schlechter Zeitpunkt sein, musst du nicht alles stehen und liegen lassen, damit wir dieses Gespräch führen können. Ich wusste nicht, wie ich es im Voraus arrangieren kann."

„Nein, es ist alles in Ordnung." Corwins Hände zucken und ich kann spüren, dass er den Drang unterdrückt, sich übers Gesicht zu reiben. Er gibt sein Bestes, trotz der darunter liegenden Unruhe eine kühle Fassade aufrechtzuerhalten.

Ich kontaktiere ihn durch unser Band und gebe ihm das Äquivalent eines Händedrucks. *Ich bin mir sicher, er wird keine Probleme bezüglich der Bestätigungszeremonie machen. Es ist ein ziemlich großer Vertrauensbeweis, dass er allein ins Unseelie-Reich gekommen ist.*

Das ist es, stimmt Corwin zu und seine Haltung entspannt sich so weit, dass er sich erlaubt, vorne auf die Kante seines Schreibtischs zu sinken und ihn als eine vorübergehende Sitzgelegenheit zu nutzen. „Ich habe gerade ein Treffen mit meinen Kollegen beendet, als du angekommen bist. Sie sind noch immer ziemlich beunruhigt wegen des Angriffs auf unsere Siedlung. Falls du dich nach unserer Reaktion darauf erkundigen wolltest, kann ich nur sagen, dass ich damit rechne, dass wir innerhalb eines Tages ein paar Forderungen stellen werden. Mir ist es allerdings gelungen, dafür zu sorgen, dass sie in einem angemessenen Rahmen liegen. Sie wollen das Experiment nach wie vor fortsetzen für den Fall, dass es sich als unsere beste Hoffnung erweist, dem Fluch vorzubeugen.“

„Ich bin froh, dass es den Murk nicht gelungen ist, unseren Waffenstillstand mit ihren Anstrengungen komplett zu stören“, erwidert Sylas, der sich Corwins ruhigem Ton anpasst. „Aber ich bin tatsächlich hergekommen, um eine persönliche Angelegenheit anzusprechen.“

Er hält inne und sein ungleicher Blick konzentriert sich kurz auf mich. Ich sitze in einem der anderen Sessel und als er mich betrachtet, berührt der Schatten eines liebevollen Lächelns seine Lippen. Anschließend richtet er seine Aufmerksamkeit wieder auf Corwin. „Ich vermute, du weißt, dass Talia mir und meinem Kader deine Idee einer gemeinsamen Burg auf der Grenze vorgestellt hat.“

Corwin richtet sich ein wenig auf. „Ja. Sie sagte, dass ihr offen für die Möglichkeit seid. Ich habe mich darauf gefreut, es direkt mit euch zu besprechen. Doch vorher möchte ich sagen, wie sehr ich hoffe, dass wir gemeinsam daran arbeiten können, den Frieden zwischen unseren Reichen zu wahren.“

Sylas nickt. „Wir ebenfalls. Und wir freuen uns auch darauf, dafür Sorge zu tragen, dass unsere Lady von uns vier jegliche Liebe erhält, die wir ihr gemeinsam schenken können – das ist ebenfalls deine Absicht, wenn ich mich nicht irre?“

Ein Muskel zuckt an Corwins Kiefer, als er hört, wie Sylas dies so offen anspricht, doch er neigt den Kopf. „Ja. Ich … ich verstehe, wie wichtig ihr Talia seid und sie euch. Dies ist die beste Möglichkeit, die mir eingefallen ist, um eure Verbindung zu ehren. Ungeachtet des Bandes, mit dem uns das Herz gesegnet hat, kann ich nicht sehen, wie es dessen Wille sein könnte, dass ich das Glück zerstöre, das Talia bereits gefunden hat. Je mehr Liebe sie in ihrem Leben hat, desto besser.“

Ich kann das Unbehagen spüren, das diese Aussage nach

wie vor in ihm auslöst, obwohl ich weiß, dass er es ernst meint. Sylas bemerkt anscheinend einen Teil davon mit seinen eigenen Sinnen oder vielleicht ist es leicht, dies zu erraten. Er weiß, wie stark ein Seelenband ist.

„Dem stimme ich zu", sagt er. „Ich bin mir allerdings auch bewusst, wie schwierig es sein kann, gegen die eigenen Instinkte zu handeln, die verlangen, dass du Anspruch auf sie erhebst und sie in Besitz nimmst. Vor allem bei einer so starken Verbindung wie eurer ist das schwer … Als sie mir erklärte, dass sie nicht gewillt war, mich meinen Kader-Gewählten vorzuziehen, war ich mir anfangs nicht sicher, ob ich es akzeptieren kann, dass sie ihre Zuneigung teilt. Dabei war ich nicht einmal mit dem gleichen, tiefen Band mit ihr verbunden wie du, das meine Emotionen hätte aufwühlen können."

„Ich habe reichlich darüber nachgedacht", erwidert Corwin ein wenig steif. „Ich hätte es nicht vorgeschlagen, wenn ich nicht entschlossen wäre, die Idee in die Tat umzusetzen."

Sylas hält die Hände hoch. „Ich will deine Entschlossenheit nicht infrage stellen. Ich gehe das Ganze nur … praktisch an, so wie es die Raben wertschätzen, wie ich gehört habe. Über eine Sache nachzudenken und sie tatsächlich zu sehen, sind zwei unterschiedliche Dinge. Bevor wir einen Schritt weitergehen und all das Chaos heraufbeschwören, das wir vermutlich erzeugen werden, indem wir darum bitten, diese Burg zwischen den Reichen bauen zu dürfen, sollten wir sichergehen, dass du es in der Praxis wirklich tolerieren kannst, ihre Zuneigung zu teilen."

Ein freudiges Kribbeln rast über meine Haut, da ich errate, worauf er anspielt. Corwin mustert ihn und spannt sich noch mehr an. „Was meinst du?"

„Betrachte es als eine Art Experiment", antwortet Sylas. „Es ist vollkommen in Ordnung, wenn du feststellst, dass du es doch nicht akzeptieren kannst. Du musst nur ein Wort sagen und ich werde mich zurückziehen. Ich werde es dir auch nicht zum Vorwurf machen. Wir haben uns darauf vorbereitet, dass ein Kompromiss eventuell nicht möglich sein wird, seit sich das Seelenband geformt hat. Ich halte es einfach für das Beste, wenn wir das im Voraus feststellen … Es wird viel komplizierter sein, wenn du entdeckst, dass es für dich unerträglich ist, nachdem wir deinen Plan bereits in die Tat umgesetzt haben.“

Der Seelie-Erzlord streckt seinen Arm in meine Richtung aus und winkt mich zu sich. Mein Herz setzt einen Schlag aus.

Corwin ist am Schreibtisch erstarrt und ein widersprüchlicher Wirrwarr aus Emotionen erreicht mich durch unsere Verbindung. Er hat in meinen Erinnerungen kurze Blicke auf meine intimen Momente mit meinen anderen Männern erhalten, bruchstückhafte Eindrücke, die ich nicht komplett vor ihm abschirmen konnte, wenn ich mit ihnen zusammen war. Allerdings musste er es nie mit eigenen Augen beobachten.

Sylas hat jedoch recht. Wir sollten genau wissen, wie weit wir mit diesem Kompromiss gehen können, bevor wir versuchen, ihn in die Tat umzusetzen. Ich weiß nicht, ob es irgendetwas an dem ändern würde, was ich in den nächsten Tagen tun werde, dennoch wüsste ich gerne, wo mein Gefährte wirklich steht, wenn es um die Beziehungen zu meinen anderen Liebhabern geht, bevor ich mich ihm vollkommen verpflichte.

Ich muss wenigstens mit weit geöffneten Augen in die Zukunft schreiten.

Ich stehe auf und gehe zu Sylas. Als ich nah genug bin, streckt er seine Hand aus, um mit den Fingern von dem ellenbogenlangen Ärmel meines Kleides über meinen Arm zu meinem nackten Handgelenk zu streicheln. Hitze entzündet sich bei seiner Berührung. Ich blicke in seine ungleichen Augen und bin mir stark bewusst, wie viel Verlangen dieser Mann mit einer einfachen Berührung in mir auslösen kann und wie viel Unruhe durch meinen Gefährten rauscht, der dabei zusieht.

Corwin?, frage ich zaghaft. Wenn er mich bittet, das hier zu beenden, werde ich es tun. Ich will ihm nicht wehtun. Danach werde ich wenigstens wissen, wo wir wirklich stehen.

Er kämpft einen Moment lang mit seiner Antwort, bevor er sie ausspricht. *Mach weiter. Ich habe geschworen, dass ich dir dies lassen würde. Wenn ich es ertragen kann, dich in den Armen anderer Männer zu sehen, dann muss ich es auch schaffen, es zu tolerieren.*

Ich hätte gerne, dass wir irgendwann über den Punkt reiner Toleranz hinauskommen, doch das wäre momentan vermutlich zu viel verlangt.

Ich trete näher an Sylas heran und berühre seine Wange. Er schlingt einen Arm um meine Taille und zieht mich auf seinen Schoß. Eine seiner Hände legt sich auf meinen Schenkel und zeichnet zarte Kreise auf diesen. Die andere neigt meinen Kopf zur Seite, damit er schnell einen Kuss auf meine Halsseite drücken kann.

Die kurze Hitze seines Mundes jagt einen berauschenden Ruck durch meinen Körper hindurch, der auch in Corwin reist. Verlangen steigt daraufhin in ihm auf. Er ist zwar nicht besonders begeistert davon, zu beobachten, wie mir ein anderer Mann Lust bereitet, diese Lust wirkt sich allerdings trotzdem auf ihn aus.

Seine Stimme klingt etwas heiser. „Du willst, dass ich einfach zuschaue, während du und sie …"

Sylas schaut über meine Schulter zu ihm und unterbricht das Streicheln meiner Haare. „Das liegt bei dir. Du kannst nur zuschauen, wenn du dich damit am wohlsten fühlst. Ich hatte jedoch gehofft, dass dies unsere erste Zusammenarbeit sein könnte, falls du dazu gewillt bist.“

Eine Zusammenarbeit. Das Bild meiner beiden Erzlords huscht durch meinen Kopf, wie ihre Hände über meinen Körper wandern und ihre Münder meine Haut streifen, woraufhin ein tieferes Begehren in mir anschwillt. Ich schaue Corwin in die Augen und will ihn ermutigen, ohne ihn zu etwas zu drängen, wofür er nicht bereit ist.

Meinen Blick haltend befeuchtet er seine Lippen. Meine Erregung hat seine eigene entfacht und die Sehnsucht durchfährt seine Brust, mich auf jede erdenkliche Weise zu befriedigen und zu zeigen, dass er mit allem klarkommen kann, was er vorgeschlagen hat. Der Anblick von Sylas, der mich streichelt, hat allerdings eine Besitzgier in ihm aufflammen lassen, die er noch nicht im Griff hat.

Er krallt die Hände um die Schreibtischkante. Sylas neigt den Kopf, um an meiner Halsbeuge zu knabbern, und ich kann nicht anders, als meinen nach hinten zu neigen und die neckenden Küsse willkommen zu heißen. *Es fühlt sich gut an, aber es würde sich noch besser anfühlen, wenn du auch bei mir wärst.*

Corwin stößt einen harschen Laut aus, bevor er den Raum zwischen uns mit wenigen schnellen Schritten durchquert und seine Finger in meinen Haaren vergräbt. Er erobert meinen Mund mit einem entschlossenen Kuss. Sylas knabbert an meiner Schulter und gierige Flammen lodern in meinem gesamten Körper auf.

Ich bin zwischen zwei der mächtigsten Männer in den Fae-Reichen gefangen und kann mir nicht vorstellen, irgendwo anders sein zu wollen.

Corwin vertieft den Kuss und seine Zunge taucht zwischen meine Lippen. Ich wimmere ermutigend. Als ich mich ihm entgegenwölbe und mein Körper vor Verlangen nach mehr Berührungen erbebt, senkt er seine Hand an meine Seite. Er streichelt mit den Fingern durch mein Kleid hindurch von meinem Schlüsselbein zu meiner Hüfte und umfasst anschließend meinen Busen.

Sylas knurrt leise, da er meine begierige Reaktion bemerkt. Seine Hand gleitet über mein Bein, um das empfindlichere Fleisch meines Innenschenkels zu streicheln, wodurch er nahe an die Stelle herankommt, wo ich bereits am heißesten brenne, sie jedoch nicht berührt.

Corwin atmet scharf ein und erneut vibriert ein Zögern durch ihn hindurch. Meine Erregung zu spüren, hat ihn bereits hart werden lassen, es beunruhigt ihn jedoch, wie viel von unserem geteilten Verlangen von einem anderen Mann verursacht wird.

Sieh ihn nicht als Außenseiter, schlage ich mit so viel Vernunft vor, wie ich in dem Moment aufbringen kann. *Er fügt dem Erlebnis etwas hinzu. Er nimmt dir nichts weg. Wir dürfen* beide *mehr fühlen.*

Corwin küsst mich erneut, dieses Mal härter als zuvor. Er bewegt seinen Handballen auf meiner Brust, was wundervolle Schauder durch die steife Spitze sendet. Dann überkommt ihn plötzlich Entschlossenheit. Er weicht zurück, streift mit den Lippen meine Wange und Schläfe und sieht zu Sylas hinter mir.

„Berühre ihre Mitte", befiehlt er mit einer heiseren Note, die ich noch nie zuvor bei ihm gehört habe. „Sie sehnt sich danach."

Ein anerkennendes Grollen geht von Sylas' Brust aus. Seine Finger gleiten zwischen meine Beine und ziehen den Stoff meines Kleides zur Seite, woraufhin meiner Kehle ein Keuchen entweicht. Ich presse mich seiner Hand entgegen und suche mehr von der Wonne, die mich bei der Berührung durchflutet, woraufhin von meinem Gefährten Befriedigung in mich hallt.

Ich packe Corwins Hemd und ziehe seinen Mund wieder

auf meinen. Sylas versengt erneut die Seite meines Halses mit Küssen, während mich seine Finger durch mein Kleid hindurch stimulieren. Corwin massiert unterdessen meinen anderen Busen und es ist schwer, mir vorzustellen, dass wir jemals dachten, dies sei etwas anderes als eine unrealistische Idee.

Ich liebe dich, denke ich an Corwin gewandt, streichle mit der Hand über seine schmale Brust und packe mit der anderen Sylas' Arm. *Ich liebe dich.*

Ich liebe dich auch, antwortet er und seine innere Stimme ist voller Zärtlichkeit und Begehren. *Du verdienst all die Liebe, die diese Welt zu bieten hat.*

„Ihr Kleid", krächzt er laut. „Es muss entfernt werden."

Sylas protestiert nicht gegen den Befehl, sondern zieht den Stoff hoch über meine Hüften, während Corwin die Verschlüsse öffnet, die das Mieder zusammenhalten. Als ich meine Position auf Sylas' Schoß verändere, reibt die steife Länge seiner Erektion über meinen Hintern. Corwin spürt das sowie das Aufflammen von Lust, das diese Berührung in mir auslöst. Sobald sie mein Kleid beiseite geworfen haben, packt er meine Schenkel und setzt mich direkt auf diese Härte.

Ich kann nicht anders, als mich zu winden, und Sylas stockt der Atem. Er taucht seine Finger erneut zwischen meine Beine und summt glücklich, als er mein klatschnasses Höschen spürt. Ich neige mich nach hinten zu ihm und Corwin beugt sich über mich, wobei er eine Hand auf die Armlehne des Sessels stützt und den Kopf senkt, sodass er meinen Nippel in den Mund saugen kann.

Seine Zungenschläge und die Schaukelbewegungen von Sylas' Hand heben meine Lust von brennend zu versengend. Ich packe Corwins Haare, biege den Rücken durch, um mich ihm anzubieten, und wiege mich im Takt mit Sylas' Berührungen. Es ist alles so gut, dass ich nicht weiß, wie ich nach etwas anderem bitten soll, und zugleich will ich mehr, alles, den Rausch der Erlösung, dessen Anfänge ich bereits spüren kann.

Corwin zieht meinen Nippel zwischen seine Zähne, denn mein Begehren stachelt sein eigenes an. Er erhebt sich, um seine Stirn an meine zu lehnen. Unsere Haut ist schweißnass und Verlangen hallt durch mich und unser Band hindurch.

„Sie muss gefüllt werden", verkündet er, wobei eindeutig eine Einladung in seiner Stimme liegt. „Lassen wir sie so hoch fliegen, wie sie es verdient."

Sylas öffnet seine Hose und befreit seine Erektion, während ich mich aus meinem Höschen winde. Als ich mich auf Sylas' Länge senke, lässt Corwin seine Hand an meinem Gesicht liegen, sein Daumen streichelt über meinen Wangenknochen und er nimmt die schwindelerregende Dehnung und die heiße Härte wahr, die meinen Lippen ein Stöhnen entlockt.

Sylas verändert seine Position unter mir, um sich noch tiefer in mich zu stoßen, und hält mich so fest, während er einen Kuss auf mein Schulterblatt drückt. „Hast du deinen seelenverbundenen Gefährten jemals in den Mund genommen?", raunt er.

Die Anzüglichkeit der Frage jagt ein Beben durch mich hindurch. Ich drücke mich nach hinten an ihn, genieße es, wie voll ich dort bin, wo er in mich gedrungen ist, und blicke zu Corwin auf. Die Augen meines Gefährten glänzen dunkel vor Sehnsucht, die er nicht unterdrücken kann.

Er sollte sie nicht unterdrücken müssen. „Nein", erwidere ich und stupse ihn an, damit er sich aufrichtet. „Aber ich würde es gerne tun."

Ich lasse meine Finger über die Vorderseite von Corwins Hose und die Beule gleiten, die sich unter ihr wölbt, woraufhin er sich ein Stöhnen nicht verkneifen kann. Er hilft mir, die Bänder zu öffnen, und streichelt meine Haare mit einer Zärtlichkeit, die ein Kribbeln über meine Kopfhaut sendet. Nach wie vor mit Sylas vereint, beuge ich mich nach vorne und neige mich so, dass ich mit der Zunge über die Spitze von Corwins steifer Erektion gleiten kann.

Die Wirkung dieser einfachen Bewegung hat etwas so unfassbar Berauschendes an sich. Ehrfürchtige Wonne schwappt durch Corwins Körper hindurch. Seine Finger spannen sich in meinen Haaren an. Er zieht mich nicht an sich, sondern hält sich eher an mir fest. *So gut, meine Seele – es fühlt sich so gut an.*

Ich weiß das, denn ich spüre jedes bisschen dieser Freude ebenfalls in mir. Ich nehme ihn in den Mund, schlucke sein waldiges Aroma und genieße jedes Zucken und jeden stockenden Atemzug, der von der Lust verursacht wird, die ich ihm schenke. Weitere schwindelerregende Hitze durchströmt mich von der Stelle, an der ich mit Sylas' vereint bin.

Der Seelie-Erzlord packt meine Schenkel und stößt sich mit zunehmender Kraft in mich. Ich lasse mich von seinem Rhythmus auf Corwins Schaft vor und zurück bewegen. Sylas streckt seine andere Hand aus, um meine Brust zu kneten, und Corwin zieht leicht an meinen Haaren, womit er einen wunderbaren Lustschmerz auslöst. Guter Gott, wenn jede Zusammenarbeit zwischen Sommer und Winter so spektakulär wäre, würde sich vermutlich niemand beschweren.

Talia, sagt Corwin mit einem Beben der Besorgnis, da die Wucht seines Höhepunktes bereit ist, zu explodieren.

Ich sauge nur noch stärker an ihm. *Ich will dich. Ich will alles von dir.*

Er kommt in meinem Mund und eine so heftige Wonne singt durch seine Adern und Verstand, dass sie mich über die Klippe schleudert. Sylas stößt sich in mich und ich verkrampfe mich mit einem Schrei um ihn herum. Der

Seelie-Erzlord stößt einen Fluch aus, als er sich einige Male in mich pumpt, bevor er sich in mir ergießt.

Ich hebe den Kopf und suche Corwins Lippen. Er beugt sich nach unten, um mir entgegenzukommen, und zögert nicht, obwohl er sich auf meinem Mund schmecken kann. Ihn durchläuft lediglich eine neue Woge leidenschaftlicher Bewunderung. Ich drehe mich, gleite von Sylas' Schaft und küsse den anderen Mann ebenfalls. Der Seelie-Erzlord drückt mich mit einer Zuneigung an sich, die ich auch ohne eine magische Verbindung spüren kann. „Meine Liebste.“

„Mein Liebster“, flüstere ich.

Ich drehe mich in seinen Armen und strecke eine Hand nach Corwin aus. Eine vorübergehende Verlegenheit legt sich über uns, als uns die Folgen dessen bewusst werden, was wir gerade getan haben. Mein Gefährte zögert und tritt näher, um meine Finger zu drücken, seine Lippen auf meine Schläfe zu legen und die Umarmung zu teilen.

„Habe ich mich als annehmbar im Umgang mit Kompromissen erwiesen, Erzlord Sylas?“, fragt er leicht sarkastisch.

Sylas schenkt ihm eines der seltenen breiten Grinsen, die sein furchteinflößendes Gesicht absolut atemberaubend machen. „Ich denke, unsere Lady wird gut umsorgt werden. Es wird mir eine Ehre sein, mit dir an ihrer Seite zu stehen.“

Corwin bückt sich, um mir mein Kleid zu reichen, und wir ziehen uns wieder an. Dann holt der Unseelie-Erzlord vorsichtig Luft. „Ich weiß nicht, ob ihr Zeugen werden wollt oder überhaupt daran teilnehmen könnt, doch es würde mich – uns beide – freuen, wenn du und dein Kader an der Bestätigungszeremonie teilnehmen würdet. Es wird für uns alle der Beginn einer neuen Zukunft sein, zumindest hoffe ich das, und ihr solltet daran teilhaben.“

Ich packe Sylas' Arm. „Ja. Ich hätte gerne, dass du, August und Whitt dabei seid, wenn ihr könnt. Und wenn es mit der gemeinsamen Burg klappt und der Frieden standhält, können wir vielleicht eine eigene Zeremonie abhalten, auch wenn es nicht die gleiche ist."

Sylas beobachtet Corwins Reaktion, mein Gefährte nickt bei dem Vorschlag jedoch bloß. Ein sanftes Lächeln breitet sich auf den Lippen des muskulösen Mannes aus. Er legt seine Hand auf meine. „Ich werde mit den anderen reden, erwarte allerdings, dass ihre Antwort die gleiche sein wird – nichts würde uns glücklicher machen, als in jeder uns möglichen Hinsicht Teil deines Lebens zu sein."

Ich strahle ihn an und dann Corwin, und schaffe es, die Anspannung in meinem Magen einige Minuten lang in ihrer Anwesenheit auszublenden.

Wenn doch nur der Rest der Fae-Welt die Kooperation zwischen unseren Völkern genauso bereitwillig akzeptieren würde.

27

Sylas

Ich habe das Treffen in der Bastion absichtlich so gelegt, dass ich dort etwas früher ankommen kann und mehrere Minuten habe, um durch den leuchtenden Raum zu wandern und in der Präsenz des Herzens zu reflektieren. Energie pulsiert durch die Goldadern und deren Wärme schwappt über mich hinweg. Ich nehme den Fluss der Magie in mir auf und suche darin nach einem Anzeichen, dass meine Entscheidung fehlgeleitet ist.

Die Bilder, die sich in meinem Verstand regen, zeigen jedoch mein Intermezzo mit Talia und Corwin gestern. Die leidenschaftliche Hitze, die zwischen unseren Körpern erschaffen wurde. Wie der Unseelie-Erzlord seine Mauern senkte und sich dem Teilen der Wonne verschrieb.

Als ich bei seinem Palast ankam, war ich mir nicht sicher, wie er auf meinen Vorschlag reagieren würde. Ich war darauf vorbereitet, dass er das Ganze hinauszögern oder den

Vorschlag rundheraus ablehnen würde, wie es sein gutes Recht gewesen wäre. Er meint es gut und er möchte, dass Talia glücklich ist. Einen Plan in die Tat umzusetzen, ist allerdings etwas ganz anderes, als es sich bloß auszumalen. Es war zu einfach, sich eine Katastrophe vorzustellen, sollte er sich der Realität einer geteilten Burg und einer gemeinsamen Beziehung erst stellen, wenn wir diese bereits erbaut haben.

Er hat sich dem jedoch nicht nur gestellt, sondern auch aktiv daran teilgenommen. Ich denke, wir haben sogar begonnen, einen Draht zueinanderzufinden, ein Geben und Nehmen von Macht und Befehlen mit Talia als unserem Mittelpunkt, ohne uns allzu sehr davor zu sträuben, einander den gebührenden Raum zu geben. Wie das funktioniert, wenn wir alle vier daran beteiligt sind, kann ich nicht vorhersagen, doch ich bin mir jetzt sicher, dass wir diese Gewässer navigieren können, ohne auf Grund zu laufen.

Und es war so wundervoll, das Leuchten auf Talias Gesicht zu sehen, als *sie* entdeckte, wie gut wir zusammenarbeiten können, wenn wir die Gelegenheit dazu erhalten.

Ich weiß, was sie will, ich weiß, was meine Kader-Gewählten und ich wollen, und jetzt weiß ich, dass uns Corwin entgegenkommen wird, wie er es versprochen hat. Ich wünschte, dies wären die einzigen Sorgen, die ich bedenken muss. Aber ich glaube nicht, dass ich unser Engagement für eine Burg auf dem Grenzgebiet erklären kann, ohne meinen Kollegen endlich unsere Hingabe für *Talia* zu gestehen – nicht ohne näher an eine Lüge heranzukommen, als mir lieb ist.

Ich wollte sie bereits vor Wochen in den Augen der Sommer-Fae als die meine beanspruchen. Der einzige Unterschied besteht darin, dass es jetzt einen weiteren Gefährten gibt, dem ein Stück ihres Herzens gehört. Der

Rest der Seelie würde unsere Beziehung so oder so merkwürdig finden. Darauf war ich vorbereitet.

Ich brauche es nicht, dass sie unsere romantischen Verpflichtungen feiern, ich möchte nur, dass sie einwilligen, sich diesen nicht in den Weg zu stellen. Ob das zu viel verlangt ist, wird sich noch zeigen. Celia hat bereits Vorbehalte an meinem Interesse an Talia geäußert.

Das Herz zeigt keinerlei Anzeichen, dass es mit meinem Vorhaben hier nicht einverstanden ist. Wenn überhaupt beruhigt der Rhythmus seines Pochens meine Nerven. Meine Verbindung zu Talia ist aus Liebe entstanden, genauso wie die meiner Kader-Gewählten. Wenn sie diese Liebe willkommen heißt, kann das nicht falsch sein. Es schadet jedenfalls niemandem. Ich habe nicht zugelassen, dass es sich auf meine Pflichten meinem Volk gegenüber auswirkt. Würden wir noch an den Rändern in der Verbannung leben, würde es niemanden etwas angehen.

Als wäre es von diesem Gedanken heraufbeschworen worden, entsteht ein Bild vor meinem toten Auge. Ich sehe eine durchsichtige Gestalt meiner Person, die in der Mitte des Saals der Bastion steht, umgeben von den drei Erzlords, die auf ihren Thronen sitzen: Celia, Donovan und Ambrose.

Ein Knurren verzieht Ambrose' Mund, als er etwas sagt und mit der Hand die Luft durchschneidet. Der Kiefer meines vergangenen Selbst ist angespannt, die Emotionen, die damals in mir tobten, hallen jetzt allerdings durch mich hindurch, während ich zuschaue.

Die Vision verblasst so schnell, wie sie erschienen ist. Ich schüttle das nachhaltige Unbehagen so gut wie möglich ab, das sie in mir ausgelöst hat. Sie hat mir den Tag gezeigt, an dem die Verbannung meines Rudels an die Ränder verkündet wurde.

Ist es ein schlechtes Omen, dass sich mein Auge auf diesen Moment meiner Vergangenheit konzentriert hat?

Oder sollte ich es vielleicht als einen Beruhigungsversuch sehen? Wer hätte in jenem Moment gedacht, dass ich so weit kommen würde, dass ich nun selbst auf einem dieser Throne sitze?

Ganz gleich, welchen Problemen wir uns stellen müssen, wir werden einen Weg finden, sie zu überwinden.

Celias Ankunft hindert mich daran, länger über diese Angelegenheit nachzudenken. Ich erkenne ihre eleganten, selbstsicheren Schritte an dem leisen Klopfen ihrer Schuhe auf dem Steinboden, bevor sie in Sicht kommt.

Wie ich verlangt habe, ist sie allein gekommen. Bald wird sich die Nachricht über unsere Beziehung mit Talia im gesamten Sommerreich herumsprechen, ich hätte jedoch gerne ein wenig Privatsphäre, wenn ich es zum ersten Mal verkünde.

„Sylas", sagt sie, neigt den Kopf und durchquert den Saal zu ihrem Thron, auf den sie sich allerdings nicht setzt, sondern sich lediglich davorstellt. Das ist in Ordnung. Wenn sie sich sicherer fühlt, indem sie neben dem Symbol ihrer Autorität steht, wird sie vielleicht weniger Kritikpunkte an meinen Neuigkeiten finden.

„Ich hoffe, deine Rudelmitglieder haben keine weiteren Anzeichen von Murk-Aktivitäten bemerkt?", frage ich. Sie hätte es uns mitteilen sollen, wäre dies der Fall. Sollte es jedoch eine besonders neue Entwicklung sein, hat mich die Nachricht womöglich noch nicht erreicht.

Celia schüttelt den Kopf und ihre hellen Haare zischen über ihre ebenholzfarbenen Schultern. „Abgesehen von dem, den du mit Erzlord Corwin gefangen hast, gab es keinerlei Anzeichen von ihnen. Sie haben ein Händchen dafür, in den Schatten zu verschwinden." Ihre Lippen verziehen sich vor Abneigung. „Mir gefällt nicht, wie schnell sie immer dreister werden. Sie haben zu viel Freude daran, uns zu erschrecken."

„Dem stimme ich zu. Sobald unsere Beziehung zu den

Unseelie gefestigter ist, können wir vielleicht einige der Truppen, die entlang der Grenze stationiert sind, die Gemeinden der Murk aufspüren lassen, die sie innerhalb des Reichs oder entlang der Ränder erbaut haben."

Celia macht ein finsteres Gesicht, lehnt die Idee allerdings nicht ab. „Ich schätze, das hängt von den Raben ab."

Donovan nähert sich mit einem schnelleren Klopfen an Schritten. Er marschiert in den Saal, um sich mit uns beiden zu treffen, seine Stirn ist leicht gerunzelt, sein Tonfall jedoch gut gelaunt. „Es ist gut, euch beide wohlauf zu sehen. Ich hoffe, das ist auch noch der Fall, nachdem wir uns angehört haben, was du zu sagen hast, Sylas."

Ich schenke ihm ein mildes Lächeln bei seiner harmlosen Neckerei. Bei ihm bin ich mir weniger sicher, wie er reagieren wird. Celia hat zumindest Erfahrung darin, Gefährten zu haben, sowohl mit Seelenband als auch ohne, auch wenn sie gegen meine spezielle Wahl womöglich Einwände hat. Soweit ich weiß, hat sich Donovan noch niemandem verpflichtet. Er hat sich in den letzten Monaten mehr als einmal auf meine Seite gestellt, aber ich habe keinen blassen Schimmer, wie er zu intimeren Beziehungen steht.

„Das, worüber ich mit euch sprechen möchte, *sollte* nicht für Kummer sorgen, solange ihr es so auffasst, wie ich es meine", erwidere ich. „Es sollte auch nicht lange dauern, es zu erklären. Diese Angelegenheit hat sich lange angebahnt und es scheint, dass ich in dieser Hinsicht bald etwas unternehmen werde, weshalb ich das Gefühl hatte, ihr solltet darüber informiert werden."

Celia legt den Kopf schief. „Und was genau ist diese Angelegenheit?"

Ich atme langsam ein und wappne mich. „Es geht um Talia. Ihr wisst, dass sie morgen ihr Seelenband mit Erzlord Corwin vollzieht."

Meine Kollegen nicken beide. „Der Schwur, den sie abgelegt hat, regelmäßig hierher zurückzukehren, gilt nach wie vor, oder?", fragt Donovan. „Wir haben keinen Grund zur Sorge, wenn es um den Fluch geht."

„Die haben wir nicht. Corwin hat deutlich gemacht, dass er ihr erlauben wird, ihre Hilfe anzubieten, wie sie es zuvor getan hat, so lange sie das tun möchte – und ich weiß, dass Talia entschlossen ist, uns weiterhin auf jede erdenkliche Weise zu helfen."

Celia mustert mich mit einem wissenden Blick. „Ich schätze, das wird schwer für deinen Kader-Gewählten August sein. Er ist ihr ziemlich zugetan."

Nun, sie hat mir die perfekte Vorlage geliefert. „Das spielt in der Tat eine Rolle bei dem, was ich euch erzählen muss. Es gibt zwei Dinge, von denen ihr wissen solltet. Das erste ist, dass nicht nur August eine persönliche Verbindung zu Talia geschmiedet hat. Ich erwarte nicht, dass ihr es versteht, denn ihr kennt sie nicht so gut wie wir, aber sie ist trotz ihres Erbes eine sehr bemerkenswerte Frau und sowohl Whitt aus meinem Kader als auch ich sind ihr sehr zugetan."

Donovans Augenbrauen schnellen in die Höhe. „Was willst du damit sagen, Sylas?"

Ich spreche mit so ruhiger Stimme wie möglich. „Ich will damit sagen, bevor sich das unerwartete Seelenband geformt hat, hatten wir drei vor, auf unsere Weise eine gemeinsame Bindung mit ihr einzugehen, sowie es unter Kadern nicht unüblich ist."

Celia hustet überrascht. „Es ist höchst ungewöhnlich, dass ein Lord in so ein Arrangement einwilligt, geschweige denn ein *Erzlord*."

„Vielleicht, sie ist allerdings eine höchst ungewöhnliche Lady. Es ist ihre und unsere Präferenz, ihrer Liebe keine Grenzen aufzuzwingen. Wir haben es mittlerweile geschafft, unsere Zuneigung für sie problemlos im Gleichgewicht zu halten. Ich denke nicht, dass es sich auf irgendetwas außerhalb der Mauern unseres Zuhauses auswirken sollte."

„Abgesehen davon, dass sie bald an einen anderen Mann gebunden wird – obendrein an einen Unseelie", bemerkt Donovan, der mich noch immer anstarrt.

„Ja, nun, das ist der zweite Teil." Ich schaue ihm und dann Celia in die Augen mit all der ruhigen Autorität, die ich aufbringen kann, obwohl sich mein Wolf in mir mit dem Drang streckt, zu brüllen, dass wir sie trotz ihres Zögerns haben werden, so wie wir es wollen. „Talia hat ihre bereits existierenden Bindungen nicht vor ihrem seelenverbundenen Gefährten geheim gehalten. Das wäre ohnehin relativ schwierig gewesen. Und er hat gelernt, die Rolle zu akzeptieren, die wir in ihrem Leben spielen, obwohl uns keine so enge Bindung wie ein Seelenband mit ihr verbindet."

Celias Lippen teilen sich, als ihr Kiefer erschlafft. „Willst du wirklich sagen … Wie könnte er zustimmen, seine eigene seelenverbundene Gefährtin aufzugeben, noch dazu für seine Feinde?"

Ich bedenke sie mit einem scharfen Blick. „Wir sind keine Feinde mehr. Ich hoffe doch, dass wir alle erwarten, dass der Waffenstillstand überdauert, wenn wir uns an die Vereinbarungen halten. Und er würde sie nicht aufgeben. In dem Interesse, diese äußerst besondere Frau zu lieben, die so viel geopfert hat, um unseren Fluch auszubremsen, und einen fortwährenden Dialog zwischen dem Sommer- und Winterreich zu ermöglichen, werden wir versuchen, ein einziges Zuhause für sie zu bauen, das wir und Corwin uns teilen würden, wenn es das Herz erlaubt."

„Ihr werdet ein Gebäude *auf* der Grenze errichten", stellt Celia fest, die schnell begreift. Sie massiert sich die Schläfen. „Sylas, so etwas hat es noch nie gegeben. Bist du dir sicher, dass du alle Folgen berücksichtigt hast … Sie hat zwar viel für uns getan, ist jedoch immer noch bloß eine Menschenfrau …“

„*Könnt* ihr es überhaupt tun?“, unterbricht Donovan sie. „Wegen des Zaubers, der auf der Grenze liegt … außer, ihr wollt das Gebäude weiter weg vom Herzen bauen … aber du hast hier Pflichten …“

Ich halte meine Hände hoch, um beiden Fragen und Protesten Einhalt zu gebieten. „Meine Länderei am Herzen und Corwins im Winterreich liegen sich gegenüber. Wir würden versuchen, mit den nötigen Schwüren zu arbeiten, um die neue Burg dort zu errichten. Und keiner von uns würde sie wie einen dauerhaften Wohnsitz behandeln. Es wäre vorwiegend Talias Zuhause – ein Ort, an dem sie sicher wäre, da ihn keiner betreten könnte, ohne vorher die angemessenen Eide abzulegen, und an dem sie beide Seiten erreichen könnten, wenn wir weitere Hilfe bei unserem Fluch brauchen oder andere Sorgen haben.“

Celia lacht bloß und sieht noch immer verblüfft von der gesamten Situation aus.

„Es steht noch nichts fest“, fahre ich fort. „Corwin muss die Angelegenheit seinen Kollegen unterbreiten und wir müssen schauen, welche Flexibilität uns die Magie des Herzens bietet. Doch das Herz hat Talia sowohl mit den Mitteln gesegnet, unseren Fluch zu unterdrücken, als auch mit einem seelenverbundenen Gefährten. Daher glaube ich, dass wir davon ausgehen können, dass es unseren Versuch auf Zusammenarbeit erlauben wird. Und es wird gut für beide Reiche sein, zwei Erzlords zu haben, die regelmäßig in Kontakt miteinander stehen – bei aller notwendigen Diskretion natürlich.“

„Diskretion“, brummt Celia. „Wenn ihr euch eine Geliebte teilt.“

„Ich bin mir sicher, wir können es schaffen, keine politischen Geheimnisse auszuplaudern, während wir die

Gesellschaft unserer Gefährtin genießen", erwidere ich trocken.

„Du klingst, als hättest du deine Entscheidung bereits getroffen", stellt Donovan fest. „Es gibt keine Möglichkeit, wie wir dich davon überzeugen können, es nicht zu versuchen?"

Ich wende mich ihm zu. „Würdest du versuchen, mich umzustimmen? Falls du Bedenken bezüglich der Konsequenzen hast, werde ich mein Bestes tun, um auf diese einzugehen."

Sein Mund öffnet sich und er zögert. „Tatsächlich weiß ich es nicht. Ich bin einfach so überrascht – es macht den Anschein, als müsste es Dutzende Möglichkeiten geben, weshalb dieses Vorhaben schiefgehen *könnte*."

„Du hast meinem Urteilsvermögen in der Vergangenheit vertraut", erinnere ich ihn leise. „Ihr *beide* habt das getan, wenn auch nicht immer gleichzeitig. Die Tatsache, dass keiner von euch realisiert hat, wie tief meine Verbindung zu Talia reicht, zeigt, dass ich in der Lage bin, diskret zu sein. Ihr seid jedoch meine Kollegen und gemeinsam haben wir in diesem Reich die größte Verantwortung unserem Volk gegenüber. Meine Verbindung zu Corwin wird sich auf diese Verantwortung auswirken, allerdings glaube ich, dass es zum Besseren sein wird. Ich war der Meinung, dass ihr es verdient, von meinen Absichten zu erfahren, bevor ich beginne, sie in die Tat umzusetzen."

„Das weiß ich zu schätzen", sagt Donovan, dessen Gesicht allerdings nach wie vor angespannt ist. Celia sieht nicht weniger beunruhigt aus. Ich weiß nicht, was ich noch sagen kann, um ihre Ängste zu zerstreuen, denn ich vermute, dass keiner von ihnen diese richtig begründen kann.

„Wir müssen nach wie vor vorsichtig im Umgang mit den Raben sein", mahnt Celia schließlich. „Du musst bei diesem Corwin auf der Hut sein und darauf achten, was du in Talias Gegenwart sagst, ganz gleich, was du für sie empfindest, da er in ihrem Verstand lesen kann, was immer er möchte."

Ich neige den Kopf. „Ich werde die Sicherheit meines Volkes um nichts in der Welt gefährden. Ihr habt mein Wort. Wenn ihr einen Moment nennen könnt, in dem sie mich von der Erfüllung meiner Pflichten abgelenkt hat, tut das bitte."

Sie schnaubt. „Ich habe dein Argument verstanden. Ich kann nicht behaupten, dass ich das Ganze gutheiße, allerdings kann ich auch nicht sagen, dass ich Gründe habe, dir das zu verwehren, Sylas. Letzten Endes ist es deine persönliche Entscheidung. Aber ich werde deine Verbindung zu den Unseelie und dieses vorgeschlagene Gebäude auf der Grenze im Auge behalten. Wenn ich irgendeinen Hinweis dafür sehe, dass dein Urteilsvermögen oder unsere Sicherheit beeinträchtigt werden ..."

Mein Magen verknotet sich, doch ich kann nicht gegen ihr Sicherheitsbedürfnis protestieren. „Das verstehe ich. Du *solltest* diese Entwicklungen überwachen, so wie wir einander überwachen, um sicherzustellen, dass unser Reich mit den höchsten Standards von Verantwortlichkeit und Loyalität regiert wird. Wenn es das Herz so will, können wir eine neue Ära einleiten, die allen Fae nützt, die es verdienen."

Celia bedenkt mich mit einem skeptischen Blick, als ginge sie davon aus, dass meine Absichten hauptsächlich damit zu tun haben, Talia in meinem Bett zu behalten. Ich schätze, ich kann ihr derartige Spekulationen nicht übelnehmen.

Wir werden meinen Kollegen einfach beweisen müssen, was für eine gute Sache dieser Schritt für uns alle sein kann – und zwar bevor sie über einen Grund stolpern, unseren Bemühungen ein Ende zu bereiten.

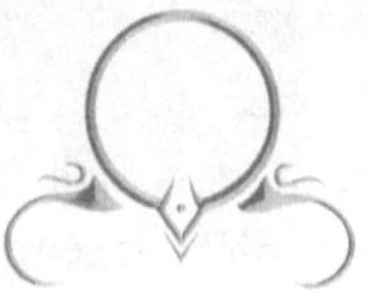

28

Talia

Es kommt mir merkwürdig vor, dass ich bloß eine Stunde, bevor ich mich offiziell für den Rest meines Lebens an Corwin binde, seinen gesamten Zirkel zum ersten Mal kennenlerne. Zelpha, Olander und Verik waren natürlich die ganze Woche anwesend und Domhnall ist gestern Abend für das größte Abendessen nach Heart's Cadence gekommen, das ich jemals im Winterreich erlebt habe. Das fünfte Mitglied ist jedoch erst heute Morgen erschienen, um bei den letzten Vorbereitungen zu helfen.

Meriol erinnert mich an einen Kolibri, der durch die provisorische Hütte flattert, die am Fuß der Klippe errichtet wurde. Die leuchtend grünen und malvenfarbenen Strähnen in ihren fliegenden Haaren müssen einen magischen Ursprung haben wie meine pinken und lila Haare, denn ihre Ohren sind beinahe so rund wie meine, weshalb sie definitiv nicht reinblütig ist. Sie betrachtet mich mit kleinen, aber strahlenden Augen, die wie dunkle Kieselsteine in ihrem hellen Gesicht wirken.

„Nun", verkündet sie mit hoher, süßer Stimme. „Sie werden definitiv nicht behaupten können, dass du nicht hübsch genug bist, um die Lady unseres Lords zu sein."

Sie und Zelpha haben die zwei Schwarmmitglieder überwacht, die die letzte Stunde an meinen Haaren und meinem Kleid herumgefummelt haben. Ich vermute, die männlichen Mitglieder des Zirkels machen im anderen Zimmer der Hütte einen Wirbel um Corwin. Ich bemühe mich, nicht an die große Bühne zu denken, die außerhalb der dünnen Hüttenwände aus Diamanten errichtet wurde und auf der ich Corwin vor den Augen einer großen Menge seiner Leute als meinen Gefährten bestätigen werde.

Es wird auch nicht nur sein eigener Schwarm anwesend sein. Corwin war der Meinung, dass es dem Rest der Unseelie helfen würde, mich als eine von ihnen zu sehen, so sehr ich das durch meine Verbindung zu ihm bin, wenn wir ein großes Spektakel aus der Zeremonie machen. Er will ihnen eine Menge positiver Assoziationen zusammen mit dem Anblick geben, wie ich mich an einen ihrer Erzlords binde.

Musiker spielen aktuell auf der Bühne, um die hunderten Fae zu unterhalten, die bereits zum Zuschauen erschienen sind. Viele von ihnen sind aus den Ländereien der anderen Erzlords gekommen, einige sind sogar aus weiter entfernten Revieren angereist. Ich erhaschte einen kurzen Blick auf eine lange Reihe an Gefährten, die auf der eisigen Ebene standen, als mich Corwin hinab zur Hütte flog. Die anschwellende Melodie dringt an meine Ohren und drängt mich, mich in ihrem Takt zu bewegen. Ich bin jedoch zu nervös, um mich vollkommen darin zu vertiefen.

Meine Seelie-Liebhaber und meine beste Freundin sind ebenfalls gekommen. Ein Raunen ging durch die Menge, als

Sylas und die anderen ankamen. Corwin hat mehreren seiner Krieger angewiesen, sie zu ‚begleiten', womit er vermutlich meint, dass sie eine Barriere zwischen ihnen und den Winter-Fae bilden sollen für den Fall, dass die feindseligen Gefühle gegenüber dem Sommerreich überkochen.

Ich hoffe, dass er nicht an seiner Entscheidung zweifelt, meine anderen Männer eingeladen zu haben. Das Letzte, was wir brauchen, ist ein Scharmützel während der Zeremonie. Allerdings weiß ich, dass meine Männer, selbst wenn die Unseelie versuchen, sie zu provozieren, alles in ihrer Macht Stehende tun werden, um den Frieden zu wahren. Sie würden gehen, bevor sie zulassen würden, dass während dieses besonderen Moments Blut vergossen wird.

Mir wäre es jedoch lieber, wenn es nicht dazu käme. Sie hier zu haben, hilft mir, meine Unsicherheiten in Schach zu halten, und erinnert mich daran, dass ich sie nicht verliere, indem ich Corwin akzeptiere.

Zelpha schiebt mich zu dem Ganzkörperspiegel auf der anderen Seite des Raumes. Die Frau, die an meinen Haaren gearbeitet hat, folgt uns. Sie verdreht die Hände vor sich und sieht eigenartig nervös wegen der Meinung eines einfachen Menschen aus. Andererseits werde ich *nicht* mehr nur ein Mensch sein, sobald ich offiziell Corwins Lady geworden bin. Ich werde die engste Vertraute eines Unseelie-Erzlords sein und nur wegen meiner Verbindung zu ihm ein gewisses Maß an Autorität besitzen.

Es ist allerdings nicht so, dass ich sie auf bedeutsame Weise bei den Fae einsetzen möchte.

Und meine Bedienstete hat ohnehin nichts, worum sie sich hinsichtlich meiner Meinung Sorgen machen müsste. Als ich den ersten Blick auf mich erhasche, klappt mein Mund auf. Ich starre mich mehrere Sekunden lang an, bevor ich Worte formen kann. „Wow. Ich … das ist wundervoll. Vielen Dank."

Zaghaft berühre ich die Haarsträhnen, die über meine Schultern fallen, da ich Angst habe, den Zauber zu brechen. Denn es fühlt sich an, als wäre irgendeine Form von Magie über mich gelegt worden, die mich von meinem gewöhnlichen Menschen-Selbst zu einer viel ätherischeren Gestalt erhebt.

Das Kleid hat Harper extra zu diesem Anlass mitgebracht und es folgt dem gleichen Thema wie das erste Kleid, das sie mir fürs Winterreich geschneidert hatte. Der Spinnengespinststoff, über den hauchzarte, glitzernde Spitze drapiert wurde, schmiegt sich von meinen Schultern bis zu meinen Hüften an meine schlanke Figur. Dann weitet sich der Stoff und treibt wie eine Schneewehe hinab zu meinen Knöcheln. Wirbel aus hellem, schillerndem Blau, Grau und Elfenbein vermischen sich miteinander und scheinen bei jeder Bewegung über den seidigen Stoff zu fließen.

Meine Bediensteten müssen das Kleid zudem verzaubert haben, denn die Spitze glitzert nicht mehr nur schwach, sondern funkelt, als wäre sie mit winzigen Sternen besetzt.

Meine Haare wurden ebenfalls einer unfassbaren Verwandlung unterzogen. Sie wurden mir aus dem Gesicht gekämmt und die obere Hälfte wurde zu einer aufwendigen Krone auf meinem Kopf geflochten, in die Diamanten und zarte eisblaue Blumen gewebt wurden. Der Rest strömt in perfekten Wellen hinab zum Mieder meines Kleides, die den Wasserfall draußen nachahmen. Ich schwöre, ich kann sehen, wie sie sich bewegen, als wären sie Teil eines Flusses, selbst wenn ich reglos dastehe.

Ich bemerke mit einem Anflug von Dankbarkeit, dass meine Schwarmmitglieder trotz all ihrer Arbeit meine Ohrenspitzen mit ihren menschlichen Kurven nicht verborgen oder versucht haben, meine Stiefel mit der Stütze für meinen krummen Fuß zu tarnen. Ich bin noch immer die, die ich bin – nur eine fantastischere Version dieser Frau.

Zelpha grinst. „Corwin wird in dem Moment über seine Füße stolpern, in dem er dich sieht. Vielleicht sollten wir sicherstellen, dass er dich ausgiebig bewundern kann, bevor du diese Bühne betrittst, damit er vor Bewunderung nicht vor dem Publikum dahinschmilzt."

Meriol schnaubt und schlägt nach ihrer Kollegin. „Ich bin mir sicher, er kann sich vor einer hübschen Lady zusammenreißen, seelenverbundene Gefährtin hin oder her. Der schwierige Teil besteht darin, ihn dazu zu bringen, mal locker zu werden. Im Griff hat er sich ständig."

„Wie wahr, wie wahr."

Ich spüre, dass der Rest meines Zirkels über mich tratscht, sagt Corwin mit trockener Stimme durch unser Band, darunter bemerke ich jedoch seine Nervosität und Unrast. *Geht es dir gut?*

Besser als gut, erwidere ich, konzentriere mich erneut auf mein Spiegelbild und ermutige ihn, mich durch meine Augen zu sehen.

Die Woge des Staunens, die mich durchströmt, verrät mir, dass Zelpha bezüglich seiner Reaktion nicht ganz daneben lag. Seine Stimme legt sich um mich, wie er es in diesem Moment gerne mit seinen Armen tun würde. *Ich wusste es bereits, doch das hier bestätigt erneut, dass ich zweifellos der glücklichste Mann in den Reichen bin.*

Ich vermute, die meisten Zuschauer werden es andersherum sehen.

Sie kennen dich nicht so gut wie ich. Aber sie werden noch lernen, wie sehr wir uns geehrt fühlen sollten, weil wir dich bei uns haben, und das beginnt heute.

Meriol stemmt die Hände in die Hüften. „Frag ihn, ob er bereit ist, anzufangen, denn du bist es definitiv."

Meine Wangen werden heiß, als mir bewusst wird, dass sie erkannt hat, dass ich mich mit Corwin unterhalten habe.

Sie sieht allerdings lediglich belustigt aus. *Hast du das gehört?*, frage ich ihn.

Ich denke, wir können jetzt beginnen. Verik sagt, dass die anderen Erzlords erschienen sind. Sie wären sauer gewesen, hätten wir ohne sie begonnen.

„Er sagt Ja", informiere ich Meriol der Einfachheit halber.

Sie grinst und schnippt mit den Fingern, wobei sich ihr Gesicht kurz verdüstert. „Ich habe es beinahe vergessen. Etwas, worauf du dich gefasst machen solltest – der Fluch hat gestern Nacht in einer der abgelegeneren Ländereien zugeschlagen. Ich habe gehört, dass der Lord und die Gefährtin des Opfers, ihn hierhergebracht haben in der Hoffnung, dass du versuchst, ihn zu heilen. Sie wollen allerdings nicht die Zeremonie stören. Halte einfach nach ihnen Ausschau, wenn sie vorbei ist."

Mein Puls setzt kurz aus, doch ich nicke. Ich werde mich heute zwar als Corwins Partnerin vorstellen, bin jedoch noch weit davon entfernt, zu zeigen, dass ich den Unseelie auf alle Arten helfen kann, wie ich es gerne tun würde. Was, wenn ich erneut versage? Wir wissen noch immer nicht, warum unsere Anstrengungen beim letzten Mal zu nichts führten.

Denk jetzt nicht darüber nach, sagt Corwin. *Wir werden unser Bestes geben, wenn es an der Zeit dafür ist. Im Moment geht es darum, das Band zu feiern, mit dem uns das Herz gesegnet hat.*

Ich nicke, denn ich weiß, dass er meine Zustimmung durch unsere Verbindung spüren kann. Vielleicht wird es den Unterschied machen, dass wir das Band vollziehen. Ich kann spüren, dass ich kurz davor bin, den Griff des Fluchs zu brechen …

Später. Darauf werde ich mich konzentrieren, wenn die Zeremonie vorbei ist. Es gibt bereits eine Menge Dinge, wegen denen ich nervös bin.

Die Bediensteten des Schwarms eilen zur Tür, um sie für mich aufzuhalten. Zelpha und Meriol begleiten mich in die kühle Winterluft und anschließend die schimmernden Stufen zur Diamantbühne hinauf. Corwin erklimmt diese gerade von der gegenüberliegenden Seite, begleitet von seinen drei anderen Zirkelmitgliedern.

Er hat nicht die gleiche Verschönerung erhalten wie ich, ist jedoch trotzdem atemberaubend. Das strahlende Sonnenlicht, das auf uns herabfällt, betont die blauen Strähnen in seinen glänzenden, schwarzen Haaren und winzige Diamanten funkeln in der silbernen Stickerei seiner formellen, dunkelvioletten Steppjacke. Inmitten seiner Locken trägt er seine Silberkrone. Ich sehe sie zum ersten Mal an ihm, seit er und seine Erzlord-Kollegen vor Monaten vor den Seelie erschienen sind.

Doch als wir aufeinander zugehen und die Zirkelmitglieder an den Seiten der Bühne stehen bleiben, sind es seine Augen, die meinen Blick auf sich ziehen. Sie haben die gleiche, dunkle Burgunderfarbe wie üblich und blicken eindringlich sowie nachdenklich drein. Es tanzt jedoch ein zufriedenes Funkeln in ihnen, das zu der Freude passt, die durch unser Band vibriert.

Wir treffen uns in der Mitte der Bühne. Corwin streckt seine Hand aus und ich ergreife sie. Dann drehen wir uns zu unserem Publikum um. Die Fae-Gesichter bilden ein so ausgedehntes Meer, dass es mir den Atem raubt. Es müssen tausende Leute hier sein, um die Bestätigung unseres Bandes zu bezeugen.

Ich habe gehört, dass es seit über einem Jahrhundert keine Bestätigungszeremonie eines Erzlords mehr gegeben hat. Und nach allem, was diese Leute in den vergangenen Jahrzehnten durchgemacht haben, überrascht es mich nicht, dass sie sich sofort auf eine Ausrede gestürzt haben, eine derartige Gelegenheit zu feiern.

Meine Aufmerksamkeit springt zu meinen Seelie-Gästen und ihrer kleinen Gruppe auf der linken Seite der Bühne. Zelpha und Meriol sind bereits etwas näher an sie herangetreten und mustern die Menge aufmerksam. Ich schenke meinen Liebhabern und Harper schnell ein Lächeln. Die Wärme in den Augen dieser Männer, die meinen Blick erwidern, beruhigt mich.

Ich habe so viel Liebe anzubieten und erhalte im Gegenzug so viel. Diese Zeremonie ist nur eine weitere Methode, diese Liebe anzuerkennen.

Corwin holt tief Luft und macht sich zum Sprechen bereit – und eine andere Gestalt betritt die Bühne.

‚Taumelt‘ wäre treffender. Ich brauche einen Augenblick, um Terisse zu erkennen, da sie gekrümmt geht und ihr normalerweise kupfer-braunes Gesicht eine gräuliche, kränkliche Färbung angenommen hat. Laoni eilt hinter ihr her und packt ihren Arm, um sie zu stützen. Sie schaut auf die Menge herab und hebt die Stimme, sodass jeder sie hören kann.

„Wir hassen es, diese heilige Zeremonie zu unterbrechen, doch wie es scheint, hat der Fluch einen unserer Erzlords getroffen. Da Eile geboten ist, sind wir uns sicher, das Erzlord Corwins neue Gefährtin bestimmt nicht damit warten will, eine unserer Herrscherinnen mit ihren angeblichen Kräften zu helfen.“

Ein Raunen geht durch das Publikum und mein Rücken versteift sich. Sie starren mich jetzt noch eifriger an. Nachrichten und Gerüchte über meine Versuche, Fae von dem Fluch zu heilen werden sich mittlerweile im gesamten Reich herumgesprochen haben. Ich dachte, ich würde meinen nächsten Versuch im kleinen Rahmen nach der Zeremonie wagen …

Mein Blick schnellt zu Meriol. Ihr Mund hat sich fest zusammengepresst und ihre Stirn ist vor Verwirrung in

Falten gelegt. Nein, das hier ist nicht das Fluchopfer, von dem sie erzählt hat. Sie sagte, es wäre jemand aus einer abgelegenen Länderei – jemand, der mit seinem Lord gereist ist, nicht ein Erzlord persönlich. Hat der Fluch *zwei* Fae in weniger als einem Tag getroffen?

Corwin und ich treten zurück, um Platz für die sich nähernden Erzlords zu machen. Mein Magen verkrampft sich noch stärker. *Hattest du irgendeine Ahnung, dass sie krank war?*

Nein, antwortet Corwin mit einem mentalen Kopfschütteln. *Der Fluch muss sie gerade erst befallen haben. Es tut mir leid ... hätte ich es gewusst, hätte ich dich vorgewarnt.*

Es ist nicht deine Schuld. Ich werde einfach ... ich werde einfach tun müssen, was ich kann. Ich blicke kurz in die Richtung des Herzens und sende ihm eine Bitte, mir zu zeigen, was ich tun soll.

Wenn ich darin versage, einen der Erzlords vor all diesen Leuten zu heilen, die sich auf ihre Herrscher verlassen, werden sie heute keinen Grund zum Feiern sehen.

Und Laoni erwartet nicht, dass ich helfen kann. Ich kann es in dem Moment erkennen, in dem sie uns erreicht und ihre kalten Augen kurz auf mich richtet, bevor sie sich wieder an die Menge wendet. Es ist auch an der Art und Weise zu bemerken, wie sie über mich spricht: ‚ihre angeblichen Kräfte‘.

Sie *will*, dass ich alle enttäusche. Damit sie mein Versagen als Beweis dafür nutzen kann, dass Corwins Urteilsvermögen getrübt ist? Könnte sie uns daran hindern, das Band zu bestätigen?

Ich kann das nicht zulassen. Ich *muss* dafür sorgen, dass das hier klappt. Zu viel hängt davon ab.

Terisse bleibt am Rand der Bühne vor mir stehen. Sie setzt sich auf die Diamantoberfläche, ihr Kopf hängt herab, ihre dunklen, grünlichen Haare wirken schlaff. Die Krankheit breitet sich schnell in ihr aus.

Wenn ich sie *nicht* heilen kann, wer wird ihren Platz unter den Erzlords einnehmen? Was wird das für den Waffenstillstand bedeuten?

Es steht sehr viel mehr auf dem Spiel als nur mein Band zu Corwin.

Ich schlucke schwer und gehe zu ihr. Meine Furcht hat mir bereits Tränen in die Augen getrieben, weshalb ich wenigstens keine hervorzwingen muss. Ich denke an die schwangere Frau, die ich heilte, und an die Wärme, die von meiner Berührung durch ihre Haut zu fließen schien. Ich wollte sie unbedingt heilen und etwas in mir oder in ihr reagierte darauf.

Ich muss dafür sorgen, dass Terisse gesund wird. Ich brauche es, dass sie mit Corwin und den anderen am Tisch in ihrer Halle des Herzens steht und Entscheidungen zum Wohl ihres Volkes trifft. Ich brauche es, dass die Unseelie stark und geeint bleiben, damit sie sich den Feinden stellen können, die sie und die Sommer-Fae bedrohen.

Einige Tränen rinnen aus meinen Augen. Stille legt sich über das Publikum, während es zusieht. Ich knie mich neben Terisse und führe meine Hand an ihre Wange.

Sie zittert bloß. Kälte kriecht von ihrem Gesicht in meine Finger. Ich tupfe die Tränen, die kühl über meine Wange kullern weg und berühre sie erneut mit feuchten Fingerspitzen. Mit der anderen Hand greife ich nach ihrer und drücke sie.

Bitte. Bitte, lass mich diesen Fluch verjagen. Lass ihn mich abwehren. Wenn ich es nicht richtig mache, zeig mir wie.

Mich trifft kein Geistesblitz. Terisse' Blässe weicht nicht. Sollte ich versuchen, ihr etwas vorzusingen oder sie zu umarmen oder … Doch keines dieser Dinge hat zuvor funktioniert und das Gewicht tausender Blicke fixiert mich an Ort und Stelle. Was, wenn es aussieht, als hätte ich es *verschlimmert?*

Corwin stellt sich zu mir, vielleicht um anzubieten, einen seiner Tränke herzustellen für den Fall, dass dieser helfen wird. Laoni richtet sich jedoch vor ihm zu ihrer vollen Größe auf und reckt das Kinn.

„Es ist, wie ich es mir gedacht habe. Diese Menschenfrau, an die sich unser Kollege binden will, entpuppt sich als Verräterin, die nur so getan hat, als hätte sie ein Heilmittel für unseren Fluch. Sie hat alle Seelie dutzende Male mit ihrem Blut geheilt … warum kann sie nicht das Gleiche für einen von uns tun, wenn man sie darum bittet? Ihre Loyalität liegt eindeutig bei den bösartigen Wölfen."

Kälte durchfährt mich, die nichts mit dem Fluch zu tun hat. „Nein", protestiere ich, kann allerdings bereits Triumph in ihrem Lächeln erkennen. Sie will nicht, dass ihr das Gegenteil bewiesen wird. Sie hat das hier eingefädelt, damit ich schwach oder unwillig aussehe, entweder weil sie ehrlich glaubt, dass ich den Seelie zu nahestehe, oder weil sie denkt, ich hätte gelogen, oder weil sie einfach …

Sie hat das eingefädelt.

Dieser Gedanke bleibt mir im Kopf hängen. Die Menge bewegt sich ruhelos, einige Stimmen rufen harsche Worte, aber meine Aufmerksamkeit verengt sich auf die Frau neben mir. Auf Terisse mit ihrer bleichen Haut und kauernden Haltung.

Wie groß ist die Wahrscheinlichkeit, dass der Fluch *zwei* Fae so kurz nacheinander trifft und dass einer von ihnen zufälligerweise ein Erzlord ist? Noch dazu im perfekten Moment, um unsere Zeremonie zu unterbrechen?

Mich überkommt die Gewissheit, dass das, was ich sehe, kein Fluch, sondern eine Illusion ist. Terisse ist tatsächlich mit irgendeiner Magie belegt. Diese wurde jedoch von ihr oder einem ihrer Kollegen gewirkt, damit sie krank *aussieht,* obwohl sie es nicht ist. Laoni hat es sogar auf diese Weise formuliert, sie sagte, dass sie verflucht zu sein ‚scheint‘, nicht dass sie es ist. Um eine Lüge zu vermeiden?

Wenn das der Fall ist, hätte ich sie ohnehin nicht heilen können, da sie gar nicht an dem Fluch leidet. Es ist alles Teil ihres Plans, mich in Verruf zu bringen.

Als ich das verstehe, wird mir zudem bewusst, was ich tun muss. Ich muss ein Licht auf diese Täuschung werfen und beweisen, dass ich mehr als ein untauglicher Mensch bin.

Talia, mahnt Corwin, doch ich bemerke, dass er kein stichhaltiges Argument hat, um das aufzuhalten, was er von meinen Absichten erkennen kann. Wenn ich nichts tue, wird sich die Menge vor uns in wenigen Augenblicken gegen mich wenden.

Ich habe es satt, so viel zu verbergen. Sollen sie doch alles sehen, was ich bin, genauso wie es die Männer getan haben, die ich liebe.

Ich kann die Magie auflösen, mit der sie belegt ist, bietet Corwin an.

Nein. Laoni könnte einfach behaupten, dass deine Magie die Illusion ist, die verbergen soll, dass Terisse noch krank ist. Dass du mich nur beschützt. Sie müssen wissen, was ich tun kann. Sie müssen sehen, wofür ich stehe.

Ich blicke zu ihm und spüre, dass er sich wappnet, zu meiner Verteidigung zu eilen, und dass ihn Bewunderung durchströmt, obwohl ich als Werkzeug gegen ihn eingesetzt werde. Dann blicke ich zu meinen Seelie-Männern, die mit angespannten Mienen zuschauen. Sylas, der mich in dem Moment fortbringen würde, in dem ich in eindeutiger Gefahr schwebe. August, der notfalls die gesamte Menge abwehren würde, um mich zu retten. Whitt, der aussieht, als würde er jeden Augenblick auf die Bühne springen und dem Reich meine Gutheit verkünden.

Wie könnte ich sie mehr lieben? Ganz egal, welchen Herausforderungen wir uns stellen mussten, ich war nie glücklicher als mit ihnen.

Liebe schwillt in mir an und erfüllt mich mit einem inneren Leuchten. Ich öffne den Mund und lasse es herausströmen. „*Sole-un-straw!*"

Licht flammt in meinen Händen auf und wäscht über die Frau hinweg, neben der ich knie. Mit einem Beben, das über meine Haut wogt, brennt es durch die Illusion, die ihre Haut blass gemacht und ihre Haltung geschwächt hat.

Terisse zuckt erschrocken vor mir zurück, als die kupferfarbenen Töne ihrer wahren Hautfarbe durchschimmern. Der Anschein von Steifheit schmilzt aus ihren Gliedern. Sie starrt mich an und blickt an sich hinab. „Du …"

Ich erhebe die Stimme. „Das Herz hat mir einen Teil seiner Magie und einen seelenverbundenen Gefährten geschenkt und das Licht, das ich rufen kann, zeigt, was echt ist. Hier gibt es keinen Fluch."

Talia

Das Publikum starrt die Personen auf der Bühne in verblüfftem Schweigen an. Laoni erholt sich als Erste und deutet mit einem Finger in meine Richtung. „Es ist unmöglich … unnatürlich …"

Meine Hände ballen sich an meinen Seiten. „Es ist unnatürlich, so zu tun, als sei jemand krank, nur um mir und meinem seelenverbundenen Gefährten zu schaden. Die Magie, die ich besitze, muss vom Herz stammen, nicht wahr? Sie hat mir erlaubt, den Fluch zu verjagen, ein Band zu einem eurer Erzlords zu finden und ein paar der wahren Namen zu verstehen. Daher muss es das alles von mir wollen."

Sie marschiert auf mich zu. „Du hast noch immer nicht bewiesen, dass du *irgendjemanden* von uns heilen kannst. Wenn diese Macht vom Herzen kommt, wenn du uns so ergeben bist wie den Kötern auf der anderen Seite der Grenze, warum schenkst du uns dann nicht die gleichen Vorteile wie ihnen?"

Sie steht aufrecht und herausfordernd da, die Muskeln in ihrem gesamten Körper spielen, aus der Nähe kann ich allerdings ein winziges Beben entdecken, das sie durchläuft. Hat sie *Angst*? Vor *mir*?

Vielleicht ist das nicht so schwer, zu glauben. Ich kam aus dem Sommerreich und sie traut den Seelie überhaupt nicht. Sie versteht nicht, was ich bin oder wie ich so mit den Fae verbunden sein kann – ihr Unverständnis hat jetzt nur noch zugenommen, da ich gerade gezeigt habe, wie viel Magie ich wirken kann. Sie versteht es nicht und daher bin ich eine Bedrohung für sie.

Das würde sie allerdings niemals zugeben. Nein, das ist der wahre Fluch, unter dem die Unseelie leiden: dieses Beharren, so viel zu verbergen und so zu tun, als hätten sie keine Gefühle …

Die Idee kommt mir so plötzlich, dass meinen Lippen ein Keuchen entweicht. Laoni starrt mich an, aber ich drehe mich zur Menge um und ignoriere sie.

„Ich habe es versucht", erkläre ich. „Ich habe eine Frau geheilt, wusste jedoch nicht, was ich richtig gemacht hatte. An den Kräften, die ich besitze, ist noch eine Menge unklar für mich. Aber ich denke … ich denke, ich weiß jetzt, was den Unterschied gemacht hat. Ich habe gehört, dass hier jemand ist, der sich wirklich in den Fängen des Fluchs befindet und mich nach der Zeremonie um Hilfe bitten wollte. Wenn diese Person hier ist, werde ich versuchen, ihr jetzt zu helfen. Ihr könnt alle zuschauen. Und falls ich versage, verdiene ich es vielleicht wirklich nicht, unter euch zu bleiben."

Talia, sag das nicht, protestiert Corwin, der hinter mich

tritt. Er legt seine Hände auf meine Schultern und ich hebe meine, um sie auf seine zu legen.

Es wird alles gut werden. Ich verstehe jetzt, wie es funktioniert. Ich habe es zuvor nicht begriffen – das Heilmittel muss von dem gleichen Ort kommen wie der Fluch, glaube ich. Wann immer ich den Seelie Blut gebe, geschieht das durch Gewalt, auch wenn ich diese akzeptiere. Sie schneiden mich mit einem Messer oder Magie oder ihren Zähnen … wir haben nie versucht, Magie aus mir herauszuzaubern, ohne eine Wunde zu erschaffen.

Aber wir brauchen keine Gewalt. Das ist nicht unser Fluch.

Nein, euer Fluch schließt euch in eurem Körper ein. Er lässt all eure Emotionen erstarren, sodass ihr nichts als Kälte fühlt. Ich habe versucht, die Leute sofort zu wärmen, ohne vorher darauf einzugehen, was eigentlich schiefgelaufen ist.

Zumindest hoffe ich, dass dies Sinn ergibt, wenn ich dementsprechend handle. Es *fühlt* sich tief in mir richtig an und ein berauschendes Pulsieren aus Energie, das direkt vom Herzen zu kommen scheint, durchströmt mich.

Die Menge teilt sich und drei Fae bewegen sich durch die versammelten Gestalten auf die Bühne zu: ein Mann, der teilweise von einem älteren Mann und einer jungen Frau gestützt wird, die seine Ellenbogen festhalten. Seine Haut hat eine eisige Blässe angenommen, die nicht vorgetäuscht wurde.

Laonis Kiefer mahlt, die Stimmen, die aus der Menge herauszuhören sind, klingen allerdings erwartungsvoll. Ihre Leute würden nicht wollen, dass sie die Demonstration verhindert, die ich angeboten habe. Sie kann wenigstens erkennen, wann sie verloren hat, selbst wenn sie nicht vorhat, sich zu ergeben.

Sie gibt Terisse ein Handzeichen, die sich daraufhin mit ihr zurückzieht. Sie bleiben beide zum Zuschauen auf der

Bühne. Ihre kalten Blicke halten nach dem kleinsten Anzeichen Ausschau, dass ich schwächle und ihnen eine Öffnung biete, mich abzulehnen.

Wenn ich das tue, verdiene ich es vielleicht, abgelehnt zu werden. Denn wenn dieser letzte Versuch nicht funktioniert, bin ich für die Unseelie womöglich wirklich nutzlos.

Ich glaube allerdings nicht, dass es stimmt. Ich muss hier sein – ich besitze die Kräfte, die mir gegeben wurden, aus einem bestimmten Grund. Ich werde nicht aufhören, das zu glauben, bis das Gegenteil bewiesen wurde.

Anstatt ihn die Treppe zur Bühne erklimmen zu lassen, heben mehrere der Fae den Mann direkt vor mich. Die Frau, die vermutlich seine Gefährtin ist, eilt nach oben, um ihm dabei zu helfen, sein Gleichgewicht auf der Diamantoberfläche zu wahren.

Der verfluchte Mann blickt zu mir auf, seine Augen werden von dem zunehmenden Frost getrübt. Seine Stimme kommt als ein Krächzen heraus. „Denkst du, du kannst die Kälte vertreiben? Es gibt noch so viel, was ich tun möchte. Ich will diese Welt noch nicht verlassen."

Natürlich will er das nicht. Mir schnürt es die Kehle zu und Emotionen wallen hinter meinen Augen auf. Das Leben so vieler Fae wurde wegen dieses schrecklichen Fluchs um Jahrhunderte verkürzt. Es gibt so viele, zu deren Rettung ich nicht hier war – oder bei denen ich die Antwort nicht rechtzeitig begriff, um ihnen zu helfen. Doch jetzt, jetzt kann ich einen Unterschied machen.

Keine Tränen, die frei angeboten werden. Tränen, die versteckt werden, genauso wie die Unseelie versuchen, ihren Kummer zu verbergen.

In mancherlei Hinsicht ist diese Lösung schwerer zu erreichen als das, was ich den Seelie gebe. Der körperliche Schmerz, den der Fluch der Sommer-Fae verlangt, passiert sofort und ist eine angeborene Reaktion. Bei diesem emotionalen Schmerz besteht mein erster Impuls darin, ihn allen Fae vor mir zu zeigen – zu beweisen, wie sehr sie mir am Herzen liegen. Mir ist nie der Gedanke gekommen, ihn zu verbergen, als ich dachte, mein Kummer könnte sie heilen.

Das ist das Schwierige an dem Fluch. Er verändert die Unseelie so, dass er den stärksten Teil ihrer Natur nachahmt und von mir eine Heilung erfordert, die im Gegensatz zu meinen Instinkten steht.

Ich zwinge mich, mich von dem verfluchten Mann abzuwenden, obwohl mir seine Qualen das Herz zerreißen und ich spüren kann, dass das gesamte Publikum zuschaut und denkt, dass ich ihn abweise. Ich blinzle die Tränen zurück, bis ich der Rückseite der Bühne und der Felswand dahinter zugewandt bin, wo sie niemand sehen kann. Das reicht jedoch nicht. Ich wandte mich auch von dem Mann aus Uzziahs Schwarm ab.

Damals wiederholte ich bloß diese Bewegung. Ich ließ meine Tränen frei fallen und ihn sehen, sobald ich sie heraufbeschworen hatte. Dieses Mal muss ich sie wegwischen. So tun, als würde ich den Kummer nicht erleben.

Zitternd Luft holend, wische ich die Tränen von meinen Wangen und reibe mir über die Augen so, wie ich es tat, als ich versuchte, die schwangere Frau nicht mit meiner Traurigkeit aufzuregen.

Mein Kummer *ist* auf eine Weise eine Schwäche. Und ich will genauso wenig, dass mich die Fae als schwach sehen, wie sie einander ihre eigenen Schwächen zeigen wollen. Doch diese Schwäche kann eine Stärke werden, wenn ich sie an sie weitergebe.

„Bitte", krächzt der Mann.

Ich habe mich sicherlich lange genug zurückgehalten? Ich erlaube mir, mich zu ihm umzudrehen, wobei ich noch immer heftig blinzle. Im Takt mit meinem hämmernden Herzen laufe ich zu ihm und gehe in die Hocke. Ein schwaches Kribbeln von Feuchtigkeit haftet noch an meinen Fingern, als ich sie an sein Gesicht hebe.

„Ich will auch nicht, dass du gehst", informiere ich ihn. Ich weiß zwar nichts über ihn abgesehen von dem, was er in den letzten fünf Minuten gesagt hat, meine es jedoch trotzdem ernst.

Der Mann starrt mich an und meine Brust beginnt, sich zusammenzuziehen. Habe ich mich geirrt? Hat es immer noch nicht funktioniert?

Doch dann, mit einer Freude, die in meiner Brust explodiert, bemerke ich ein Flüstern von Wärme, das sich auf seiner Haut ausbreitet.

Die Augen des Mannes weiten sich. Farbe erblüht auf seinen Wangen und die Frau bei ihm keucht. Sie berührt die andere Seite seines Gesichts und dreht sich zur Menge um.

„Sie hat es getan! Die Kälte verlässt ihn. Er fühlt sich … er sieht … er wird wieder normal, so wie er zuvor war."

Weiteres Keuchen und verblüfftes Raunen erheben sich in der Menge. Viele der Gestalten drängen zur Bühne, um einen besseren Blick auf ihn zu erhalten.

Ich trete zurück und der Mann rappelt sich schwankend auf die Beine. Er blickt an sich hinab, testet seine zunehmend geschmeidigen Gelenke, reibt mit der Hand über sein Gesicht und stößt ein erstauntes, jedoch begeistertes Lachen aus.

Er wendet sich mir mit einem Lächeln zu, das beinahe nervös wirkt. Trotz alldem fällt es ihm nach wie vor nicht leicht, mir irgendeine Emotion zu zeigen und sich verletzlich zu machen.

Das ist in Ordnung. So sind die Unseelie – so ist auch mein Gefährte. Ich kann nicht erwarten, dass sie sich komplett ändern.

„Dankeschön", bedankt sich der verfluchte Mann mit emotionaler Stimme, auch wenn auf seinem Gesicht keine Emotionen zu finden sind. „Du ... ich weiß nicht, wie ich dir danken kann."

„Ich bin einfach nur froh, dass es dir gut geht." Erleichterung durchströmt meine Glieder, als ich realisiere, dass es wahr ist. Ich habe es erneut getan – ich habe meine Heilung wiederholt. Wir wissen jetzt, was der Fluch braucht.

Corwin tritt auf der Bühne neben mich, wie er es getan hat, als wir hier ursprünglich angekommen sind, und nimmt meine Hand. Er hebt sie mit seiner in die Luft. „Ihr habt gesehen, wie wichtig meiner seelenverbundenen Gefährtin unser Volk ist, und das Geschenk, das sie uns gegen unseren Fluch anbieten kann. Werdet ihr uns dabei unterstützen, unser Band zu bestätigen und sie zu einem vollständigen Teil des Winterreichs zu machen?"

Seine Stimme schallt über die Ebene und ein Chor aus Antworten erhebt sich wie ein Jubeln. Alle sind begeistert und heißen es gut. Neben uns spannt sich Laonis Gesicht an. Terisse hat den Kopf gesenkt und ihr Mund hat sich vor Scham verzogen. Die selbst ernannte Anführerin der Erzlords marschiert jedoch an den Bühnenrand.

Ich versteife mich, aber sie hat eindeutig erkannt, dass sie die Menge nicht mehr gegen uns aufbringen kann nach dem, was ich gerade getan habe. Sie streift meine Schulter mit den Fingern und zerzaust meine Haare. Kurz spüre ich ein schwaches Zwicken an meiner Kopfhaut, das einen Augenblick später verschwindet. Bevor ich reagieren kann, hat sie ihre Hand auf den Kopf des verfluchten Mannes gelegt.

„Es freut mich sehr, dich wieder wohlauf zu sehen", sagt sie zu ihm. „Ein Herrscher kann nur von sich behaupten, eine Autorität zu sein, wenn er gewillt ist, seine Irrtümer zuzugeben. Ich entschuldige mich dafür, dass ich die

Gefährtin meines Kollegen falsch eingeschätzt habe, und hoffe, dass wir alle den Segen feiern können, den ihre Anwesenheit unserem Volk schenkt."

Sie sagt das alles, während sie zum Publikum schaut, ohne mir auch nur einen kurzen Blick zuzuwerfen, was Corwin empört. Ich stelle jedoch fest, dass es mir egal ist. Soll sie doch ihr Gesicht vor ihrem Volk retten, solange sie mir gleichzeitig Anerkennung zollt. Heute haben tausende Fae gesehen, dass ich den Fluch verjagen kann. Das kann sie nie wieder leugnen.

Terisse meldet sich ebenfalls zu Wort, ihre Stimme ist jedoch angespannter. „Ich wollte lediglich sicherstellen, dass keiner von uns in die Irre geführt wird. Unser Test hat das Beste in dieser Frau hervorgebracht und dafür bin ich dankbar."

Klar ist sie das, schimpft Corwin leise und ich drücke seine Hand. Irgendwie vermute ich, dass er in Zukunft bedeutend weniger Geduld für die Ablehnung seiner Kollegen aufbringen wird.

Er richtet seine Aufmerksamkeit mit einem Flackern von Zuneigung auf mich, das wie eine Liebkosung über meinen Körper wandert. *Sollen wir wie beabsichtigt mit unserer Bestätigung fortfahren?*

Ich lächle ihn an. *Ja, ich denke, es wird Zeit.*

Corwin hebt seine andere Hand und die Menge beruhigt sich. „Ich freue mich, meine seelenverbundene Gefährtin vor euch allen anzuerkennen und willkommen zu heißen. Ich möchte euch alle bitten, sie ebenfalls willkommen zu heißen. Ich weiß, dass sie in allen Dingen, nicht nur heute, ein flammendes Licht der Wahrheit sein wird. Vor meinem Volk und dem Herzen bestätige ich meine Bindung an meine seelenverbundene Gefährtin, Talia von Hearth-by-the-Heart. Mögen unsere Seelen ewig miteinander verbunden sein."

Magie schwingt in seinen letzten zwei Sätzen mit, da dies

die offiziellen Schwüre der Zeremonie sind. Ich hole tief Luft und werde beinahe von einer aufgedrehten Art von Nervosität überwältigt, als könnte noch etwas schiefgehen. Doch nichts hindert mich daran, seiner Stimme mit meiner zu folgen.

„Ich bin so froh, dass ich hier bei meinem seelenverbundenen Gefährten und euch allen ein Zuhause gefunden habe, und freue mich darauf, alles in meiner Macht Stehende zu tun, euch an seiner Seite zu dienen. Vor den hier versammelten Unseelie und dem Herzen bestätige ich meine Bindung an meinen seelenverbundenen Gefährten, Corwin von Heart's Cadence. Mögen unsere Seelen ewig miteinander verbunden sein."

Mit der letzten Silbe trifft mich ein Magiestoß und die Verbindung zwischen Corwin und mir flammt heller auf. Plötzlich haben wir ein tieferes Gefühl für die Gegenwart und das Bewusstsein des anderen, als ich es je zuvor erlebt habe.

Überraschung blitzt auch in Corwins Augen und in unserem Band auf. Dann verschwinden sämtliche Gedanken an die Zuschauer und Corwin beugt sich vor, um mich zu küssen. Zum Teufel mit dem Anstand.

Erneutes Jubeln erklingt, das noch lauter ist als das erste. Freude fließt wie ein wirbelnder Stern zwischen uns hin und her. Ich habe meinen Gefährten und das Band zwischen uns könnte nicht stärker sein.

Als Corwin zurückweicht und den Musikern das Signal gibt, zurückzukehren, schaue ich zu meinen Seelie-Männern in der Menge. Ich habe halb Angst davor, dass ich Entsetzen auf ihren Gesichtern sehen werde jetzt, da die Zeremonie durchgeführt wurde. Doch August strahlt mich an, Sylas' Gesicht ist voll zufriedener Erleichterung und in Whitts Augen leuchtet verstohlene Zuneigung. Ich strecke meine Hand kurz nach ihnen aus, es ist eine Art Versprechen. Eines

Tages, in nicht allzu ferner Zukunft, werden wir unsere eigenen Bande auf unsere Weise bestätigen.

Dann schwappt die Musik über uns hinweg. Corwin zieht mich für den ersten Tanz in seine Arme und es gibt nichts anderes mehr zu tun, als zu feiern.

Talia

Harper schlendert herbei und lässt sich neben mich in das weiche Gras fallen, von wo ich die Anfänge des Bauwerks auf der Grenze beobachte. Sie legt den Kopf schief und folgt meinem Blick. „Es wird ein interessantes Gebäude werden, das steht fest. Wegen des vielen Dunstes wird niemand das ganze Teil auf einmal sehen können, oder?"

Mein Mund zuckt zu einem Lächeln. Natürlich macht sich die Schneiderin die größten Sorgen um die visuelle Wirkung des Gebäudes. „Ich schätze, das stimmt. Ich bin gespannt, ob der Dunst auch in der Burg bleiben wird oder ob er sich damit zufriedengeben wird, über sie zu fließen."

Bisher hat noch keiner die entstehende Burg betreten. Ich kann Sylas, die Gestalten seines Kaders und die Baumstämme, die sie langsam aus der Erde heraufbeschwören, im Dunst der Grenze nur schwach ausmachen. Die Sommerseite unseres gemeinsamen Zuhauses wird der Hauptburg von Hearth-by-the-Heart sehr ähnlich sehen, genauso wie ich vermute, dass die Diamantseite, die Corwin errichtet, Heart's Cadence stark ähneln wird.

Die Freude meines Gefährten kribbelt durch mich hindurch, während er gemeinsam mit einigen seiner Zirkelmitgliedern auf der anderen Seite der Grenze arbeitet. Dies ist das erste Mal, dass er selbstständig eine Burg erschafft. Der Palast von Heart's Cadence wurde vor Jahrhunderten von seinen Vorfahren erbaut und er musste in seinen Jahrzehnten als Erzlord nur kleinere Reparaturarbeiten und Veränderungen vornehmen.

Ich bin froh, dass das erste Haus, das du selbst erbaust, etwas ist, was wir gemeinsam genießen können, sage ich durch unser Band.

Er schickt mir als Antwort den Eindruck eines Lächelns. *Genauso wie ich.*

Harper wackelt mit ihren nackten Füßen im Gras und stützt sich mit einem glücklichen Seufzen nach hinten auf ihre Hände. „Also wirst du den Großteil der Zeit in diesem Gebäude leben, nachdem es gebaut wurde? Du wirst zu keinem der Reiche richtig gehören."

„Ich würde es lieber so sehen, dass ich zu beiden gehöre", erwidere ich. „Und du kannst vorbeikommen und mich besuchen, wann immer du möchtest, ganz gleich, welcher Seite ich in dem Moment die größte Aufmerksamkeit schenke. Du musst lediglich an der Tür auf der Sommerseite deinen Grenzschwur ablegen und dann kannst du eintreten."

„Hmm. Ich denke nicht, dass ich *zu* oft unerwartet vorbeikommen sollte angesichts dessen, dass du eine Menge Dinge – und Leute – hast, die dich auf Trab halten." Sie zieht verschmitzt die Augenbrauen hoch.

Meine Wangen werden rot. Als Sylas den Seelie um das

Herz herum ankündigte, dass er und Corwin am Bau dieser geteilten Burg zusammenarbeiten würden, damit sie als Botschafter für ihr jeweiliges Reich agieren können, drückte er auch seine Absicht aus, mich formell als seine Gefährtin anzuerkennen – in einer Zeremonie, bei der August und Whitt ebenfalls anerkannt werden. Nach all dem Chaos der letzten Monate scheinen seine Rudelmitglieder gut damit klarzukommen. Bei größeren Versammlungen habe ich allerdings merkwürdige Blicke von den Fae der benachbarten Rudel erhalten.

Diese Erinnerung sendet trotz der Sommerwärme ein unbehagliches Kribbeln über meine Haut. „Ich weiß nicht, ob alle so glücklich über diesen Teil sind."

Harper schnaubt abweisend. „Ich wette, sie sind nur frustriert, dass du dir drei sehr berühmte Junggesellen geschnappt hast. Aber sie haben das gesamte Rudel eines neuen Erzlords, das sie kennenlernen können." Ein verträumtes Lächeln breitet sich auf ihren Lippen aus. „Vielleicht werde ich selbst einen Gefährten in einem der anderen Reviere beim Herzen finden. Außerdem, da du ein Mensch bist ..."

Sie unterbricht sich mit einer gequälten Miene. Ich schaue zu ihr und verstehe. Da ich ein Mensch bin, sollte ich gemessen an der Lebenszeit der Fae nicht lange eine Konkurrentin um die Aufmerksamkeit meiner Liebhaber sein.

Ich verziehe das Gesicht. „Es ist okay. Wir wissen alle, dass ich nicht mehrere Jahrhunderte leben werde wie ihr. Ich bin einfach nur ... froh, zu haben, was ich habe, solange ich es haben kann."

„Ja. Genau. Vielleicht macht es Sinn, dass du besonders viel Liebe erhältst, während du hier bist, da du nicht ganz so viel Zeit hast, sie zu genießen."

Ein Lachen entfährt mir. „Du kannst das gerne den

anderen Fae so erklären und schauen, ob sie dir das abkaufen.“

Ich halte es für eine perfekte Erklärung, bemerkt Corwin und ein strahlendes Lächeln breitet sich auf meinen Lippen aus.

Harper schaut auf, da ihre Ohren anscheinend ein Geräusch wahrnehmen, das meine nicht bemerken konnten. Ein Schatten huscht über ihr zuvor friedvolles Gesicht. „Ich glaube, dass schon wieder eine von Erzlord Celias Wachen hier herumlungert.“

Ich folge ihrem Blick, gerade als die Frau, die sie bemerkt hat, zwischen den Bäumen auf der anderen Seite der Wiese verschwindet. Die anderen Erzlords zu beiden Seiten der Grenze sind nach wie vor unsicher bezüglich der fortwährenden Allianz zwischen den Reichen – und hinsichtlich meiner Rolle bei dieser Allianz.

Ich drehe mich wieder zu Harper um. „Ich schätze, es kann nicht schaden, wenn sie alles im Auge behalten. Dann können sie selbst sehen, dass nichts Schreckliches aus unserer Zusammenarbeit hervorgehen wird.“

Die Unseelie haben beschlossen, ihre Siedlung auf der Sommerseite vorerst zu behalten, um zu schauen, ob es eine dauerhaftere Wirkung darauf hat, wen der Fluch befällt. Ich habe es in der vergangenen Woche geschafft, die verfluchte Kälte von zwei weiteren Winter-Fae zu verscheuchen, wir wissen jedoch nach wie vor nicht, wie lange meine ‚Heilung‘ andauert. Ich kann nicht glauben, dass sie dauerhaft sein wird, wenn mein Blut den Seelie diesen Vorteil nicht schenkt.

Ein Beben des Unbehagens und der Verwirrung durchläuft mich von Corwin. Ich setze mich etwas aufrechter hin und meine Sinne werden wachsamer.

Einige Augenblicke später erreicht mich seine Stimme durch unsere Verbindung. *Talia, kannst du über die Grenze kommen? Nimm Sylas oder jemanden aus seinem Kader mit, wenn du möchtest. Laoni und Uzziah sind hergekommen, um mit mir zu sprechen. Sie behaupten, dass es etwas gibt, was du hören solltest.*

Das klingt unheilvoll. Ich schüttle meine eigene Unruhe ab und stehe auf.

Corwin muss meinen Seelie-Männern die Situation erklärt haben, denn als ich zur Grenze trete, taucht August aus dem Dunst auf, um sich mit mir zu treffen. „Hast du irgendeine Ahnung, worum es dabei gehen könnte?", fragt er und reicht mir seine Hand.

Ich lege meine Finger um seine und mein Puls schlägt schneller. „Nein. Angesichts dessen, wie sie mich bisher behandelt haben, vermute ich, dass es nicht um eine Einweihungsfeier der neuen Burg geht."

„Nun, dann lass uns schauen, was sie jetzt aushecken. Sylas, Whitt und Astrid halten sich bereit, falls wir sie brauchen."

Ich würde gerne behaupten, ich sei mir sicher, dass mich Corwins Kollegen nie offen angreifen würden, andererseits hätte ich auch nie gedacht, dass sie den Fluch vortäuschen würden, um mich während unserer Bestätigungszeremonie als Lügnerin und Verräterin zu überführen.

Mit hoch erhobenem Kopf laufe ich gemeinsam mit August in die kühlere Atmosphäre des Winterreichs. Wir gehen an den hoch aufragenden Diamantmauern von Corwins Seite der Burg vorbei und treten aus dem Nebel. Dort entdecken wir ihn, Verik und Meriol, die vor den zwei anderen Erzlords stehen.

„Hier ist meine Gefährtin", verkündet Corwin und winkt mich und August zu sich. Er nimmt meine freie Hand ohne eine Spur von Zorn, weil ich immer noch die eines meiner anderen Liebhaber halte. „Was habt ihr über sie zu sagen?"

Laoni schaut mich an und ihre kühlen Augen werden

hart, obwohl sie ein dünnes Lächeln aufsetzt. Uzziah tritt neben ihr von einem Fuß auf den anderen und legt eine Hand auf seinen runden Bauch, als hätte er Verdauungsprobleme.

„Wir haben vor einigen Tagen eine Probe von Talias Fleisch genommen", erwidert Laoni ruhig. „Es schien nur vernünftig zu sein, ihre genauen Ursprünge zu untersuchen."

Eine kleine Probe meines Fleisches? Meine Gedanken schnellen zu dem Moment, als sie meine Schulter während der Bestätigungszeremonie berührte und ich ein kurzes Zwicken spürte. Sie muss mir ein Haar samt Wurzel ausgerissen und den Schmerz mit Magie gelindert haben.

Mein Rücken versteift sich und Wut tröpfelt durch mein Band mit Corwin. Bevor mein Gefährte etwas sagen kann, schüttelt August den Kopf. „Mein Lord hat ihre Essenz bereits auf jede Weise getestet, die ihm eingefallen ist. Sie wussten bereits so viel wie wir über ihre Verbindung zum Herzen."

Laoni richtet ihren eisigen Blick auf ihn. „Sie werden uns vergeben, dass wir unsere eigenen Tests durchführen wollten. Das ist allerdings nicht das, was ich meinte. Wir wollten mehr über ihre Vergangenheit in der Menschenwelt in Erfahrung bringen."

Trotz meines Unbehagens durchläuft mich ein Beben der Aufregung. Haben sie etwas über die Spuren des Fae-Erbes in meiner Familie herausgefunden? „Und haben Sie etwas entdeckt?", erkundige ich mich.

Laoni deutet auf Uzziah, der sich räuspert. „Einige meiner Leute gaben ihr Bestes, deine Blutlinie nachzuverfolgen – und einer von ihnen entdeckte eine direkte, lebende Verbindung, von der wir annehmen, dass sie womöglich selbst Verbindungen zum Herzen hat, falls dir deine von der Familie vererbt wurden."

Mein Magen sinkt. „So etwas wie ein entfernter Cousin?"

Ambrose hat bereits versucht, die Seelie dazu zu drängen, jegliche Verwandten von mir aufzuspüren, egal, wie entfernt sie mit mir verwandt sind, um sie auf jede erdenkliche Art zu benutzen. Sylas hat es geschafft, ihnen diese Idee auszureden, aber wenn die Unseelie dieser nachgegangen sind …

Uzziahs nächste Worte verdrängen diese plötzlich geringfügigen Bedenken sofort aus meinem Kopf.

„Nein", antwortet er und betrachtet mich mit etwas, was womöglich sogar ein winziges bisschen Mitgefühl ist. „Es scheint, dass die Wölfe doch nicht all deine direkten Blutsverwandten umgebracht haben. Wir glauben, wir haben deinen Bruder gefunden. Lebendig und wohlauf."

Eva Chase ist eine Amazon Top 100-Bestsellerautorin für Urban Fantasy und paranormale Liebesromane. Sie ist mit Magie, Chaos und Herzschmerz aufgewachsen und bringt alle drei Elemente in ihre Geschichten ein. Aber keine Angst vor dem gefürchteten Liebesdreieck - Evas Heldinnen müssen sich nie entscheiden. Online findet man sie unter www.evachase.com.

www.ingramcontent.com/pod-product-compliance
Lightning Source LLC
Chambersburg PA
CBHW021025310726
48969CB00006B/1546